FLORENCE ADLER
NAGE POUR TOUJOURS

www.editions-jclattes.fr

Rachel Beanland

FLORENCE ADLER NAGE POUR TOUJOURS

Roman

Traduit de l'anglais (États-Unis)
par Laurence Kiefé

JC Lattès

Titre de l'édition originale
FLORENCE ADLER SWIMS FOREVER
Publiée par Simon & Schuster

Conception graphique : Florine Synoradzki
Photo : © Lisa Golightly

ISBN : 978-2-7096-6682-4

Première édition mai 2021.

À ma mère, Sara Hanstein Moyle

À la mémoire de mon père,
Samuel Boddie Moyle, III

et de ma grand-mère,
Frances Katz Hanstein

JUIN 1934

GUSSIE

Si Gussie Feldman ne prenait guère de plaisir à nager, elle aimait s'allonger sur le sable mouillé, dans l'ombre du Steel Pier d'Atlantic City, et attendre qu'une infime vaguelette vienne la recouvrir. Si elle se plaçait bien, la marée montante soulevait son corps et, l'espace d'un bref instant, elle se sentait en apesanteur.

Elle était exactement dans cette position, à contempler le ciel d'un bleu éclatant, quand la tête de sa tante Florence entra dans son champ de vision.

— J'ai trouvé un bien joli message quand je suis passée à la maison, dit Florence. Je tiens à complimenter l'artiste.

Gussie sourit. Elle avait consacré plus d'un quart d'heure à la rédaction de ce message, qu'elle avait soigneusement posé sur le tapis d'Orient dans l'entrée de l'appartement de ses grands-parents, là où Florence ne pourrait manquer de le voir. Avec ses crayons de couleur, elle avait écrit en grosses lettres violettes, *Chère Florence !!! Et Anna. Nous sommes à la plage. Venez vous amuser avec nous ! Bisous, Gussie*. À la dernière minute, elle avait décidé qu'elle avait été trop avare de points d'exclamation, elle en avait donc ajouté trois après le nom de Florence mais s'était dispensée d'en donner à Anna. Peut-être, si l'invitée de ses grands-parents remarquait qu'elle n'avait été gratifiée d'aucun point d'exclamation, déciderait-elle de rester dans l'appartement.

— Tu veux jouer aux sirènes ? proposa alors Gussie à Florence, misant sur la bonne humeur de sa tante.

Parfois, si Gussie le demandait gentiment, Florence acceptait de croiser les jambes à la hauteur des chevilles et de faire semblant qu'elles appartenaient au peuple des sirènes, parties se balader autour des îles Tongan, dont Gussie avait découvert l'existence dans son livre d'images, *Contes de fées des mers du Sud.*

— Quelques minutes, alors. Après, j'irai nager.

Florence s'allongea à côté de Gussie dans le ressac ; quand les vagues vinrent clapoter autour de leurs chevilles, de leurs bassins et de leurs épaules, elles se cognèrent l'une contre l'autre. Gussie fut intimidée par le contact de leurs deux peaux. C'était toujours comme ça quand sa tante revenait à la maison à la fin de l'année universitaire. Gussie avait besoin de temps pour réapprendre les traits du visage de Florence, l'espace qu'elle occupait dans une pièce et la drôle de façon dont elle s'adressait à elle, comme si elle était à la fois une enfant tendrement aimée et une adulte digne de confiance.

— Qu'est-ce que tu penses d'Anna ? demanda Florence en se redressant sur les coudes pour saluer ladite Anna.

Comme il faisait chaud, la plage était pleine de monde mais Gussie repéra celle-ci aussitôt.

— Je pense que c'est à cause d'elle que je suis obligée de dormir dans la véranda.

Florence laissa échapper un gloussement.

— N'importe quoi. J'ai passé toute mon enfance à supplier ta Nana et ton grand-père de débarrasser cette véranda. Essentiellement pour pouvoir fuir ta mère.

Elle tendit le bras pour pincer les côtes de Gussie.

— Tu es une sacrée veinarde, ajouta-t-elle.

Gussie ignorait tout de cette histoire. La véranda était agréable – pas plus petite, à vrai dire, que sa chambre dans l'appartement de ses parents. La pièce avait une rangée de fenêtres qui faisaient face à l'océan et, si elle se mettait sur la pointe des pieds, elle pouvait voir, au-delà des toits en pente des demeures qui bordaient Virginia Avenue, tout le chemin jusqu'à la plage, où les parasols bleu et blanc ressemblaient à de minuscules moulins à vent. La vue était belle mais, les matins d'été, quand le soleil se levait sur l'océan Atlantique et que ses longs rayons transperçaient les vitres, il y faisait une chaleur insupportable. Dans ces moments-là, Gussie regrettait que ses grands-parents ne soient pas restés dans leur maison d'Atlantic Avenue pour l'été.

— Dommage qu'on soit dans l'appartement, se permit-elle de dire à haute voix, puisque ses grands-parents étaient loin, installés sur leurs chaises longues.

Les mois d'été, Esther et Joseph louaient leur maison – qui était à deux pas de la mer – à des touristes et revenaient vivre dans l'appartement au-dessus de la boulangerie où, comme le rappelait Esther à quiconque se plaignait, la famille avait vécu de façon tout à fait heureuse quand Florence et Fannie, sa sœur aînée, étaient petites.

— Sais-tu combien d'étés j'ai passé à souhaiter ne pas me trouver dans cet appartement ? demanda Florence.

— Combien ?

— Bon sang, je n'en ai pas la moindre idée, répliqua Florence en lançant un peu d'eau en direction de Gussie. C'était une question rhétorique.

— Ça veut dire quoi, rhétorique ?

Florence réfléchit quelques instants en contemplant le ciel.

— Un truc que tu dis parce que ça sonne bien mais pas parce que tu attends vraiment une réponse de qui que ce soit.

— Alors, pourquoi poser la question ?

— Parce que ça vaut mieux que de ne rien dire du tout ?

Elle serra une poignée de sable mouillé entre ses doigts.

— Mais, reprit-elle, à t'écouter, ça m'amène à penser que chacun de nous ferait bien mieux de raconter ce qu'il pense pour de bon.

Gussie fronça le nez et prit à son tour une poignée de sable. Ce que Florence paraissait oublier, c'était que, puisque Gussie n'avait que sept ans, personne ne lui disait jamais rien – de fait. Ce qu'elle pouvait savoir sur tout et n'importe quoi, elle l'avait appris à force de se taire et d'écouter attentivement.

Le confinement de sa mère, par exemple. Elle avait d'abord compris que sa mère, Fannie, attendait un autre bébé parce qu'elle avait entendu quelqu'un dire quelque chose à Mme Kingman quand elles étaient entrées dans sa boutique acheter une paire de bas. Elle devinait que la grossesse était à risque parce qu'elle avait entendu son grand-père conseiller à sa mère de se montrer prudente à plusieurs occasions au cours des derniers mois. Et elle savait que le docteur Rosenthal avait recommandé le repos complet à l'hôpital d'Atlantic City parce que sa mère avait répété ses instructions à Esther en revenant d'un récent rendez-vous chez lui.

La mère et la grand-mère de Gussie avaient longtemps débattu de ce qu'il fallait faire d'elle tant que sa mère était alitée. Rester avec son père, Isaac, s'était révélé hors de question. Gussie était au courant parce qu'elle avait entendu Esther en parler à Fannie précisément dans ces termes. « Que Gussie reste dans votre appartement est totalement exclu. »

Gussie était convaincue que son père protesterait en apprenant que sa mère avait l'intention de l'envoyer passer l'été chez ses grands-parents mais, alors que l'alitement de sa mère approchait, personne ne disait mot sur ce qui l'attendait, que ce fût dans un sens ou dans l'autre. La veille du jour où Fannie devait entrer à l'hôpital, elle fourra dans une vieille valise les vêtements d'été de Gussie, son maillot de bain, quelques-uns de ses livres, ses osselets et ses crayons de couleur. Elle posa la valise dans l'étroit couloir de l'appartement, un obstacle qu'Isaac devait enjamber pour se rendre dans la cuisine. Quand Gussie ne put plus supporter le silence qu'il conservait sur le sujet, elle le supplia.

— Papa, je ne peux pas rester avec toi ? Ici ?

— Gus-Gus, rétorqua Isaac comme s'il s'apprêtait à lui répondre clairement, tu imagines dans quel pétrin on irait se fourrer à traîner nos bottes tout seuls ?

Gussie avait commencé à se demander si son existence tout entière n'était pas rhétorique – aucune réponse nulle part – quand Florence la ramena au présent.

— N'oublie pas, les genoux et les talons collés. Si tu es une sirène, tu ne peux bouger que les pieds. Je veux dire les nageoires.

Gussie se repoussa du fond sableux pour filer entre les vagues, se déplaçant à la force des bras sans cesser de donner de redoutables coups de queue. Et en faisant toujours très attention à maintenir son menton hors de l'eau.

— De quoi j'ai l'air ? cria-t-elle par-dessus son épaule.

Mais Florence ne l'observait pas, elle ne regardait même pas dans sa direction. Au lieu de ça, assise au milieu des vagues, elle scrutait le rivage.

Gussie fit demi-tour et agita la main devant le visage de Florence.

— On fait semblant que tu serais la sirène dans le bassin en verre du Steel Pier et que moi, je nagerais depuis l'Australie pour te sauver.

— Pourquoi j'ai besoin que tu me sauves ? demanda Florence, qui paraissait toujours assez loin. Ma vie au Pier, je ne l'aime pas ?

— Tu veux être libre de nager dans l'océan, andouille.

Florence se tourna vers Gussie et lui accorda alors toute son attention.

— Oui, tu as tout à fait raison. J'ai failli l'oublier.

* * *

Quand Florence et Gussie revinrent jusqu'aux chaises longues que Joseph et Esther avaient louées, elles trouvèrent Anna seule, assise sur une couverture.

— Tes parents sont partis se balader, dit Anna à Florence, en ignorant complètement Gussie.

Florence chercha à attraper le petit cabas à soufflets à côté d'Anna. Celle-ci le lui passa. Tandis que Florence fouillait dedans, il s'en échappa un bonnet de bain rouge. Gussie l'attrapa et le tendit à Florence, qui le refusa d'un geste. Elle avait déjà une épingle à la main et trois autres entre les dents. Pendant que Florence lissait en arrière ses courts cheveux bruns pour dégager son visage, Gussie posa le bonnet de caoutchouc sur ses genoux, pour l'admirer. Sa tante avait toujours de très jolies choses. Toute la surface était imprimée de rangées de petites touffes d'herbe. Chacune évoquait pour Gussie une explosion d'étoiles.

— Les bonnets de bain sont obligatoires sur cette plage ? s'enquit Anna.

Florence marmonna quelque chose d'inintelligible entre ses lèvres closes, à cause des épingles ; Gussie répondit donc à sa place.

— Plus maintenant.

Anna exaspérait Gussie sans raison valable. Elle était discrète et un peu difficile à comprendre mais elle était également parfaitement charmante, et même jolie – avec des cheveux brun foncé, des yeux verts et une peau pâle qui ne risquait pas de prendre des couleurs si Anna s'obstinait à porter sur la plage de tristes robes de coton.

— C'est juste que mes cheveux me tombent dans les yeux quand je nage, expliqua Florence quand elle eut enlevé la dernière épingle de sa bouche.

— Ah, très bien, dit Anna mais on avait plutôt l'impression qu'elle avait dit « drès pien ».

L'anglais d'Anna était quasi parfait en dépit d'un fort accent et parfois, les mots sortaient lentement, comme si ses phrases étaient du caramel filé. Souvent, Gussie n'avait pas la patience d'attendre la fin. La mère de Gussie lui avait demandé de se montrer gentille – elle devait essayer d'imaginer à quoi ça pouvait ressembler pour Anna de se trouver dans un nouvel endroit, si loin de ses parents, mais Gussie n'était pas du genre compatissante.

Gussie entendit un sifflement aigu suivi d'un « Hé-ho ! » et elle se retourna pour voir Stuart Williams sauter d'un bond de la Promenade sur le sable chaud.

— Tu as abandonné ton poste ? lui cria sa tante tandis qu'il courait vers elles et serrait Florence dans ses bras.

Anna et Gussie se levèrent, elles aussi, pour l'accueillir.

Gussie trouvait Stuart très beau garçon. Il ne ressemblait en rien aux hommes de sa famille, pas plus qu'à ceux qu'on voyait à la synagogue, d'ailleurs. Il avait des yeux bleus, lumineux, des cheveux courts et blonds et, les mois d'été, la peau bronzée, brun doré. Il portait le même costume de bain bleu que tous les maîtres-nageurs sauveteurs de la patrouille de la plage d'Atlantic City – un maillot une pièce en laine avec une ceinture blanche et les lettres ACBP, Atlantic City Beach Patrol, cousues en travers de la poitrine.

— Dan a dit que tu étais là, alors il fallait que je vienne voir la sirène des mers de mes propres yeux.

Il frotta la tête de Gussie de son poing et tendit la main à Anna.

— Je m'appelle Stuart.

— Stuart, je te présente Anna d'Allemagne, dit Florence. Elle passe l'été chez mes parents. Jusqu'à ce qu'elle aille à l'université.

— Enchanté de faire ta connaissance, Anna d'Allemagne, dit-il en souriant. À quelle université iras-tu ?

— À l'École normale du New Jersey.

— Ah, dans la pittoresque ville de Trenton.

— C'est un blagueur. Ne fais pas attention à lui, confia Florence à Anna, sur un ton de conspiration. Trenton est très agréable.

Stuart avait les yeux clairs, tout brillants.

— Quand es-tu revenue ? demanda-t-il en s'adressant de nouveau à Florence.

Florence posa un doigt sur ses lèvres, comme si elle avait à résoudre un problème arithmétique compliqué.

— Il y a trois ou quatre jours ?

— Et c'est seulement maintenant que je te vois ? Je suis indigné.

— Je suis allée te chercher au poste de States Avenue mais on m'a dit que tu avais été envoyé au bout de la plage.

Il montra d'un signe de tête la direction du Covington.

— Longue histoire. Le genre qu'il vaut mieux raconter à l'arrière d'un bateau.

— Hors saison, Stuart est l'entraîneur de l'Ambassador Swim Club, expliqua Florence à Anna. Pendant quatre ans, il m'a fait marcher à la baguette.

— Et ça t'a très bien réussi, répliqua Stuart.

— C'est un monstre, dit Florence à Anna, mais Gussie savait que ce n'était pas la vérité.

Ça la perturbait quand les adultes affirmaient le contraire de ce qu'ils pensaient vraiment.

— Alors, tu vas vraiment te lancer ? demanda-t-il à Florence quand tout le monde eut remballé son sourire.

— Oui.

— Comment se passe l'entraînement ?

— Bien, très bien. Je nage en piscine tous les jours de l'année, alors ça fait du bien de se retrouver dans l'océan.

Gussie s'interrogeait : Anna était-elle même au courant du projet de Florence ? Elle s'apprêtait à intervenir quand Anna posa la question.

— Y a-t-il une compétition ?

— Rien qu'avec moi-même, répondit Florence en riant.

— Elle va traverser la Manche, annonça Stuart.

— Tenter de traverser la Manche, le corrigea Florence.

— Ne fais pas semblant d'être modeste, dit-il. On voit tous très clair dans ton jeu.

Florence tendit la main, toucha le bras d'Anna et chuchota, suffisamment fort pour que tout le monde l'entende, « Ne l'écoute pas » et à la grande surprise de Gussie, Anna se mit à rire. Un bruit tellement étranger, Gussie ne savait pas très bien comment y réagir. Anna était arrivée à Atlantic City en mars – Joseph était allé en voiture jusqu'à Jersey City la récupérer à la gare maritime – et, depuis tout ce temps, Gussie n'avait jamais vu ne serait-ce qu'un léger pétillement dans ses yeux.

Florence retrouva tout son sérieux.

— À vrai dire, Stuart m'a énormément aidée.

— Tant que tu n'as pas réussi ton coup, mieux vaut éviter de m'arroser de compliments.

— Combien de temps il faut pour traverser la Manche à la nage ? s'enquit Anna.

— Trudy Ederle a fait ça en un peu plus de quatorze heures. J'espère réussir en moins de douze heures.

— Ça signifie passer un long moment dans l'eau, remarqua Anna.

Gussie avait désespérément envie de se joindre à la conversation.

— Florence dit que la langue gonfle comme un ballon.

— C'est vrai ? dit Anna.

— Malheureusement, oui, répondit Florence en haussant les épaules.

— Elle sera géniale, déclara Stuart. Dès que j'en aurai fini avec elle cet été, elle sera même capable de franchir la Manche en volant.

— Tu pars d'Angleterre ou de France ? demanda Anna.

— De France, répondit Florence. Du cap Gris-Nez. La marée se montre un peu plus bienveillante si tu nages en direction de Douvres.

— Alors, toi aussi, tu iras en France ? demanda Anna à Stuart.

Stuart s'apprêtait à répondre mais Florence le devança.

— Il faudrait passer sur le corps de mon père ! Maman et lui estiment que ce serait totalement déplacé.

— Une fois qu'elle sera en France, il y aura Bill Burgess. Renommée mondiale. Elle n'aura plus besoin de moi.

— Ce n'est pas vrai, déclara Florence.

Quelque chose dans l'aisance avec laquelle Florence, Stuart et même Anna discutaient donnait à Gussie une terrible envie d'être adulte. Sans cesser de les observer, elle s'entraîna à poser une main sur la hanche tout en faisant de grands gestes définitifs de l'autre. Stuart avait les bras croisés et elle essaya également cette attitude-là, mais ça ne lui paraissait pas aussi naturel. Finalement, quand il s'avisa qu'elle était en train de l'imiter, il lui fit un clin d'œil et elle noua les bras derrière le dos.

Stuart jeta un œil sur son poignet avant de s'apercevoir qu'il ne portait pas de montre.

— Il faut que j'y retourne. Rendez-vous au poste de Kentucky Avenue demain matin à six heures ? dit-il à Florence. Je te suivrai en bateau pendant deux heures.

Florence ne répondit rien, elle se contenta de lever le menton, ce que Gussie interpréta comme un oui.

— Ravie de t'avoir rencontré, dit Anna à Stuart tandis que celui-ci se préparait à partir.

— Pareil pour moi.

Gussie s'apprêtait à dire au revoir elle aussi mais Stuart était déjà en train de courir vers la Promenade.

— Il a l'air gentil, dit Anna à Florence une fois qu'il fut assez loin d'elles. Et aussi totalement amoureux de toi.

— Stuart ? s'étonna Florence comme si elle n'avait jamais envisagé cette éventualité. Seigneur, non. Bon, où est-ce que j'ai mis mon bonnet ?

Gussie, qui ne l'avait pas lâché depuis tout à l'heure, le lui tendit à contrecœur.

— Ça t'ennuie de t'occuper de Gussie jusqu'au retour de mes parents ? dit Florence à Anna tout en tirant sur le caoutchouc pour s'en coiffer sans douceur.

Gussie ne put s'empêcher de se sentir contrariée. C'était son idée d'aller à la plage et voilà qu'elle se retrouvait coincée avec Anna, qui n'était vraiment pas du genre à faire semblant d'être une sirène ni rien d'autre d'ailleurs, puisqu'elle n'était même pas capable d'enfiler un costume de bain digne de ce nom.

— Tu vas nager demain matin. Avec Stuart.

Gussie implorait Florence, dans un ultime effort pour sauver l'après-midi. Mais sa tante ne l'écoutait pas. Après avoir fourré ses dernières mèches de cheveux sous son bonnet de bain, elle lui envoya un baiser et se dirigea vers l'océan.

Gussie observa Florence entrer dans l'eau, elle en eut d'abord jusqu'aux genoux puis jusqu'aux hanches. Elle plongea au cœur d'une vague et quand Gussie la revit, elle était en train de nager. Florence rappelait à Gussie les dauphins qu'elle apercevait parfois au large, tellement gracieux qu'on aurait presque pu croire qu'ils ne bougeaient pas. Elle la regarda encore pendant plusieurs minutes, alors que sa tante devenait toujours plus petite. Finalement, tout ce que Gussie put encore distinguer à l'horizon, ce fut le bonnet de bain rouge de Florence et puis plus rien du tout.

* * *

Gussie faisait la planche en scrutant le ciel, quand elle entendit trois brefs coups de sifflet. Elle se redressa juste à temps pour voir un des sauveteurs du poste le plus proche courir vers le Garden Pier. Là, deux autres sauveteurs étaient en train de mettre un canot de sauvetage à l'eau.

— Gussie, appela Anna. Sors. Tout de suite.

Il fallut un moment à Gussie pour se débarrasser de l'eau qu'elle avait dans les oreilles. Elle avait bien entendu ? La plage paraissait anormalement silencieuse, comme si elle était en train de visionner un film sans le son.

Elle regarda vers la plage et vit ses grands-parents se diriger vers elles.

— Où est Florence ? demanda Esther d'une voix suffisamment forte pour qu'on l'entende malgré le bruit des vagues.

— Elle est allée se baigner, répondit Anna.

— Quand ?

— Il y a environ une heure.

Gussie observa sa grand-mère examiner Anna, puis Gussie et ensuite le petit groupe de gens qui s'était rassemblé plus loin sur la plage et enfin le canot qui filait vers l'horizon. Sans prévenir, Esther se mit à courir sur la plage, suivie de près par Joseph. Gussie, qui n'avait encore jamais vu aucun de ses grands-parents cavaler ainsi, fut surprise de voir à quel point ils paraissaient à l'aise dans cet exercice.

Elle remonta sur la plage et Anna l'enveloppa dans une serviette avant de l'entraîner aussi vers le Garden Pier. Quand elles rejoignirent Esther et Joseph, le canot de sauvetage était si loin du bord qu'il était difficile de distinguer ce qui était en train de se passer. Gussie se protégea les yeux d'une main, essayant de mieux voir. On avait l'impression que le canot s'était arrêté et un ou deux des sauveteurs avaient plongé par-dessus bord.

— C'est elle ? chuchota Esther à Joseph, suffisamment fort pour que Gussie entende.

— Qui ? demanda-t-elle mais personne, Anna comprise, ne lui répondit.

Au bout de plusieurs longues minutes, le canot de sauvetage redevint plus visible. Gussie ne parvenait à distinguer qu'un seul sauveteur en train de ramer vers le rivage. Où était donc passé l'autre ? Il fallut que le canot s'approche davantage pour qu'elle distingue le deuxième, penché sur quelque chose au fond du canot.

Le canot racla le sable mouillé, à une bonne dizaine de mètres de l'endroit où s'était rassemblée la petite foule. Les rames tintèrent contre les dames de nage et atterrirent sur le sable et les deux hommes s'activèrent pour soulever ce qui ne pouvait être qu'une personne au fond du canot.

Ce fut alors que Gussie le vit – l'éclair de couleur – et elle regarda Anna pour savoir si elle l'avait vu, elle aussi. Anna porta lentement la main à sa bouche. Les sauveteurs soulevèrent le corps, blême et immobile, du canot pour le déposer sur le sable mais la seule chose que Gussie était capable de regarder, c'était le bonnet rouge sur la tête de sa tante. Elle se couvrit les oreilles de ses mains quand les hurlements de sa grand-mère vinrent saturer l'air.

ESTHER

Le centre de secours de Virginia Avenue soignait régulièrement les coups de soleil, les piqûres de méduse et les insolations mais, s'il y avait eu des patients souffrant de ces problèmes quand les sauveteurs débarquèrent avec Florence, ils étaient partis depuis belle lurette. Tous les membres de la petite équipe – le chirurgien, les médecins, les infirmières – s'activaient autour d'un seul lit de camp, dans le coin le plus reculé de la tente.

Pour Esther, la présence de cette fille sur le lit n'avait ni queue ni tête.

Cette fille qui était son enfant.

Son enfant qui ne bougeait pas.

Quand Esther était arrivée au centre, elle avait tenté de se frayer un chemin vers le cœur de l'agitation mais Joseph l'avait entraînée vers deux sièges en toile.

— Il faut leur laisser la place de travailler, déclara-t-il doucement, le visage blême.

Elle chercha à tâtons le bord du siège tout en écoutant le chirurgien crier des instructions à l'équipe. Depuis combien de temps Florence avait-elle été tirée hors de l'eau ? Cinq minutes ? Dix ? Esther regarda sa montre. Il était quatre heures et demie. Quand avait-elle entendu le coup de sifflet ? Elle n'avait pas pensé à vérifier l'heure.

— Continuez, ordonna le chirurgien.

Esther l'entendit ensuite crier aux sauveteurs rassemblés :

— Les gars, mettez-vous en ligne. On a besoin que vous fassiez la chaîne.

— Qu'est-ce qu'ils font ? demanda Esther à Joseph en observant le premier sauveteur prendre la place du médecin qui, jusque-là, ne cessait de taper dans le dos de Florence.

— Compressions.

— Oui, mais pourquoi les sauveteurs ?

— Pour soulager l'équipe, répondit son mari qui ne quittait pas le lit de camp des yeux. Ils se fatiguent.

Esther se recroquevilla sur elle-même, la tête entre les genoux. Comment était-ce possible ? Ils venaient juste de commencer.

Au bout de quelques minutes, elle se redressa et s'obligea à regarder, même si les larmes lui brouillaient la vue, tandis qu'un sauveteur après l'autre venait frapper le dos de sa fille. Esther fixa les médecins, les infirmières et les sauveteurs pendant si longtemps qu'ils cessèrent d'être des individus distincts, se transformant en un amalgame qui bougeait au rythme de chaque série de compressions.

Elle faillit rater le chirurgien qui tapa sur l'épaule du sauveteur, en lui demandant d'arrêter.

— Aidez-moi à la retourner, demanda le chirurgien à un des médecins qui se tenait de l'autre côté du lit de camp.

Sa voix paraissait déformée. Les hommes échangèrent des regards, aussi déçus qu'effrayés, et firent lentement basculer Florence, jusqu'à ce qu'elle fût à plat dos. Ils disposèrent ses bras contre ses flancs.

— Heure de la mort, dit le chirurgien en regardant sa montre puis Esther, dix-sept heures vingt-trois.

* * *

Ils arrivèrent enfin pour emporter Florence. Une voiture se gara le long de la Promenade et deux hommes en descendirent, portant une civière en bois. Esther reconnut l'un des deux : c'était Abe Roth, qui dirigeait le funérarium juif.

— Ils ne peuvent pas l'emmener ! chuchota Esther à Joseph. Je t'en prie, ne les laisse pas l'emmener !

— Bubala, nous irons avec eux. Nous n'allons pas la laisser seule.

Les hommes inclinèrent la tête en approchant du lit de camp sur lequel reposait Florence.

— Joseph, Esther, dit Abe. Je suis tellement navré.

Esther était incapable de le regarder. Elle avait les yeux fixés sur sa fille, ses joues pâles, ses lèvres violacées.

— Vous faites encore partie du Beth Kehillah ? s'enquit Abe.

Sa femme et lui étaient membres du Rodef Shalom, une synagogue conservatrice sur Atlantic Avenue.

Joseph acquiesça d'un hochement de tête.

— On va appeler le rabbin Levy pour le prévenir. Il enverra la Hevra Kaddisha chez vous. Je présume que vous désirez qu'on procède à la *tahara*.

La grand-mère d'Esther avait été membre de la Hevra Kaddisha à Wiesbaden et sa mère à Philadelphie. Malgré tout, Esther tressaillit à l'idée que des femmes qu'elle connaissait à peine puissent toucher les longs membres magnifiques de sa fille, la laver de l'eau salée et du sable qui s'accrochait à ses bras et ses jambes. Avant de la propulser à travers l'océan, les bras de Florence l'avaient d'abord propulsée sur le sol de la cuisine d'Esther. Ils étaient doux et pleins de fossettes, ils sentaient l'odeur du savon Pond et du talc. Esther était alors la seule personne à l'avoir jamais mise au bain.

— Désirez-vous que je récite le *viddoui* ? demanda Abe.

— Mais qu'a-t-elle à expier ? répliqua sèchement Esther. Elle a vingt ans. Ma magnifique fille a tout juste vingt ans.

— Esther, la reprit doucement Joseph d'une voix étouffée. Je vous en prie, ajouta-t-il en s'adressant à Abe.

Abe commença à psalmodier tandis qu'Esther sanglotait dans la soie mouillée du costume de bain de Florence. Elle imaginait les lettres hébraïques flotter dans l'air avant de se rassembler pour former une couverture invisible qui, une fois Florence enveloppée dedans, saurait la protéger. Lorsque Abe commença le Chémâ, Joseph se joignit à lui, « Chémâ Israël, Adonaï Elohenou, Adonaï Ehad ». *Écoute Israël, l'Éternel est notre Dieu, l'Éternel est Un.* Combien de fois Esther avait-elle entendu cette prière ? Un millier de fois ? Davantage ? Avait-elle jamais réfléchi à ce qu'elle signifiait ? C'était surtout Joseph qui tenait à respecter les coutumes ancestrales, Joseph qui avait grandi dans le petit shtetl de Lackenbach, où les aubaines étaient rares mais la loi juive foisonnante.

Les femmes n'étaient pas obligées de réciter le Chémâ mais, tandis que Abe et Joseph continuaient à prier, Esther commença à marmonner les paroles au milieu de ses larmes. En disant cette prière, sur cette plage, ce jour-là, Esther saurait peut-être protéger son enfant de cet inconnu qu'elle ne pouvait ni voir ni imaginer. Elle chuchota : « Adonaï Hu Ha'Elohim. Adonaï Hu Ha'Elohim. » *Adonaï est Dieu.*

* * *

Tandis que les femmes de la Hevra Kaddisha suivaient le rituel de la *tahara*, lavant le corps de Florence et l'habillant avec les *takhrikhim* qu'elles avaient apportés, Esther et Joseph, assis sur le canapé dans la salle du funérarium de Roth, discutaient avec le rabbin Levy.

Le rabbin, que la congrégation avait embauché cinq ans auparavant, était à peine à la hauteur de sa tâche. Il avait bien la tête de l'emploi, avec sa barbe grisonnante et ses lunettes qu'il portait perchées au bout du nez mais, d'après

Esther, il s'était toujours beaucoup plus intéressé à la rentabilité des collectes de fonds de la communauté qu'à la spiritualité de ses membres.

Le rabbin Levy proposa de trouver un *shomer* pour Florence – un membre de la congrégation qui monterait la garde auprès du corps pendant toute la nuit – mais pour Joseph, sa fille ne pouvait rester qu'avec lui.

— La nuit sera longue, dit le rabbin. Vous êtes sûr ?

— Je suis son père, répondit Joseph.

La simplicité de cette explication rendit Esther fière d'avoir épousé cet homme, d'avoir porté les enfants qui faisaient de ces quatres petits mots une vérité.

En fouillant dans les placards du funérarium, Abe Roth avait trouvé une veste de costume gris foncé et une étole de vison. Il tendit la veste à Joseph, qui la déposa sur ses genoux. Puis il enveloppa les épaules d'Esther avec l'étole, qui sentait l'antimites. Elle le remercia en frissonnant malgré elle. Elle se rendit compte, pour la première fois, qu'elle était encore en maillot de bain.

Le rabbin Levy demanda à Esther si sa famille allait venir de Philadelphie et elle sentit l'agacement monter en elle. Son père était mort depuis dix ans, sa mère depuis trois. Le rabbin avait récité le *kaddish* pour eux deux, à plusieurs reprises.

— Non, répliqua-t-elle, refusant d'entrer dans les détails.

— Un service dans l'après-midi vous conviendrait ?

Esther regarda Joseph qui, comme ses deux filles, avait la mâchoire prononcée. Ce qui allait bien à Florence mais avait toujours donné un air excessivement sérieux à Fannie, même quand elle était gamine.

Elle murmura le nom de Fannie. N'était-ce pas la première fois, depuis la mort de Florence, qu'elle avait ne serait-ce que pensé à sa fille survivante ?

— Joseph, dit-elle, plus fort cette fois, Fannie.

Joseph se frotta le visage d'une main, comme s'il était incapable d'enregistrer toute nouvelle information.

Il ne pourrait pas y avoir d'obsèques. En tout cas, rien de public.

— Fannie ne doit pas savoir.

— Fannie ne va pas bien ? demanda le rabbin.

Il était au courant du deuil vécu l'année précédente. Comme la plupart des membres de la communauté. Fannie avait mené pratiquement sa grossesse à terme, la plupart des femmes lui avaient dit, à un moment ou à un autre, qu'elle portait le bébé bien haut et que ce serait un garçon. *Kein ayin hara,* formule conjuratoire. Que le bébé ait effectivement été un garçon n'avait nullement aidé Fannie à retourner à la synagogue pour les jours de fête.

— Fannie est à nouveau enceinte, dit Esther, le sang à fleur de peau. Voilà quinze jours qu'elle est à l'hôpital d'Atlantic City.

Elle lui en avait déjà parlé, elle en était certaine. Et si elle n'en avait pas eu l'occasion, une des femmes du comité l'avait sûrement fait.

— Quand l'enfant doit-il arriver ? demanda le rabbin.

— Pas avant le mois d'août.

— Et vous voulez lui cacher la nouvelle d'ici là ?

Esther regarda Joseph.

— Nous ne pouvons pas prendre le risque qu'elle perde un autre bébé.

Son mari continuait à se caresser le visage, les yeux dans le vide.

— Tu es d'accord, non, Joseph ? Joseph ?

— Quoi ? dit-il enfin.

— On ne doit pas prévenir Fannie. Ce n'est pas possible alors que sa grossesse est déjà tellement à risque.

— Ce que vous proposez sera extrêmement difficile à réaliser, dit le rabbin en regardant Abe de l'autre côté de la pièce, à la recherche d'un soutien.

Esther réfléchit à toutes les façons dont Fannie pourrait apprendre la mort de sa sœur. Le plan était risqué. Mais ce qui l'était encore davantage, c'était de lui dire la vérité.

— Nous respectons les Chive'a pour avoir le temps de regarder en nous-mêmes, de réfléchir à notre deuil. Mais nous y invitons les membres de la communauté parce que le deuil est un moment d'intense solitude et que nos amis, ainsi que notre famille, peuvent nous réconforter.

Rabbi Levy continua à parler longtemps après qu'Esther eut cessé d'écouter.

— Quelle heure est-il ? l'interrompit-elle.

Le rabbin consulta sa montre gousset.

— Huit heures et demie.

— Abe, où y a-t-il un téléphone que je pourrais utiliser ?

— Il y en a un dans mon bureau, répondit-il en se dirigeant vers le couloir.

Joseph la saisit par le bras quand elle se leva.

— Bubala ?

— Je vais téléphoner à Samuel Brody, à *The Press*, dit-elle. Il ne faut pas que la nouvelle paraisse dans le journal.

* * *

Il était tard quand le rabbin Levy déposa Esther devant chez elle mais, même dans l'obscurité, elle reconnut le jeune homme assis sur les marches du perron.

— Vous le connaissez ? demanda le rabbin.

— Oui.

Le rabbin laissa le moteur tourner tandis qu'il faisait le tour pour ouvrir la portière d'Esther et l'aider à descendre.

— Je viendrai vous chercher demain à deux heures.

Elle acquiesça d'un signe de tête, incapable de détacher son regard de Stuart qui était encore en tenue de sauveteur.

Lorsqu'il se leva, le reverbère éclaira son visage en plein et elle vit qu'il avait pleuré.

La voiture du rabbin s'éloigna lentement et Esther fit signe à Stuart de se rasseoir. Puis elle le rejoignit.

— Anna et Gussie sont en haut ?

Il hocha la tête.

— Quand je suis arrivé ici, c'est Anna qui m'a ouvert la porte. Je refusais d'y croire avant d'avoir vu sa tête.

— Comment va Gussie ?

— Perturbée, je crois.

Quelque chose dans l'amitié qui liait Florence et Stuart n'avait jamais paru clair à Esther. D'après son expérience, les garçons comme lui, dont le père était propriétaire d'un hôtel sur la Promenade et non pas d'un magasin au nord d'Arctic Avenue, partaient faire leurs études à l'université et généralement dans le genre d'établissements contre lesquels Joseph et elle vitupéraient. Des universités comme Princeton et Yale qui, ces dernières années, avaient mis en place des quotas stricts et de nouveaux critères d'admission pour empêcher leurs cours de se retrouver gonflés par la présence de trop d'étudiants juifs. S'il avait rejoint les rangs de l'Atlantic City Beach Patrol comme sauveteur et s'était bricolé une carrière d'entraîneur pendant la basse saison, d'après Esther, c'était plus pour exaspérer son père que pour autre chose. Certes, il y avait de quoi avoir envie d'exaspérer son père – l'hôtel Covington faisait partie de ces nombreux établissements qui refusaient les Juifs – mais parfois, Esther se demandait si l'amitié de Stuart pour Florence n'était pas simplement encore un bon moyen de mettre son père en rogne.

C'était Stuart qui avait encouragé Florence à postuler à Wellesley ; il avait même pris la liberté d'écrire à l'entraîneuse de natation de l'université, une Miss Clementine Dirkin, à propos de Florence. Miss Dirkin était apparemment une icône dans la Women Swimming Association, l'Association féminine de natation, et Stuart avait argumenté – de façon tout à fait convaincante – en disant que Florence avait besoin d'aller dans un établissement où les femmes n'étaient pas reléguées à la natation synchronisée, comme c'était si souvent le cas. À Wellesley, il le promettait, non seulement Florence participerait aux 400 mètres, aux 800 mètres et aux 1 500 mètres, mais elle les gagnerait.

Bien sûr, c'était Joseph et non pas Stuart qui avait appris à nager à Florence. Mais pendant les six dernières années, alors que Florence avait rejoint l'Ambassador Club avant de partir à l'université, c'était Stuart qui l'avait poussée, l'encourageant à nager toujours plus vite et plus loin. En permanence à l'affût de nouvelles compétitions, il parlait toujours de la prochaine épreuve d'importance. Sans Stuart, Florence aurait-elle participé à la Pageant Cup, la grande compétition de natation d'Atlantic City ? À l'épreuve en solo autour de l'île d'Absecon ? À coup sûr, elle n'aurait certainement pas jeté son dévolu sur la Manche. S'il n'était pas intervenu dans la vie de son enfant chérie, Esther ne pouvait s'empêcher de se le demander, celle-ci serait-elle encore en vie ?

— Je l'aurais suivie en bateau.

— Je sais, dit-elle d'une voix aussi râpeuse que du papier de verre.

— Mais qu'est-ce qu'elle fabriquait là-bas toute seule ?

Esther ne savait pas quoi répondre, ni comment accepter d'avouer que sa fille s'était conduite de façon inconsidérée.

— Je vous en prie, dit-elle. Arrêtez.

Stuart s'essuya les yeux avec la paume de ses mains.

— Quand sera-t-elle enterrée ?

— Demain.

— Si vite ?

— Les Juifs n'attendent pas.

— Puis-je venir ? demanda Stuart en regardant ses genoux.

Elle fut tentée de lui répondre non, que l'enterrement serait réservé à la famille. Si Fannie ne pouvait pas être présente, ça paraissait injuste que Stuart fût là. Mais Esther imaginait bien Florence en train de la réprimander pour cette mauvaise conduite. Il était évident que Stuart aimait Florence et Esther en vint à se demander si sa fille le savait. Peut-être même l'aimait-elle, elle aussi. Sol et Frances Goldstein, qui vivaient au coin de la rue, avaient suivi les Chive'a, oui, ils avaient porté le deuil de leur fille aînée quand celle-ci avait épousé un *goy* et, à l'époque, Esther n'avait pas bronché. Traiter une fille en vie, en forme – et même heureuse – comme si elle était morte, tout ça parce qu'elle se mariait en dehors de la religion, ça paraissait brusquement absurde.

— Nous serons à Egg Harbor demain après-midi, à deux heures.

— Au cimetière municipal ?

— Non, au Beth Kehillah.

Une voiture passa en pétaradant et Esther sursauta.

— C'est un des sauveteurs qui vous a prévenu ? demanda-t-elle.

— On a su très vite qu'il y avait eu une noyade à States Avenue.

— Tout le monde sait qu'il s'agit de Florence ?

— Certains sauveteurs le savent. Pourquoi ?

— Nous ne voulons pas que Fannie l'apprenne, expliqua Esther. Pas après ce qui s'est passé l'été dernier.

— Je comprends, dit Stuart, même si Esther n'était pas totalement sûre que ce fût le cas.

— Vous nous aiderez ?

— Je peux parler aux gars si vous le souhaitez.

— Ça vous dérangerait ? dit Esther après avoir réfléchi un moment à cette proposition.

* * *

Une lampe était allumée dans la chambre de Gussie et le sac en toile qu'Esther avait emporté à la plage plus tôt dans la journée gisait sur le sol, au milieu de la pièce. À côté, il y avait celui de Florence, un cabas à soufflets, plus joli. Son contenu – une brosse à cheveux, une serviette et plusieurs épingles – était répandu sur le sol et Esther se pencha pour ramasser ces objets. Quand elle eut tout rassemblé, elle s'autorisa à lâcher un gémissement silencieux.

Anna et Gussie dormaient sur le petit lit de camp. Il était à peine assez large pour l'une des deux. Si elles tenaient côte à côte, c'était parce que Anna serrait Gussie contre elle, la petite fille enfouie contre sa poitrine. Les cheveux brun froncé de Gussie étaient éparpillés dans toutes les directions et elle avait la bouche ouverte. Au cours de l'année qui venait de s'écouler, elle avait beaucoup grandi et perdu ses rondeurs de bébé mais, endormie, elle paraissait encore bien petite.

Esther envisagea de réveiller Anna pour lui rappeler qu'elle serait plus à l'aise dans un vrai lit. Si Anna avait été Florence, Esther aurait pu lui frotter distraitement le dos, la saisir par la main et la mettre debout, en profitant de ce moment où sa fille adulte, tout ensuquée, s'appuyait sur elle, avait besoin d'elle. Mais Anna n'était pas Florence et Esther était incapable de supporter encore une autre conversation, qui n'avait rien d'indispensable, sur les événements de la journée. Le coup de téléphone qu'elle devait donner à Isaac allait déjà mobiliser toute l'énergie dont elle disposait encore.

Il faisait chaud dans la véranda, c'était étouffant. Une des fenêtres était ouverte mais Esther en ouvrit deux autres. L'obscurité était telle qu'on ne voyait pas la plage deux pâtés de maisons plus loin mais on entendait les vagues s'écraser sur le rivage. Le mouvement perpétuel de l'océan avait toujours su la calmer, particulièrement pendant les périodes douloureuses mais en l'occurrence, il ne faisait que l'indigner. Que l'océan ait pu lui arracher un trésor aussi précieux sans même interrompre sa danse pour reconnaître cette perte, ça paraissait cruel.

Esther examina la jeune femme qui serrait contre elle sa petite-fille. Ça ne lui plaisait pas du tout de se sentir redevable envers Anna, mais pourtant c'était bien le cas. Sans que personne ne le lui demande, Anna avait pensé à rassembler les affaires de toute la famille, elle avait entraîné Gussie loin de la plage, elle l'avait ramenée à l'appartement et l'avait consolée du mieux possible pendant qu'Esther et Joseph s'occupaient des formalités nécessaires pour dire adieu à Florence. Anna avait fait preuve du type de sang-froid qu'Esther avait toujours espéré inculquer à ses propres filles.

L'automne précédent, quand Joseph avait proposé d'accueillir Anna ici, aux États-Unis, Esther n'avait pas trouvé la force de l'en empêcher. Anna était la fille d'une femme nommée Inez, une femme avec qui il avait grandi en Hongrie, comme il le lui avait expliqué, mais dont, très curieusement, il n'avait jamais eu l'occasion de mentionner le nom en vingt-neuf ans de mariage.

La lettre d'Inez, truffée de timbres allemands, s'était retrouvée dans l'entrée de leur maison d'Atlantic Avenue en octobre. Une vraie grenade à main. Joseph était à l'usine, Esther avait donc ouvert l'enveloppe, trop curieuse de savoir ce qu'elle contenait pour attendre son retour. Elle avait été déçue de ne pouvoir ni identifier l'écriture de l'expéditeur ni interpréter la signature, encore moins lire le contenu de la lettre, rédigée en hongrois, la langue maternelle de Joseph.

Quand Joseph était enfin rentré, il avait lu la lettre d'un bout à l'autre et n'en avait traduit que le strict nécessaire pour Esther. Le premier mari d'Inez avait été tué pendant la guerre et, par la suite, Inez avait quitté les zones frontalières assiégées d'Autriche-Hongrie pour aller vivre à Vienne avec Anna. Là, elle avait rencontré et épousé Paul, qui était alors étudiant à l'université. Quand Paul avait décroché un poste d'enseignant à Berlin, ils étaient partis s'installer en Prusse où ils avaient été naturalisés mais, depuis l'arrivée au pouvoir du Troisième Reich, la situation était devenue dangereuse. L'été précédent, la citoyenneté de la famille avait été annulée et, quelques mois plus tard, Paul avait été chassé de son poste. Quant à Anna, elle n'avait pu s'inscrire dans aucune des universités allemandes dans lesquelles elle avait postulé l'année précédente et Inez et Paul souhaitaient très vivement la voir quitter l'Allemagne avant que les difficultés n'empirent encore.

— Que dit-elle d'autre ? avait demandé Esther en jetant un coup d'œil sur les trois pages de la lettre, écrites serré.

— C'est tout, avait dit Joseph sans pouvoir soutenir son regard.

Esther avait compris d'emblée qu'il mentait. Elle aurait pu résumer ce que Joseph lui avait raconté en cinq bonnes phrases.

Dans les mois qui avaient suivi, Joseph avait aidé Inez à sélectionner plusieurs universités américaines susceptibles d'être de bons choix pour Anna. Dans certains cas, il avait même écrit lui-même pour obtenir les dossiers de candidature. Une fois la demande d'Anna envoyée au New Jersey State Teachers College, autrement dit l'École normale du New Jersey, Joseph avait décroché son téléphone pour appeler toutes ses connaissances ayant un lien avec l'établissement ou avec le responsable des inscriptions. Esther estimait qu'Anna paraissait suffisamment intelligente pour entrer dans l'école grâce à ses propres mérites, mais Joseph lui avait expliqué qu'il ne voulait surtout rien laisser au hasard. Même quand elle eut été acceptée, Joseph continua à s'en occuper, consacrant toute son attention à aider Inez et Paul à se procurer les documents indispensables pour la demande de visa étudiant d'Anna. Il proposa de la financer et, une fois le visa obtenu plus vite que prévu, de la faire venir avant l'été.

Esther s'enjoignait de se montrer bienveillante, tant à propos du séjour d'Anna que de l'aide dont Joseph, elle le savait, gratifiait maintenant Inez et Paul, qui étaient, eux aussi, impatients de quitter l'Allemagne. La situation là-bas paraissait véritablement catastrophique et Esther connaissait plusieurs personnes au Beth Kehillah qui s'efforçaient de venir en aide à des membres de leur famille, en Allemagne et ailleurs, pour qu'ils puissent émigrer aux États-Unis.

La différence, se rappelait Esther, c'était qu'Anna ne faisait pas partie de la famille. Elle était à peine une amie. Quand Esther et Joseph l'avaient emmenée au gala de la Société juive de lutte contre la tuberculose, au mois d'avril, il avait été difficile de savoir comment la présenter. *Voilà Anna, la fille d'une vieille amie de Joseph.* Était-ce bien ce qu'avaient été Joseph et Inez l'un pour l'autre ? Simplement des amis ? Chaque fois qu'Esther cherchait à amener le sujet sur le tapis, Joseph se hérissait.

Gussie toussa et se retourna dans son sommeil ; Esther observa comment Anna bougeait son propre corps pour l'adapter à celui de la petite.

— Je suis rentrée, annonça Esther à voix haute mais Anna ne répondit rien.

Elle inspirait et expirait lentement, les yeux clos, un bras tendu derrière la tête. Esther aurait été prête à donner n'importe quoi pour se retrouver prisonnière d'un sommeil si profond que rien ne l'en aurait sortie.

* * *

À six heures moins le quart le lendemain matin, Esther attendait, assise sur une chaise devant le bureau de la directrice de l'hôpital, Nellie McLoughlin. Esther était déjà entrée dans ce bureau une fois, l'été précédent, quand il avait fallu décider ce qu'on allait faire du bébé de Fannie, mais de si bonne heure le matin, le bureau était fermé.

Esther n'était pas du genre à apprécier de voir des femmes occuper des postes à responsabilité mais il était difficile de trouver une personne dans tout Atlantic City qui ne considérât pas McLoughlin comme une administratrice compétente et la personne parfaite pour diriger l'hôpital. McLoughlin avait été à la tête de l'école d'infirmières de l'hôpital pendant une dizaine d'années et, à l'évidence, elle avait joué un rôle important dans la récente campagne de financement dont le résultat avait été la construction de la nouvelle aile.

— Mme Adler, dit une voix sévère qui, Esther s'en rendit compte, appartenait à une femme qui se tenait debout devant elle.

Elle leva la tête et vit Nellie McLoughlin, plus grande et plus imposante que dans son souvenir, en train de l'examiner.

— Miss McLoughlin, dit Esther en se levant, les jambes liquéfiées.

— À quoi dois-je le plaisir de cette visite si matinale ? demanda McLoughlin en glissant sa clé dans la serrure.

Esther attendit que McLoughlin ait ouvert la porte et allumé le plafonnier du bureau avant de la suivre à l'intérieur.

— Avez-vous un moment ?

— Certainement, répondit McLoughlin.

Elle posa son sac dans le tiroir vide d'un grand meuble de classement, elle ôta l'épingle de son chapeau et le rangea au même endroit. Elle montra d'un geste deux chaises qui se trouvaient en face d'un modeste bureau métallique.

— Tout va bien pour Fannie ?

— Il ne s'agit pas de Fannie, dit Esther. Il s'agit de sa s…

Impossible de prononcer ce mot. Il faisait trop chaud dans la pièce. Elle tira sur le col de sa robe, tenta de défaire le premier bouton. N'y réussit pas non plus.

— Sœur.

C'était comme si, en prononçant ce seul petit mot, Esther avait redécouvert que Florence était morte. Elle se plia en deux, le souffle coupé. Elle entendit McLoughlin lui demander si ça allait, elle sentit une main sur son épaule. Elle prit plusieurs petites inspirations, elle tenta de remplir ses poumons mais impossible de trouver suffisamment d'air. Elle se mit alors à paniquer pour de bon, entendit quelqu'un réclamer une infirmière à grands cris. Était-ce McLoughlin ? Ce n'était pas ainsi qu'elle voulait voir se dérouler cet entretien.

— Je vais bien, s'efforça-t-elle de dire tandis que la pièce se remplissait de monde.

Il y avait déjà McLoughlin et une infirmière, puis un homme en blouse blanche arriva. Elle se concentra sur l'imprimé fleuri de sa propre robe. Les fleurs étaient bleu pastel, jaunes, roses et elles dansaient devant ses yeux.

— Je conseillerais un sédatif, dit l'homme. Quelque chose qui la calme, qui lui permette de se reposer un moment.

— Madame Adler, dit McLoughlin. Vous m'entendez ?

Esther acquiesça d'un signe de tête et tenta de revenir à la surface de sa propre conscience. Le temps manquait vraiment pour ce genre de choses. Elle devait parler à McLoughlin, elle devait protéger Fannie.

— Je vais bien, chuchota-t-elle.

— Vous pouvez vous redresser ?

Esther releva lentement la tête de ses genoux, jeta un coup d'œil circulaire dans le bureau et finit par croiser le regard de McLoughlin. Elle se sentait humiliée par son propre comportement.

— Je vous prie de m'excuser.

— Vous n'avez absolument pas à vous excuser, répondit McLoughlin en s'appuyant contre le bord de son bureau. Dites-moi ce qui ne va pas.

Esther regarda le médecin qui se trouvait tout près des deux femmes puis revint à McLoughlin. La directrice montra la porte d'un signe de tête et le médecin sortit de la pièce.

— Hier, commença Esther, sans savoir que dire de plus.

Elle se mit à respirer lentement.

— La sœur de Fannie est morte.

McLoughlin se laissa tomber sur la chaise à côté de celle d'Esther.

— Je suis tellement navrée.

Esther se mit alors à pleurer pour de bon. Ça ne lui ressemblait vraiment pas mais toutes ses habitudes et ses prédispositions paraissaient désormais dénuées de fondement. Dorénavant, combien de fois dans sa vie serait-elle obligée de répéter cette phrase ou quelque chose d'approchant ? *La sœur de Fannie est morte. Ma fille cadette est morte. Une de mes filles est morte quand elle était jeune.* Si Esther devait vivre vieille, elle continuerait à devoir expliquer l'absence de Florence, dans une tentative pour la comprendre elle-même.

— Elle s'est noyée à la hauteur de States Avenue. Hier après-midi.

— Non…

Esther hocha la tête en essuyant ses joues mouillées d'un revers de main.

McLoughlin lui tendit un mouchoir.

— C'était une excellente nageuse, non ?

— Extraordinaire, confirma Esther.

Elles restèrent assises côte à côte un petit moment, à écouter les bruits de l'hôpital qui se réveillait. Une porte s'ouvrit et se referma, un téléphone sonna au loin, des talons claquèrent dans l'escalier.

— Vous n'êtes pas ici parce que vous souhaitez mon aide pour l'annoncer à Fannie, finit par dire McLoughlin.

Esther secoua la tête et se moucha.

— Je ne veux pas qu'elle l'apprenne.

— Vous craignez qu'elle n'accouche prématurément ?

— Pensez-vous que c'est une réaction irrationnelle ?

— Pas du tout. Le risque est réel. Particulièrement après l'été dernier.

McLoughlin se leva et passa de l'autre côté de son bureau, où elle ouvrit un tiroir pour y prendre un bloc de papier.

— Voyons comment nous allons pouvoir gérer ça.

— Je pense qu'il faut l'installer dans une chambre seule, dit Esther. Un endroit où nous pourrons mieux surveiller les diverses allées et venues. Son père et moi, nous payerons la différence.

— Combien de gens sont au courant… pour Florence ? demanda McLoughlin.

Esther s'aperçut qu'elle avait été sur le point de dire autre chose, d'utiliser un mot moins aseptisé comme *noyade* ou *mort* et qu'elle s'était corrigée. La confiance qu'Esther avait en McLoughlin s'amplifia.

— De nombreux sauveteurs. Les femmes des pompes funèbres juives.

— Personne dans le personnel de l'hôpital ?

— Pas à ma connaissance. Elle a été prise en charge au centre de secours de Virginia Avenue.

— Et ça n'a pas été annoncé dans la presse ? demanda la directrice.

Esther prit le journal du matin dans son sac et le tendit à McLoughlin. Samuel n'avait pas réussi à supprimer l'histoire, seulement à adoucir le choc. Sur la première page, le gros titre était UNE JEUNE FILLE SE NOIE EN SE BAIGNANT PRÈS DE STATES AV.

— On donne son identité ? voulut savoir McLoughlin.

Florence était décrite comme une fille du coin et une excellente nageuse mais son nom n'apparaissait nulle part, Dieu merci.

— Non, murmura Esther, mais un lecteur avisé pourrait très bien le deviner.

McLoughlin parcourut l'article, puis se mit à écrire. Sur une feuille, elle fit la liste des noms de médecins et d'infirmières qu'elle prévoyait de mettre dans le secret.

— Heureusement pour nous, les carabins recevront leurs diplômes demain à midi. Et la nouvelle promo ne commencera pas avant la fin de l'été.

— Les carabins ?

— Les étudiants, expliqua McLoughlin. Aucune importance. Juste que ça fait moins de gens à mettre au courant.

Sur une autre feuille, McLoughlin lista les consignes que devait suivre le personnel pour limiter l'accès de Fannie au monde extérieur. On allait l'installer dans une chambre seule, bien entendu, mais il faudrait aussi lui enlever la radio et l'empêcher au maximum d'aller au solarium où on avait installé une radio et un téléphone que toutes les femmes dans le service avaient le droit d'utiliser.

— Quelqu'un peut-il lire son courrier ? s'enquit Esther.

Ce fut la seule requête qui fit se hérisser McLoughlin.

— Je préférerais que nous le bloquions carrément. Nous pouvons vous remettre tout ce que nous recevons et à vous de décider ce que vous voulez en faire.

Le temps de mettre le plan au point, il était sept heures et demie. McLoughlin arracha les feuilles du bloc et les plia, d'abord en deux puis en quatre.

— Je ferais mieux de commencer mes tournées avant que quelqu'un ne dépose un exemplaire de l'*Atlantic City Press* sur le plateau du petit déjeuner de Fannie.

Esther saisit son sac et se leva, prête à partir.

— Je repasserai plus tard pour la voir. Après…

McLoughlin la regarda d'un air d'infinie tristesse.

— Jusque-là, vous n'avez pas à vous inquiéter. Elle est entre de bonnes mains.

Esther savait qu'elle devait remercier McLoughlin, elle en avait même envie mais quand elle voulut dire quelque chose, elle s'aperçut que les mots lui manquaient.

* * *

Joseph revint chez lui une heure avant l'enterrement.

Quand il franchit la porte, il était tout pâle et paraissait épuisé. Ses cheveux déjà peu abondants étaient aplatis, ses yeux noisette – normalement pétillants – avaient pris une teinte boueuse et ses cernes sombres semblaient installés de façon définitive. Esther le prit dans ses bras et ils restèrent ainsi un long moment, sans bouger, en respirant à peine.

— Ça va aller ? finit-elle par demander.

— Non, répondit-il doucement en dénouant les bras de sa femme.

Il se dirigea vers la chambre, où elle avait déjà étalé sur le lit son plus beau costume. Elle s'efforça d'avaler la rebuffade, de se rappeler que chacun souffrait à sa façon.

Isaac débarqua au dernier moment, pénétrant dans l'appartement quelques minutes à peine avant le rabbin. Gussie lui sauta dans les bras et refusa d'en descendre, s'accrochant à son cou plus fort chaque fois qu'il tentait de la lâcher. En temps normal, Esther aurait pu lui dire d'arrêter de se conduire de façon ridicule mais aujourd'hui, elle se contenta de rester assise sur le canapé et d'assister à la scène, les yeux pleins de larmes en pensant à Joseph qui venait de passer les dix-huit dernières heures avec sa propre fille.

Esther avait du mal à croire qu'Isaac avait l'intention de porter cette veste de sport beige pour l'enterrement. Elle était vraiment mal coupée et tombait comme un sac sur sa haute silhouette. La situation de Fannie et Isaac était-elle si précaire, le salaire que Joseph versait à Isaac si insuffisant qu'il n'avait pas eu les moyens d'acheter quelque chose de mieux adapté ce matin ? Un costume léger en laine peignée, gris ou bleu, toujours utile à posséder en toutes circonstances, que Sam Sloteroff lui aurait sûrement vendu à un bon prix.

Malgré la veste, Isaac était bel homme. Il avait un grand front, une solide mâchoire et des dents trop régulières pour que ce fût naturel. À trente-trois ans, son crâne commençait à se dégarnir mais Esther imaginait qu'il resterait séduisant, même quand il aurait perdu ses cheveux noirs.

La veille au soir, Esther avait téléphoné chez Fannie et Isaac à trois reprises avant qu'Isaac ne décroche. Quand il avait enfin répondu, vers minuit, il avait paru hors d'haleine et brièvement, Esther s'était demandé s'il n'avait pas bu. Il lui raconta qu'il était en train de dormir, ce qui expliquait ces sonneries interminables et ce souffle court mais pas cette réaction impassible quand elle lui avait annoncé que Florence était morte. Isaac avait posé si peu de questions, réclamé si peu de réponses qu'Esther avait du mal à croire qu'il avait vraiment entendu ce qu'elle lui avait dit. Il connaissait Florence depuis qu'elle avait douze ans. À coup sûr, la durée de cette relation, à tout le moins, exigeait une autre réaction.

Ce ne fut qu'au moment où elle lui proposa de cacher la mort de Florence à Fannie qu'Isaac parut se réveiller.

— Qu'allons-nous lui dire ? avait-il demandé, non sans hésitation.

— Rien. Ou plutôt, les choses habituelles, avait répondu Esther. Qu'elle est très occupée à s'entraîner pour la traversée de la Manche. Qu'elle se prépare pour son voyage en France.

— Pendant combien de temps pourrons-nous vraiment lui cacher la vérité ?

— Le départ de Florence est prévu pour le dix juillet.

Le téléphone devint muet. *Était.* Le départ de Florence *était* prévu pour le dix juillet.

— Ce n'est pas bien, dit Isaac. De ne pas le lui dire. Elle voudrait le savoir.

— Isaac, répondit Esther qui, si elle ne l'implorait pas encore, était toute prête à le faire, tu te souviens de ce qui s'est passé.

— Nous ignorons ce qui a provoqué cet accouchement prématuré.

— As-tu envie de prendre ce risque ? Et de perdre encore un autre fils ?

Elle était en train de jouer pratiquement la totalité de ses cartes, même celles qu'elle s'était bien promis de ne pas abattre.

— Et donc, à la place, je devrais seulement lui mentir pendant deux mois ?

— Ce n'est pas mentir, rétorqua faiblement Esther.

— Et Gussie, alors ? Elle va être complice de cette histoire ? Ou bien va-t-on simplement l'empêcher de voir sa mère pendant tout l'été ?

— Non, bien sûr que non. C'est une gamine intelligente. On va lui expliquer.

— Et le personnel de l'hôpital ? À tous les coups, il y en a déjà qui sont allés se balader dans le service pour lui présenter leurs condoléances ?

— Très peu de gens sont au courant. Et j'irai discuter avec Miss McLoughlin demain matin à la première heure.

De nouveau, le silence. Esther entendait la respiration, lente, d'Isaac.

— Isaac, je t'en prie, le supplia Esther. J'ai déjà tellement perdu aujourd'hui.

Pourtant, il ne cédait pas.

La situation devint insupportable pour Esther. Elle abattit son ultime carte.

— Ce serait tellement important pour Joseph.

C'était à Joseph qu'Isaac devait la totalité de ses moyens d'existence. Elle le savait, Isaac le savait et Isaac savait qu'elle le savait. Sans la boulangerie Adler et le poste que Joseph lui avait créé sur mesure à l'usine, leur gendre aurait été dans la misère.

— Et si j'accepte ça, dit-il, que se passe-t-il ensuite ?

— Après la naissance du bébé, je lui parlerai.

Voyant qu'il ne répondait pas tout de suite, elle retint son souffle, craignant d'avoir dit ce qu'il ne fallait pas.

— Non, c'est moi qui le lui dirai, déclara-t-il enfin.

— Ce serait très bien, aussi, répondit-elle, la gorge serrée.

Ce ne fut que le lendemain matin – après sa conversation avec Nellie McLoughlin – qu'Esther sentit qu'elle avait totalement récupéré du choc de sa conversation avec Isaac. Elle rentra chez elle et fit le tour de l'appartement, préparant les pièces pour les Chive'a. Elle recouvrit les miroirs de draps, vida l'eau stagnante des bouilloires, des arrosoirs et des lavabos. Anna essayait de se rendre utile, dépliant et repliant le linge de lit et proposant de couvrir le miroir au-dessus de la coiffeuse de Florence, pour qu'Esther n'ait pas du tout à entrer dans la chambre.

Avant de masquer le miroir dans sa propre chambre, Esther examina son reflet. Elle avait les cheveux gris et c'était ainsi depuis que les filles étaient petites mais, pendant des années, ça n'avait eu aucune importance. Elle n'avait pas du tout les traits marqués et, à l'intérieur, elle se sentait encore cette jeune fille de dix-neuf ans qui avait eu l'audace de proposer à Joseph, un séduisant jeune serveur de l'hôtel Chorney, d'aller faire une balade. Joseph et elle s'étaient mariés, ils avaient lancé la boulangerie, les filles étaient nées, elles avaient grandi, Fannie s'était mariée et elle avait eu Gussie, Florence était partie étudier à l'université et la maison avait alors retrouvé son calme. Combien de fois Esther avait-elle fait remarquer à Joseph « Je n'arrive pas à croire que je suis assez vieille pour avoir une fille mariée », ou « Penser que je suis grand-mère ! Mais comment c'est possible ? ». Maintenant, alors qu'elle se frottait les tempes, tirant autant qu'elle le pouvait sur la peau gonflée autour de ses paupières, elle sentait chacune de ces quarante-neuf années défiler sur son visage. Esther jeta un drap sur le miroir, dégoûtée d'elle-même. Les Juifs couvraient leurs miroirs pendant les Chive'a pour empêcher précisément ce genre de réaction superficielle.

— Dois-je préparer quelque chose pour le *seudat havra'ah* ? demanda Anna.

— Je ne crois pas que ce sera nécessaire, dit Esther. J'ai dit au rabbin Levy que je ne voulais pas qu'il prévienne quiconque dans la communauté. Personne ne saura qu'il faut préparer quelque chose à manger.

Anna ouvrit la bouche, prête à parler, avant de se raviser et de refermer la bouche.

Quand Esther ordonna à Anna de garder Gussie à la maison pendant l'enterrement, Anna la surprit en lui demandant si elle ne pourrait pas plutôt assister à la cérémonie. Esther n'avait pas réagi, elle s'était contentée de la dévisager longtemps, sans douceur. La fille connaissait Florence depuis, quoi, moins d'une semaine ?

— Bien sûr, je resterai avec Gussie si vous préférez, dit Anna, les yeux baissés.

— Les enterrements ne sont pas un endroit pour les enfants, répliqua Esther.

Le rabbin Levy arriva à deux heures précises, muni d'une paire de ciseaux et d'une bobine de ruban noir, épais. Esther le fit entrer dans le salon, où il invita Joseph, Isaac, Anna et même Gussie à se lever.

— Nous allons pratiquer la *keria* avant de partir pour le cimetière.

Personne ne s'y opposa.

— Dans la Torah, Jacob a déchiré ses vêtements quand il a pensé que son fils Joseph était mort, déclara le rabbin. Le roi David et ses hommes ont agi de même quand ils ont appris la mort de Saul et Jonathan. Job, qui pleurait ses enfants, a suivi la même tradition.

Ce dont Esther se souvenait à propos de l'histoire de Job, c'était que sa femme était devenue folle de douleur après avoir perdu ces enfants-là.

— C'est traditionnel pour les enfants, les parents, les époux et les frères et sœurs de porter des vêtements déchirés pendant la semaine des Chive'a. Puisque Fannie ne peut pas participer à ce rite, il conviendrait qu'Isaac porte ce fardeau, dit-il.

Isaac paraissait mal à l'aise. Esther savait qu'il ne possédait que cette seule veste.

— Isaac fera l'aller-retour à l'hôpital pour rendre visite à Fannie, intervint Esther. Mieux vaut laisser sa veste intacte.

— Coupez la mienne, je vous prie, dit Joseph en avançant d'un pas.

Le rabbin Levy saisit le revers de Joseph et fit une profonde entaille dans le tissu épais. Tout en coupant, il se mit à chanter, « *Baroukh ata Hachem Elokénou Mélekh Haolam dayan haémet* ».

Les ciseaux encore à la main, le rabbin se dirigea alors vers Esther.

— Pas mes vêtements, je vous prie, dit-elle doucement. Je prendrai le ruban.

Il pinça les lèvres d'un air réprobateur mais prit dans sa poche une petite épingle à nourrice en cuivre. Tandis qu'il fixait le ruban sur le corsage d'Esther, il chanta encore une fois la bénédiction.

Esther sentait que Gussie l'observait, elle ne fut donc pas surprise quand elle entendit sa petite voix.

— S'il vous plaît, je peux avoir un ruban, moi aussi ?

* * *

Ils formaient un cortège funèbre réduit, le rabbin au volant de son coupé Pontiac, Joseph à côté de lui et sur la banquette arrière, Esther et Isaac.

Esther n'avait que rarement l'occasion de faire le trajet jusqu'à Egg Harbor Township. Les camions de Joseph livraient jusqu'à Pleasantville, Egg Harbor et aussi loin que Cape May, mais rien ne poussait Esther à franchir le Beach Thorofare.

Lorsque la voiture ralentit sur le Black Horse Pike, Esther examina le cimetière du Beth Kehillah à travers les pruches du Canada qui le bordaient. La superficie n'était pas immense, peut-être cinq hectares de terre que les premiers colons juifs d'Egg Harbor avaient consacrés alors que l'île d'Absecon n'était guère qu'une gare flanquée de cabines de bain destinées aux habitants de Philadelphie venus passer la journée.

Deux voitures étaient garées près de l'entrée ; à côté, se tenaient Abe avec son fils. Et Stuart, portant sans conviction un bouquet de fleurs comme si, après l'avoir acheté, il avait immédiatement regretté son achat. Quel *goy*, apporter des fleurs à un enterrement. Elle fit l'effort de penser qu'il n'avait aucun moyen de savoir une chose pareille.

Le rabbin Levy rangea sa voiture derrière celle d'Abe et éteignit le moteur. Dès qu'ils furent tous descendus, Abe ouvrit son coffre et Esther se retrouva face au cercueil de Florence. Elle se mordit la lèvre jusqu'au sang.

— Vous allez le porter ? demanda Abe aux quatre hommes.

Ils acquiescèrent après avoir échangé un regard.

— Pas lui, dit Esther en désignant Stuart.

Joseph écarquilla les yeux.

— Quoi ? demanda-t-elle d'un ton légèrement incrédule. Il n'est pas juif.

— Je ne crois vraiment pas que ce soit important désormais, bredouilla Joseph, mais Stuart avait déjà fait un grand pas en arrière en levant les mains, comme pour dire, *Non, bien sûr que non.*

Pas plus Joseph que le rabbin Levy n'étaient jeunes et, quelques minutes plus tard, Esther comprit, à les voir chanceler sous le poids du cercueil, que Stuart aurait été un porteur bien utile. Arrivés devant la tombe ouverte, les hommes déposèrent le cercueil sur le système de poulie que Abe avait installé en travers.

Le rabbin Levy prit un mouchoir dans sa poche de poitrine pour s'essuyer le front.

— Avec votre permission, nous allons commencer, dit-il à Joseph qui regarda Esther pour confirmation.

Elle contourna le cercueil pour rejoindre son mari, lui prit la main et fit signe au rabbin, qui commença à lire un psaume familier.

— Celui qui demeure sous l'abri du Très-Haut repose à l'ombre du Tout-Puissant.

Éparpillés dans tout le cimetière, il y avait des pierres tombales de bébés – des petites pierres carrées sur lesquelles était gravé le mot ENFANT. Pas de noms, pas de dates. Très fréquemment, un petit agneau, sculpté dans la même pierre, était posé en haut des minuscules monuments. Esther supposait que l'agneau était un symbole d'innocence mais il lui vint à l'esprit qu'il était aussi là pour tenir compagnie aux enfants qui n'avaient jamais appris à dormir d'une seule traite.

Elle jeta un œil vers l'endroit où se tenait Isaac, de l'autre côté du cercueil de Florence. Avait-il remarqué les petites pierres tombales ? Regrettait-il qu'il n'y en ait pas pour le bébé qu'il avait perdu ? Fannie avait insisté pour que l'enfant fût enterré, elle désirait un endroit où le pleurer, mais Esther et Joseph lui avaient répété, encore et encore, qu'il n'y avait strictement rien à faire. Le petit garçon n'avait vécu que trois semaines et la règle, c'était trente jours. Âgé de trente jours, il aurait été considéré comme un être humain selon la loi juive et à ce titre, il aurait eu droit à la plupart de leurs rituels de deuil, si ce n'est à tous, y compris celui d'être enterré dans un cimetière juif et d'avoir une petite pierre tombale.

En l'état actuel des choses, Esther ignorait où l'enfant reposait et même s'il avait été enterré quelque part. Fannie l'avait suppliée de découvrir l'endroit où il se trouvait mais Esther savait que sa fille n'avait pas besoin d'un endroit où se complaire dans son malheur. Ce dont elle avait besoin, c'était d'avoir un autre bébé, pour oublier aussi vite que possible toute cette triste histoire. Isaac était sûrement d'accord, non ?

Après avoir récité aussi le *El Male Rahamim*, le rabbin Levy se tourna encore une fois vers Joseph.

— Avez-vous préparé un *hesped* ?

Joseph ouvrit la bouche pour parler mais pas un mot n'en sortit. Il réessaya.

Cette fois, il réussit à dire « Ma fille était… » avant que sa voix ne meure. Esther sentait trembler la main de son mari. Elle la saisit dans les deux siennes et serra fort.

— Essaye encore, chuchota-t-elle.

— Peux pas, dit-il d'une voix étranglée.

Le rabbin Levy invita Esther à continuer à la place de son mari.

— Esther, souhaiteriez-vous dire quelque chose ?

— Je n'ai rien préparé..., répondit-elle d'une voix inaudible.

Qu'y avait-il à dire ? Rien ne pourrait jamais suffire.

— Je peux parler, annonça Stuart en avançant d'un pas. Si cela est convenable, ajouta-t-il en jetant un coup d'œil prudent à Esther.

Sidérée par son culot, Esther ne réagit pas, ce que le rabbin et Stuart interprétèrent comme un acquiescement.

Stuart toussa puis s'éclaircit la gorge.

— J'ai... hum... toujours pensé que Florence était une fille fantastique. Euh, nous le pensions tous.

Il avait les mains qui tremblaient et Esther se sentit embarrassée quand elle le vit en couvrir une avec l'autre puis les fourrer toutes les deux au fond de ses poches.

— Elle était belle, elle était intelligente et tellement drôle qu'on se tordait de rire avec elle. Mais la chose qui m'a toujours touché, c'était...

— Assez, l'interrompit Esther.

Les six hommes se tournèrent vers elle, tous l'air choqué.

— Je ne peux pas écouter ça, ajouta-t-elle.

Joseph lui lâcha la main.

— Préférez-vous que ce soit moi ? proposa le rabbin.

— Il n'y a absolument *rien* à dire.

Esther regarda Stuart droit dans les yeux. Le visage de celui-ci s'empourpra.

— Je vous prie de m'excuser. Tout ce que vous avez dit, évidemment, c'était vrai.

Puis elle se mit à sangloter.

Rapidement, Abe et son fils actionnèrent les treuils, descendant le cercueil par à-coups jusqu'au fond de la tombe. Le rabbin Levy saisit une pelle et se dirigea vers le pied de la tombe où un tas de terre attendait ; il commença le *k'vura*. Une pelletée atterrit sur le cercueil de Florence, faisant un bruit terrifiant. Il passa la pelle à Isaac mais celui-ci, par respect pour Joseph, refusa de l'utiliser avant son beau-père. Entre les mains de Joseph, la pelle paraissait assez lourde pour le faire tomber. Pendant qu'Esther avait le dos tourné, son mari, lui aussi, était devenu vieux. Ses larmes ruisselaient tandis qu'il jetait dans l'abîme une première pelletée de terre avant de revenir en chercher une autre, puis une autre encore. Finalement, le front ruisselant de sueur, il tendit la pelle à Esther. Celle-ci s'essuya les yeux et frotta le manche de bois, tout chaud des mains de Joseph et tout lisse d'années de service. La lame métallique fit un bruit satisfaisant quand elle l'enfonça dans le tas de terre. Esther s'était toujours demandé comment les mères enterraient leurs enfants, et maintenant, elle savait. Une pelletée de terre à la fois.

FANNIE

Fannie ne s'était même pas rendu compte qu'elle s'était assoupie quand elle sentit un baiser tiède sur son front ; elle ouvrit les yeux et trouva sa mère assise sur le bord du lit d'hôpital.

— Depuis combien de temps tu es là ? demanda Fannie, tentant d'éclaircir son esprit embrumé.

— Un petit moment.

— Tu aurais dû me réveiller.

— Je ne crois pas, dit Esther.

— Je me sens une vraie paresseuse à dormir au milieu de la journée, dit-elle en bâillant. Comment va Gussie ?

— Elle va bien, répondit Esther en se levant pour aller à la fenêtre. Évidemment, sa mère lui manque.

Fannie en doutait. Gussie avait Florence, qui était infiniment plus amusante. Trois jours auparavant, quand Florence avait amené Gussie en visite, il avait été impossible d'attirer la petite hors du giron de sa tante.

— Comment trouves-tu cette nouvelle chambre ? Elle est jolie, non ? demanda Fannie, en montrant de la main son nouveau cadre.

Elle appréciait la fenêtre orientée au sud, avec ses jolis rideaux à fleurs. Le mobilier était identique à celui de la chambre précédente sauf que, là, le lit et la table de toilette étaient peints en brun chocolat.

— Est-ce Papa que je dois remercier pour ça ?

— Oui, bon, dit Esther. Il y avait un tel défilé de femmes qui entraient et sortaient de cette chambre, nous avions du mal à comprendre comment tu pouvais te reposer. Et aux heures de visite, c'était vraiment pénible.

— Les heures de visite, il s'en fiche bien, Papa, non ? Il ne vient jamais.

Esther décocha à Fannie son regard le plus exaspéré.

— Il faudrait bien autre chose que des heures de visite correctes pour amener ton père à proximité d'un hôpital.

— D'accord, c'était très gentil de sa part. Quand je me suis réveillée ce matin et que Dorothy m'a annoncé qu'on m'installait dans une chambre seule, je n'arrivais pas à y croire. J'ai bien dû lui demander trois fois de suite de vérifier que j'étais la bonne patiente.

— Dorothy ? demanda Esther, en s'éloignant de la fenêtre pour examiner encore une fois Fannie.

— Geller. Elle est infirmière au service d'obstétrique. Une vraie fouineuse. Toute petite, trapue avec une voix très nasillarde. Elle est allée en classe avec Florence. Elle en parle tout le temps.

— Fais attention, elle va t'entendre.

— Ça m'est bien égal. Tu aurais dû voir comment elle la flattait, l'autre jour, dit Fannie en donnant sa meilleure interprétation de Dorothy : « Quel exploit, Florence ! Faire le tour de l'île à la nage ! Mais qu'est-ce que tu vas faire encore après ? »

— Elle parle vraiment comme ça ?

— Oui. Et Florence buvait du petit lait.

Sa mère regardait par la fenêtre. Était-elle même en train de l'écouter ?

— Et elle fait quoi, Florence, aujourd'hui ? Elle n'a donc pas voulu venir avec toi ? s'enquit Fannie, bien consciente qu'elle était en train de taper sur sa sœur.

Florence était capable de se montrer aussi rancunière que Fannie et Fannie savait qu'elle ne viendrait pas lui rendre visite si peu de temps après leur altercation. Fannie était curieuse de savoir ce que Florence avait raconté à leur mère, si même elle lui avait raconté quelque chose, à propos de sa dernière visite. Esther était-elle au courant qu'elles s'étaient querellées ?

Esther toussa.

— Elle est allée nager. Avec Stuart.

— Nager, elle ne sait jamais rien faire d'autre.

Esther se dirigea vers la table de toilette et redisposa les brosses et les crèmes de Fannie, en lui tournant le dos, jusqu'à être satisfaite de ce nouveau rangement. Florence avait déjà dû raconter à Esther sa version de l'histoire, elle avait déjà dû la mettre de son côté. C'était tellement évident. Fannie voyait bien que sa mère avait beaucoup de mal à croiser son regard.

— Tout ce que j'ai suggéré, c'était de remettre le voyage, pas de l'annuler. J'étais vraiment convaincue qu'elle tenait à être présente.

— Bien sûr qu'elle y tenait. Qu'elle y tient.

Esther se mit à replier une couverture déjà pliée au pied du lit, en marquant les angles, en les aplatissant. Fannie trouvait parfois que sa mère était une compagnie fatigante. Elle s'activait en permanence, elle bougeait tout le temps. Tant la maison d'Atlantic Avenue que l'appartement au-dessus de la boulangerie étaient toujours impeccables. C'était une cuisinière talentueuse et une couturière accomplie, trop exigeante pour se faire aider, alors même que Joseph et elle avaient atteint un niveau où ils pouvaient enfin se le permettre. Fannie était certaine de n'avoir jamais vu sa mère prendre un magazine.

Même dans ses meilleurs jours, Fannie ne s'acquittait pas de la moitié des tâches dont s'acquittait sa mère. Elle servait à Isaac et Gussie des viandes trop cuites et des légumes en bouillie, elle avait beaucoup de mal à tenir la maison propre, sans parler du linge. Le soir, quand Isaac lui demandait ce qu'elle avait fait de sa journée, Fannie aurait voulu débiter la liste des courses et autres exploits domestiques, mais la vérité, c'était qu'elle passait des après-midis entiers sans pouvoir bouger du canapé. Elle se sentait si souvent débordée – par quoi, exactement, elle n'aurait su le dire – qu'elle avait commencé à se demander quel rapport elle pouvait bien avoir encore avec la fille qu'elle était avant d'être mariée.

— Manifestement, Florence n'a pas envie de s'intéresser à moi – ni au bébé, déclara Fannie à Esther.

— Ne sois pas ridicule.

— Sinon je ne comprends pas pourquoi elle choisirait de partir en France en juillet, sachant que j'accouche en août.

— Ta sœur t'aime. Elle adore Gussie, déclara sa mère qui ajouta après un petit silence, et elle adorera aussi ce bébé.

Sans en avoir eu l'intention, Fannie se mit à pleurer. Ces temps-ci, elle pleurait tellement souvent qu'il était difficile de repérer ce qui déclenchait ses larmes.

— Fannie, chérie.

— Je ne sais pas ce qui me prend. Je crois que c'est juste le fait de me retrouver rangée dans cet hôpital. Je suis en train de rater tout ce qui se passe d'amusant dehors, dit-elle en montrant la fenêtre et ce que contenait le monde extérieur.

Esther s'avança vers le lit, s'y assit lourdement et prit Fannie dans ses bras. Elle parla doucement, la bouche dans les cheveux de sa fille.

— Tu ne rates rien qui ne saurait attendre.

* * *

Quand Esther quitta l'hôpital, le soleil commençait à descendre. Par la fenêtre Fannie voyait les gens remonter de la plage pour rentrer dîner chez eux ; d'ici quelques heures, la Promenade retrouverait son animation avec les fêtards. Fannie laissa échapper un long soupir, sachant qu'il faudrait attendre au moins le lendemain après-midi – si ce n'était davantage – pour voir Isaac ou n'importe qui d'autre, d'ailleurs.

D'un côté, ce séjour à l'hôpital représentait un agréable répit dans la vie domestique. Depuis plus de quinze jours, Fannie n'avait fait ni la cuisine ni le ménage ni les courses. Elle avait lu trois livres, trois titres qu'elle avait eu l'intention de lire depuis déjà l'été dernier.

D'un autre côté, elle n'avait pas le sentiment de maîtriser sa vie. Le personnel de l'hôpital l'auscultait sans jamais s'excuser ni lui demander son avis, elle mangeait quand on lui apportait un plateau et elle voyait sa famille et ses amis quand cela les arrangeait de venir lui rendre visite. Et puis il y avait cette angoisse qui primait sur toutes les autres – que ce séjour à l'hôpital ne suffise pas à empêcher un accouchement prématuré.

Fannie se tapota le ventre du bout des doigts. Elle avait beau se sentir impuissante, il y avait au moins une chose qu'elle pouvait faire. Elle pouvait régler ce conflit avec Florence.

Les relations de Fannie et sa sœur n'avaient jamais été simples, avec leurs sept années de différence. Elle s'était donné du mal pour être une bonne grande sœur mais on avait souvent l'impression, Fannie du moins, que Florence et elle avaient vécu des enfances assez distinctes. Quand Florence était entrée à l'école primaire, Fannie en était déjà sortie. Alors que Florence courait après les coupes, Fannie avait déjà cessé toute compétition de natation. Et quand Florence s'était catapultée à Wellesley, Fannie s'était sentie encore plus loin de sa sœur que les cinq cents kilomètres qui les séparaient. Quand elle lisait ses lettres, de plus en plus espacées, elle imaginait à quel point les détails de sa propre existence devaient paraître ternes à Florence.

Leur grande différence d'âge n'était pas la seule chose qui séparait Florence de Fannie. Il y avait aussi le fait que, eu égard à leurs dates de naissance respectives, elles n'avaient pas eu les mêmes parents. En 1907, à la naissance de Fannie, Joseph et Esther étaient très occupés à tenter de faire sortir de terre la boulangerie Adler. Joseph passait son temps au magasin et, puisqu'il avait à peine les moyens de se payer à lui-même un salaire, il n'était pas question d'embaucher du personnel, et donc, Esther se retrouvait souvent derrière le comptoir. Fannie avait passé ses premières années dans la cuisine des Adler, faisant de son mieux pour ne pas se trouver sur le chemin des poêles brûlantes et des pieds pressés. Quand Joseph commença à embaucher des boulangers et des aides-boulangers, une de leurs obligations professionnelles, non reconnue, était de distraire la fille du patron. Ils donnaient à Fannie une petite boule de pâte et un rouleau à pâtisserie pour l'initier au travail.

À sa naissance en 1914, Florence trouva un tout autre décor. Esther était absolument ravie de son arrivée, ayant depuis belle lurette renoncé à l'idée de pouvoir avoir un deuxième enfant. La boulangerie marchait bien et, excepté l'année où il partit se battre avec les Alliés sur le front de l'Ouest, Joseph encourageait Esther à s'installer dans leur appartement, à l'étage, pour profiter pleinement de la petite enfance de sa fille. Fannie rentrait à toute vitesse de l'école et trouvait Esther en train de nourrir Florence de banane dans sa chaise haute ou de la bercer pour l'endormir et elle participait autant qu'elle pouvait – faisant des remarques sur les petites cuisses molles de sa sœur ou la laissant mordiller ses propres doigts, pas très grands. Même aujourd'hui, à vingt ans,

Florence restait encore très nettement le bébé de la famille. Si leur mère avait déjà pris le parti de Florence, Fannie savait qu'il n'y avait pas grand-chose à tenter pour inverser le mouvement. Non, mieux valait régler l'affaire directement avec sa sœur.

Fannie repoussa ses couvertures et se leva. L'espace d'un instant, elle fut saisie de vertige – depuis combien d'heures ne s'était-elle pas levée, n'avait-elle pas bougé ? Elle se calma, posant la paume de sa main à plat sur le matelas. Dès que le vertige cessa, elle traversa lentement la chambre jusqu'à la table de toilette où Dorothy avait déballé ses affaires plus tôt dans la matinée. Elle trouva son papier à lettres et son stylo à plume dans le tiroir du haut et repartit vers son lit.

Elle mordilla le capuchon de son stylo pendant plusieurs minutes avant de se mettre à écrire.

Chère Flossie,

Ça paraît bizarre de t'écrire une lettre alors que tu n'es plus à l'université mais déjà rentrée à Atlantic City. J'ai pensé m'aventurer dans le hall pour demander à utiliser un téléphone mais je ne me fais pas complètement confiance pour exprimer ça clairement.

Ton désir de traverser la Manche à la nage et mon désir de mettre au monde un bébé en pleine santé n'ont rien à voir et ça m'a énormément blessée quand tu les as comparés l'autre jour. Je sais que ce sont deux choses que nous désirons très fort mais tu dois bien comprendre que si tu n'atteins pas ton objectif, tu n'as qu'à sauter dans un bateau et rentrer à la maison. Si je n'atteins pas le mien, je me retrouverai encore une fois à tenir dans mes bras un enfant sans vie.

Fannie rejoua leur dispute dans sa tête. Elle avait pratiquement exigé, comme une enfant irascible, que Florence ne quitte pas la maison jusqu'à la naissance du bébé et quand ça n'avait pas fonctionné, elle avait commis l'erreur de rappeler à Florence que, à l'âge de vingt ans, elle était une femme mariée – l'épouse de quelqu'un. « Et regarde comme ça a vraiment bien tourné, avait rétorqué Florence d'une voix mordante. Ton mariage n'est pas exactement une vibrante publicité pour l'institution. »

Le stylo de Fannie hésitait au-dessus de la feuille. Devait-elle tenter de défendre son mariage ? La famille de Fannie n'avait jamais été enthousiasmée par Isaac, même aux tout débuts de leur liaison quand il se donnait plus de mal pour impressionner ses parents et sa sœur. Après avoir dûment réfléchi, Fannie décida que, sur le sujet d'Isaac, mieux valait ne rien dire du tout.

Si traverser la Manche à la nage, c'est ce que tu désires, alors moi, c'est ce que je veux pour toi. Je suis désolée de ne pas m'être montrée plus généreuse quand tu es venue me voir. Punis-moi si c'est indispensable mais ne m'abandonne pas trop longtemps. Être confinée dans cet hôpital, ça me mine – comme si j'étais prise au piège dans un autre monde. Je vois l'océan par la fenêtre mais je ne peux ni l'entendre ni le sentir.

Ta sœur qui t'aime,

Fannie

Quand elle eut fini de rédiger sa lettre, Fannie la relut entièrement à deux reprises puis elle la plia et la glissa dans une enveloppe. Pile à ce moment-là, Dorothy entra avec le plateau du dîner ; elle écrivit donc l'adresse à toute vitesse – Florence Adler, Northeast Corner of Atlantic and Virginia Avenues, A.C.

— Dorothy, croyez-vous possible de m'aider à trouver un timbre ?

* * *

À vingt-deux heures trente, Fannie avait renoncé à compter sur Dorothy. Les infirmières de l'équipe de jour terminaient leur service à dix-neuf heures et, plus que probablement, elle était rentrée chez elle. Telle que Fannie la connaissait, l'histoire du timbre avait dû lui sortir de la tête dès qu'elle avait quitté la chambre.

Fannie était bien réveillée et un timbre, c'était une excuse aussi bonne qu'une autre pour s'offrir une petite balade. Les infirmières n'aimaient pas la voir se lever, il n'était donc pas question que ça devienne une habitude mais quand même, ça faisait du bien, de temps à autre, de se dégourdir les jambes. Après avoir mis ses chaussons et sa robe de chambre, Fannie sortit de la chambre. Elle allait essayer la salle des infirmières, voir si quelqu'un avait un timbre et peut-être récupérer le journal si elles avaient fini de le lire.

Le service d'obstétrique était sombre et silencieux, hormis le cri d'un bébé de temps à autre. La seule source de lumière venait du fond du couloir, là où la pouponnière et la salle des infirmières s'ouvraient l'une en face de l'autre.

Elle entendait plusieurs voix chuchoter dans la salle. Le moment était-il mal choisi pour demander quelque chose d'aussi insignifiant qu'un timbre ? Fannie n'avait aucune envie de les interrompre si elles étaient en train de se concentrer sur un problème important de l'hôpital. Elle s'apprêtait à faire demi-tour pour retourner dans sa chambre quand elle entendit une des infirmières dire :

— C'est vraiment l'histoire la plus tragique que j'aie jamais entendue.

Fannie s'arrêta net et tendit l'oreille.

— Rien que d'imaginer qu'il faille être celle qui la prévient !

Les quintuplées. Fannie se hâta vers la porte de la salle et passa la tête dans l'entrebâillement.

— On a des nouvelles ? demanda-t-elle, affolée.

Trois infirmières, serrées les unes contre les autres sur un canapé en laine, étaient en train de fumer. Fannie connaissait le nom de deux d'entre elles – Bette et Mary – et la troisième, elle l'avait régulièrement vue passer rapidement devant sa chambre, toujours animée de ce que Fannie imaginait une grande détermination. Peut-être travaillait-elle dans la salle d'accouchement ou la salle d'opération. Les trois femmes parurent surprises de la voir. Bette jeta sa cigarette dans le cendrier commun et se leva d'un bond pour prendre Fannie par le bras.

— Vous vous sentez bien ? Pourquoi vous êtes-vous levée ?

Fannie crut voir l'infirmière déterminée se tamponner le coin des yeux du bout des doigts.

— Je me suis dit que je pourrais vous emprunter un timbre. Y a-t-il des nouvelles…

Les trois femmes échangèrent un regard bouleversé.

— … pour les bébés Dionne ?

Fannie observa les trois femmes se rasséréner sous ses yeux.

— Oui ! Oui ! dit Mary. Les bébés sont toujours vivants ! C'est un miracle !

Bette la mena vers une chaise en rotin face au canapé.

— Voilà, dit-elle en repoussant tout au bout de la table basse une pile de magazines, un exemplaire de l'*Atlantic City Press* et le cendrier. Au moins, mettez-vous les pieds en hauteur !

— Cigarette ? proposa l'infirmière déterminée en lui tendant un paquet de Chesterfield.

— Oui, merci, dit Fannie en se penchant pour en prendre une.

Mary lui passa un briquet. Fannie n'avait pas fumé depuis plus de quinze jours, et avant, ça faisait combien de temps ? Peut-être à la fête des Newman ? Elle aspira une longue bouffée. La cigarette donnait à la soirée un petit côté festif, comme si les femmes assises en face d'elle étaient des amies et non pas du personnel hospitalier payé pour changer ses draps et lui apporter à manger.

— Quelles sont les dernières nouvelles pour les bébés ? demanda Fannie en jetant un œil sur le journal.

Mary le prit et le replia différemment avant de le tendre à Fannie. Là, en haut de la page vingt et un, il y avait un gros titre : DEUX DES CINQ QUINTUPLÉES NE VONT PAS SI BIEN. Le journal consacrait près de deux colonnes entières aux cinq fillettes, nées un peu plus d'une semaine auparavant – avec deux mois d'avance – dans l'Ontario, au Canada.

Une histoire qui passionnait Fannie. D'après l'article, dans toute l'histoire de l'humanité, on n'avait enregistré que trente cas de naissances de quintuplés. Dans aucun de ces cas, les enfants avaient tous survécu. Que ces bébés aient réussi à rester en vie pendant plus d'une semaine, c'était extraordinaire.

— D'après Edith, il semblerait que Marie ne va pas trop bien, remarqua Bette.

Fannie prit note du fait qu'Edith devait être le prénom de l'infimière déterminée.

— Marie, c'est celle qui est si petite ?

— Oui, confirma Edith.

— J'adore tous leurs noms – pas vous ? déclara Mary.

Bette acquiesça avec entrain.

— Ils sonnent tellement français.

— Le médecin n'a pas l'air trop optimiste, dit Fannie après avoir parcouru l'article.

Les femmes approuvèrent et Fannie pinça les lèvres, l'air inquiet. La vérité, c'était qu'une petite partie d'elle-même – une toute petite partie en fait – espérait que quelque chose allait mal se passer pour les quintuplées. Cette femme, qui avait déjà cinq enfants à la maison, avait donné naissance non pas à un enfant mais à cinq, et l'idée qu'ils allaient tous survivre rendait Fannie malade de jalousie.

Les enfants Dionne avaient passé les cinq premiers jours de leur vie dans un panier plein de couvertures et de bouillottes d'eau chaude, posé à côté d'un poêle. On les nourrissait avec un mélange de lait maternel, de sirop de maïs, d'eau et de rhum ; le cinquième jour, puisqu'ils n'étaient pas encore morts, on les avait installés dans une couveuse dont on leur avait fait don, pas si différente de celle dans laquelle Hyram avait passé les derniers jours de sa vie.

Ce n'était pas comme si Fannie était la première femme à perdre un enfant. Elle le savait. S'il l'avait fallu, elle aurait sans doute pu citer le nom d'une demi-douzaine d'autres qui avaient perdu un enfant à la naissance ou peu de temps après. Il y avait Mildred Greenberg, dont le mari était chauffeur à la boulangerie Adler, et Alice Cohen, qui jouait au bridge avec Rachel Stern. Ethyl Kauffman et Gladys Rivkin. Et toutes, tous les jours, elles s'habillaient, elles préparaient à manger, elles faisaient le ménage et même, elles mettaient d'autres enfants au monde. Fannie était tombée sur Gladys dans le hall du cinéma Warner, un soir où Isaac et elle étaient allés voir le film *Je ne suis pas un ange*, avec Mae West et Cary Grant. Fannie n'avait pas réussi à s'intéresser au film parce qu'elle avait passé tout son temps à examiner l'arrière du crâne de Gladys, en se demandant comment elle pouvait bien arriver à rire de quelque chose.

— Je n'arrête pas de répéter au docteur Rosenthal qu'on devrait se procurer deux ou trois de ces nouvelles couveuses pour le service, déclara Edith.

Bette lui lança un regard mais Edith n'eut pas l'air de le remarquer.

— C'est ridicule qu'une attraction sur la Promenade ait davantage de chances de sauver des bébés qu'un hôpital moderne.

— Le bébé de Fannie a passé un certain temps dans l'exposition de couveuses de Couney l'été dernier, dit Bette. Ce n'est pas vrai, Fannie ?

Fannie hocha la tête, peut-être trop vigoureusement.

— Nous l'avons retiré de l'hôpital pour le mettre là-bas parce que nous espérions que cela lui donnerait plus de chances.

— Et ça a marché ? s'enquit Edith en se penchant en avant.

— Non…

Edith parut déçue, pas forcément parce que Fannie avait perdu son fils mais plutôt parce que cette issue sapait son argument affirmant que les couveuses étaient l'avenir de la médecine. Elle se laissa tomber lourdement sur le canapé, renversa la tête en arrière en tirant longuement sur sa cigarette et souffla en direction du plafond.

Un bébé se mit à crier de l'autre côté du couloir.

— J'y vais, dit Bette en écrasant sa cigarette dans le cendrier. Fannie, ça vous dirait de venir avec moi ou vous allez vous recoucher ?

— Moi ? demanda Fannie qui n'était pas sûre d'avoir entendu correctement ce qu'avait dit Bette.

— Oui, vous. Vous voulez donner le biberon ?

— J'adorerais ça, dit-elle en posant le journal et en tendant le bras pour éteindre sa propre cigarette dans le cendrier débordant.

Elle se dit que le timbre pouvait attendre. Elle se leva, souhaita le bonsoir à Mary et Edith et suivit Bette de l'autre côté du couloir, où plus d'une douzaine de berceaux s'alignaient des deux côtés de la pouponnière. Une bonne moitié contenait des nouveau-nés. Au fond, près de la fenêtre, un bébé avait réussi à libérer ses bras de la gigoteuse et, le visage écarlate, poussait des cris perçants en direction du plafond.

— Celui-ci dispose d'une bonne paire de poumons, remarqua Bette tout en préparant un biberon.

— Je peux ? demanda Fannie avant de se pencher sur le berceau pour prendre l'enfant.

— Bien sûr.

C'était un grand bébé dodu, il pesait lourd dans ses bras – rien à voir avec Hyram mais sans doute assez proche de ce qu'était Gussie, si ses souvenirs étaient bons. À la naissance, Gussie était plus allongée et plus fine, mais elle avait des joues comme des pommes. Fannie tenait le bébé assez haut, au-dessus du renflement de son ventre ; elle se dirigea vers un fauteuil à bascule et s'assit avec précaution.

— Vous ne risquez pas de le casser. Il est costaud, dit Bette en tendant un biberon à Fannie.

Fannie glissa la petite tétine en caoutchouc dans la bouche du bébé et il se jeta immédiatement dessus, tétant la mélange laiteux avec une férocité qui la surprit. Trois semaines durant, l'été précédent, elle avait prié quotidiennement pour que son propre fils avale les gouttes de lait maternisé qu'on lui déposait sur la langue avec un flacon compte-gouttes.

C'était la première fois que Fannie tenait un bébé dans ses bras depuis la mort d'Hyram. À l'automne, elle avait changé toutes ses habitudes pour éviter les amies qui avaient des enfants en bas âge, sautant la fête prénatale d'Ellen Perlman et la fête de Hanouka au Beth Kehillah. Alors même qu'elle se savait à nouveau enceinte, elle avait laissé Anna emmener Gussie à la Baby Parade. Voir tous ces enfants dans leurs landaus, dans leurs poussettes et dans leurs chariots, c'était vraiment trop pour elle. Si Hyram avait vécu, il aurait pu être avec ces bébés-là, vêtu de sa plus belle barboteuse à carreaux, en train de grignoter un biscuit ou peut-être un bretzel en admirant Atlantic City dans toute la splendeur de ses excès.

Le bébé dans les bras de Fannie ouvrit paresseusement les yeux, la regarda brièvement puis les referma.

— Il a l'air en tellement bonne santé, dit-elle, plus pour elle-même que pour Bette.

Bette l'examina un moment puis elle dit :

— Il n'y a aucune raison de penser qu'il n'en ira pas de même pour le vôtre.

* * *

La première semaine du confinement de Fannie, Isaac s'était montré un visiteur assidu, mais dernièrement, ses visites s'étaient considérablement espacées. Fannie savait qu'il était occupé par la boulangerie et par Gussie mais l'hôpital n'était pas loin de leur appartement et, les jours où il ne passait pas la voir, elle en était perturbée.

— Où te cachais-tu donc, monsieur Feldman ? lui demanda-t-elle quand il frappa à sa porte, tôt le lendemain matin.

— À droite à gauche, répondit-il en tirant le tabouret plus près du lit.

Les visites n'étaient pas autorisées avant neuf heures.

— Comment as-tu fait pour que les infirmières te laissent passer ? voulut savoir Fannie tandis qu'il lui plantait un baiser sur le front.

Elle tenta d'inspirer son odeur au passage.

Isaac n'offrit aucune explication, se contenta de faire un clin d'œil tout en s'asseyant jambes croisées. C'était un homme séduisant et Fannie savait qu'il devait avoir la cote auprès des infirmières de l'étage.

— Eh bien ? dit-elle en montrant les quatre murs autour d'eux.

— C'est une jolie chambre.

— Papa t'a dit qu'il allait faire ça ? Je m'inquiète à l'idée que ça coûte très cher.

— J'en suis bien certain. Mais ton père peut se le permettre.

Pareille affirmation mit Fannie mal à l'aise. Parfois, quand Isaac parlait d'argent, elle se sentait rougir jusqu'aux oreilles. Son père ne discutait jamais ouvertement de ses finances mais Isaac avait vite fait de lui rappeler que seuls les gens qui ont de l'argent peuvent se permettre de ne pas en parler.

Oui, nous avons de l'argent, voulut répliquer Fannie. Mais elle savait que l'obsession d'Isaac était moins liée au salaire que lui versait son père qu'aux conditions dans lesquelles il avait grandi. Trop souvent, il avait été contraint de faire sans.

Quand Isaac avait commencé à sortir avec Fannie, un million d'années auparavant, il n'avait pas un sou vaillant. Il aimait lui promettre que, dès qu'il serait un peu plus installé dans la vie, il pourrait lui offrir des steaks au Ritz mais, en attendant, elle revenait souvent de leurs rendez-vous suffisamment affamée pour filer dans la cuisine se faire un sandwich. Elle tentait de dire à Isaac qu'elle n'avait nul besoin de dîners fastueux, du moment qu'ils étaient heureux, mais plus le temps passait, plus les promesses d'Isaac prenaient de l'ampleur. Désormais, il affirmait vouloir leur acheter une voiture, une petite maison à Ventnor ou à Margate, de l'influence à la synagogue.

Parfois, Fannie n'était pas très sûre qu'Isaac avait eu vraiment raison d'accepter de travailler chez son père. Quand il avait commencé à livrer le pain pour la boulangerie Adler, elle savait qu'il considérait cet emploi comme provisoire, un travail qui lui permettait de souffler pendant qu'il préparait un nouveau projet. Mais en 1928, alors qu'ils étaient mariés depuis deux ans et que Gussie avait un an, Joseph avait ouvert l'usine dans Mediterranean

Avenue et cessé de fabriquer du pain dans l'arrière-boutique d'Atlantic Avenue. Au bout d'un an, la production de la boulangerie Adler s'était multipliée par dix et Joseph avait investi dans des nouveaux camions pour livrer la marchandise dans tout le sud du New Jersey.

Pour la première fois, d'après les souvenirs de Fannie, ses parents paraissaient authentiquement à l'aise. Et cette expansion fut également favorable à Isaac et Fannie. Isaac obtint une promotion – il était chargé de superviser l'ensemble des camions de livraison –, un bureau avec un téléphone et une belle augmentation.

Mais ce nouveau poste ne fit qu'aggraver la dette d'Isaac à l'égard de Joseph et Fannie estimait qu'en outre, cela donnait à Isaac une connaissance un peu trop précise de la situation financière de son père. La maison familiale dans Atlantic Avenue, les chèques qu'ils envoyaient à Wellesley et surtout le soutien paternel au projet de Florence, qui voulait traverser la Manche à la nage, tout cela rendait Isaac plein d'amertume, d'une façon qui paraissait déraisonnable.

Isaac restait tout à fait déterminé à cesser d'être ainsi soumis à l'autorité de Joseph et il avait commencé à faire des économies drastiques pour pouvoir, un jour, démarrer sa propre affaire. Fannie trouvait que c'était une idée à courte vue – pourquoi se refusait-il à voir qu'un jour ou l'autre, son père finirait par prendre sa retraite et que, si Isaac travaillait dur et se montrait patient, la boulangerie deviendrait la sienne ? Au pire, il devrait partager la responsabilité de la diriger avec celui qui épouserait Florence. Les jours où Isaac rentrait de l'usine de bonne humeur, Fannie essayait de suggérer qu'ils pourraient plutôt utiliser leurs économies pour payer un acompte sur une maison.

À l'automne 1929, quand les marchés financiers s'écroulèrent, Isaac commença à s'absenter de l'appartement pendant de longues périodes. Quand il était là, il allait se coucher de bonne heure, s'occupant à peine de Fannie et de Gussie. Ce comportement dura des semaines jusqu'à ce que, un soir, Fannie le réveille en le secouant sans ménagement.

— Ça suffit. Maintenant, je veux que tu me dises ce qui se passe.

Isaac, désorienté, se frotta les yeux.

— J'ai perdu tout l'argent.

Fannie se sentit submergée par une vague de soulagement. Ce n'était que ça ?

— Isaac, il s'agissait de quelle somme ? Deux cent cinquante dollars ? dit Fannie. On pourra recommencer à les économiser.

— Je les ai utilisés pour jouer en Bourse.

— Ça veut dire quoi ?

— J'ai donné notre argent et la banque m'a prêté dix fois cette somme.

— Je ne comprends pas.

— La banque nous prête de l'argent et quand la Bourse monte, nous remboursons la banque.

— Que se passe-t-il quand la Bourse descend ?

Isaac ne répondit pas.

— Isaac ?

— La banque exige d'être remboursée. J'ai quinze jours pour tout payer.

Il fallut plusieurs longues secondes à Fannie pour se reprendre. Elle avait déjà du mal à imaginer avoir deux mille cinq cents dollars, encore moins les trouver dans les quinze jours à venir.

— Qu'est-ce qu'on va faire ? finit-elle par demander.

Isaac n'avait pas besoin de lui dire que la seule et unique chose à faire, c'était d'aller demander de l'aide à son père en espérant que lui-même n'était pas aussi financièrement aux abois. Acquérir le terrain de Mediterranean Avenue et bâtir l'usine, cela avait nécessité du capital et elle priait pour que l'argent de son père fût dans les briques et le mortier de la boulangerie Adler et pas à la Bourse de New York. Fannie proposa d'aller le trouver pour lui en parler mais Isaac refusa tout net. Les marchés financiers et leurs répercussions, ce n'était pas des affaires de femmes.

Il fallut plusieurs jours à Isaac pour trouver le courage d'aller voir Joseph mais, après, il se sentit bien soulagé. Sortir la somme dont Isaac avait besoin ne serait pas facile mais Joseph pouvait y arriver. Ils se mirent d'accord sur un prêt sans intérêt, remboursable sur dix ans.

— De quoi avait-il l'air ? s'était enquis Fannie après qu'Isaac lui avait expliqué les termes de leur accord.

— Qu'est-ce que tu veux dire ? Il avait l'air de quelqu'un qui va nous prêter de l'argent.

— Était-il surpris ? demanda-t-elle, mais ce qu'elle voulait dire, en réalité, c'était : était-il déçu ?

Après la débâcle des banques, les touristes restèrent chez eux ; Fannie et Isaac virent de nombreuses affaires, parmi les plus stables d'Atlantic City, mettre la clé sous la porte. C'était comme si, presque du jour au lendemain, Isaac avait cessé de rêver. Il ne revenait plus de l'usine avec des projets en cours de conception ni des croquis de magasins dessinés au dos de vieux reçus. Il cessa de parler de la maison qu'ils achèteraient et il devint plus silencieux, indifférent. Il riait de moins en moins aux plaisanteries de Fannie, il se montrait de plus en plus irritable avec Gussie. Là où auparavant il avait tenté de séduire et même d'impressionner les parents de Fannie, il préférait désormais les éviter, se dispensant des dîners de shabbat et des dimanches après-midi sur la plage. Mais, d'après Fannie, le changement le plus significatif, c'était le refus complet d'Isaac d'envisager l'arrivée d'un deuxième enfant.

Pendant deux mois après le krach, Isaac ne s'approcha pas de Fannie. Quand il revint enfin vers elle, par une froide nuit de janvier, elle faillit en pleurer de soulagement. Le vent qui venait de l'océan faisait trembler les fenêtres de leur chambre et les radiateurs, récemment purgés, craquaient sous le poids de leur lourde responsabilité. Fannie sentit la pression familière monter à l'intérieur d'elle, comme si elle aussi avait une valve qu'il fallait seulement tourner de quelques degrés. Elle chuchota « Continue » dans l'oreille d'Isaac, mais à peine ces mots étaient-ils sortis de sa bouche qu'il se retira complètement, répandant une flaque chaude sur le ventre pâle de sa femme.

— Pourquoi as-tu fait cela ? avait demandé Fannie, même si elle connaissait déjà la réponse.

— Vu les circonstances, je ne souhaite pas avoir un autre enfant.

Fannie sentit les larmes lui monter aux yeux mais l'obscurité suffit à les dissimuler.

— Alors, dans quelles circonstances ?

— Je ne sais pas, Fannie, répondit-il en soupirant. Mais pas dans celles-ci.

De tous les hommes que connaissait Fannie qui avaient été, d'une manière ou d'une autre, touchés par la récession économique, Isaac, avec son travail à l'usine, paraissait parmi les moins menacés. En période de restriction, leurs amis et leurs voisins pouvaient bien renoncer à des nouvelles chaussures et à des nouveaux chapeaux pour les dames mais elle ne pouvait pas les imaginer se passer de pain. Évidemment, la situation pouvait encore s'aggraver mais Fannie était convaincue que, tant que ce ne serait pas l'absolue catastrophe, son père serait en mesure de protéger Isaac. Il licencierait un bon nombre de chefs de fabrication, d'ouvriers boulangers et d'emballeurs avant de mettre son propre gendre au chômage. Isaac n'était sans doute pas près de voler de ses propres ailes mais il n'était nullement question qu'ils se retrouvent dans la misère.

Il fallut trois ans pour qu'Isaac cessât de se retirer au moment de jouir. La première fois, Fannie estima qu'il avait simplement commis une erreur. Mais cela recommença deux soirs après et puis encore la semaine suivante. Elle ne réagit pas, craignant de le voir se raviser, mais elle commença à reprendre espoir, à attendre avec impatience ces moments où elle sentait les muscles de son mari se tendre, son souffle s'accélérer. Comme elle le faisait dans les premiers temps de leur rencontre, elle arquait le dos en l'entourant de ses jambes, laissant son corps se faire pénétrer par celui de son mari jusqu'à le sentir frissonner. Dans l'obscurité, tandis que Fannie attendait que la respiration de son mari retrouve un rythme normal au point de la bercer, elle tentait de se convaincre qu'Isaac avait franchi un cap, que cet assentiment était en fait l'expression d'une certitude. Mais au fond de son cœur, elle savait que, plus que probablement, Isaac avait simplement renoncé.

* * *

— La seule chose que je ne comprends pas dans cette chambre, déclara Fannie à Isaac, c'est où se trouve la radio.

Isaac, l'air distrait, fit des yeux le tour de la chambre.

— Qu'est-ce qui te fait penser que tu devrais en avoir une ?

— Certaines des femmes dans le couloir en ont. J'entends les émissions le soir.

Isaac se pinça la peau du nez, comme s'il avait du mal à croire ce qu'elle disait.

— Tu trouves que je fais preuve d'égoïsme ? Évidemment, c'est une chambre très…

— Toc toc, dit une voix dans le couloir.

Fannie se redressa dans son lit quand elle vit qu'il s'agissait de Mme la directrice McLoughlin qui faisait sa tournée matinale.

— Oh, je vois que vous avez de la compagnie, dit la directrice en regardant sa montre. Monsieur Feldman, vous voudrez bien vous souvenir que les heures de visite commencent à neuf heures le matin. Il n'est que sept heures et demie.

— Si tôt que ça ? répliqua-t-il avec un sourire narquois, mais McLoughlin ne parut nullement amusée.

Fannie se demanda si elle devait poser la question à propos de la radio tout en espérant qu'Isaac le ferait pour qu'elle n'ait pas à s'en occuper. McLoughlin l'intimidait, et c'était ainsi depuis qu'elle l'avait rencontrée l'été précédent.

McLoughlin ouvrit le dossier de Fannie et celle-ci en profita pour articuler le mot « radio » à Isaac. Comme il faisait mine de ne pas comprendre ce qu'elle disait, elle leva les yeux au ciel, exaspérée.

— Votre tension paraît bonne. Elle est encore légèrement trop élevée mais rien qui puisse nous inquiéter. Le docteur Rosenthal en a-t-il discuté avec vous ?

Fannie confirma qu'ils en avaient discuté.

— Bien, dit McLoughlin en refermant le dossier avec énergie.

L'été d'avant, Fannie avait supposé que quelque part dans ce dossier bourré de notes, il y avait des réponses. Pourquoi avait-elle accouché si tôt ? Était-ce sa faute, celle d'Isaac, celle de Dieu ? Pendant un bon moment, elle avait interrogé McLoughlin et le docteur Rosenthal chaque fois qu'elle en avait eu l'occasion, mais ils ne lui avaient jamais fourni la moindre réponse satisfaisante. Elle avait fini par cesser de leur poser des questions.

Isaac n'était pas partisan de ces questions à répétition, que ce fût alors ou maintenant. Elle articula à nouveau le mot « radio », mais il haussa les épaules, la mettant dans l'obligation de réclamer elle-même ce qu'elle voulait.

— Au fait, nous nous interrogions, n'y a-t-il pas de radio dans les chambres ?

McLoughlin regarda Isaac. Si Fannie n'avait pas eu un brin de jugeote, elle aurait dit que la directrice le regardait de travers.

— Pas dans toutes les chambres.

— Oh ? dit Fannie.

— Il y a un supplément à régler.

— De combien ?

— Plus que votre père ne souhaitait payer.

* * *

Une fois McLoughlin partie, Isaac et Fannie ne trouvèrent plus grand-chose à se dire. Assis sur le bord de la chaise, Isaac paraissait prêt à filer, et distraitement, il faisait tourner sans arrêt son chapeau autour de son index. Il avait des doigts si longs, si élégants.

Fannie finit par trouver cela insupportable.

— Tu vas abîmer le bord, dit-elle.

Il cessa.

— Tu as vu Gussie hier ? demanda-t-elle en essayant d'aborder un sujet de conversation qui leur convienne à tous les deux.

— Hmmm ?

— Gussie ? Maman dit qu'elle va bien.

— Oh oui, dit-il d'un ton hésitant, je… je l'ai vue, oui.

— C'est terrible à quel point elle me manque, dit Fannie. Je ne m'attendais pas à ce que ce soit aussi fort. L'année dernière, je n'étais restée à l'hôpital qu'une semaine, peut-être dix jours.

— Mmmm.

Tous les hommes se révélaient-ils d'aussi piètres interlocuteurs quand ils se retrouvaient projetés dans des situations qui les mettaient mal à l'aise ? Ou était-ce seulement son mari ?

— Elle a l'air d'aller bien ? D'être heureuse ? insista Fannie.

Au mot « heureuse », Isaac releva la tête. Son front se rida.

— Heureuse ? répéta-t-il, comme s'il n'avait pas compris la question.

— Heureuse.

— Oui, oui. Bien sûr, elle a l'air heureuse.

Après que plusieurs autres sujets de conversation eurent tourné court, Fannie rendit sa liberté à Isaac.

— Tu devrais aller travailler. Avant que McLoughlin ne te fasse sortir par la force pour avoir enfreint le règlement de l'hôpital.

Elle avait essayé d'être drôle mais cela ne fit pas rire Isaac. Il était déjà debout, prêt à partir, son chapeau sur la tête.

Il se pencha pour l'embrasser sur la joue mais elle l'attrapa par la cravate et dirigea la bouche de son mari vers la sienne. Elle avait besoin de se sentir l'ancienne Fannie rien qu'une petite minute – la Fannie qui avait vu quelque chose d'exceptionnel dans sa façon de la regarder. Isaac réagit à ce baiser et, pendant un long moment, ils se retrouvèrent dans leur vieille cachette, sous la Promenade, à Sovereign Avenue. Il n'y avait pas de Gussie, pas d'emprunt, pas d'Hyram. Leur plus gros souci, c'était de savoir si Esther et Joseph autoriseraient leur fille à épouser un homme sans le sou.

Quand Fannie se recula, les joues d'Isaac étaient légèrement empourprées et l'amorce d'un sourire s'était dessinée sur son visage. Il lui caressa le menton en déposant un baiser sur le bout de son nez avant de se diriger vers la sortie.

— Isaac ! appela-t-elle alors qu'il avait pratiquement franchi la porte. J'ai failli oublier.

Elle attrapa l'enveloppe, toujours sans timbre, sur la table de chevet et la lui tendit.

— Tu veux bien être un chou et donner ça à Florence ?

JOSEPH

Lorsque Joseph arriva à la concession des plages de Wischafter, le matin qui suivit l'enterrement de sa fille, un plagiste de quatorze ou quinze ans était déjà en train d'installer les transats et de déplier de gigantesques parasols.

— Combien coûte la location d'un transat pour la semaine ? demanda Joseph en essayant de toutes ses forces de se concentrer sur le visage du jeune garçon plutôt que sur le vaste océan derrière lui.

— Huit dollars, répondit le garçon.

Joseph fit la grimace. Il pourrait en acheter un pour moins que ça.

— Il y a aussi une caution de trois dollars.

Joseph sortit son portefeuille et se mit à compter les billets. Il ne pourrait jamais raconter à Esther qu'il avait dépensé autant d'argent pour une chose aussi futile. Le garçon prit un petit crayon et un carnet à souches dans sa poche.

— Votre nom ? demanda-t-il.

— Joseph Adler.

Le garçon lui fit la conversation tout en notant les renseignements concernant Joseph avant de signer le reçu.

— Vous êtes au courant de la noyade qui a eu lieu dimanche ?

Joseph ferma les yeux et vit sa femme en train de vomir sur le plancher du centre de secours, après que le chirurgien avait déclaré Florence morte.

— La première de la saison, continua le garçon.

— On sait de qui il s'agit ? demanda Joseph en se forçant à poser la question.

— Une fille, répondit le garçon en tendant le reçu à Joseph. Rapportez cela à la fin de la semaine – pour pouvoir récupérer votre caution.

Ce fut tout juste si Joseph réussit à acquiescer d'un signe de tête. *Une fille.*

— Il est à vous, dit le garçon en montrant un transat en bois avec un siège en toile à rayures bleu et blanc.

Un petit *63* était peint en bleu au pochoir sur le cadre.

Joseph se dirigea vers le transat, le replia et le fourra sous son bras. De sa main libre, il porta la main à son chapeau et partit vers States Avenue. Il n'avait pas fait plus d'une douzaine de pas, il venait à peine de quitter le sable quand le garçon arriva en courant derrière lui.

— Monsieur, vous ne pouvez pas emporter le transat en dehors de la plage. Il est à vous pour la semaine mais il doit rester sur le sable.

Joseph posa le transat et sortit à nouveau son portefeuille.

— Écoutez-moi bien, dit-il. Voilà trois dollars de plus. Laissez-moi emporter le transat et, quand je le rendrai, vous pourrez garder aussi la caution.

* * *

Les locaux administratifs de la boulangerie se trouvaient au deuxième étage de l'usine, loin des batteurs mélangeurs, des pétrins et des laminoirs qui encombraient le premier et des fours, des clayettes de refroidissement, des machines à trancher le pain et des postes d'emballage qui remplissaient le rez-de-chaussée.

Quand Joseph avait conçu le bâtiment six ans auparavant, il avait passé beaucoup de temps à réfléchir à la meilleure méthode pour fabriquer le pain. La fabrication étant en grande partie mécanisée – c'était le seul moyen pour gagner correctement sa vie dans ce métier –, il lui avait paru indispensable de réexaminer chaque étape du processus. Il avait étudié les ingrédients dont il avait besoin – des sacs de farine de cinquante kilos, de l'eau, de la levure, du sel –, le nombre exact de minutes nécessaires pour que la pâte lève, le nombre de pains qu'on faisait entrer dans un four, combien de temps il fallait les laisser refroidir avant de les enlever de la grille et, maintenant que les consommateurs américains réclamaient du pain tranché, combien de tranches on pouvait obtenir avec un pain. Partout où le rendement était améliorable, il l'améliora. Avec cet objectif en tête, il avait installé les nouvelles machines au rez-de-chaussée et au premier, et s'était relégué lui, ainsi qu'une secrétaire, Isaac et la petite flotte de chauffeurs-commerciaux, au deuxième. Il avait installé son bureau au fond du bâtiment, d'où il pouvait surveiller les camions de livraison charger tous les matins et revenir le soir, à vide.

En arrivant en haut de l'escalier, Joseph, les jambes en feu, se dépêcha d'aller dans son bureau. Il y avait quelques chauffeurs au téléphone mais Mme Simons n'était pas à son poste, ce dont Joseph lui fut exceptionnellement reconnaissant. Il appuya le transat contre ses jambes pendant qu'il fouillait le bureau de Mme Simons à la recherche d'une feuille de papier à lettres qu'il trouva dans le troisième tiroir. Avec un stylo noir, il écrivit PRIÈRE DE NE PAS DÉRANGER en lettres majuscules. Était-ce trop sec ? Peut-être. Il ajouta en dessous, en écriture cursive, *Importante affaire en cours*, dans l'espoir de rendre cet ordre moins impératif et colla la feuille sur sa porte.

Une fois dans son bureau, Joseph verrouilla derrière lui. Puis il se dirigea vers la fenêtre et descendit le store.

Après avoir posé le transat contre la cheminée, il alla à son bureau, où il fouilla dans ses propres tiroirs, à la recherche d'un bout de bougie. Avec les allumettes qu'il avait dans sa poche, il chauffa la cire pour fixer la bougie sur le couvercle d'une boîte de café vide. Puis il plaça ce bougeoir improvisé sur la cheminée, alluma la bougie et récita une prière. Dès qu'il fut certain que la flamme ne s'éteindrait pas, il déplia le transat.

Le Talmud décrivait les souffrances de Job alors qu'il pleurait ses enfants morts, *Et ils se tinrent assis à terre avec lui sept jours et sept nuits, et nul ne lui dit une parole, car ils voyaient que sa douleur était extrême.* Job et sa descendance étaient morts depuis plus de deux mille ans mais les chaises des Chive'a, encore aujourd'hui, étaient surbaissées tout exprès pour permettre aux personnes en deuil de s'asseoir aussi près du sol que possible.

Joseph se laissa lourdement tomber dans sa chaise des Chive'a de fortune, enfouit sa tête dans ses mains et se mit à pleurer.

* * *

Il y avait de bonnes raisons pour cacher la mort de Florence à Fannie mais au troisième jour de ce rituel de deuil auto-imposé, Joseph était arrivé à la conclusion qu'une petite liste de gens devaient être informés de la disparition de sa plus jeune fille.

Il y avait Clementine Dirkin, l'entraîneuse de natation de Wellesley. Joseph ne l'avait jamais rencontrée mais Florence avait toujours parlé d'elle avec beaucoup d'affection et il estimait qu'on pouvait lui faire confiance pour informer les gens qu'il fallait à l'administration et partager la nouvelle avec les coéquipiers de Florence. Il imaginait les filles en train de se rassembler quand elles reviendraient sur le campus en septembre, pour se consoler mutuellement et décider de la meilleure manière d'honorer la mémoire de leur amie disparue. Dédieraient-elles une compétition à sa mémoire ? Déposeraient-elles des babioles d'un genre ou d'un autre devant son casier ? Poseraient-elles une plaque dans la piscine ? Joseph aimait à penser que la mort de sa fille laissait un vide que les autres étudiantes trouveraient impossible à combler.

Et puis il y avait le problème de détricoter la traversée de la Manche, une tâche que Joseph ne savait pas trop comment aborder. Florence avait pris elle-même beaucoup d'initiatives, contournant Esther pour aller demander directement à Joseph si elle pouvait acheter un billet de bateau ou réserver un séjour d'un mois à l'hôtel du Phare, sur le cap Gris-Nez. Joseph avait bien regimbé devant les chiffres que Florence lui avait présentés mais elle l'avait convaincu de ne pas considérer cette traversée et les coûts qu'elle impliquait comme une dépense mais plutôt comme un investissement. Si elle réussissait à traverser la Manche, elle le rembourserait grâce aux parrainages et aux honoraires de conférences ; la boulangerie Adler pourrait alors se vanter que c'était grâce à leur pain de seigle si elle était la première femme juive à avoir traversé la Manche à la nage.

Ce qui coûtait le plus cher dans le projet de Florence, c'était l'embauche de l'entraîneur qui devait l'accompagner pendant la traversée. Deux hommes étaient des candidats potentiels, Bill Burgess et Jabez Wolffe ; ils avaient eux-mêmes traversé la Manche avec succès et, maintenant, gagnaient leur vie en aidant les autres – des hommes et quelques femmes – à en faire autant. Ils connaissaient les marées et les courants, ils surveillaient les conditions météorologiques et l'état de la mer. C'était l'entraîneur, Florence avait-elle expliqué à Joseph, qui lui dirait d'arrêter ou de continuer. Il lui apprendrait à profiter des courants, à se débrouiller pour s'alimenter et il engagerait le bateau-pilote local qui la suivrait sur les quarante-huit kilomètres jusqu'à Douvres. Et le plus important, si elle était dans un état d'épuisement intense ou si elle se mettait à délirer, ce qui pouvait facilement se produire au cours d'une traversée de plus d'une journée : ce serait à lui de prendre la décision de la tirer hors de l'eau.

En 1925, il y avait eu un tollé dans tout le pays quand Wolffe avait fait sortir Trudy Ederle trop vite. Les règles étaient claires : si on touchait un nageur ou une nageuse, quelle qu'en soit la raison, il ou elle était immédiatement disqualifié(e). Ederle soutint qu'elle n'était pas prête à abandonner quand Wolffe lui avait tendu la main et elle s'était plainte bruyamment devant tout journaliste armé d'un stylo qu'il l'avait bloquée sans raison. Lorsqu'elle retourna en France, l'été suivant, elle engagea Burgess et non Wolffe comme entraîneur ; elle avait également demandé à son père d'être présent et elle lui avait donné des consignes très strictes : il devait surveiller le moindre geste de Burgess. Joseph pensait que la presse, au moins, avait su donner l'impression que son père et elle formaient une bonne équipe.

— Si tu veux, tu peux m'accompagner, avait offert Florence à Joseph alors qu'il était en train de rédiger un chèque d'acompte à l'ordre de Bill Burgess. Sois donc mon bras droit.

La proposition était tentante mais il fallait penser à la boulangerie, sans compter le coût d'un deuxième billet de bateau et d'une chambre d'hôtel. Maintenant, tandis qu'il accomplissait les Chive'a pour elle, il regrettait de ne pas l'avoir prise au mot. Bien sûr, ils ne seraient jamais arrivés en France mais Florence serait morte en sachant que l'amour que lui portait son père était aussi vaste que n'importe quelle mer qu'elle aurait décidé de vaincre. Mais évidemment, elle le savait, non ?

Joseph n'avait pas la moindre idée de la façon dont il pouvait retrouver Bill Burgess. S'il ne parvenait pas à récupérer son adresse dans la correspondance de Florence, il pensait pouvoir la dénicher dans le carnet qu'elle trimballait toujours avec elle ces deux dernières années lors de ses allers-retours entre Wellesley et Atlantic City. Car, depuis que Florence avait commencé à envisager de traverser la Manche à la nage, elle notait les rythmes de son entraînement, son régime alimentaire et même son sommeil dans un petit carnet à la couverture bleu pâle. Dessus, elle avait écrit en majuscules, LA NAGEUSE FLORENCE ADLER TRAVERSE LA MANCHE. Comme si c'était déjà fait.

Joseph était impressionné par ses notes prises avec soin, ses schémas proprement identifiés, ses tableaux tracés à la règle pour que les lignes soient bien droites. Sur certaines pages, elle avait collé des articles de presse concernant d'autres nageurs, d'autres tentatives sur longue distance. Il se souvenait d'avoir été assez impressionné en feuilletant ce carnet et de s'être demandé – avec beaucoup d'espoir – si sa fille s'appliquait tout autant pour son travail universitaire.

Oui, le carnet lui offrirait sûrement une piste pour trouver les coordonnées de Burgess. Quant à Dirkin, une lettre serait peut-être la meilleure solution. Un document qu'elle pourrait transmettre à l'administration, un document à classer avec les relevés de notes définitivement incomplets de Florence. Joseph se hissa hors de son transat pour aller à son bureau. Il tambourina sur le buvard en réfléchissant aux différentes options. Il finit par appeler sa secrétaire.

— Madame Simons, voulez-vous venir ici un instant ?

* * *

Ce soir-là, dès qu'Esther fut partie se coucher, Joseph en profita pour aller frapper doucement à la porte de l'ancienne chambre de Fannie et de Florence, que Florence avait brièvement partagée avec Anna.

— Entrez, entendit-il Anna dire de l'intérieur.

— Ça t'ennuie si je viens t'envahir une minute ? Je cherche quelque chose.

Anna était couchée sur le lit – l'ancien lit de Fannie – en train de lire un livre. Mais, dès qu'il entra, elle se redressa, s'assit au bord du matelas et chercha ses chaussures. Joseph ne voulait surtout pas la mettre mal à l'aise, il tenait à ce qu'elle considère cet espace comme lui appartenant, à elle aussi.

— Ne te lève pas, dit-il, mais elle était déjà debout. Je t'en prie, assieds-toi.

Elle obéit, en hésitant. Elle avait refermé son livre, un doigt glissé dedans pour faire marque-page. Elle le regarda faire des yeux le tour de la chambre, comme s'il l'examinait pour la première fois. Avait-il jamais vraiment remarqué à quel point cette pièce était sombre, la nuit venue ?

— Y a-t-il une ampoule grillée sur cette lampe ? demanda-t-il.

Anna regarda sous l'abat-jour et secoua la tête.

— Non, tout va bien.

— Il fait sombre ici. Il y a à peine assez de lumière pour lire.

Anna regarda à nouveau la lampe puis le livre qu'elle tenait à la main.

— Non, ça va.

Joseph nota dans sa tête de chercher une plus grosse lampe, avec une ampoule plus forte.

La pièce avait des proportions généreuses. Contre un des murs, il y avait deux lits en cuivre séparés par une table de chevet de chez Stickley qui avait appartenu à la mère d'Esther. Il y avait aussi deux commodes, mais aucune des deux n'était particulièrement remarquable. Sur les commodes traînaient quelques babioles – un kaléidoscope que Joseph avait offert à Fannie quand elle était déjà trop grande pour s'en amuser beaucoup et la Pageant Cup que Florence ne s'était pas donné la peine d'emporter quand ils avaient quitté l'appartement l'été précédent.

Il commença à ouvrir les tiroirs de la commode de Florence puis se demanda s'il ne devait pas quelques explications à Anna.

— Je cherche l'adresse de Bill Burgess.

Elle posa son livre sur la table de chevet et s'avança vers la commode, alluma une autre lampe, qui donnait encore moins de lumière que celle à côté de son lit.

— Bill Burgess, c'est son entraîneur ? demanda-t-elle.

— En France, oui. Ou peut-être en Angleterre.

— Je n'ai vu aucun carnet d'adresses.

— Je me demandais si ça ne serait pas dans sa correspondance. Ou peut-être dans ce carnet spécial natation qu'elle tenait. Celui qui a la couverture bleu pâle.

— Il est là, dit-elle en désignant la table de chevet.

Elle ouvrit le tiroir, laissant la délicate poignée de cuivre cliqueter contre le bois puis recula d'un pas et se rassit sur son lit.

— Je n'ai pas vu beaucoup de lettres. Est-il possible qu'elle les ait laissées à l'université ?

Joseph faillit se mettre à pleurer en voyant le carnet. Tant d'énergie et tous ces espoirs qui animaient sa fille, ces espoirs qui ne se réaliseraient jamais. Il prit le carnet et s'assit sur le lit de Florence, face à Anna. L'encre des mots inscrits sur la couverture avait coulé depuis la dernière fois qu'il avait vu le carnet. Il fit courir ses doigts sur ceux qui étaient encore lisibles : LA NAGEUSE FLORENCE ADLER.

Il tourna lentement les premières pages, lisant chaque mot. Une note de juillet dernier disait *Remplacé ma tartine du petit déj par une banane. Sentais que j'aurais pu nager éternellement*, et il dut s'arrêter. Il n'allait pas pouvoir poursuivre, pas devant Anna.

— Tiens, dit-il en lui tendant le carnet. C'est seulement une adresse que je cherche. Pour pouvoir lui écrire. Lui dire qu'elle est…

Anna hocha la tête, ouvrit le carnet et commença à en tourner les pages.

Joseph admira le sérieux de la jeune fille, sa capacité à se concentrer sur la tâche du moment.

— Tu me rappelles beaucoup ta mère, remarqua-t-il en observant Anna déchiffrer l'écriture précise de Florence. Inez était le genre de fille qui ne se laisse pas facilement distraire.

Anna fit un grand sourire.

— Elle ne parle pas beaucoup de… de son enfance.

— Veux-tu dire qu'elle ne parle pas beaucoup de moi ?

Anna s'empourpra.

— Pourquoi le ferait-elle ? dit-il. Je suis le passé.

— Nos passés sont importants, non ?

Joseph approuva d'un haussement d'épaules. Il se demandait ce qu'Inez avait raconté à sa fille, il savait qu'à tout le moins, elle avait lu les mots qu'il avait inclus dans sa déclaration sous serment.

— C'est drôle ce qu'on garde comme souvenirs.

Anna, dans l'expectative, cessa de tourner les pages du carnet pour le regarder. Il lui désigna le carnet d'un signe de tête, l'encourageant à continuer, puis il recommença à parler.

— Ta mère avait un vélo et on le prenait pour rouler le long de la rivière. Je pédalais et elle conduisait et ce dont je me souviens le plus, c'était que j'avais toujours ses cheveux dans les yeux et dans la bouche.

— Vous aviez quel âge ?

— Peut-être neuf ou dix ans. On était des mômes, dit-il en se souriant à lui-même.

Anna tournait toujours les pages du carnet mais elle avait ralenti le rythme.

— Avez-vous jamais pensé que vous pourriez rester ? demanda-t-elle.

— Si.

Il n'avait pensé à rien d'autre pendant cet automne où ils avaient dix-sept ans, alors que le billet de paquebot envoyé par son frère était arrivé par courrier. Inez avait examiné fixement le billet quand il le lui avait montré, comme si elle pouvait le faire disparaître rien qu'en le regardant suffisamment longtemps. « Épouse-moi alors, avait-elle dit quand elle avait compris qu'il ne resterait pas à Lackenbach. Emmène-moi avec toi. »

Anna voulait entendre une histoire mais Joseph n'était pas sûr qu'elle voulait entendre celle-là. La demande en mariage prononcée à la hâte, la promesse de faire venir Inez dès qu'il aurait économisé suffisamment d'argent, les lettres d'un bord à l'autre de l'Atlantique, qui s'arrêtèrent brusquement quand il rencontra Esther – rien de tout cela n'était très glorieux pour lui.

— Mais que t'a raconté ta mère, en fait ? demanda-t-il à Anna.

— Pas grand-chose, dit-elle en relevant encore une fois la tête du carnet. Simplement que vous étiez fiancés et que ça n'avait pas marché.

Inez était une femme bien, trop correcte pour influencer l'opinion de sa fille en lui disant la vérité.

— Anna, déclara-t-il quand elle reprit sa tâche, je ne veux pas que tu t'inquiètes en ce qui concerne ta mère. Tes parents. Si la déclaration sous serment ne fonctionne pas, nous pourrons essayer d'autres choses.

Une larme glissa sur la joue d'Anna et elle l'essuya d'un revers de main.

— Vous ne croyez pas que le consul l'acceptera ?

Obtenir un visa étudiant pour Anna, c'était une chose ; obtenir des visas pour ses parents risquait d'en être une autre. Puisque Joseph n'était pas un membre de leur famille, il devait prouver qu'Inez et Paul ne se retrouveraient pas à la charge de l'État en arrivant aux États-Unis – qu'ils pourraient subvenir à leurs propres besoins pour une durée indéterminée, et tout ça sans pour autant prendre le travail d'un Américain méritant. Une prouesse impossible, étant donné que leurs avoirs étaient gelés.

Joseph se demandait jusqu'à quel point il devait se montrer honnête avec Anna.

— Je soupçonne que ma simple déclaration sous serment ne suffira pas. Mais on ne sait jamais…

— Vous êtes très gentil de vous occuper de cela maintenant, après… tout le reste.

Le désir d'aider Inez et Paul était antérieur à la mort de Florence, il lui paraissait donc impossible de leur tourner le dos à présent. Il se disait que Florence aurait voulu que ça se passe ainsi mais ce n'était pas la seule raison. Cela faisait du bien à Joseph d'avoir de quoi s'occuper et il savait que c'était pour lui un soulagement que de devoir se concentrer sur quelque chose d'aussi concret qu'une demande de visas, avec tous ses pièges et ses dangers. S'il suivait les bonnes pratiques et les bonnes procédures, s'il payait les honoraires requis, il serait au moins possible de faire surgir comme par magie les parents d'Anna. Il ne pourrait jamais en être ainsi pour Florence.

— Ce n'est rien, dit-il tout en regardant Anna arriver à la dernière page.

— L'adresse n'est pas là-dedans, déclara-t-elle en refermant le carnet. Stuart l'aura sûrement. Ou il pourra vous la trouver.

Il tendit la main pour récupérer le carnet et elle le lui remit avec précaution, comme si c'était un objet précieux et fragile.

* * *

Stuart était dans le transat, l'air pas très à l'aise, quand Joseph arriva au bureau le vendredi matin. Dès que Joseph entra dans la pièce, Stuart se leva, trop vite, et le transat se replia sur lui-même. Il tomba bruyamment par terre et Joseph tressaillit.

— Votre secrétaire m'a dit que vous désiriez me voir.

Joseph ne répondit rien, il traversa la pièce jusqu'à son bureau, saisit le lourd fauteuil pivotant en chêne et l'emporta jusqu'à la cheminée.

— Asseyez-vous là, dit Joseph. Ce sera plus confortable.

Stuart voulut discuter mais Joseph leva la main, refusant de l'écouter.

— Ainsi, vous rendez service à un vieil homme, Stuart.

Stuart, sous son teint bronzé, paraissait fatigué, émacié. Il y avait des cernes sombres sous ses yeux bleus et Joseph se demanda s'il avait même dormi au cours des cinq jours qui s'étaient écoulés depuis la mort de Florence.

— Comment va Fannie ? demanda Stuart.

— Vous savez, j'aimerais pouvoir vous répondre. Mais, voyez-vous, je ne suis pas un très bon père. Je ne vais pas la voir.

— L'hôpital ?

Joseph secoua la tête en réinstallant le transat.

— Depuis la guerre, je n'ai plus jamais mis les pieds dans un hôpital.

— Je ne crois pas que cela fasse de vous un mauvais père.

— Je pourrais faire mieux, dit Joseph en fronçant les sourcils.

— Vous avez été infirmier ? Pendant la guerre ?

— Je conduisais les ambulances.

— Hemingway et vous ?

— On peut dire ça comme ça. Sauf que j'étais chauffeur dans l'U.S. Army. Et je ne suis pas sûr qu'avec moi, c'était aussi palpitant.

Il fallait qu'il se lance, qu'il demande à Stuart ce dont il avait besoin, sinon il allait raconter des histoires de la guerre toute la matinée.

— Écoutez, Stuart, j'ai besoin que vous m'aidiez à retrouver Bill Burgess. Pour annuler la traversée de la Manche.

Stuart eut l'air surpris, comme s'il avait momentanément oublié que Florence ne pouvait pas être à la fois morte et championne de natation. Il hocha lentement la tête.

— J'ignore où il habite et si je peux récupérer les arrhes, dit Joseph. C'est Florence qui s'était occupée de tout.

— J'ai une adresse à Calais.

— Ça vous ennuierait de lui écrire ? Je ne suis pas sûr d'avoir envie de le faire.

Stuart hocha vigoureusement la tête, comme font les gens dans les moments de crise, quand ils sont heureux de se voir confier une tâche, aussi minime soit-elle.

— Je lui enverrai un télégramme. Je peux en envoyer un aussi à l'hôtel. Au cas où il serait déjà parti pour le cap Gris-Nez.

— Merci. Permettez-moi de vous donner de l'argent pour couvrir les frais, dit Joseph en prenant son portefeuille.

Mais ce fut au tour de Stuart de lever la main.

— Je vous en prie, non. C'est bien le moins que je puisse faire.

Joseph observa Stuart qui observait ses ongles, rongés jusqu'au sang.

— Ce n'est pas votre faute, vous savez.

Stuart ne répondit pas, hochant seulement la tête comme une marionnette.

Joseph tenta de se mettre à la place de Stuart. Et s'il avait perdu Esther ce premier été, alors qu'elle était à la fois cette créature insaisissable et cette femme de chair et d'os, debout devant lui ?

Quand Esther était venue séjourner à l'hôtel Chorney, en compagnie de ses parents, pendant l'été 1904, Joseph maîtrisait si peu la langue anglaise qu'il avait eu peur de lui parler. Puisque les mots lui manquaient, il lui avait offert la meilleure place dans la salle de restaurant, accordé des œufs durs supplémentaires au petit déjeuner et apporté une tranche de tarte à la crème, qu'elle n'avait pas demandée, au dîner. Ses pitreries avaient laissé les parents d'Esther totalement indifférents, tant ils étaient convaincus que leur fille de dix-neuf ans n'allait pas s'intéresser aux avances d'un Juif d'Europe de l'Est fraîchement débarqué du vieux pays. Alors qu'il débarrassait leur table un soir, il avait découvert le message qu'Esther lui avait laissé sous la serviette abandonnée, et il avait cru que son cœur allait cesser de battre dans sa poitrine.

Mes parents vont au théâtre après le dîner. Si vous pouvez vous échapper, voudriez-vous venir vous promener ? Je serai dans le hall à huit heures et demie.

Esther

Joseph n'avait jamais expédié aussi vite le service dans la salle à manger. À huit heures et demie, alors qu'il y avait encore des tables occupées et que les derniers plats restaient à nettoyer, il troqua un service supplémentaire avec un autre serveur contre la possibilité de s'en aller vite fait. Après avoir fourré son tablier dans un porte-parapluie, il fila dans le hall où il trouva Esther assise sur un petit canapé. Elle se tenait toute droite et ne donnait nullement l'impression d'être en train de le guetter ce qui, pour Joseph en tout cas, montrait qu'elle était sûre qu'il viendrait.

Joseph lui offrit son bras et ils sortirent de l'hôtel en suivant Virginia Avenue jusqu'à la Promenade, qui était encombrée de carrioles remplies de couples, la plupart heureux et quelques-uns renfrognés. Sans se concerter, ils se dirigèrent vers le sud, dans la direction opposée au Nixon's Theater et aux parents d'Esther. Les jetées bourdonnaient d'activité et les fêtards entraient et sortaient à flot continu des gigantesques halls des grands hôtels donnant sur le front de mer. La Promenade ruisselait de lumière d'un bout à l'autre et l'effet était éblouissant – comme si on avait déployé pour eux une couverture d'étoiles. À la hauteur du Chelsea Hotel, la foule commença à se clairsemer et ils s'arrêtèrent pour contempler les lumières de la ville, étalées derrière eux.

— N'adorez-vous pas Atlantic City ? demanda Esther.

— Oui, répondit Joseph en la regardant regarder la silhouette de la ville.

À ce moment précis, il aimait Atlantic City plus que n'importe quel autre endroit qu'il avait pu connaître. C'était une ville où un jeune Juif de Galicie pouvait trouver du travail, vivre chichement, économiser son argent et même s'amuser un peu. Mais surtout, c'était la ville qui lui avait offert cette fille somptueuse.

Arrivés à Morris Avenue, ils firent demi-tour. Esther s'arrêta pour ramasser un coquillage petit mais parfait que quelqu'un avait pris sur le sable pour l'abandonner sur la Promenade et, pour ce faire, elle lâcha le bras de Joseph. Elle revint vers lui, le coquillage à la main, mais elle fit alors quelque chose d'inattendu. Au lieu de lui prendre le bras, elle fit doucement glisser sa main le long de la manche de Joseph, au-delà du poignet de sa chemise et jusque dans sa paume tiède où leurs doigts s'enlacèrent.

— Ça vous va ? demanda-t-elle doucement, comme si elle n'était authentiquement pas sûre de la réponse.

Sur le coup, Joseph perdit jusqu'au dernier mot d'anglais qu'il avait pu apprendre. En guise de réponse, il ne put que lui serrer la main. Le visage d'Esther était assez près du sien pour qu'il se demande, l'espace d'un instant, à quoi cela pouvait bien ressembler de l'embrasser, mais il ne le découvrit que plusieurs soirs après.

Le baiser vint un soir de pleine lune, non loin du phare d'Absecon, là où les lumières des jetées s'atténuaient, où la Promenade rétrécissait avant de bifurquer vers la crique. La plage était sombre et tranquille. Joseph était sûr d'avoir vu une baleine à bosse, la queue en l'air alors qu'elle plongeait pour attraper du krill et il voulait qu'Esther la voie, elle aussi.

Il se rapprocha d'elle et lui prit la main pour désigner l'endroit où la silhouette de la baleine avait disparu. Elle fixait solennellement l'horizon et lui, il se rendit compte qu'il retenait son souffle.

— Tu ne vois pas ? lui murmura-t-il à l'oreille.

— Je ne regarde pas, le corrigea-t-elle.

La distinction faisait partie des subtilités de la langue anglaise qui échappaient si souvent à Joseph dans ces premières années en Amérique. Il n'en comprit le sens que plus tard, après s'être rejoué la scène plusieurs dizaines de fois dans sa tête. Sans lui lâcher la main, Esther se tourna vers lui et il sentit ce souffle tiède sur sa joue. Quand ses lèvres frôlèrent celles d'Esther, d'abord très doucement, le baiser était une question.

Il s'écoula une semaine avant qu'Esther ne retourne à Philadelphie avec ses parents et encore un an avant qu'elle trouve le courage de leur annoncer qu'elle allait épouser Joseph. Si, après cette première soirée où elle lui avait pris la main, Joseph avait dû la perdre, il en aurait été hanté toute sa vie durant.

Joseph s'autorisa cette plongée dans les souvenirs de leurs premiers jours ensemble puis il regarda Stuart. Non, il n'avait vraiment pas envie de savoir à quel point Stuart et Florence étaient attachés l'un à l'autre, et apprendre que sa fille avait été aimée ne rendrait en rien sa disparition plus facile à supporter.

— Tu te souviens de l'été où l'Association féminine de natation a fait venir Charlotte Brown à Atlantic City ? demanda Joseph en passant brusquement au tutoiement.

Le visage de Stuart s'éclaira brièvement.

— Dans la crique ? Bien sûr.

— Elle était vraiment minuscule. À l'époque, elle ne devait pas être beaucoup plus âgée que Florence, d'un ou deux ans. Elle avait peut-être cinq ou six ans ? Quand elle a plongé, Florence m'a crié d'aller la sauver, raconta Joseph que ce souvenir fit rire. Elle avait parcouru au moins cinq mètres avant que je réussisse à convaincre Florence qu'elle n'avait nul besoin d'être sauvée.

— J'y suis allé avec mon père, moi aussi, dit Stuart dont le regard se perdit un instant dans le lointain.

— Florence avait vu la baleine de soixante-dix tonnes au Steel Pier mais il y avait quelque chose d'exceptionnel à observer une gamine de cette taille se mouvoir aussi rapidement dans l'eau, une vraie truite.

Stuart émit un bruit, à mi-chemin entre le rire et un long soupir.

— Elle était capable d'apprendre n'importe quoi par elle-même, dit Joseph.

Florence se plaisait à raconter que c'était son père qui lui avait appris à nager. L'histoire était d'autant plus savoureuse que Joseph, lui, ne savait absolument pas nager. Tout ce qu'il avait fait, en réalité, c'était l'emmener dans l'eau, exactement comme il l'avait fait pour Fannie.

Il avait choisi une belle journée d'été, calme, et il avait attendu que la marée soit basse pour dire à Florence d'enfiler son maillot de bain. Puis il l'avait emmenée dans Metropolitan Avenue, ils avaient traversé la Promenade, ils étaient passés devant les bains et les locations de transats jusqu'au Heinz Pier. Il portait sur l'épaule une longue corde ; il en avait noué une extrémité autour d'une épaisse solive en bois – loin des pilotis de la jetée – et lancé l'autre bout par-dessus bord, en la regardant se dérouler dans sa chute.

Ils étaient revenus sur leurs pas pour retrouver la plage et là, Joseph avait pataugé dans l'eau jusqu'à la taille pour récupérer le bout de la corde et le nouer avec soin autour de la petite taille de Florence. Il avait infligé à ce matériel de sauvetage maison quelques sérieuses secousses avant de le déclarer valable.

— Dans l'eau, tes bras et tes jambes, il faut toujours qu'ils bougent, déclara Joseph, son unique consigne.

Cet après-midi-là, Florence avait appris à nager – rien qui ressemblât à une authentique brasse, mais suffisamment pour garder la tête hors de l'eau.

— La seule chose que Florence avait besoin de savoir, dit Joseph à Stuart, c'était que je la croyais capable de nager.

— Vous lui avez fait un beau cadeau, déclara Stuart en croisant le regard de Joseph pour la première fois depuis qu'il était arrivé.

— Tu crois ?

Stuart fronça les sourcils.

— J'ai un marché à te proposer, dit Joseph. En ce qui te concerne, tu ne parleras plus de…

On frappa discrètement, de quoi interrompre les négociations de Joseph.

Mme Simons entrebâilla la porte.

— Miss Epstein est là et désire vous voir.

— Anna ? s'exclamèrent les deux hommes en même temps.

ISAAC

Si Isaac se penchait suffisamment en arrière sur sa chaise de bureau, il voyait la porte du bureau de Joseph ; elle était restée fermée durant toute la semaine. Il gardait toujours un œil sur cette porte parce que ça lui était utile d'être au courant des allées et venues de son beau-père mais, cette semaine-là, il y avait prêté encore plus d'attention qu'à l'accoutumée.

Si les instructions d'Esther avaient été, tant pour Joseph que pour Isaac, de retourner travailler et de se conduire comme si tout était normal, il était évident que pour Joseph, c'était un échec lamentable. Rien, depuis ses stores baissés jusqu'au vilain papier écrit à la main qu'il avait collé sur la porte de son bureau, ne paraissait normal. Et le jeudi après-midi, quand Mme Simons, convoquée dans le bureau de Joseph, était revenue dans le sien visiblement secouée, Isaac avait été convaincu que Joseph lui avait dit la vérité à propos de Florence. Cette dame fragile – généralement si impassible – s'était essuyé les yeux pendant plusieurs minutes avant de filer aux toilettes, où Isaac l'avait entendue sangloter, malgré le bruit du ventilateur d'extraction.

Le vendredi matin, il y avait eu toute une valse de visiteurs pour Joseph. D'abord Stuart, l'ami de Florence, et ensuite Anna. La visite de Stuart s'expliquait assez bien

– le pauvre minable était clairement amoureux fou de Florence. Et tout le monde savait qu'il était en mauvais termes avec son propre père, donc ce n'était pas totalement surprenant de le voir jeter son dévolu sur Joseph. Mais la visite d'Anna était moins facile à expliquer et, du coup, Isaac passa la plus grande partie de la journée du vendredi à y réfléchir. D'après ce qu'il savait, elle n'était pas venue une seule fois à l'usine au cours des trois mois et quelque qu'elle avait déjà passés chez les Adler. Aujourd'hui, elle était restée dans le bureau de Joseph un quart d'heure, peut-être un peu plus longtemps, et quand elle était partie, elle paraissait soulagée. Le bureau d'Isaac donnant sur la rue, il avait attendu trente secondes, le temps qu'il fallait à Anna pour descendre les deux étages et sortir du bâtiment, puis il s'était levé pour se dégourdir les jambes en se dirigeant vers la fenêtre.

Il était intéressant de voir que Stuart l'avait attendue. Il était assis sur les marches de l'usine, son chapeau à la main, le visage tourné vers le soleil. Quand Anna ouvrit la lourde porte d'entrée, Stuart se leva d'un bond. En dépit de ses efforts, Isaac ne parvint pas à comprendre ce que Stuart lui racontait. Il revint à son bureau après les avoir vus partir tous les deux vers Tennessee Avenue.

Anna n'était pas facile à cerner, d'une part, parce qu'elle avait un très fort accent, et d'autre part, parce qu'elle avait surgi comme par magie. L'histoire, c'était que la mère d'Anna, Inez, avait grandi avec Joseph, mais Isaac était convaincu qu'il y avait sûrement davantage à en dire. C'était une chose pour Joseph de rédiger une déclaration sous serment pour Anna – tout le monde savait que les déclarations sous serment avaient autant de valeur que la feuille de papier sur laquelle elles étaient écrites. Mais l'héberger chez lui, c'était déjà une autre affaire. D'après Isaac, ce n'était pas le genre de choses que Joseph aurait fait pour n'importe qui.

Il était assez évident que la situation en Allemagne se gâtait sensiblement. Depuis qu'il avait pris le pouvoir l'année précédente, le parti nazi avait déjà rayé les Juifs de la fonction publique, réduit leurs droits quand ils étaient médecins, avocats et d'autres professions, interdit les représentations où jouaient des acteurs juifs et restreint le nombre d'étudiants juifs autorisés à suivre les cours des écoles et des universités allemandes. Joseph suivait tout cela de très près et informait Isaac des attaques les plus notables quand ils se croisaient en entrant ou en sortant de leurs bureaux du deuxième étage. En guise de bonjour, Joseph lui montrait un gros titre dans le journal du matin, « Ils ont révoqué les licences des comptables juifs », ou « Plus question de suivre des études de médecine pour les Juifs en Bavière ». À en croire Joseph, Roosevelt faisait vraiment l'autruche et si les Américains attendaient du Congrès qu'il passe à l'action, ils pourraient attendre longtemps. Comme de nombreux entrepreneurs juifs de la ville, Joseph faisait des dons à l'American Jewish Committee et Isaac le soupçonnait de se montrer généreux puisque son nom était inscrit dans le *Livre d'or* et que le président de la branche locale avait pris l'habitude de passer le voir assez régulièrement.

Ce n'était pas qu'Isaac fût indifférent au sort des Juifs d'Allemagne. Simplement, en Russie, la discrimination avait été le cadet des soucis de tout le monde. Les histoires qu'il avait entendues pendant toute son enfance – où il était question de tabassages, de viols et de villages entiers incendiés – n'aidaient pas Isaac à s'énerver sur le fait qu'en Allemagne, les commerçants juifs devaient signaler leurs magasins avec une étoile de David jaune. Que son beau-père considère les persécutions des Juifs comme une nouveauté, ça lui paraissait presque dépassé.

Apparemment, Anna était venue ici parce qu'elle n'avait pas pu entrer à l'université à Berlin ni nulle part ailleurs en

Allemagne, à vrai dire. Lorsque sa mère avait écrit à Joseph, il n'avait manifestement été que trop heureux d'investir de l'argent dans ce problème. Isaac était peut-être vieux jeu mais qu'une fille ne pût pas aller à l'université, ça ne lui paraissait pas vraiment relever de la crise internationale.

Après avoir fait rouler un crayon entre ses doigts, Isaac en donna un petit coup sur le bureau. Il devait s'organiser. Le week-end allait lui tomber dessus et, s'il n'y prenait pas garde, il le passerait dans le salon d'Esther et Joseph, à respecter des Chive'a modifiés.

Ce n'était pas qu'Isaac ne pleurât pas la mort de Florence ni qu'il refusât d'honorer sa mémoire. En fait, la mort de sa belle-sœur le touchait profondément. Il se souvenait d'elle, lors de ses premières visites chez les Adler ; elle avait douze ans et elle l'interrogeait avec autant d'acharnement que ses parents mais avec beaucoup moins de tact. *Tu l'as embrassée ?* avait-elle demandé une fois, en le regardant droit dans les yeux. Isaac, qui avait été le bébé dans sa propre famille sans jamais réussir à se faire materner, s'émerveillait devant tant d'assurance, et l'observer devenir femme lui avait procuré beaucoup de satisfaction, une femme en tout point aussi bruyante et effrontée que la gamine qu'elle avait été.

Suivre les Chive'a pour Florence, ce serait pénible. Et même insupportable sans Fannie ou d'autres visiteurs pour offrir quelque distraction. Isaac pouvait essayer de disparaître pendant quelques heures le samedi, raconter à Esther et Joseph qu'il devait aller voir Fannie. Mais il détestait les visites à l'hôpital presque autant que celles à l'appartement de ses beaux-parents. Ce n'était pas seulement à cause d'Hyram. Se retrouver dans ce service de maternité, entouré par tant de femmes, toutes impliquées dans des affaires de vie et de mort, ça le mettait en situation de vulnérabilité. Il sentait Fannie l'observer, comme si elle le voyait plus clairement sans l'interférence du monde extérieur.

Isaac se souvint de la lettre que Fannie lui avait remise quand il était allé la voir mardi ; il la chercha dans la poche de sa veste. Elle y était toujours, pliée en deux, rebiquant déjà aux angles. Il la sortit, l'aplatit et la lissa puis examina l'écriture de sa femme. La boucle du F, la générosité du A. Que ferait Fannie quand elle apprendrait que Florence était morte ? Esther avait-elle raison ? La nouvelle serait-elle vraiment trop dure à supporter ?

Isaac n'était pas enclin à le penser. Mais là encore, c'était lui qui avait poussé Fannie à l'accompagner faire un tour d'auto tamponneuse au printemps précédent.

C'était une belle journée, il restait encore deux mois avant la date prévue pour l'accouchement et Esther s'était portée volontaire pour garder Gussie l'après-midi. La journée avait une atmosphère d'insouciance qui rappelait à Isaac leur premier été, alors qu'ils n'étaient pas encore mariés. Ils étaient allés manger un hamburger chez Mammy et puis ils avaient marché jusqu'au Steeplechase Pier, qui avait réouvert depuis peu. Ils se frayaient un chemin dans la foule, ils admiraient les stands de jeux bruyants et les couleurs vives du manège au milieu de la jetée. Derrière, il y avait une nouvelle attraction avec un grand panneau jaune annonçant AUTOS TAMPONNEUSES en lettres bleues géantes.

— Oh, je comprends, dit Fannie. Il faut se tamponner !

Isaac observait les quinze ou vingt personnes installées dans des voitures métalliques miniatures, équipées d'épais pare-chocs en caoutchouc, qui tournaient sur une petite piste.

— J'imagine que le truc, c'est de se rentrer dedans ? demanda-t-il tout en regardant un homme, qui paraissait disproportionné dans sa petite voiture, heurter sans douceur la voiture d'un jeune garçon qui devait être son fils.

Fannie ne répondit pas, elle se contenta de rire en voyant l'enfant projeté en avant sous le choc.

Isaac sortit deux pièces de vingt-cinq cents de sa poche et les tendit à Fannie.

— On va faire un tour ? proposa-t-il. Tu as toujours eu envie d'apprendre à conduire.

Fannie refusa d'un signe de tête, préférant rester à l'écart, mais Isaac insista.

— Ce sera comme au bon vieux temps. Tu te souviens quand on se faisait des tours de manège ? dit-il, l'œil brillant.

— Tu crois que ce n'est pas dangereux ? demanda-t-elle, en posant une main protectrice sur son ventre.

— Mais non.

Quand Fannie avait commencé à saigner de bonne heure le lendemain matin, Isaac s'était refusé à croire qu'il y avait un lien entre les deux événements. Ils avaient immédiatement prévenu Esther et Joseph, ils leur avaient dit qu'il y avait un problème et qu'il fallait absolument qu'ils viennent chercher Gussie tout de suite. Tandis qu'ils attendaient Joseph qui arrivait en voiture, Isaac avait pratiquement imploré l'absolution de Fannie et, en tout cas, de garder pour elle les circonstances corrélatives.

— Fan, c'était à peine un petit choc. Enfin, tu n'as rien senti, n'est-ce pas ?

Elle ne répondit rien, elle se contenta de le regarder, l'air absolument terrifiée.

— C'était juste un petit jeu, c'est tout, dit-il d'une voix où la peur était présente.

Hyram était né à dix-huit heures mais Isaac n'apprit l'arrivée de son fils qu'à vingt et une heures quinze. Un médecin, qui se présenta sous le nom de Gabriel Rosenthal, vint trouver Isaac dans le hall de l'hôpital et ce fut la façon dont il disait « monsieur Feldman » qui fit comprendre à Isaac, avec une brutale certitude, que l'enfant était perdu.

Fannie avait souffert d'un décollement placentaire, expliqua le docteur Rosenthal. Il n'y avait rien eu à faire, on ne pouvait que la laisser accoucher.

— Est-elle... ? demanda Isaac, ne sachant comment finir sa question.

— Elle va bien. Nous la surveillons de près et apparemment, elle a cessé de saigner.

— Et le bébé ?

— Il est très petit, dit le médecin. Il y a peu de chances qu'il soit encore là demain matin.

— Il ?

— Oui, un garçon.

— Un garçon, répéta Isaac, hébété.

Le médecin le regarda avec un air navré.

— Puis-je le voir ? demanda Isaac.

— Nous ne vous le conseillons pas.

— Oui, mais je le désire, quoi qu'il en soit.

Le médecin conduisit Isaac à l'étage, à la pouponnière, où une infirmière lui désigna une chaise au milieu de la salle. Les berceaux étaient alignés dans la salle mais Isaac évita de regarder dedans, terrifié à l'idée d'apercevoir son fils avant d'avoir eu le temps de se préparer à la rencontre. L'infirmière se dirigea vers un des berceaux et prit un paquet de couvertures qui ne paraissait guère différent des autres. Elle serra le paquet contre sa poitrine et ralentit en s'approchant d'Isaac.

Lorsqu'elle lui tendit le paquet, il le prit dans ses bras et fut surpris de le trouver aussi lourd et aussi chaud.

— Il est brûlant ? demanda-t-il, inquiet.

— C'est simplement la bouillotte, expliqua-t-elle. Nous essayons de remonter sa température.

Il souleva un des coins de la couverture pour mettre au jour le visage rouge et ratatiné d'un minuscule vieillard – tout en front, sans cheveux, les yeux absolument clos. La tête ne devait pas être plus grosse qu'une boule de billard.

Et en effet, il était couché contre une bouillotte d'eau chaude enveloppée dans une serviette.

L'enfant était affreux à voir et, d'une certaine manière, aussi vaguement beau. Il était impossible, en le regardant, de retrouver les yeux bruns perçants de Fannie ou l'implantation des cheveux d'Isaac, mais ce devait être la promesse de ces traits qui pourraient se développer, ou d'autres équivalents, qui l'aidait à voir au-delà de l'étrangeté de son fils.

— J'ai poussé Fannie à faire un tour d'auto tamponneuse hier. Au Steeplechase Pier, dit Isaac en contemplant son fils, si fragile.

Il se sentait la gorge de plus en plus serrée. Une larme roula le long de sa joue et atterrit sur le front du bébé. Il l'essuya du bout du pouce, un pouce qui paraissait gigantesque à côté des traits miniatures de son fils.

— Est-ce ma faute ? reprit-il.

— Je suis désolé. Je ne connais pas les autos tamponneuses, répondit le docteur Rosenthal.

— On se rentre dedans, c'est tout. Je l'ai heurtée une fois, peut-être deux. Fort, je veux dire. Enfin, pas vraiment. C'est juste un truc pour s'amuser.

Il savait qu'il parlait trop et il tenta de se taire.

— Elle riait, ajouta-t-il.

— Je regrette de ne pas pouvoir vous répondre mais parfois, ces choses ne sont pas faciles à identifier, déclara le médecin du ton réservé dont il ne se départissait jamais.

L'infirmière était plus gentille.

— Il est possible qu'elle ait souffert d'hypertension ou de quelque autre problème. Parfois, ça arrive et voilà tout.

Il était difficile pour Isaac de comprendre que cet enfant, qui devait peser moins d'un kilo, était ce bébé dont Fannie avait rêvé pendant tant d'années. Pourquoi Isaac ne lui avait-il pas donné plus tôt ?

Le regard d'Isaac se posa sur une carte, glissée dans le berceau du bébé. On y lisait, *Feldman, sexe masc.*

— Son nom, c'est Hyram, dit Isaac.

Le médecin jeta un œil à l'infirmière et celle-ci récupéra la carte dans le berceau. Elle sortit un crayon de sa poche et raya les mots *sexe masculin*. Au-dessus, elle écrivit *HYRAM* en lettres majuscules. Quand il le vit écrit, Isaac se dit que ce nom lui plaisait vraiment.

— Je peux voir Fannie ? s'enquit Isaac.

— Elle a besoin de se reposer, avertit le médecin. Peut-être demain.

Isaac savait ce qu'il avait à dire mais les mots avaient du mal à sortir de sa bouche.

— Je crois qu'elle aimerait le voir, avant qu'il…

— Ce n'est pas une bonne idée.

— Non ?

Le médecin secoua la tête.

Parfois, Isaac se demandait si les choses auraient été différentes si Hyram était effectivement mort dans la nuit, comme le médecin l'avait prédit. Si Fannie ne l'avait jamais vu, si elle ne l'avait jamais pris dans ses bras, si elle n'avait jamais commencé à espérer qu'il vivrait. À coup sûr, ils auraient eu moins de mal à supporter cette perte, ils auraient peut-être évité de battre tous deux en retraite aux confins de leur mariage.

Non, Isaac n'avait aucune envie de passer le week-end entre l'hôpital et l'appartement de ses beaux-parents. Il rangea la lettre dans le premier tiroir de son bureau et il s'apprêtait à le refermer quand Joseph frappa sur le chambranle de la porte, en s'appuyant lourdement dessus.

— Aujourd'hui, je rentre à la maison de bonne heure, annonça-t-il à Isaac.

— Je me demandais si je ne pourrais pas vous emprunter la voiture samedi, demanda Isaac.

Joseph eut l'air perplexe. C'était shabbat et il avait considéré comme acquis qu'Isaac passerait le samedi à l'appartement, réduisant la semaine de deuil à cette seule journée.

— Mon père a fait une chute.

— Oh… je suis navré, Isaac.

— Il s'en remettra. Mais je me suis dit que j'allais emmener Gussie le voir. Peut-être passer la nuit à Alliance.

Joseph ne répondit rien. Isaac sentit que sa fille jouait un rôle de baume apaisant dans l'appartement et que, en tout cas pour Esther, la présence de Gussie – l'attention qu'elle exigeait – offrait une distraction bienvenue au chagrin.

— Nous reviendrons de bonne heure dimanche. Il restera suffisamment de temps pour terminer Chive'a.

— Je suis certain que ça fera du bien à Gussie de quitter un peu la maison, dit Joseph en hochant lentement la tête.

* * *

Isaac et Gussie auraient pu prendre le train d'Atlantic City à Norma et faire à pied les huit cents mètres qui séparaient la gare d'Alliance. Mais le trajet en voiture était beaucoup plus amusant.

L'Oakland de Joseph était une automobile pratique qui, sans être tape-à-l'œil, ne manquait pas de dynamisme. Isaac suivit Atlantic Avenue jusqu'à la sortie de la ville ; à Mays Landing, ça devint la Highway 40 et il put accélérer l'allure. Il jeta un coup d'œil à Gussie pour évaluer sa réaction. Avec les vitres baissées, les cheveux de sa fille lui fouettaient le visage. De temps à autre, elle ôtait une mèche de sa bouche pour la coincer derrière son oreille. Il aurait dû penser à lui dire de prendre un foulard. Ça n'était pas grave. Elle avait l'air content.

Quand il était arrivé chez Esther et Joseph à neuf heures et demie du matin, Gussie l'attendait.

— Elle te guette depuis huit heures un quart, lui avait dit Esther.

Isaac se demanda si elle voulait insinuer par là qu'il était en retard ou que sa fille ne le voyait pas assez souvent. Gussie portait une robe à carreaux jaunes et blancs, qui paraissait repassée de frais, elle avait un sac à dos ainsi qu'un sac de la boulangerie.

— J'ai préparé des rugelach pour ton père, avait dit Esther, pour qu'il guérisse. Tu voudras bien lui transmettre notre meilleur souvenir ?

Et immédiatement, Isaac avait regretté sa propre duplicité.

Gussie ne se montrait pas très bavarde tandis que la voiture filait sur la route à quatre voies et Isaac se dit que, peut-être, elle ne dormait pas suffisamment.

— Tu vas bien ? dit-il.

Gussie se tourna vers lui, la question la laissant perplexe. Une question, il s'en rendit compte, que personne ne lui posait jamais.

— Tu dors comme il faut ?

Elle hocha la tête et regarda à nouveau la route. Isaac se demanda s'il ne serait pas sage d'aborder d'emblée la mort de Florence, de faire comprendre à Gussie qu'elle pouvait lui en parler si elle en avait le désir. Il réfléchit à ce qu'il pourrait lui dire. Que la mort nous concerne tous ? Que Florence était auprès de Dieu ? Qu'ils conserveraient son souvenir en eux, pour toujours ? Tout ça, ça paraissait ridicule, donc en définitive, il préféra se taire. Il n'y avait strictement rien à dire à une petite fille de sept ans sur de si tristes sujets.

Ils traversèrent très vite les petites localités de Mizpah et de Buena Vista et ce ne fut qu'à l'approche de Vineland qu'il fut obligé de ralentir l'allure. L'autoroute se transforma en une large avenue, avec des rangées de fleurs et d'arbustes bordant les maisons qui s'alignaient le long des trottoirs. À l'époque où Isaac grandissait à Alliance, Vineland passait pour une grande ville même si, comparée à Atlantic City, c'était toujours une petite bourgade. Sa famille couvrait à pied les huit cents mètres entre Alliance et Vineland pour acheter des articles qu'ils ne pouvaient ni faire pousser ni fabriquer à la ferme – des choses comme des vestes et des chaussures d'hiver. Quand il était enfant, Isaac était convaincu qu'Alliance, un jour ou l'autre, rattraperait Vineland et que, quand ses parents et leurs voisins auraient travaillé suffisamment dur, Alliance aurait elle aussi un cinéma, une pharmacie et un bazar.

De l'autre côté de Vineland, la ville cédait la place à la campagne – de vastes champs entre des bosquets de bouleaux. Isaac regarda sa montre. Il était dix heures et quart. Il était convaincu que son père se trouvait à la synagogue, d'autant qu'il ne l'avait pas prévenu de leur visite. Il tourna dans Gershal Avenue et, après avoir roulé encore quelques minutes, il se gara sur l'herbe devant la communauté Emanu-El. La Oakland était la seule voiture sur le terrain. Certains hommes de cette communauté, mais certainement pas le père d'Isaac, gagnaient assez bien leur vie pour posséder une voiture, mais personne n'aurait osé conduire pendant le shabbat. L'idée de ces hommes prononçant leur dernier *Alenou*, refermant leur livre de prières et sortant sur les marches de la synagogue pour se retrouver devant son automobile enchantait Isaac. Il les imaginait retournant tous dans leur ferme et racontant à leur femme qu'Isaac Feldman, apparemment, se débrouillait très bien dans la vie.

— On va entrer ? demanda Gussie quand Isaac remonta le frein à main mais sans couper le moteur.

— Je crois qu'on va attendre Grandpa ici.

Gussie demanda si elle pouvait descendre de la voiture pour aller jouer et Isaac accepta, la regardant s'éloigner dans la direction des arbres bordant le terrain de Saul Green. Elle s'arrêta à deux reprises pour récupérer dans l'herbe des bâtons à brandir, d'abord une brindille puis ensuite une branche d'un mètre de long. Gussie aimait aller à Alliance, on pouvait même dire qu'Isaac aurait dû l'y amener plus souvent. Si autrefois, Isaac considérait Atlantic City comme un endroit exotique, sa fille aujourd'hui se faisait la même idée d'Alliance.

— Eh, Gus-Gus ! appela-t-il, en lui faisant signe de revenir à la voiture.

Elle courut vers lui, tranchant l'air de son bâton.

— Je suis le roi Arthur ! cria-t-elle.

— Je pense que tu veux dire Guenièvre.

Elle s'arrêta juste devant la portière, côté conducteur.

— Non, le roi Arthur. J'ai une épée ! Tu vois ?

— Ah d'accord. Écoute, Gus, il y a une chose que j'ai oublié de te dire.

Elle leva les yeux vers lui, les sourcils froncés. Entre l'absence de sa mère et la mort de sa tante, la pauvre petite devait sans doute s'attendre à prendre encore un coup sur la tête.

— Grandpa est un peu susceptible en ce qui concerne sa chute. Alors, mieux vaut ne pas y faire allusion devant lui.

— Mais Nana lui a envoyé des rugelach.

— Oui, oui. On va les lui donner, évidemment. Simplement, on se dispensera de lui dire à quel point nous espérons qu'il va mieux. Comme ça, on ne le rendra pas triste, expliqua Isaac. Tu comprends ?

Gussie hocha lentement la tête et Isaac, l'espace d'un instant, se demanda si sa fille voyait clair dans son jeu.

— Va t'amuser, dit-il en lui faisant, exprès, un grand sourire.

Il la regarda s'éloigner en courant.

Isaac avait déjà lu la moitié du journal de la veille quand les portes de la synagogue s'ouvrirent. Il observa les habitants d'Alliance sortir, l'un derrière l'autre, les hommes ôtant leur *tallith* et rangeant leur *kippa* pendant qu'ils descendaient les marches jusque dans la cour. Tous les vieux, parrmi lesquels le père d'Isaac, avaient bâti ensemble ce temple, sciant eux-mêmes les bardeaux dont ils avaient couvert les murs extérieurs de l'unique salle alors qu'Alliance ne comptait pas plus de quatre cents habitants et moins d'une centaine de foyers. Dans bien des cas, les hommes avaient préféré construire d'abord leur temple plutôt que leur propre ferme, vivant sous les tentes fournies par le gouvernement pendant un hiver de plus afin d'achever la toiture pour les jours de fête.

Gussie rejoignit son grand-père au pied de l'escalier de la synagogue et entoura de ses bras la taille épaisse avant de désigner du doigt la voiture. Isaac fit un petit salut puis ouvrit la portière et descendit. Ils se retrouvèrent au milieu de la cour, Gussie bondissant de l'un à l'autre comme un fox-terrier surexcité.

— Isaac, dit son père en prononçant *Itzhak. Dem iz a ongenem iberrashn.*

— En anglais, implora Gussie. Sinon, je ne vais rien comprendre !

— Et ce serait si grave ? répliqua le père d'Isaac en attrapant le nez de Gussie tout en glissant son pouce entre deux de ses doigts. Ton nez, je te l'ai attrapé.

Gussie sauta pour saisir la main de son grand-père, qu'il tenait juste hors de sa portée.

— On peut te ramener en voiture ? proposa Isaac, sachant que la réponse serait forcément négative, puisqu'on était samedi.

— Ton père, il est fou, déclara le père d'Isaac en se tournant vers Gussie. Tu ne rentrerais pas à pied à la maison avec un vieillard ?

— Oui ! cria Gussie, tout excitée.

— On te retrouve à la maison, dit le père d'Isaac pardessus son épaule.

Gussie et lui se mirent en route sur l'herbe pour se diriger vers Gershal Avenue et leur ferme qui se trouvait à l'opposé du village.

Isaac décocha un coup de pied à une herbe folle puis retourna à la voiture. Gussie était sous le charme du père d'Isaac parce qu'elle n'avait pas été élevée par lui. Et son père pouvait se permettre de répandre généreusement son affection puisqu'il ne cherchait pas à convaincre sa petite-fille de consacrer ses forces vives à une ferme en déclin. Pendant l'enfance d'Isaac, l'histoire était bien différente.

Ses parents étaient arrivés à Alliance en 1887 sans rien, mis à part quelques vêtements dans une sacoche et un petit enfant – l'aîné dans la fratrie d'Isaac. Au dire de tous, ces premières années de colons avaient été sinistres. Isaac n'était pas tout à fait sûr de la raison pour laquelle cela surprenait tout le monde. Son père avait été enseignant à la yeshiva de Volojin et ne connaissait strictement rien à l'agriculture. Il avait lu les écrits de Michael Bakal et de Moshe Herder, il croyait au Mouvement du retour à la terre – The Return to the Soil Movement –, mais cela ne signifiait pas qu'il savait traire une vache ou planter des haricots verts. La Société d'aide aux immigrants juifs offrait une certaine formation à l'agriculture mais rien de tout cela ne pouvait compenser le fait que le père d'Isaac était, au fond de son cœur, un philosophe et non un paysan.

Isaac fit faire demi-tour à la voiture dans l'herbe et prit Gershal Avenue. En quelques instants, il avait rattrapé son père et Gussie qui marchaient main dans la main sur le bas-côté étroit. Depuis quand son père était-il aussi voûté ? Il donna un coup de klaxon en les doublant et ils lui firent tous deux un signe de la main. À Almond Road, il prit à droite et se dirigea vers la ferme paternelle.

La ferme, comme beaucoup d'autres à Alliance, avait commencé à se dégrader. Il avait été donné à chacun des premiers colons de la communauté seize hectares de terre mais la Société d'aide aux immigrants juifs s'était accordé des hypothèques pour couvrir les autres coûts associés, nécessaires au démarrage des fermes. Les habitants avaient bâti leurs maisons et leurs granges à crédit, ce qui exigeait de faire d'emblée du profit sur les récoltes. Ce qui ne fut le cas pour aucune ferme ou presque et la plupart des hypothèques accumulèrent rapidement les arriérés. Pour joindre les deux bouts, les hommes se rabattirent sur ce qu'ils connaissaient. Le soir, ils partaient à Norma travailler dans l'unique usine de confection de la région ou bien ils attendaient les livraisons de projets à coudre à la main que les usines de confection de Philadelphie et de New York commençaient à expédier par camions à Alliance et dans d'autres avant-postes agricoles juifs.

Isaac était né treize ans après l'échec de l'expérience agricole de ses parents. Benjamin de douze enfants, il était à peine assez grand pour arracher du sol une patate douce quand ses frères et sœurs aînés entamèrent leur exode. La majorité d'entre eux allèrent à Philadelphie, à soixante kilomètres de là. Deux s'installèrent à New York et un poussa aussi loin au sud que La Nouvelle-Orléans. Un autre mourut sur les champs de bataille en France.

Quand Isaac eut vingt ans, lui aussi, il commença à préparer son départ. Et pas seulement parce qu'il ne pouvait pas imaginer passer sa vie entière à labourer la terre dans le sud du New Jersey. Alliance, et particulièrement la Société d'aide aux immigrants juifs, avait cassé son père, jadis curieux de tout, et ce que désirait Isaac, c'était aller quelque part où il ne devrait strictement rien à personne.

Et ce qu'il aurait dû faire, c'était s'asseoir quelque part avec son père pour lui expliquer qu'il ne voulait pas d'une vie de paysan. Mais il se sentait incapable d'affronter la déception paternelle. Alors, il avait jeté quelques affaires dans un sac, pris quarante dollars dans la vieille boîte de marshmallows Campfire que son père gardait dans la glacière et il s'était mis en route dans l'obscurité pour attraper un train qui partait à l'aube de Norma vers le sud.

* * *

Isaac n'avait jamais quitté le comté de Salem et encore moins le New Jersey. Par la fenêtre du train, il observa avec étonnement les terres agricoles plates de la plaine côtière du New Jersey laisser la place aux paysages vallonnés de la région Piedmont de Virginie, les pins de Caroline du Nord se transformer en chênes verts de Caroline du Sud et puis les zones humides de Géorgie se fondre dans les marécages de Floride. Lorsque le train fit halte à Jacksonville, il était rempli de spéculateurs filant vers le sud. Isaac avait acheté un billet pour Miami mais, dans le wagon, toutes les conversations tournaient autour de West Palm Beach, et donc, quand le train arriva dans cette gare et que la moitié des voyageurs descendit, Isaac fit de même.

Située de l'autre côté de l'Intracoastal Waterway par rapport à l'île touristique de Palm Beach, West Palm Beach avait été conçue à l'origine comme une ville utilitaire – un endroit où pourraient vivre les serveuses, les cuisiniers et les portiers qui travaillaient dans les grands hôtels de Palm Beach. Mais à l'époque où Isaac y débarqua, il était déjà évident que West Palm Beach, c'était bel et bien là que tout se jouait.

Le truc pour faire son trou à West Palm Beach, déclarèrent les autres gars dans la pension où Isaac avait pris une chambre, c'était de dégoter un boulot de *binder boy*, une sorte d'agent de liaison immobilier. Les lotissements dans West Palm Beach se bâtissaient tellement vite et les agents immobiliers étaient tellement occupés à conclure des affaires, négociées la plupart du temps par courrier avec des acheteurs résidant dans le Nord, qu'aucun d'entre eux n'avait le temps de planter une pancarte À VENDRE dans la terre pour vendre à ceux qui passaient par là – des résidents, des *snowbirds* (ces gens qui, fuyant les neiges du Nord, venaient passer l'hiver dans le Sud) et des cars de touristes descendus en Floride voir ce qui provoquait tout ce battage. Les agents immobiliers envoyaient leurs *binder boys* dans ces lotissements encore peu développés pour obtenir un acompte, ou *binder*, de quiconque s'arrêtait, ne fût-ce que pour demander son chemin.

— Tu en es où côté golf ? lui demanda un des gars en écrivant le nom et l'adresse d'un agent immobilier, Ted Blackwell, au dos d'une vieille facture.

— Côté golf ?

— Blackwell, ça lui plaît d'embaucher des étudiants bon chic bon genre avec un bon swing. Avoir un bon service au tennis, ça pourra marcher aussi. Tu verras bien.

Il tendit à Isaac le petit bout de papier.

Isaac n'était pas allé à l'université et n'avait jamais de sa vie ne serait-ce que tenu dans sa main un club de golf ou une raquette de tennis. Mais lorsqu'il frappa à la porte de chez Ted Blackwell & Associés le lendemain matin, il avait concocté une histoire tellement crédible qu'il y croyait presque lui-même. Il avait fréquenté l'université de Pennsylvanie, où il avait étudié la littérature russe – un raccourci facile étant donné ses origines. Quand il ne lisait pas Dostoïevski, il jouait au tennis intra-muros et les week-ends, il allait rendre visite à son oncle et sa tante qui vivaient sur la Main Line de Philiadelphie et il casait une séance de golf au club de son oncle chaque fois qu'il en avait l'occasion. Il n'était pas du genre à se vanter, en aucune façon, mais franchement, il se défendait.

Blackwell examina Isaac des pieds à la tête en écoutant sa présentation. Puis il lui demanda de le suivre dehors.

— Montez dans la voiture, dit-il en montrant une Isotta Tourer garée dans la rue.

Isaac savait que cela ne lui serait nullement favorable de raconter à Blackwell que c'était la première fois qu'il montait dans une voiture, il tenta donc d'avoir l'air à l'aise en ouvrant la portière et en s'asseyant sur le siège. Blackwell démarra et se glissa dans la circulation ; après avoir traversé West Palm Beach, il roula vers le nord pendant plusieurs kilomètres jusqu'à la sortie de la ville et ils se retrouvèrent entourés de pins des marais et de lianes de Gatope. Isaac espérait avoir l'air à l'aise dans le siège passager, comme quelqu'un qui a l'habitude de se déplacer dans une belle voiture italienne.

— Il y a dix ans, personne n'aurait cru que cette région pourrait être autre chose que des marais, dit Blackwell en montrant la végétation par la fenêtre.

Juste quand le paysage devint tellement désert qu'Isaac n'aurait pas imaginé le vendre à un aveugle, Blackwell ralentit l'allure. Devant, il y avait un embranchement, signalé par deux colonnes en briques, plutôt imposantes et construites avec une certaine recherche. Quand la voiture approcha de l'embranchement, Isaac vit que, accroché aux colonnes, il y avait un panneau en fer forgé. Il se dévissa le cou en essayant de lire ce qu'il y avait écrit, mais Blackwell le coiffa au poteau : « Bienvenue au Domaine de l'Orangeraie ».

Blackwell passa entre les colonnes et se gara dans le Domaine de l'Orangeraie, ou du moins à l'entrée de ce qui serait un jour le Domaine de l'Orangeraie. On avait aplani cinquante mètres de route, dégagé le terrain de chaque côté mais ça s'arrêtait brutalement dans un fourré de frondes de palmier et de chaume cassant. Il y avait une petite loge, juste derrière le panneau, et un court de tennis, tout contre les arbres, comme s'il avait surgi de terre, une vraie plante. Trois voitures étaient garées à côté.

— Il y a eu une orangeraie ici ? demanda Isaac.

— Pas à ma connaissance.

Blackwell rangea sa voiture à côté des autres et éteignit le moteur.

— Jim est occupé pour le moment, nous allons attendre.

Jim était un jeune homme, à peu près de l'âge d'Isaac, avec une masse de cheveux blonds et une façon de rouler des mécaniques tout à fait impressionnante. Isaac l'observa de la voiture tandis qu'il conduisait deux couples jusqu'au bord de la clairière en faisant de grands gestes vers les taillis épais qui reprenaient là où la route finissait.

Blackwell regarda sa montre.

— Donnons-lui un quart d'heure. À midi, il aura les deux acomptes.

Blackwell ne s'était pas trompé, question argent. Au bout de cinq minutes, Jim avait étalé les documents sur le capot d'une des voitures, chacun des hommes tellement désireux de signer qu'il aurait tué sa grand-mère rien que pour lui piquer son stylo. Jim prit leurs chèques, les plia en deux et les glissa dans sa poche de poitrine. Puis il tendit à chacun des hommes un exemplaire du document et échangea avec eux une poignée de main. Isaac prit bonne note de cette poignée de main – Jim, avec la main gauche, serra l'épaule de chacun des hommes comme s'ils étaient des vieux amis qui ressentaient beaucoup d'affection l'un pour l'autre. Quand les hommes remontèrent en voiture et partirent, il leur fit des grands signes.

Une fois les deux voitures disparues, Jim se dirigea vers celle de Blackwell et se pencha par la vitre ouverte.

— Je t'ai amené une nouvelle recrue, dit Blackwell. Voilà Isaac Feldman. Diplômé de la fac de Pennsylvanie. Forme-le, et puis peut-être que je l'enverrai à Brise de mer.

Jim montra le court de tennis d'un signe de tête.

— Comment tu te débrouilles ?

— Pas mal du tout, je dirais.

— À moi de le dire, répliqua Jim, une ombre de sourire relevant les commissures de ses lèvres.

Dans les semaines qui suivirent, Jim eut souvent l'occasion de dire des choses. Il apprit à Isaac à vanter le Domaine de l'Orangeraie – souligner à quel point c'était près de la plage, ne pas mentionner que ça n'avait pas été raccordé. Il lui expliqua ce qu'il fallait dire quand un acheteur paraissait hésiter, une chose qui arrivait de moins en moins souvent alors, et comment gérer les épouses qui estimaient avoir le droit de se mêler des décisions de leur époux en termes d'investissement.

La seule chose sur laquelle il n'y avait rien à discuter, c'était la façon dont Isaac jouait au tennis.

— Montre-moi comment tu sers, demanda Jim, à peine un quart d'heure après que Blackwell fut parti, laissant Isaac rentrer en ville avec Jim.

Isaac fit de son mieux pour renvoyer la balle de l'autre côté du filet et il la regarda atterrir à l'autre bout du court avec un bruit satisfaisant. « Pas trop mal », pensa-t-il. Jim secoua la tête d'un air dubitatif.

— Tu n'as jamais joué au tennis de ta vie.

Inquiet, Isaac pensa qu'il allait le dénoncer à Blackwell ; il fut donc agréablement surpris quand, au lieu de ça, Jim proposa de lui apprendre à jouer. Il lui montra où se tenir, comment se déplacer, il lui apprit à servir et à marquer.

— Pourquoi gaspiller de l'argent à faire un court de tennis au milieu de nulle part ? demanda Isaac un jour à Jim, alors qu'ils étaient dans le domaine, à l'ombre d'un manguier noir.

— C'est pour faire diversion, purement et simplement, dit Jim. Il faudra des années avant que Palm Beach ne raccorde l'eau et l'électricité jusqu'ici. Un court de tennis, ça dit qu'on construit l'infrastructure, qu'on est ici pour s'installer.

— Est-ce vrai ? s'enquit Isaac.

— Oui, pourquoi pas ?

Si Isaac avait su à quel point tout cela allait se terminer rapidement, il aurait sûrement agi autrement. Il aimait à penser qu'il aurait dépensé moins et économisé davantage.

Jim, Isaac et et les autres *binder boys* de Blackwell touchaient leurs commissions quand les chèques d'acompte étaient compensés à la banque, mais même les semaines où il n'y avait aucun chèque compensé, ça n'était pas vraiment grave. Montrer les reçus d'acompte, ça suffisait pour être servis dans n'importe quel restaurant ou n'importe quel club de Palm Beach. Ils sortaient leurs reçus au Bradley's Beach Club ou au John G's et buvaient jusqu'à ne plus retrouver le chemin de chez eux, avec l'obligation de revenir la semaine suivante pour laisser la moitié de leurs gains au gérant de la boîte. Isaac, ça ne le dérangeait pas. Pour la première fois de sa vie, il avait plus d'argent qu'il ne lui en fallait. Plus il dépensait, plus la ferme paternelle lui paraissait lointaine.

À l'apothéose du boom, Blackwell déplaçait Jim et Isaac vers un nouveau lotissement au bout de quelques jours. Il ne prenait même plus la peine de poser un beau panneau ou d'installer un court de tennis. Les gens à qui Isaac soutirait des acomptes auraient payé pour un marécage, tant ils étaient avides de faire une bonne affaire. Les prix ne cessaient de monter et, pendant toute une période, on eut l'impression que le prix à payer n'avait pas de rapport avec la capacité ou la volonté de payer. D'une manière ou d'une autre, les acheteurs trouvaient toujours l'argent quelque part.

Même Isaac, qui savait que plus les prix montaient plus les commissions augmentaient, se demandait jusqu'où le marché pourrait grimper. Au début de 1925, *Forbes* publia un reportage spécial, prévenant qu'en Floride, le prix de l'immobilier ne reposait que sur la probabilité de trouver un client. Dans les mois qui suivirent, Isaac dut se mettre à calmer des acheteurs nerveux, et à l'été, il perdait de plus en plus de clients – les gens voulaient toujours acheter mais n'avaient pas les moyens de s'offrir un investissement aussi salé.

Les coûts de la construction explosèrent, à cause de la congestion des chemins de fer et du manque de matériaux ; au printemps 1926, l'état du marché de l'immobilier était dans un état catastrophique. Les affaires de Blackwell avaient fait le plongeon et il fut bien obligé de se débarrasser de ses *binder boys*.

Jim était décidé à attendre la fin de la crise en Floride pour voir si d'autres occasions se présenteraient, mais Isaac commençait à se demander s'il ne serait pas temps d'aller tenter sa chance ailleurs. Quand Blackwell, qui mettait la clé sous la porte, offrit à Isaac une place gratuite dans un train à destination de Philadelphie, il accepta. Isaac avait peur de le dire à Jim mais son ami se contenta de rire en apprenant la nouvelle.

— Tu sais que Blackwell a passé un accord avec les pompes funèbres Applegate ?

Beaucoup de gens souhaitaient prendre leur retraite en Floride, expliqua Jim, mais personne n'avait envie d'être enterré dans le marais. Blackwell avait deviné sans se tromper que, chaque fois qu'il fallait accompagner un cercueil vers le nord, Marcus Applegate achetait un billet aller-retour pour les membres de son personnel.

— Blackwell lui a proposé ses *binder boys*. Applegate n'a plus qu'à acheter le billet retour, les gars comme toi repartent ainsi d'où ils sont venus et tout le monde est content.

Isaac n'aurait pas dit qu'il était content mais il n'en leva pas moins son verre.

— Je bois au fait de retourner d'où nous venons.

— Mais sans jamais oublier le marais.

Une fois le cercueil livré, Isaac aurait pu rentrer chez lui. En fait, il alla y passer quelques jours. Mais si

Alliance paraissait étouffant avant, après cinq ans passés à West Palm Beach, ça devenait carrément suffocant. Pendant les années où Isaac avait été absent, sa mère était morte et son père était devenu plus lent, plus silencieux, moins sûr de lui. La maison avait commencé à se dégrader doucement et il en allait de même de la relation avec cet homme qui ne parvenait pas plus à comprendre la réussite fulgurante d'Isaac que le déclin rapide de sa bonne fortune.

Isaac avait vingt-six ans et il était tellement pauvre qu'il dut parcourir à pied les soixante-cinq kilomètres entre Alliance et Atlantic City. Ça lui prit douze heures. Il aurait bien marché jusqu'aux confins de la terre pour échapper à cette ferme et à la déception qui se lisait sur le visage de son père mais, de fait, il ne lui fallut marcher que jusqu'à la boulangerie Adler.

* * *

Assis dans la véranda, Isaac regardait son père et sa fille approcher lentement. Gussie courut devant pour ouvrir le portail puis le retint jusqu'à l'arrivée de son grand-père.

— Tu veux bien apporter un verre d'eau à ton grand-père ? demanda celui-ci quand ils furent arrivés.

Elle courut à l'intérieur et la moustiquaire claqua sur ses talons.

— Gussie m'a dit pour Florence, dit-il en yiddish.

Isaac sursauta étrangement en entendant prononcer le nom de Florence, si loin de l'appartement de ses beaux-parents. Alliance et Atlantic City étaient des univers à des années-lumière l'un de l'autre.

— Ça a été un sacré choc, dit Isaac.

— Épouvantable.

— C'était une bonne nageuse. Une excellente nageuse, à vrai dire.

— Je m'en souviens. En fait, qu'est-ce qui s'est passé ?

— Personne ne le sait. Peut-être une crampe. Ou un courant d'arrachement.

— Et Gussie a vu tout ça ?

— Malheureusement oui.

— Pauvre..., commença le père d'Isaac mais il s'interrompit quand Gussie réapparut, marchant très lentement pour ne pas renverser le verre rempli à ras bord.

— Moi aussi, je peux avoir un verre d'eau ? demanda Isaac.

Elle poussa un soupir exagéré, comme si elle se retrouvait toujours accablée par de pareilles exigences, mais elle se précipita aussitôt dans la maison.

— Comment Fannie réagit-elle ?

— On ne lui a rien dit, répliqua Isaac.

Il regarda son père, désireux de voir ce qu'il pensait de cette façon de faire. À tous les coups, les gens normaux considéraient la décision d'Esther comme absurde ?

Le père d'Isaac ne manifesta aucune réaction, il se contenta de demander :

— La grossesse est-elle autant à risque ?

— Je me suis posé la même question. Je ne sais pas. Sa tension est un peu haute et nous ne savons pas ce qui s'est passé – Isaac s'interrompit – la dernière fois.

Au milieu de la douzaine d'enfants Feldman qui avaient survécu, il y en avait eu quelques-uns qui étaient morts. Il n'était jamais venu à l'esprit d'Isaac d'interroger ses parents sur ces enfants avant qu'Hyram ne meure et, à ce moment-là, sa mère avait disparu et la mémoire de son père était flageolante. Il aurait volontiers posé certaines questions d'ordre logistique. Était-il convenable d'envisager un petit enterrement pour un bébé mort ? Fallait-il respecter les Chive'a ? Et puis il y avait des questions plus intimes. Quand la douleur qu'il ressentait dans la poitrine allait-elle disparaître ? Quand cesserait-il de voir le visage de son fils dès qu'il fermait les yeux le soir ? En définitive, il n'avait rien demandé du tout à son père.

Gussie resta avec Isaac et son grand-père dans la grande véranda de la ferme jusqu'au début de la soirée, alors que le soleil était déjà bas dans le ciel. Isaac s'efforçait de ne pas inventorier les défauts de la maison – la peinture qui s'écaillait, le bois qui pourrissait, l'arbre qui avait poussé trop près de la véranda.

Quand les moustiques arrivèrent, le père d'Isaac rentra d'un pas lourd dans la maison pour retirer le *tcholent* de la cuisinière. Il versa du vin et déballa une miche de pain de seigle dont quelques tranches avaient déjà été coupées.

— Pas de *hallah* ? demanda Isaac.

— Pas de *hallah*, confirma son père, mais ce pain-là fera l'affaire.

Isaac se demanda si son père se rendait souvent à Vineland pour faire les courses et nota mentalement de lui apporter des produits d'épicerie à sa prochaine visite.

Isaac savait que, s'ils n'avaient pas été là, Gussie et lui, son père serait retourné à la synagogue pour marquer la fin du shabbat avec la *havdalah*. À son crédit, il n'essaya pas de pousser Isaac à y aller. Au lieu de quoi, il alluma une bougie et prononça une bénédiction, deux tâches qui incombaient à la mère d'Isaac quand elle était en vie. Après, il chanta *chavoua tov* et Gussie se joignit à lui. *Eliyahu hatishbi, Eliyahu hagiladi, Bimheirah b'yameinu, yavo eileinu, im Mashiach ben David.*

Ils firent un modeste repas avec la viande et les pommes de terre trop cuites et Gussie s'endormit sur le canapé du salon parce que les deux hommes avaient oublié que les enfants de sept ans, il faut encore les mettre au lit.

Isaac empila les assiettes sales sur l'égouttoir et revint à la table de la cuisine avec le sac de rugelach, une bouteille de sherry et deux petits verres.

— Comment vont les affaires ? s'enquit son père en s'emparant du sac.

— Ça va. Ça va bien.

Isaac versa le sherry, s'offrant quelques gouttes supplémentaires dans son verre.

— Joseph a bien de la chance de t'avoir comme numéro deux.

Isaac se raidit. C'était une affirmation tendancieuse et son père, qui aurait donné n'importe quoi pour qu'Isaac restât à la ferme, le savait.

— Techniquement, je suis responsable des ventes. Le numéro deux, c'est le directeur de la boulangerie.

Son père repoussa d'un geste cette tentative de modestie et mordit avec appétit dans la pâtisserie.

— Joseph a soixante ans ?

— Plus près de cinquante.

— C'est toi qui dirigeras la boîte d'ici peu de temps, déclara-t-il avec assurance.

Était-ce vrai ? Isaac se posait souvent cette question. Était-ce ce qu'il souhaitait ? Était-ce ce que Joseph souhaitait ? Il n'avait jamais rien dit de tel. Isaac avait passé l'intégralité de sa vie adulte à essayer de s'en sortir seul, d'être indépendant. Lorsqu'il avait épousé Fannie, il avait considéré la boulangerie Adler simplement comme un endroit confortable où atterrir. Il n'avait eu aucune envie de se retrouver piégé là, pas plus qu'il n'avait voulu, en grandissant, se retrouver piégé dans la ferme. Mais ça, c'était avant que Joseph ne développe son entreprise. Maintenant, la boulangerie Adler était en pleine expansion et Isaac se demandait s'il pourrait passer sa vie entière à travailler dans les bureaux, à réaliser le rêve de son beau-père. Il connaissait des tonnes de gars qui auraient donné n'importe quoi pour se marier avec une entreprise familiale comme la boulangerie Adler.

— J'ai commencé à travailler dans une nouvelle branche – en plus, expliqua Isaac.

Son père prit une autre bouchée de rugelach.

— Des transactions foncières, ajouta Isaac.

— Dans le comté d'Atlantic ?

— En Floride.

Son père fronça les sourcils et lécha la cannelle sur ses doigts.

— Je pensais que tu en avais terminé avec la Floride.

— Moi aussi, je croyais en avoir terminé, dit Isaac. Mais la semaine dernière, j'ai reçu un coup de téléphone d'un vieil ami. Tu te souviens de Jim ?

Pourquoi son père devrait-il se souvenir de Jim ? Isaac aurait pu pratiquement compter sur les doigts d'une main les lettres qu'il avait écrites à ses parents quand il était à West Palm Beach.

Son père secoua le sac en papier brun pour voir ce qui restait comme gâteaux. Il le tendit à Isaac.

— Prends-en un.

Isaac obéit. Ils étaient vraiment délicieux.

— Jim est en train de travailler sur une grosse affaire. Un promoteur s'est planté et il y a tout un tas de terrains qui débarquent sur le marché – pas cher.

— Quelle taille, les terrains ?

— Il y a une affaire intéressante qui fait un peu plus de quarante hectares.

Son père laissa échapper un discret sifflement. La ferme avait seize hectares et Isaac savait qu'au moment des récoltes, ça donnait l'impression qu'il y en avait bien quarante.

— Dans Palm Beach ? demanda son père.

— Dans le comté, pas sur l'île, expliqua Isaac. Vers le lac Okeechobee. C'est une ancienne ferme d'agrumes.

— Mais qu'est-ce que tu pourrais en faire ? demanda son père.

Isaac avait clairement démontré qu'il n'avait rien d'un paysan.

— Vendre, quand ce sera le bon moment. Jim pense qu'il peut faire baisser le prix jusqu'à soixante-quinze dollars l'hectare. Une terre comme celle-là, on pourrait sans doute la revendre au moins le double de ce prix.

— Ça fait quand même beaucoup d'argent à trouver.

Isaac ne dit rien mais il sentait la question flotter dans l'air entre eux. *Tu l'as ?*

— Je lui ai dit que la seule façon pour moi d'y participer, c'était d'amener des investisseurs. Bon sang, tu pourrais même avoir quelque chose à investir dedans, ajouta Isaac, surpris de sa propore audace.

Il examina la cuisine puis s'obligea à aller au bout de sa réflexion.

— Tu lnvestis quelques centaines de dollars. Ça double et puis ça triple. Peut-être même encore mieux que ça.

Son père haussa les sourcils et rit doucement, pour suivre Isaac.

— Mille dollars, ça pourrait aider à rénover cette maison, insista Isaac. Peut-être embaucher de la main-d'œuvre pour t'aider au moment des récoltes.

Isaac ayant touché un autre point sensible, il prit donc les devants.

— Évidemment, si j'étais un meilleur fils, je viendrais t'aider.

Son père ne répondit rien et se contenta de tapoter la main de son fils.

* * *

Le lendemain matin, le père d'Isaac prépara des œufs pour Gussie et du café noir pour Isaac. Quand ce fut l'heure de partir, Isaac siffla pour appeler sa fille et lui porta son petit sac dans la voiture. Son père le suivit dehors. Il tenait dans sa main la vieille boîte de marshmallows Campfire.

— Tu as bien dit que d'après Jim, vous pourriez descendre jusqu'à soixante-quinze dollars l'hectare ?

Isaac demeura muet en voyant son père ôter le couvercle de la boîte métallique pour en sortir une petite liasse de billets.

— Ça devrait faire l'affaire pour quatre hectares ? demanda-t-il en tendant à Isaac trois cents dollars.

Il restait fort peu d'argent dans la boîte.

Isaac avait joué les beaux parleurs la veille au soir mais maintenant, il se demandait s'il n'avait pas un peu trop exagéré. S'il prenait cet argent, s'il le combinait avec le sien et s'il payait l'acompte, il serait bien parti pour trouver le reste de l'argent, pour trouver des investisseurs, pour conclure l'affaire.

Ça faisait une sacrée pression. Mais n'était-ce pas ce qu'il désirait ? Pas seulement l'occasion de faire quelque chose par lui-même mais aussi de montrer à son père de quoi il était capable ?

— Tu es sûr que tu veux faire ça ? demanda Isaac.

Sans laisser à son grand-père le temps de répondre, Gussie sortit en trombe de la maison pour se précipiter dans ses bras.

— Reviens avec nous à Atlantic City ! Je t'en supplie !

Le père d'Isaac lui caressa le sommet du crâne en riant.

— Les villes, très peu pour moi, Augusta. Mais demande à ton père de te ramener ici très bientôt.

— Tu pourrais dormir dans ma chambre, dit Gussie.

— Il faut qu'on y aille, Gus, dit Isaac en lui ouvrant la portière.

Isaac échangea une poignée de main avec son père puis lui asséna une petite claque dans le dos. Il était incapable de le regarder dans les yeux, de voir son père qui le scrutait dans la lumière du petit matin.

— Je te préviendrai quand la vente aura eu lieu, déclara-t-il à la bande de terre qui les séparait.

— Fais mes amitiés à Fannie. Et dis à ses parents que je suis désolé pour eux.

Isaac hocha la tête, monta dans la voiture et démarra. Il fit un petit signe à son père en ôtant le frein à main puis il sortit de la cour.

— Soigne-toi bien ! cria Gussie dans la poussière tandis que la voiture prenait de la vitesse sur le chemin.

Tout en traversant Alliance pour se diriger à nouveau vers Vineland, Isaac ne pouvait penser qu'à l'argent dans sa poche. Entre ce qu'il avait économisé et ce que son père venait de lui donner, il avait assez pour un acompte. Lundi à la première heure, il appellerait Jim pour lui demander d'envoyer les documents. Une fois qu'il les aurait signés, il disposerait de trente jours – peut-être soixante – pour rassembler le reste de l'argent nécessaire et réaliser l'affaire. Vendre à plusieurs personnes une aussi bonne occasion d'investir, ce ne serait pas aussi simple que ça l'était en 1925, mais ça ne devrait pas non plus être trop difficile.

— Eh, Gus, dit Isaac alors qu'ils passaient devant la synagogue et le cimetière. Grand-père m'a dit que tu lui avais parlé de Florence.

— Pardon, murmura-t-elle, assise à côté de lui.

— Pas de problème. Il a le droit de savoir.

— J'ai pensé que ça lui ferait de la peine.

— Comme toi, ça t'en fait ?

Du coin de l'œil, Isaac la vit hocher la tête.

— Moi aussi, ça me fait de la peine.

— C'est maman qui en aura le plus, dit Gussie.

— C'est vrai.

Isaac regarda la route se dérouler devant lui pendant plusieurs minutes.

— Ta grand-mère t'a-t-elle expliqué que, pour l'instant, nous n'allons pas prévenir ta mère de ce qui est arrivé à Florence ?

Sa fille hocha à nouveau la tête.

— À cause du bébé, déclara-t-elle.

— Absolument, dit Isaac. Quand tu la verras, ce sera difficile de ne rien dire.

Gussie garda le silence pendant quelques minutes.

— Pourquoi le bébé ne doit-il pas le savoir ?

STUART

Florence était morte depuis une semaine mais Stuart continuait à sortir le canot de sauvetage tous les matins à six heures, comme si rien n'avait changé.

Il avait commencé à emmener Florence en bateau au tout début de l'été précédent, quand elle était rentrée de Wellesley obsédée par l'idée de traverser la Manche à la nage. Depuis l'exploit de Trudy Ederle en 1926, deux autres femmes avaient réussi à franchir la Manche – une juste trois semaines après qu'Ederle avait fait les gros titres de la presse et l'autre l'année suivante. Au cours des sept ans qui s'étaient écoulés depuis, personne – ni homme ni femme – ne s'était lancé. *Pourquoi pas moi ?* avait écrit Florence à Stuart alors qu'elle était à l'université.

Dans ses lettres, Florence avouait passer ses soirées à la bibliothèque, à lire des vieux journaux, à chercher des indices sur le meilleur entraînement à suivre pour traverser la Manche. Elle se posait beaucoup de questions et son entraîneuse, qui surveillait toutes ses séances de natation en piscine, ne pouvait répondre qu'à quelques-unes d'entre elles. Florence voulait savoir comment Ederle et les autres avaient réussi à ne pas se refroidir, comment ils s'étaient alimenté, comment ils avaient évalué intelligemment la météo et comment ils avaient empêché l'eau salée, qui était très irritante, de leur brûler les yeux. Sa liste de questions s'était tellement allongée, écrivait-elle à Stuart, qu'elle les avait copiées dans un petit carnet, acheté tout exprès pour cet usage.

Quand il s'agissait de nager dans la mer, Stuart représentait la meilleure ressource de Florence et elle lui écrivait de plus en plus souvent à mesure que passaient les mois d'hiver et que son carnet se remplissait de notes. Stuart ne connaissait pas la Manche mais il connaissait l'océan – tant pour ce qu'il était capable d'offrir à un nageur prudent que pour ce qu'il risquait de lui confisquer. Et tout aussi important, il connaissait Florence. Il n'ignorait rien des performances des moindres muscles de son corps, des endroits où elle souffrait de faiblesses, là où son assurance pouvait être un cadeau et là où ça risquait de lui attirer des ennuis. Dans une de ses premières lettres, Florence avait raconté à Stuart qu'elle souhaitait tenter la traversée pendant le prochain mois d'août, avant de retourner à Wellesley pour sa deuxième année d'études, mais Stuart l'avait convaincue de se prendre une année supplémentaire. *La Manche*, lui avait-il écrit, *sera encore là en 1934*.

Stuart suggéra que Florence passe l'été 1933 à s'entraîner pour boucler le périmètre de l'île d'Absecon. Ce qui représentait une course de trente-cinq kilomètres, soit à peu de chose près la distance à parcourir entre le cap Gris-Nez et Douvres, mais dans des conditions infiniment plus agréables. Les eaux de la Manche dépassaient rarement les quinze degrés et l'air était tout aussi froid. Dans le Pas-de-Calais, le temps pouvait changer brutalement, donc même si une nageuse quittait la France sous un ciel ensoleillé, elle pouvait se retrouver contrainte d'affronter une pluie battante, un brouillard épais et des vents de tempête avant d'atteindre les côtes anglaises.

Si Florence n'était pas très enthousiaste à l'idée de repousser la Manche d'une année, ça l'intéressait de savoir qu'un délai semblable avait parfaitement réussi à Ederle.

Quelques semaines avant de traverser la Manche, Ederle avait nagé depuis le Battery Park de New York jusqu'à Sandy Hook, dans le New Jersey. En plus du fait que cette promenade de vingt-huit kilomètres avait été un bon entraînement, ça s'était révélé une excellente publicité. Stuart argumenta en disant que, si Florence voulait que la *Press* ou un des gros bonnets d'Atlantic City prennent au sérieux sa traversée de la Manche – et potentiellement, la sponsorisent – elle devait déjà se faire un nom dans sa propre ville ; elle reconnut, avec réticence, qu'il avait raison.

Pendant cet été qui avait marqué la fin de sa première année d'université, Florence avait retrouvé Stuart presque tous les matins sur la plage, devant la tente de Maryland Avenue. Le soleil n'était pas encore levé mais, le temps qu'il tire un canot de sauvetage sur le sable, qu'il le mette à l'eau et l'amène en pleine mer, Florence à l'avant, l'horizon était devenu rose. Même si elle ne disait pas grand-chose tandis qu'ils franchissaient les déferlantes, lui, ça lui plaisait de la voir à bord. Après une soirée où il s'était attardé au bar du Manège, au Ritz ou au dancing du Garden Pier, il aurait pu être tentant d'éteindre son réveil et de se rendormir. Mais au lieu de ça, après s'être occupé du café, il donnait à Florence des conseils de dernière minute pour détendre ses épaules ou allonger un peu plus sa brasse. Si elle avait des questions, elle les posait mais, le plus souvent, elle se contentait d'acquiescer, d'étirer les bras au-dessus de sa tête, d'ôter son pull et de plonger dans les flots.

Pendant que Florence nageait, Stuart ramait derrière elle, attentif à conserver une distance égale à plusieurs longueurs de canot, pour ne pas lui rentrer dedans au cas où elle s'arrêterait brusquement. Parfois, il tentait de lui crier quelque chose, qu'il s'agît du chronomètre qu'il gardait dans sa poche ou de la prévenir qu'elle déviait de sa trajectoire mais, entre le bonnet qu'elle portait, le bourdonnement naturel du monde sous-marin et le bruit de ses propres bras qui barattaient l'eau autour de sa tête, elle n'entendait rien. De toute façon, ça n'avait guère d'importance. Elle connaissait suffisamment bien le paysage d'Atlantic City pour savoir que le Central Pier était à huit cents mètres environ de la plage du Garden Pier et que le Million Dollar Pier était encore huit cents mètres plus loin.

Stuart finissait par crier à Florence qu'il était temps de rentrer et elle acquiesçait, se laissant saisir sous les aisselles et hisser par-dessus le plat-bord pour se retrouver couchée au fond du canot comme un poisson tout frais pêché. Il savait que, bien des matins, elle aurait préféré être débarrassée de lui pour continuer à nager et revenir sur la plage au moment où elle en aurait eu envie, mais Stuart, qui sortait des centaines de fois par été pour sauver des gens, s'y refusait absolument.

— Tu n'es pas invincible, tu sais, lui répétait-il souvent.

Le retour jusqu'à la plage, c'était toujours le moment de la matinée que Stuart préférait. Avec son entraînement derrière elle et le soleil dans le ciel, Florence se montrait beaucoup plus bavarde. Elle s'enveloppait dans une serviette, avalait ce qui restait du café de Stuart et posait des questions dont elle connaissait déjà la réponse – son corps paraissait-il plus ferme et pensait-il qu'elle avait une chance de remporter encore une fois la Pageant Cup cette année ? C'était une des choses qu'il appréciait particulièrement chez Florence. À quel point elle était sûre d'elle. Il aimait aussi ses clavicules, qui dansaient dès qu'elle riait. Oh, et ses yeux. Il aimait beaucoup ses yeux.

Les jours où Stuart n'était pas pressé d'aller au poste de secours, il prenait son temps pour revenir sur la plage. Et Florence se moquait souvent de lui.

— Ça y est, là, mon père a prévenu les gardes-côtes.

Maintenant, sans Florence, le canot paraissait grand et lourd. L'océan plus vaste, plus solitaire. La plage plus éloignée. Stuart s'imaginait ramer vers l'horizon jusqu'à ne plus distinguer la Promenade ni même la langue de terre sur laquelle Atlantic City était perchée en équilibre instable. Sans plus de repères, excepté le soleil, saurait-il retrouver le chemin de chez lui ? Le désirerait-il ?

* * *

Stuart s'apprêtait à aller prendre son petit déjeuner quand il tomba sur les Adler, non loin de l'entrée du Steel Pier. Du moins, de si loin, ça ressemblait aux Adler. Il plissa les yeux, pour essayer d'y voir mieux, et compta combien ils étaient. Joseph, Esther, Isaac, Anna et la petite Gussie. Oui, c'était eux, à coup sûr. Il leva le bras pour leur faire signe mais aucun d'eux ne réagit.

— Monsieur Adler, madame Adler ! appela-t-il, dès qu'il fut assez près pour être entendu.

Ils levèrent la tête. Esther n'avait pas l'air particulièrement contente de le voir mais elle n'avait pas l'air déçue non plus. C'est bon signe, pensa-t-il.

— Tout va bien ? s'enquit-elle, d'une voix légèrement inquiète quand ils purent se parler.

Il hésita un instant, se demandant pourquoi elle posait cette question.

— Tout va bien. Enfin, façon de parler.

Avait-on jamais vu pareil crétin ? Bien sûr, rien n'allait bien. Florence était morte. Peut-être Esther posait-elle cette question parce qu'elle s'inquiétait à l'idée qu'il n'avait pas réussi à faire taire les sauveteurs du centre de secours de Virginia Avenue ? La pauvre femme avait son lot de soucis.

— Quand je vous ai vus, j'ai eu simplement envie de vous saluer, reprit-il.

— Salut, dit Isaac d'un ton volontairement indifférent.

Était-il en train de se moquer de lui ?

— Vous êtes sortis vous promener ? demanda Stuart au groupe.

— Les Chive'a sont terminés, expliqua Gussie.

— Ah ?

— Nous sortons nous promener pour marquer la fin des Chive'a, expliqua Joseph.

— Ah, je vois, dit Stuart en reculant d'un pas. Je ne voulais pas vous déranger.

— Voudriez-vous vous joindre à nous ? proposa Esther en le regardant droit dans les yeux.

Stuart jeta un œil sur ses mocassins de cuir bien abîmés et le vieux maillot une-pièce en laine qu'il mettait toujours sur le canot. Il avait enfilé son short par-dessus en quittant la plage mais il ne s'était pas donné la peine de mettre sa chemise ; il la tenait d'une main et de l'autre, le Thermos de café vide. Il voyait bien qu'Esther, et peut-être aussi Anna, étaient en train d'évaluer sa tenue.

— J'étais en route pour manger un morceau avant d'aller travailler, dit-il en posant le Thermos pour enfiler sa chemise.

— Nous ne voudrions pas vous retarder, dit Esther.

— Non, non, j'ai le temps, répondit-il vivement. Je cherchais seulement à m'excuser de n'être qu'à moitié habillé. Ma tenue convient-elle ?

— Vous êtes absolument parfait, dit Joseph.

Esther hocha la tête, mais il était difficile de savoir si elle considérait qu'il était présentable ou si elle avait simplement hâte que la famille se remette en route.

Stuart ignorait tout de l'étiquette correspondant à pareille situation. En temps ordinaire, il aurait tenté de faire poliment la conversation mais, si cette promenade était de nature religieuse, il serait sûrement plus convenable de ne rien dire. Il garda le silence pendant quelques minutes, observant l'arrière de la tête de Joseph et de celle d'Esther. En approchant de States Avenue, ils ralentirent le pas et traversèrent la large Promenade. Cramponnée à deux mains à la rambarde, Esther contempla alors l'océan.

Il était parfaitement logique que la famille vienne là, à l'endroit où ils avaient vu Florence en vie pour la dernière fois. Il était tôt, pas encore dix heures, et la plage était calme. D'ici peu de temps, les sauveteurs arriveraient, traîneraient leur tour de surveillance jusqu'au bord de l'eau et donneraient un long coup de sifflet pour signaler qu'on pouvait désormais se baigner sans danger.

Stuart connaissait les sauveteurs préposés au poste de States Avenue cet été. Bing Johnson et Neil Farmer étaient de braves garçons mais aucun des deux n'avait la moitié de l'expérience de Stuart. Stuart était parti à leur recherche, le dimanche soir, après avoir parlé avec Esther. Quand il les avait trouvés, dans leur bar préféré pas très loin du centre de secours de Virginia Avenue, il leur avait fait passer le message – leur demandant instamment de ne pas révéler l'identité de la victime – mais il avait également insisté pour qu'ils décrivent en détail l'opération de sauvetage.

— Elle n'a lutté qu'une minute, déclara Bing, qui était en train de boire ce qui paraissait être son quatrième bourbon à l'eau. Le temps qu'on arrive près d'elle, elle avait déjà perdu conscience.

Stuart voulait des réponses mais ni Bing ni Neil ne pouvaient lui fournir du concret. Si seulement Stuart avait été au poste de States Avenue, comme à l'accoutumée. Il aurait sans doute rejoint Florence plus rapidement. Ou encore elle ne serait jamais partie nager, se satisfaisant de passer l'après-midi à lui crier des blagues depuis la plage.

Esther secoua la tête d'avant en arrière, comme si elle cherchait à chasser de son esprit l'image du corps sans vie de sa fille. Joseph l'entraîna loin de la rambarde. Isaac et

Gussie leur emboîtèrent le pas, Anna et Stuart fermant la marche. Stuart ralentit l'allure à dessein, laissant grandir une distance confortable entre Isaac et lui.

— J'imagine que tu n'as pas eu vraiment l'occasion de découvrir qui elle était, dit Stuart.

Anna ne répondit rien.

— Elle était particulière. Différente. Pas du tout comme les autres filles qu'on voit par ici.

Anna hocha la tête puis s'essuya les yeux.

— Excuse-moi. Je ne voulais pas te faire de la peine.

— Non, non. Tu as raison de vouloir parler d'elle.

Ils passèrent devant la baraque d'une diseuse de bonne aventure qui proposait de tirer les cartes du tarot pour deux dollars.

— Ça doit être difficile de se retrouver au beau milieu de tout cela. D'autant que tu connais très peu la famille.

— Ça ne se passe pas si mal, dit-elle. Pour la première fois depuis trois mois, je me sens utile.

— Je suis convaincu que tu as été d'une grande aide.

— Esther me rappelle ma mère par bien des côtés.

— Elle doit te manquer, dit Stuart. Ta mère.

— Oui.

— Est-ce vrai que M. Adler et ta mère étaient amoureux, quand il était encore en Europe ?

Anna écarquilla les yeux.

Stuart se rendit compte qu'il était allé trop loin.

— Ou peut-être était-ce simplement ce que croyait Florence.

Anna éclata de rire.

— Quoi ? demanda Stuart en souriant. Est-ce drôle de les imaginer amoureux ou drôle d'imaginer Florence en train de réfléchir s'ils étaient bien assortis ?

— Peut-être les deux.

— Tu as été le sujet de plusieurs lettres qu'elle écrivait chez elle.

— J'ai du mal à imaginer ce que Florence pouvait bien penser, dit Anna. Une fille inconnue surgie de nulle part. Elle n'est même pas une lointaine cousine et brusquement, elle vient vivre dans l'ancienne chambre des deux sœurs.

— Personne ne s'en est plaint, dit-il en cherchant à croiser son regard.

Il avait l'impression qu'elle se considérait comme un boulet.

À Virginia Avenue, la famille passa devant le centre de secours mais aucun d'eux ne fit de commentaire.

— Donc, tu ne peux ni confirmer ni rejeter l'intuition de Florence ?

Anna sourit.

— Si je te dis un truc, il va falloir que tu promettes de n'en souffler mot à personne.

Il leva trois doigts.

— Ils ont été fiancés.

Stuart ne put cacher sa surprise, il n'essaya même pas.

— M. Adler et ta mère ?

Anna hocha la tête.

— Je soupçonne qu'il a rompu quand il a rencontré Esther.

— Fascinant.

— Je sais.

— Tu crois qu'il l'aime toujours ?

— Qui ? Ma mère ?

— Évidemment.

— Je dirais que non, dit Anna, comme si elle n'avait jamais vraiment envisagé la question, encore moins sa réponse. De toute façon, ça n'a pas d'importance.

— Mais bien sûr que si.

Anna haussa les sourcils d'un air amusé. Elle ouvrit la bouche pour parler mais elle se ravisa et serra les lèvres.

— Qu'est-ce que tu allais dire ? s'enquit Stuart.

— Rien.

— Quelque chose.

— C'est seulement que parfois, quand il me regarde, ça me donne l'impression qu'il réarrange mes traits, en essayant de retrouver le visage de ma mère.

Stuart n'avait rien d'intelligent à répondre. Il pensa à la photographie granuleuse de Florence qui avait été publiée dans *The Press* l'été précédent, après qu'elle avait fait le tour de l'île à la nage. L'image la captait parfaitement mais il aimait à penser que, même trente ans plus tard, il n'en aurait pas besoin pour retrouver le souvenir de son visage.

Le cortège fit halte devant la confiserie James Candy Company. Une femme que Stuart ne reconnut pas aborda Esther et quand ils s'approchèrent, Anna et lui, il l'entendit l'interroger sur sa famille.

— Et comment va votre fille ?

Le visage d'Esther se décomposa.

— Elle se repose toujours tranquillement ?

— Oh, Fannie. Oui, encore à l'hôpital. Je pense qu'elle s'ennuie un peu mais pour l'instant, tout va bien.

— Merveilleux. Et Florence ? Elle continue à nager autant qu'elle peut ?

Stuart observa Esther qui avait du mal à déglutir.

Isaac, qui n'avait même pas fait mine de s'intéresser à la conversation, répondit à sa place.

— On ne parviendrait pas à la faire sortir de l'eau, si toutefois on essayait.

Gussie, l'air perplexe, se tourna vers son père.

— Papa, mais elle ne peut pas…

Sans laisser à Gussie le temps de dire quoi que ce fût d'autre, Anna la prit par la main, adressa au groupe un sourire contrit et l'entraîna à l'intérieur de la boutique de bonbons. Stuart attendit quelques secondes avant de s'excuser et de leur emboîter le pas. Il trouva Anna et Gussie au milieu de grandes corbeilles remplies de caramels à l'eau de mer. Anna s'était accroupie pour être à la hauteur de Gussie et elle lui caressait les cheveux en lui parlant d'une voix douce, apaisante. Stuart dut s'approcher pour entendre ce qu'elle était en train de dire.

— … important de ne rien dire.

Gussie paraissait au bord des larmes.

— Mais je croyais qu'on devait seulement garder le secret vis-à-vis de Maman, dit-elle, la lèvre tremblante. À cause, à cause du bébé.

— Chhhut, murmura Anna. C'est compliqué, je sais.

Stuart s'accroupit à côté d'elles.

— Je crois que tes grands-parents s'inquiètent à l'idée que si beaucoup de gens savent que Florence est morte, quelqu'un finira par en parler à ta mère. C'est plus facile de garder le secret si très peu de gens sont au courant.

— Nous sommes comme un club particulier, dit Anna. Tu as déjà appartenu à un club ?

— Comme un club secret ? demanda Gussie.

— Oui, le plus secret des clubs. Le genre avec poignées de main, mots de passe et langage codé, répondit Anna.

— À l'école, il y a des filles qui sont dans un club secret.

— Pas toi ? s'enquit Anna.

Elle secoua tristement la tête.

— Dans leur club, elles parlent javanais.

— Mais ce n'est même pas un vrai secret ! s'exclama Stuart en prenant un air horrifié. Le javanais, tout le monde connaît ça !

— Notre club est top secret, déclara Anna.

— Et je suis membre ? dit Gussie.

— On est tous membres, répondit Stuart en regardant Anna. Tous ceux qui savent ce qui est arrivé à Florence.

— On a une poignée de main secrète ? dit Gussie.

— Si on a une poignée de main secrète ? Anna, tu te rends compte de ce que demande cette petite ? Si on a une poignée de main secrète ? On a une poignée de main secrète et un langage codé !

Il saisit le petit poignet de Gussie et le serra deux fois avant de replier le petit doigt de l'enfant dans sa paume et de tirer deux fois sur son pouce.

— Est-ce assez secret pour toi ? lui demanda-t-il en souriant.

— Et notre langage codé ?

— Anna, doit-on lui révéler le langage codé ? Crois-tu qu'elle est prête pour une chose aussi grave ?

Anna fronça les sourcils, comme si elle évaluait soigneusement les capacités de Gussie à garder un secret.

— Je crois qu'elle saura garder pareil secret, affirma-t-elle.

Stuart dut réfléchir à toute vitesse pour trouver quelque chose.

— Ça s'appelle le langage ARP et c'est beaucoup plus compliqué que le javanais. Tu dois rajouter « arp » devant chaque voyelle. Donc, ton nom devient Garp-u-ssarp-ie. Et moi, je m'appelle Starp-u-arp-art.

— Et le nom d'Anna ?

— Arp-ann-arp-a, bien sûr.

Gussie s'entraîna pendant quelques minutes. Elle prononça les mots inventés pour plage, pour sable et pour maison.

— Tu es forte, dis donc, remarqua Anna.

— Donc, les règles du club sont très simples, expliqua Stuart. Ne pas partager la poignée de main secrète avec quiconque n'est pas membre, n'apprendre à personne en dehors du club le langage codé et (il hésita un instant)… ne dire à personne que Florence est morte.

— Mais dois-je dire qu'elle est vivante ? demanda Gussie.

Stuart regarda Anna qui secoua la tête en signe de dénégation.

— Non, tu n'as qu'à changer de sujet. Ou ne rien dire du tout. Attends une seconde, ajouta Stuart en regardant les corbeilles de caramel.

Il prit une grosse poignée de caramels enveloppés individuellement et les mit dans un petit sachet en papier qu'il apporta au comptoir pour le faire peser. Quand il revint, les caramels à la main, il en distribua trois à chacune d'elles et leur enjoignit de retirer le papier paraffiné qui les emballait.

— C'est un moment particulièrement solennel de la cérémonie d'initiation, annonça-t-il en s'efforçant d'avoir l'air grave. Je veux que vous mettiez ces trois caramels dans votre bouche immédiatement et que vous répétiez après moi ce que je vais dire.

Tandis que Gussie déballait son bonbon, Anna lui chuchota « Merci » au-dessus de la tête de la petite.

Il haussa les épaules, pour dire que ce n'était rien.

— Tu ferais bien de déballer les tiens, toi aussi.

Quand ils eurent tous trois déballé leurs bonbons et mis les caramels mous dans leur bouche, Stuart prononça la seule comptine qui lui vint à l'esprit, à toute vitesse.

— Un, deux, trois, nous irons au bois, quatre, cinq, six, cueillir des cerises, sept huit neuf, dans mon panier neuf, dix onze douze, elles seront toutes rouges.

Les filles répétèrent, en riant d'entendre à quel point ils avaient tous l'air ridicule.

Ils mâchèrent en silence pendant plusieurs minutes, la bouche pleine de ces bonbons collants.

Gussie voulut demander quelque chose à Stuart mais elle dut s'y reprendre à trois fois avant qu'il comprenne ce qu'elle disait.

— Faut-il initier mon père et mes grands-parents ?

Stuart avala puis s'éclaircit la gorge.

— Ils sont d'ores et déjà membres à part entière du club. Si tu veux, par pure gentillesse, tu peux leur offrir un caramel.

— Mais on initiera ma mère ?

Stuart s'efforça d'imaginer un scénario dans lequel Fannie avait eu son bébé, avait appris la mort de sa sœur, avait suffisamment récupéré après ces deux épreuves pour venir avec sa fille à la James Candy Company se gaver de caramels.

— Bien sûr, après la naissance du bébé, après que quelqu'un lui aura dit pour Florence, déclara Stuart en observant attentivement la tête de Gussie pour être certain qu'elle comprenait.

D'après lui, c'était le cas. Anna tapota la tête de la petite.

— On est prêts à y aller ? demanda Stuart aux deux filles.

— Stop ! dit Gussie alors qu'il se dirigeait déjà vers la porte. Comment on s'appelle ?

— Comment on s'appelle ?

— Le nom de notre club, dit Gussie. Tous les clubs secrets ont un nom.

— Bon sang, mais tu as raison, dit Stuart en se frappant le front du plat de la main. Anna, pourquoi ne lui avons-nous pas dit le nom du club ?

À l'évidence, il essayait de gagner du temps, un fait qu'Anna ne parut pas comprendre d'emblée et que Gussie préféra ignorer.

— Je ne sais vraiment pas comment on a pu oublier, dit Anna avec un sourire d'excuse mais sans pour autant offrir un nom quelconque.

Dans sa tête, Stuart passa quelques images en revue : Florence fourrant ses cheveux sous son bonnet de bain rouge, Florence plongeant dans les vagues depuis le bord du canot de sauvetage, Florence prenant des notes dans son carnet à la couverture bleu pâle. Très vite, il trouva ce qu'il cherchait.

— Nous sommes le club Florence Adler Nage Pour Toujours.

* * *

Stuart eut du mal à extraire sa main de la paume moite de Gussie mais, à dix heures moins le quart, il regarda sa montre, présenta ses excuses à Gussie et Anna, puis à Esther, promit à Joseph de se mettre en rapport avec lui dès qu'il aurait des nouvelles de Bill Burgess et partit vers le poste de Kentucky Avenue.

Il avait à peine parcouru la moitié d'un pâté de maisons qu'il entendit quelqu'un crier son nom ; il se retourna et vit Anna qui courait pour le rattraper.

Lorsqu'elle arriva à sa hauteur, elle était hors d'haleine.

— Je voulais te demander quelque chose, dit-elle dès qu'elle eut retrouvé une respiration normale. Un service.

— Pas de problème.

Elle se redressa, tripotant le fermoir d'un petit sac à main qu'elle portait auparavant sous le bras mais que, maintenant, elle brandissait devant elle comme un bouclier.

— Je ne sais pas nager, dit-elle, d'une voix si basse qu'il n'était pas sûr d'avoir bien entendu.

— Pardon ?

Elle s'éclaircit la gorge.

— Je ne sais pas nager.

Ça n'avait rien de surprenant. Beaucoup de filles ne savaient pas nager. En fait, c'était le cas de la plupart des filles qu'il rencontrait.

— Tu n'allais pas nager à Berlin ?

— Jamais, répondit-elle en secouant la tête.

Une mouette passa en criant au-dessus d'eux ; ils la regardèrent foncer vers la tête d'un artiste du sable, qui travaillait avec acharnement sur un portrait à taille humaine de Neptune, puis se diriger vers la mer. Stuart se dit qu'Atlantic City devait vraiment être un endroit terrifiant où vivre si l'océan représentait une menace constante.

— Tu as envie d'apprendre ?

— J'espérais que tu pourrais me montrer comment faire, répondit-elle. Si ça ne t'ennuie pas trop.

— Ça ne m'ennuie pas. Je vais te faire gagner la Pageant Cup en deux temps trois mouvements.

Elle lâcha un rire bref.

— Aucun besoin de médaille d'or. Je voudrais juste être capable de sauver ma propre vie.

* * *

— Tu es en retard, dit Robert dès que Stuart planta sa planche de sauvetage dans le sable.

Stuart lança ses affaires à son collègue et se hissa jusqu'au large banc de bois en haut de la tour de surveillance.

— Je sais, dit-il en sortant de sa poche son sifflet, accroché à un long cordon, pour se le mettre autour du cou. Comment sont les vagues ?

— Ça va. Je surveille le courant d'arrachement là-bas. J'ai déjà prévenu une demi-douzaine de personnes de ne pas s'en approcher.

Stuart observa un moment la rupture des vagues, comptant le nombre de têtes qui nageaient non loin.

— Ton père te cherchait.

— Il est venu sur la plage ?

— Non, s'esclaffa Robert. Il a envoyé son laquais.

Ils travaillaient ensemble depuis moins d'un mois mais, déjà, Robert savait que c'était aussi peu probable que de voir voler des poissons.

— Wilson ?

— Celui-là même.

— Qu'est-ce qu'il a dit ?

— Que tu ailles au bureau de ton père, dès que tu feras une pause.

— Oh bon sang. Comme si ça ne suffisait pas qu'il m'ait fait dégager du poste de States Avenue. Mais il croit qu'il peut me convoquer à l'hôtel quand ça l'arrange.

— Écoute, moi ça me plaît bien qu'on travaille ensemble, mais je suis étonné que le chef Bryant l'ait laissé faire sans réagir.

— Moi, je ne suis pas étonné, rétorqua Stuart avec indignation. Mon père finance toute cette zone de la plage. Ça a toujours été comme ça. En plus, l'hôtel accueille le bal des Sauveteurs cet été – gratis.

— N'empêche, tu es un des meilleurs sauveteurs de Bryant et il faudrait bien qu'il sache qu'il transforme ta vie en enfer.

— À deux heures, dit Stuart. Tu vois ce qui se passe ?

Sans laisser à Robert le temps de réagir, Stuart avait déjà donné trois vigoureux coups de sifflet et sauté de la tour de surveillance sur le sable chaud. Robert le rattrapa en hâte et les deux hommes coururent jusqu'au canot de sauvetage, l'attrapèrent chacun d'un côté et le mirent à l'eau.

— Il ne se débat pas, cria Stuart. Je crois qu'il va couler.

Les estivants s'attendaient toujours à ce que les nageurs en détresse fassent des grands gestes des bras en appelant au secours, mais l'expérience avait appris à Stuart qu'ils se conduisaient rarement ainsi. Les signaux indiquant que quelqu'un se noyait étaient souvent subtils et difficiles à distinguer à plusieurs dizaines de mètres de distance, du haut d'une tour de surveillance. Un nageur en détresse cessait de faire usage de ses bras et de ses jambes, cessait d'avancer ou de reculer dans l'eau. Sous la surface, le corps se mettait à la verticale, comme pour escalader une échelle invisible mais, dans l'Atlantique bien salé, cette position n'était pas toujours facile à repérer. Stuart s'était entraîné à observer la façon dont les nageurs tenaient leur tête. Un nageur qui faisait du surplace parvenait à garder le menton au-dessus de l'eau mais un nageur qui se débattait laissait sa tête s'enfoncer si bien que sa bouche était à peine au-dessus de l'eau. Avec les femmes et les petits enfants, leurs longs cheveux offraient un indice : s'ils leur tombaient dans les yeux et qu'ils ne les repoussaient pas immédiatement, cela indiquait que, sans doute, ils n'avaient plus la force de le faire. Mais le signal le plus déterminant, que Stuart ne parvenait pas à se sortir de la tête depuis que Florence s'était noyée, c'était qu'un nageur en détresse tourne presque toujours son corps face au rivage.

En moins d'une minute, Robert et Stuart se rangèrent à côté de l'homme dont la tête, à l'exception de la bouche et du nez, était entièrement submergée. Stuart sauta à l'eau, sa planche de sauvetage sous le bras et, s'approchant par-derrière, accrocha ses bras sous les aisselles de l'homme. Il donna un bon coup de pied, aussi fort que possible, pour remonter la tête de l'homme au-dessus du niveau de l'eau, lui permettant ainsi d'inspirer une bonne bouffée d'air. Puis il repoussa le nageur sous l'eau et, d'un seul mouvement fluide, glissa la planche de sauvetage devant lui. Après avoir fait rouler l'homme dessus, il vérifia qu'elle le ramenait bien à la surface. Le nageur se mit à crachoter en hoquetant mais il respirait, et c'était la seule chose qui comptait.

Tandis que Robert hissait le gars à bord, Stuart fit un peu de surplace pour se permettre de récupérer son souffle, lui aussi. Il jeta un œil sur leur tour de surveillance, bien petite à côté du Covington qui dominait la plage. Fallait-il considérer que c'était important si cette tour se dressait dans l'ombre de l'hôtel paternel ? Si son père tenait absolument à le garder sous étroite surveillance ? En quelques minutes à peine, Stuart avait sauvé la vie d'un homme et évité à une famille de souffrir.

* * *

Pour Stuart, il était exclu d'aller voir son père tant que Robert et lui n'auraient pas vidé l'eau et remonté la tour de surveillance ainsi que le canot de sauvetage assez haut sur le sable, pour la nuit. Ils grimpèrent ensemble à l'arrière de la tour et, en cumulant leurs deux poids, réussirent à la faire basculer. Une fois couchée sur le côté, elle était à l'abri des atteintes nocturnes tant des vents violents que des fêtards ivres.

Revenu au poste, Stuart prit encore le temps de nettoyer sa planche de sauvetage et de ranger le matériel de premier secours. Les gars qui travaillaient sur les autres tours de cette zone de la plage arrivaient au poste par deux, rangeaient leurs planches, regarnissaient leurs trousses de secours et se vantaient de leurs plus beaux sauvetages de la journée. Stuart et Robert comptaient plus de vingt-cinq sauvetages à leur actif en huit heures de temps mais deux gars en poste à Michigan Avenue avaient arraché de l'eau un jeune garçon après l'avoir vu tomber d'une fenêtre sur le Million Dollar Pier. Mis à part le choc de la chute, il était complètement indemne.

— C'est pas de la tarte de manœuvrer un canot de sauvetage le long de ces piliers, dit Robert. Bravo.

Stuart avait travaillé à la tour de surveillance de States Avenue cinq étés d'affilée et il connaissait les gars qui dépendaient du poste de secours de Maryland Avenue comme si c'était ses propres frères. Il y avait Charles Kelly qui, dès qu'il avait une minute de libre, ratissait la plage pour essayer de convaincre les plus jolies filles de participer au concours de Miss Beach Patrol. L'épreuve n'avait lieu qu'une fois par an – en juillet – mais la blague, c'était que Kelly recrutait des candidates à longueur d'année. James Parker vivait pour jouer des tours aux sauveteurs des autres postes de la Beach Patrol et cachait avec bonheur une paire d'avirons ou quelques bouchons de vidange des canots de sauvetage si cela pouvait lui permettre de regarder les gars s'agiter en tous sens sous une des tentes pour les retrouver. Et puis il y avait Dan l'Irlandais, le meilleur rameur de toute la plage. Quand les vagues étaient tellement hautes qu'elles chassaient les baigneurs de la plage, il proposait aux autres sauveteurs des batailles de mer et quand les vagues en tempête laissaient même les meilleurs sur le sable, Dan l'Irlandais sortait tout seul en se vantant de pouvoir voir les chauffeurs de taxi collectif rendre la monnaie sur l'avenue. Le capitaine Bryant, leur chef à tous, lui rappelait souvent qu'il ferait perdre énormément d'argent si, à force de chahuter dans un canot de sauvetage, il le brisait en deux.

Stuart sortait encore avec les gars de Maryland Avenue le soir mais ce n'était plus pareil. Avant, il ne se rendait pas compte du temps qu'ils passaient le soir à se détendre simplement en parlant de leurs journées. Il ne manquait pas d'histoires à raconter – la veille encore, il avait poursuivi un voleur à la tire jusqu'au milieu de la plage – mais il s'agissait d'anecdotes qu'aucun des gars présents n'avaient vu et que, donc, personne ne pouvait confirmer. Raconter une histoire que tout le monde connaissait déjà, c'était une grande partie du plaisir.

La mort de Florence avait été le plus gros événement de l'été, et de loin ; un événement qui appartenait aux gars du poste de Maryland Avenue. En temps normal, une histoire pareille aurait circulé éternellement, s'enrichissant et se modifiant à chaque récit jusqu'à acquérir une vie propre. Mais les gars savaient que Stuart avait été un intime de Florence, donc quand il leur avait demandé de garder le silence, ils avaient souscrit à sa requête.

— Je tuerai le premier qui y fait allusion, le prévint Dan l'Irlandais en lui assénant une claque dans le dos tellement forte que Stuart faillit tomber la tête la première dans le sable.

Stuart le crut.

Stuart savait que ça prendrait du temps, qu'il faudrait se donner du mal s'il voulait apprendre à connaître les gars de Kentucky Avenue ; si bien que lorsque quelqu'un proposa qu'ils aillent tous boire une bière au Jerome, il décida de remettre au lendemain la visite à son père.

* * *

À neuf heures moins le quart le lendemain matin, Stuart laissa un des portiers du Covington quitter la Promenade derrière lui pour l'escorter dans le hall de l'hôtel.

— Bonjour, monsieur Williams.

— Bonjour, Henry.

Si le Covington n'était pas le plus grand hôtel de la Promenade, il était tout de même assez grand pour que Stuart n'aimât pas raconter à tout le monde que son père en était le propriétaire. Il voyait toujours les traits de ses interlocuteurs se figer le temps de calculer la fortune de son père et d'en conclure que Stuart était non seulement à l'aise, mais riche. À vrai dire, Stuart n'était ni l'un ni l'autre. L'argent de son père allait de pair avec trop de contraintes et celui qu'il gagnait comme sauveteur et comme entraîneur suffisait tout juste à couvrir ses notes de bar et le loyer qu'il payait pour une chambre dans la pension de Mme Tate, dans le Northside.

Pourtant, Stuart ne souhaitait pas se dissocier complètement de l'hôtel. Le Covington avait été un endroit agréable où grandir, même si Stuart préférait l'époque où il s'appelait encore Covington Cottage et avait tout d'un refuge vétuste. À l'époque, on trouvait toujours des meubles en osier sur la véranda qui donnait sur l'océan, et il n'y avait jamais assez de personnel dans le hall pour nettoyer le sable qui se répandait sur les tapis orientaux et se coinçait entre les larges lattes du parquet.

L'arrière-grand-père de Stuart avait bâti la maison en 1873 – trois ans exactement après la construction de la Promenade. Les habitants de Philadelphie avaient découvert l'attrait du bord de mer et l'United States Hotel, avec ses six cents chambres, ne suffisait pas à satisfaire la demande. L'arrière-grand-père de Stuart avait compris qu'il fallait davantage d'hôteliers à Atlantic City et, avec le soutien de son propre père, il avait acheté un bon bout de front de mer pour y construire un bâtiment nanti d'une charpente en bois relativement simple. Covington Cottage se targuait de quatre-vingts chambres, d'une demi-douzaine de cabines de bain – où les employés empochaient des pourboires en vendant des seaux d'eau de mer avec lesquels se rincer – et d'un accès facile à la gare du chemin de fer. Et la construction de l'Applegate's Pier, situé non loin de l'hôtel déjà très fréquenté, assura une prospérité définitive.

Dans les années 1890, le grand-père de Stuart agrandit la surface au sol, ajoutant deux grandes ailes au cottage, qui demeura le cœur de l'établissement. Cette version de l'hôtel, c'était celle que Stuart connaissait le mieux. Il y avait un restaurant où, le matin, une femme de couleur qui s'appelait Mama K servait des piles de pancakes dorés, une bibliothèque avec des tonnes de fauteuils confortables et beaucoup d'excellentes cachettes, mais l'hôtel n'était pas encore suffisamment grand pour que Stuart pût s'y perdre. Son père avait commencé par y travailler en s'occupant des salaires du personnel et d'une bonne partie des commandes mais la gestion de l'hôtel au quotidien était demeurée le domaine de ses grands-parents. Son grand-père surveillait la façade, sa grand-mère préparait les menus et veillait à l'arrangement des fleurs fraîches dans le hall ; pour un jeune garçon constamment en quête d'occupations, il y avait toujours un tas de petites tâches à remplir. Durant les mois d'été, si Stuart ne rangeait pas les clés des chambres pendues à des crochets derrière le bureau de la réception ou s'il ne courait pas apporter les journaux dans les chambres, il passait de longues heures dans la piscine, à s'entraîner à la technique du trudgeon.

Stuart avait dix ans à la mort de son grand-père et quelques brèves années suffirent pour que le père de Stuart donne l'impression de l'avoir totalement rayé du paysage. Il sollicita un cabinet d'architectes new-yorkais pour concevoir une nouvelle annexe, massive ; le projet qu'ils présentèrent exigeait de détruire complètement Covington Cottage, sauf la façade de la structure d'origine, pour construire des tours de vingt-trois étages qui feraient de l'hôtel le plus grand d'Atlantic City, et peut-être même du New Jersey. La véranda survivante deviendrait une galerie marchande et on détruirait la piscine existante pour en installer une plus grande. Alors que le chantier était déjà bien avancé, le père de Stuart embaucha une agence de publicité elle aussi new-yorkaise ; les publicités qu'elle créa, qui se référaient exclusivement à un endroit appelé « The Covington », proposaient aux touristes de venir séjourner à Atlantic City dans le « gratte-ciel du bord de mer » et glorifiaient la vue sur l'océan, les salles de bains privatives – idéales avec des robinets qui offraient de l'eau salée pour ses vertus curatives, directement pompée dans l'océan – et d'autres commodités modernes comme la radio, le téléphone et des « cages à bébé ». On accorda à Mama K une retraite anticipée et, pour la remplacer, le père de Stuart engagea un chef, encore un New-Yorkais, formé au Cordon Bleu à Paris, capable d'offrir une carte attrayante pour un palais américain mais rédigée entièrement en français.

Stuart salua d'un signe de tête le jeune homme à la réception ; il le reconnaissait mais il ignorait son nom. Puisqu'il était le fils du patron, tous les membres du personnel savaient exactement qui il était – et qui il n'était pas – que ça lui plût ou non. Tant qu'on l'avait vu régulièrement, tout le monde, depuis les réceptionnistes jusqu'aux serveurs en passant par les jardiniers, s'était montré aimable avec lui, imaginant sans aucun doute qu'un jour ou l'autre, ce serait à lui de signer leurs chèques de paie. Mais, à mesure que le temps passait et qu'il devenait évident que ça ne l'intéressait pas de venir travailler pour son père, Stuart avait cru remarquer que le personnel se montrait nettement moins patient envers lui.

Stuart prit l'ascenseur avec le groom, Cy, et un couple entre deux âges qui aurait pu aussi bien brandir des pancartes affirmant VENUS TOUT DROIT DE PHILADELPHIE. Sans attendre que Stuart le lui demande, Cy appuya sur le bouton du premier étage, où se trouvaient les bureaux administratifs de l'hôtel.

Le Covington avait toujours attiré un certain type de clients – nantis, blancs et protestants – mais c'était encore plus marqué depuis que Covington Cottage avait rouvert sous le nom de The Covington. Il n'avait pas échappé à Stuart que, avec le temps, une bonne partie de son ressentiment à l'égard de l'hôtel s'était redirigé contre les gens qui le fréquentaient. Et bien sûr, contre son père, qui soutenait, tout comme son grand-père, que les Juifs – et encore plus les Nègres – n'avaient rien à faire dans un établissement aussi magnifique que le Covington.

C'était Florence qui avait attiré l'attention de Stuart sur les pratiques discriminatoires du Covington, à l'époque où elle nageait dans l'équipe de l'Ambassador Club ; il se souvenait à quel point il s'était senti gêné de n'avoir jamais remarqué qu'aucun nom juif n'apparaissait dans le livre d'or de l'hôtel.

— C'est la raison pour laquelle mes parents ne t'aiment pas, avait dit Florence, aussi tranquillement que si elle était en train de lui expliquer pourquoi elle était arrivée en retard à l'entraînement.

Sur le coup, Stuart avait été sidéré, tant l'idée qu'il pouvait carrément déplaire à quelqu'un lui était inconnue, mais dès lors, il avait commencé à être plus attentif. Quand il observait les salles à manger, les bars et les salles de bal du Covington, il y voyait les élites les plus privilégiées de la côte

Est, toutes désireuses de passer leurs vacances à faire semblant de vivre dans un monde qui n'existait pas vraiment.

Cy fit descendre Stuart au premier étage et Stuart salua ses compagnons d'ascenseur d'un signe de tête. En arrivant dans les bureaux de la direction, il sentit son souffle s'accélérer et sa poitrine se contracter. Comme il n'était pas encore neuf heures, le bureau de la secrétaire de son père était encore vide. Il attrapa un bonbon à la menthe dans le bocal en verre posé à côté de la machine à écrire puis frappa à la porte du bureau de son père.

— Qui est-ce ?

Stuart ne ressentit pas le besoin de s'annoncer, étant donné que son père l'avait convoqué. Au lieu de quoi, il tourna la poignée de la porte et entra.

— Tu es venu, à ce que je vois, dit son père en regardant sa montre.

— Oui.

— Vingt-trois heures plus tard.

Stuart refusa de s'énerver.

— Je suis là, dit-il en s'asseyant sans y avoir été invité dans un des fauteuils club en cuir qui faisaient face au bureau de son père.

Un truc cher genre Bauhaus en acajou et acier tubulaire qu'il s'était fait expédier à grands frais d'Allemagne.

Après avoir déballé le bonbon à la menthe le plus lentement et le plus bruyamment possible, Stuart le mit dans sa bouche.

Son père se contentait de le regarder.

— Oui ? s'enquit Stuart quand il ne parvint plus à supporter cette surveillance muette.

— J'ai appris pour Florence Adler.

Stuart n'aimait pas entendre son joli nom sortir de la bouche de son père, il n'aimait pas cette façon de parler d'elle en mentionnant son nom et son prénom, comme si, autrement, Stuart n'aurait pas pu savoir de qui il s'agissait.

— Comment le sais-tu ?

— Ça n'a aucune importance.

— Ça en a, à vrai dire.

— C'est Chaz qui m'a prévenu.

— Mon chef ?

Stuart aurait aimé dissimuler cette expression consternée mais il n'était pas doué pour conserver un visage impassible. Le chef Bryant était-il donc si profondément aux ordres de son père qu'il avait débarqué ventre à terre au Covington dès qu'il avait appris que Florence s'était noyée ?

— Il se faisait du souci pour toi.

— Il aurait mieux fait de me le dire à moi.

Pour toute réponse, son père alluma une cigarette.

— Tu ne peux pas continuer à te mêler de tout, comme ça, dit Stuart.

— Depuis quand offrir ses condoléances à son fils est-il une façon de se mêler de tout ?

— Cet aspect des choses a dû m'échapper.

— Quel aspect ?

— Le moment où tu m'as offert tes condoléances, répondit Stuart en mettant le papier de bonbon dans sa poche et en attrapant un presse-papiers en verre posé sur le bureau.

— Je suis tout à fait désolé, Stuart. C'est vrai.

— Peut-être que tu aurais dû commencer par cela.

— Stuart, vraiment. Tu es ridicule.

— Je suis ridicule ? C'est moi qui suis ridicule ? Ce n'est pourtant pas moi qui désire tellement surveiller mon fils de vingt-quatre ans que je paye son patron pour qu'il soit réaffecté sur ma plage.

— Donc, c'est de ça qu'il s'agit en fait ?

— Tu n'avais aucun droit de me faire réaffecter au poste de Kentucky Avenue. Et tu n'as aucun droit de faire semblant de t'intéresser à la façon dont la mort de Florence me touche. Quand elle était en vie, tu ne t'intéressais nullement à elle.

— C'était une fille tout à fait charmante. Je pensais seulement que tu aurais mieux fait de répandre tes bienfaits limités quelque part ailleurs.

— Et ça veut dire quoi ça, au juste ?

Stuart se rendit compte qu'il serrait le presse-papiers tellement fort qu'il commençait à avoir la paume moite.

Son père ne répondit rien, se contentant de tapoter son mégot contre un cendrier qui aurait eu bien besoin d'être vidé.

— Ce que tu voulais dire, déclara Stuart, c'était que j'aurais mieux fait de répandre mes bienfaits, pour reprendre ton expression, sur quelqu'un qui ne serait pas juif.

— Je n'ai pas dit ça.

— Eh bien, tu aurais aussi bien pu le dire.

— Tu sais ce que je pense ? demanda son père.

Sans répondre, Stuart reposa le presse-papiers sur le bureau et se leva pour partir.

— Je pense que ça sert bien tes objectifs de me voir comme un méchant. Tant que tu penses ça, tu te sens justifié de passer tes journées au soleil et tes nuits au club.

— Qu'est-ce que tu peux savoir de mes objectifs ?

— Je sais une chose, répliqua son père tandis que Stuart se dirigeait vers la porte. Il y a peut-être beaucoup d'hommes dans la région qui font carrière en s'engageant dans la Beach Patrol d'Atlantic City, mais tu ne fais pas partie de ce groupe-là.

Au moment où Stuart franchit la porte du bureau de son père, celui-ci aboya :

— Il est grand temps que tu décolles de la plage.

ANNA

Quand Anna arriva au Knife and Fork Inn, le restaurant était déjà rempli d'hommes d'affaires en train de siroter des cocktails ou de dîner de grosses queues de homards rouges. Elle avait été étonnée, une fois au carrefour des avenues Atlantic et Pacific, après avoir soigneusement suivi les indications que Joseph lui avait données le matin, de se trouver devant un bâtiment qu'on aurait pu voir en Belgique ou aux Pays-Bas, avec ses pignons à gradins et son toit en tuiles de terre cuite. La façade en stuc était parsemée de petits couteaux et de petites fourchettes illustrant le nom de l'auberge et Anna était restée un moment à admirer les détails avant de tourner la poignée de la grande porte en cuivre. Le restaurant était sombre, avec d'épaisses fenêtres à petits carreaux qui étincelaient dans le soleil mais laissaient passer fort peu de lumière. Les vitres étaient entrouvertes mais il n'y avait pas un souffle d'air et la chaleur qui venait de la cuisine donnait le sentiment que l'été était inéluctable.

Le maître d'hôtel conduisit Anna à l'étage, dans une salle plus vaste, bordée de banquettes capitonnées en cuir. Des tables recouvertes de nappes occupaient le centre de la salle et autour de l'une d'elles, Joseph et M. Hirsch, de la branche Atlantic City de l'American Jewish Committee, étaient déjà installés. Joseph lui fit signe tout en disant quelque chose à M. Hirsch et les deux hommes se levèrent à son approche.

— Anna, Eli Hirsch, les présenta Joseph en avançant une chaise pour Anna avant que le maître d'hôtel ait pu le faire.

— Je suis si heureuse de vous rencontrer, monsieur Hirsch.

— Et moi de même. Joseph ne m'a dit que du bien de vous.

— Il est si bon pour moi, dit-elle en regardant Joseph.

Anna s'était inquiétée toute la matinée à l'idée que ce rendez-vous serait peut-être trop pénible pour lui.

Un serveur versa de l'eau dans le verre d'Anna et lui demanda si elle souhaitait un cocktail. Elle hésita, tentée d'en commander un mais sans savoir lequel.

— Elle va prendre un old-fashioned, dit Joseph en levant son propre verre.

Anna acquiesça avec reconnaissance. Les Adler lui avaient expliqué que, il y avait encore quelques années, la consommation d'alcool était interdite ici et partout aux États-Unis. À voir ce qui se passait à Atlantic City, et particulièrement dans cette salle de restaurant, on avait du mal à croire à la véracité de cette histoire.

M. Hirsch toucha le bord de son verre, déjà vide, indiquant ainsi au serveur qu'il en souhaitait un autre.

— Alors, Joseph me dit que vous êtes arrivée en mars ?

— Oui.

— Avec un visa étudiant ?

Anna hocha la tête.

— Vous avez de la chance que vos papiers soient arrivés au consulat aussi rapidement. En Allemagne, tous les Juifs veulent partir et les fonctionnaires américains s'inquiètent à l'idée d'être envahis.

— J'ai fait ma demande l'automne dernier, après avoir été acceptée à l'École normale du New Jersey.

— C'est drôle que vous ayez choisi cet établissement alors que vous étiez à Berlin.

— J'ai peut-être bien joué un rôle là-dedans, dit Joseph. Sherm Leeman siège au conseil d'établissement.

— Ce gars-là serait-il en train de me dire que vous n'auriez pas pu vous faire accepter toute seule ?

— Oh, je ne…

Joseph l'interrompit.

— C'est une jeune fille brillante. Ses parents m'ont simplement demandé de faire ce que je pouvais.

— Si vous m'aviez connue à Berlin, vous n'auriez pas pu me considérer comme brillante. J'ai été refusée dans toutes les universités où je me suis présentée.

— Je présume que ça n'a rien à voir avec vos résultats, dit M. Hirsch.

Anna sentit ses joues s'empourprer.

— Les comités de sélection universitaires sont contrôlés par les nazis. Vous n'avez pas envisagé d'aller faire vos études en France ? Ou en Belgique ?

— Je ne parle pas français. Seulement l'allemand, le hongrois, l'anglais et un peu le yiddish.

Elle jeta un coup d'œil à Joseph.

— Mon père, reprit-elle, a étudié la littérature anglaise à l'université de Vienne et ma mère connaissait M. Adler, alors…

Le serveur revint et posa devant Anna un cocktail de couleur ambrée, orné d'une belle cerise rouge. Elle en prit une petite gorgée et tenta de ne pas faire la grimace en sentant le whisky au fond de sa gorge.

— Et on a refusé le visa à vos parents ?

— Oui, dit Anna. Récemment.

— Et la raison invoquée ?

Anna regarda encore Joseph, ne sachant pas très bien jusqu'à quel point elle pouvait parler. Mais Joseph paraissait loin et elle se demanda, à nouveau, si cela avait été une bonne idée de le laisser organiser ce rendez-vous. Après tout, la mort de Florence datait de moins de trois semaines.

— Que M. Adler n'était pas un parent proche, finit-elle par dire.

— J'imagine que votre déclaration sous serment mentionnait que vous leur fourniriez un revenu ? demanda M. Hirsch, en s'adressant directement à Joseph.

— Quarante dollars par semaine.

— Mais vous n'avez promis aucun emploi ?

— Aaron Wexler m'a dit que ça risquait d'empirer la situation.

— Il a raison, dit M. Hirsch en prenant une gorgée de son verre. C'est une vraie pagaille. Le consul refuse de faire entrer quiconque pourrait devenir un poids pour la société mais ne vous avisez surtout pas d'affirmer vouloir travailler. Pas question de voir les Américains perdre un seul précieux emploi.

— Il est difficile de prouver que vous ne serez pas un poids pour la société si vous êtes censé ne pas travailler, confirma Joseph.

M. Hirsch commanda une salade de homard et Anna dit au serveur qu'elle prendrait la même chose. Elle n'avait encore jamais goûté cette chair si tendre et elle dut se retenir de racler son assiette jusqu'à la dernière miette. Avec le cocktail plus la nourriture, elle était prête à s'enhardir.

— Nous espérions que vous pourriez nous donner un conseil sur les prochaines étapes, déclara-t-elle à M. Hirsch en reposant sa fourchette.

— D'après ce que je comprends, vous avez plusieurs options, répondit-il en s'essuyant la bouche avec sa serviette. Vous pouvez soumettre davantage de lettres de référence, ou même tenter de trouver un deuxième parrain prêt à vous fournir une autre déclaration sous serment – tout ce qui est possible pour essayer de compenser le fait que Joseph n'est pas un membre de votre famille. Ou bien vous pourriez tenter d'ouvrir un compte bancaire aux noms de vos parents et d'y déposer suffisamment d'argent pour prouver qu'ils ne se retrouveront pas à la charge de la société.

Anna pensa aux cinquante précieux dollars qu'elle gardait cachés dans son exemplaire de *La Montagne magique*, le roman de Thomas Mann qu'elle avait apporté d'Allemagne. Ses parents l'avaient bien prévenue qu'il fallait faire durer cet argent, qu'ils ignoraient quand et même s'ils pourraient lui en envoyer davantage.

— Quelle somme serait suffisante ? demanda Joseph.

Il avait à peine touché à la truite qu'il avait commandée.

— Ça, mon ami, c'est une énigme. Mille ? Peut-être davantage ? Faut-il que ce soit suffisant pour les aider à retomber sur leurs pieds ou pour les faire vivre indéfiniment ? Impossible d'obtenir une réponse claire de quiconque.

Anna attrapa vivement son verre et le porta à ses lèvres, pour s'apercevoir qu'il était vide. Elle se sentait dans le même état de nerfs, à écouter ces deux hommes discuter de l'avenir de ses parents, qu'elle avait connu quand elle était descendue du paquebot SS *New York* à Ellis Island. Elle était jeune et en bonne santé, elle avait tous les papiers qu'il fallait mais pourtant, elle ne pouvait s'empêcher de sentir que les inspecteurs de l'immigration et les fonctionnaires médicaux cherchaient des raisons de rejeter les gens. Que si elle traînait, si elle toussait, si elle ne disait pas ce qu'il fallait, elle anéantirait les rêves de ses parents et gâcherait son unique chance de poursuivre ses études.

— Faudrait-il faire les deux ? demanda Joseph. Envoyer d'autres lettres de référence et ouvrir un compte bancaire ?

— Ça ne pourrait certainement pas faire de mal mais peut-être vaut-il mieux essayer d'abord les lettres. Si leur demande est rejetée, on n'aura perdu que quelques mois.

Le cœur d'Anna se serra. Cela faisait déjà trois mois qu'elle n'avait pas vu sa mère.

— Je serai plus qu'heureux d'écrire une lettre au nom du comité, déclara M. Hirsch. Étant donné l'ampleur de la somme que nous avons collectée l'année dernière, on peut espérer que le consul général commence à nous prendre au sérieux.

— Je vous en suis très reconnaissant, dit Joseph en jetant un coup d'œil à Anna.

— Et je crois que nous pourrions balancer une lettre de Bacharach, le membre du Congrès, attestant de votre capacité à entretenir les Epstein. Deux lettres supplémentaires devraient suffire à leur faire franchir l'obstacle. Surtout si l'une d'elles vient d'un membre du Congrès.

M. Hirsch fit un signe au serveur, indiquant qu'il souhaitait régler.

— Je connais Ike Bacharach mais nous ne sommes pas particulièrement proches, dit Joseph. Vous croyez qu'il sera vraiment d'accord pour écrire cette lettre ?

— Il a une dette envers moi. J'arrangerai cela si vous m'envoyez les précisions nécessaires.

— C'est la première chose que je ferai en revenant à mon bureau.

Anna pensa au bureau de Joseph, au transat abandonné qu'elle avait vu devant la cheminée lors de sa dernière visite. Elle avait du mal à savoir s'il considérait la requête de M. Hirsch comme une distraction bienvenue à son chagrin ou comme une ingérence indésirable. Peut-être les deux.

Le serveur apporta l'addition et M. Hirsch chercha son portefeuille.

— Laissez-moi vous inviter, dit Joseph. Vous avez été d'une grande aide.

— Ne dites pas de bêtises ! dit M. Hirsch en comptant six billets d'un dollar qu'il posa sur la table.

Le maître d'hôtel lui apporta son chapeau et il se leva pour partir.

— Miss Epstein, il existe une autre solution à la situation fâcheuse de vos parents.

— Laquelle ? s'enquit Anna en se redressant sur sa chaise.

Elle l'observa mettre son chapeau.

— Épousez un Américain, dit-il en en relevant le bord.

Anna laissa échapper un petit rire.

— Oh, ne me regardez pas comme ça, Joseph, dit M. Hirsch en lui faisant un clin d'œil. C'est encore le moyen le plus rapide que je connaisse pour obtenir un visa.

* * *

Le cocktail, ajouté à la chaleur de l'après-midi et aux promesses de M. Hirsch, avait laissé Anna étourdie. Devant la porte de l'appartement des Adler, elle fouilla dans son sac à la recherche d'un mouchoir et de son poudrier, elle sécha la transpiration sur son cou et son front puis vérifia son apparence générale dans le petit miroir. Elle se fit une grimace et en aurait sans doute fait d'autres si la porte ne s'était pas ouverte, laissant apparaître Gussie.

— Il me semblait bien que je t'avais entendue arriver !

Gussie tendit la main pour offrir le salut secret et Anna referma son poudrier d'un geste sec et le glissa, avec le mouchoir, dans son sac. Puis elle attrapa le poignet de la petite fille.

— Arp-où arp-es-tarp-u arp-allarp-ée ? demanda Gussie.

— Si on parlait normalement pour cette fois, d'accord ?

Pendant un instant, Gussie parut déconfite puis son visage se rasséréna.

— J'ai une lettre pour toi !

— Oh ?

Anna avait reçu une lettre de sa mère quelques jours auparavant, mais peut-être son père lui avait-il écrit. Plutôt que des longues missives, il envoyait généralement des articles ou une nouvelle qu'il avait arrachée aux pages du magazine *Kladderadatsch*. Peut-être était-ce toutes ces années qu'il avait passées à étudier et enseigner l'anglais, mais il paraissait comprendre qu'offrir des lectures en allemand à Anna, c'était désormais un vrai cadeau.

Gussie l'entraîna dans la cuisine, où la table était couverte de vieux journaux, tout découpés.

— À quoi tu travailles ?

— Nana dit que Maman aime beaucoup les quintés Dionne.

— Les quintuplées.

— C'est ce que j'ai dit.

À l'évidence, Anna avait énervé la fillette. Elle la regarda en haussant les sourcils pendant que la petite fouillait dans les découpages, cherchant quelque chose. Heureusement, la lettre d'Anna avait échappé aux ciseaux de Gussie.

— Alors, tu découpes les photos des bébés ?

— Oui, regarde.

Gussie lui tendit un morceau de papier à dessin bleu sur lequel elle avait collé une demi-douzaine de versions de la même photo qu'Anna avait vu placardée sur tous les périodiques de tous les kiosques d'Atlantic City. Photo sur laquelle on voyait le médecin des quintuplées penché sur un berceau dans lequel les cinq bébés, chacun dans sa propre couverture, étaient serrés comme des sardines. On avait du mal à discerner leurs traits.

Ça paraissait relever du manque de tact de donner à une femme enceinte qui risquait de perdre son enfant un collage de photos de bébés, mais Anna se disait qu'Esther avait dû approuver cette activité.

— Où est ta grand-mère ?

— Dans sa chambre, elle se repose.

— Ah.

— La voilà ! cria Gussie en sortant une feuille de papier pliée de sous des articles vieux de trois jours issus de l'*Atlantic City Press*.

Le cœur d'Anna se serra. La lettre n'était pas dans une de ces enveloppes légères du courrier par avion qu'elle s'était habituée à chercher chez les Adler, sur la commode de l'entrée. En fait, le message n'était pas du tout dans une enveloppe.

— Tu l'as lue ?

Gussie hocha énergiquement la tête et lui tendit le message. Avant qu'Anna ne l'ait déplié, Gussie lâcha :

— C'est de Stuart !

Puis elle courut de l'autre côté de la table pour relire encore le message, par-dessus l'épaule d'Anna.

Anna,

C'est un moment aussi favorable qu'un autre pour apprendre à nager. Ta première leçon, c'est demain soir à six heures. Tu me retrouves au poste de Kentucky Avenue ?

Stuart

— Comment as-tu eu cette lettre ? demanda Anna à Gussie.

— Il est venu la déposer.

Anna prit une grande inspiration, en se demandant comment Esther avait réagi en voyant qu'un éventuel prétendant de Florence passait déposer des messages pour elle.

— Ta grand-mère l'a vu ?

Gussie secoua la tête.

— Elle était dans sa chambre.

Anna réfléchit un instant.

— Peut-être qu'on ne lui en parle pas ? Au cas où ça la rendrait triste.

Gussie ne réagit pas à cette proposition d'Anna. Elle refit simplement le tour de la table, récupéra ses ciseaux et entreprit de découper un bébé dans une réclame pour Gerber. Le bébé était joyeux et potelé, assez grand pour rester assis en souriant. Derrière la tête de l'enfant, on lisait *Réservé aux bébés.* Anna estima que Gussie savait que ce bébé-là n'était pas une des quintuplées Dionne, aucune d'elles ne pouvant être confondue avec un enfant de six mois en pleine santé. Gussie déposa soigneusement une goutte de colle sur le dos de la photo et l'appuya sur son collage.

— Alors, tu y mets aussi d'autres bébés ? demanda Anna, incapable de se réfréner.

— Ils plaisent à Maman, répliqua Gussie sur la défensive tout en se mettant à découper la page suivante.

Anna n'en était pas tout à fait sûre mais de là où elle était, le bébé ressemblait à Charles Lindbergh Junior. Elle se leva pour aller regarder par-dessus l'épaule de Gussie, en essayant de lire la légende de la photo. Après avoir traversé l'Atlantique en avion, Charles Lindbergh était devenu extrêmement populaire d'un bout à l'autre de l'Europe. L'enlèvement de son fils avait fait les gros titres de la presse des deux côtés de l'Atlantique et Anna supposait que les Allemands avaient dû suivre l'affaire avec presque autant d'intérêt que les Américains. Après la découverte du corps de l'enfant, la couverture médiatique avait ralenti mais maintenant que le procès était en cours, la photo du bel enfant était de retour dans toute la presse.

— Gussie, n'utilise pas cette photo.

— Pourquoi ?

— Parce que.

— Parce que quoi ?

— Parce que (Anna hésita)... parce que ce bébé est mort.

Gussie reposa ses ciseaux.

— Comme Hyram ?

Anna hocha la tête.

Gussie reposa la coupure de journal sur la table et en lissa les bords. Était-elle touchée ? Anna n'aurait su le dire.

— Est-ce que tu as un maillot de bain ? s'enquit Gussie.

Anna se demanda si ce n'était pas, de la part de l'enfant, une tentative de rapprochement. Elle n'avait effectivement pas de maillot de bain. Quand elle était allée sur la plage le jour de la mort de Florence, elle portait une robe de cotonnade. Et Gussie le savait.

— Non, je n'en ai pas, avoua Anna en regardant Gussie pour voir sa réaction.

— Tu pourrais prendre un de ceux de Florence.

— Je crois que ce ne serait pas très gentil.

— Maintenant, elle ne peut plus les porter, répondit Gussie en haussant les épaules.

* * *

Anna attendit que le calme règne dans l'appartement, Gussie bien bordée dans son lit sur la véranda, Esther et Joseph retirés dans leur chambre au fond de l'entrée. Elle se releva alors pour aller voir la commode de Florence. Elle alluma la lampe. Dans son souvenir, Florence rangeait ses maillots de bain dans le tiroir en haut à gauche mais quand elle l'ouvrit, aussi silencieusement que possible, elle se retrouva en face d'un fouillis de bas et de combinaisons. Elle le referma donc pour en essayer un autre.

Les tiroirs de Florence étaient dans une vraie pagaille, ce qui n'étonna pas Anna. Elle était le genre de personne à laisser traîner ses maillots de bain mouillés accrochés aux colonnes du lit et ses chaussures exactement à l'endroit où elle s'en était débarrassée le soir d'un coup de pied. Les livres et les magazines restaient ouverts à la page qu'elle était en train de lire, un témoignage du fait qu'elle était bien sûre d'y revenir sous peu.

Anna, qui était reconnaissante aux Adler de lui avoir trouvé une place dans leur appartement, n'avait pas été en position d'exiger de Florence qu'elle fasse son lit ou qu'elle ferme ses tiroirs. Pendant la brève période où les deux filles avaient partagé la chambre, Anna s'était contentée de ranger derrière elle, refermant les livres et les magazines de Florence pour pouvoir les entasser sur la commode et alignant ses chaussures sous la fenêtre, toutes dans le même sens, là où elle-même rangeait les siennes. Anna aurait aimé croire que Florence avait apprécié ses efforts mais elle n'était même pas certaine qu'elle les avait remarqués. Pour Anna, Florence était le genre de filles qui avait l'habitude qu'on veille sur elle, qui n'en faisait toujours qu'à sa tête. Elle entrait et sortait de la chambre en trombe, avec l'assurance d'une personne qui a été le bébé de la famille vingt ans durant, qui était convaincue que tout le monde était toujours content de la voir et qu'elle pouvait réaliser ses ambitions les plus débridées pour la seule et unique raison que personne ne lui avait jamais démontré le contraire.

Au troisième essai, Anna trouva ce qu'elle cherchait. Au milieu des sous-vêtements et des soutiens-gorge, il y avait quelques maillots de bain. Ceux que Florence avait portés dans les jours précédant sa mort, Anna les rejeta d'emblée – un Jantzen ajusté couleur rouille et un Zéphyr turquoise avec une ceinture noire qui sanglait la taille. Elle frissonna en prenant conscience que le maillot que portait Florence pour aller à la plage le dimanche un peu plus de deux semaines auparavant avait, comme celle qui le portait, disparu à tout jamais.

Au fond du tiroir, il y avait un maillot de bain noir uni qu'Anna n'avait jamais vu. Elle le tint à bout de bras pour mieux l'examiner. La laine était détendue, la coupe moins moderne que celle des maillots que Florence avait portés pendant l'été. Stuart le reconnaîtrait-il comme ayant appartenu à Florence ? Anna espérait sincèrement que ce ne serait pas le cas. Elle posa le maillot sur le haut de la commode et fit passer sa chemise de nuit par-dessus sa tête. Pendant un instant, elle se tint immobile devant le miroir de la commode, à examiner son corps nu.

Elle était beaucoup moins appétissante qu'à l'époque où elle était au lycée. Au cours de la dernière année, elle s'était beaucoup inquiétée, d'abord pour savoir si elle irait ou non à l'université, ensuite pour savoir si elle obtiendrait son visa. Une fois son visa en poche, alors qu'elle était désormais sûre de quitter Berlin en laissant sa famille derrière elle, il lui était difficile de manger quoi que ce fût et pendant les six jours qu'avait duré la traversée de Hambourg à New York, elle avait été incapable de garder ne serait-ce qu'un cracker dans son estomac. Même une fois en sécurité à Atlantic City, alors qu'Esther avait commencé à lui servir de généreuses portions de *noodle kugel*, Anna avait du mal à avaler la nourriture. Elle attribuait maintenant au mal du pays, et peut-être à la mort de Florence, le fait de pouvoir compter ses côtes. Elle prit le maillot de bain, fit glisser le tissu rêche sur ses hanches puis sur ses seins jusqu'à ce qu'il soit bien tendu sur ses épaules. Une fois qu'elle l'eut enfilé, elle recula pour mieux s'examiner, essayant de voir le plus possible de son corps, malgré la petitesse du miroir. Le maillot lui sciait les cuisses de façon disgracieuse mais sinon, Anna fut satisfaite du résultat. Elle fit des grands cercles avec les bras, comme elle avait vu Florence le faire avant d'entrer dans l'eau.

Quelque part dans l'appartement, Anna entendit un objet tomber ; puis les lattes du parquet craquèrent quand Joseph ou Esther se déplaça pour ramasser ce qu'Anna imaginait comme un livre ou une chaussure. Terrifiée à l'idée qu'Esther puisse la voir vêtue du maillot de Florence, Anna prit sa chemise de nuit par terre, éteignit la lampe et fonça vers son lit. À l'abri de l'obscurité et d'un drap mince, elle se débarrassa du costume de bain et remit sa chemise de nuit. Que pourrait dire Anna si Esther s'apercevait de la disparition du maillot ? La pauvre femme n'avait pas remis les pieds dans la chambre des filles depuis la mort de Florence. À coup sûr, elle n'avait pas dû conserver le souvenir des costumes de bain que la plus jeune de ses filles avait emportés et rapportés, entre la maison d'Atlantic Avenue, l'appartement et Wellesley ?

* * *

Le mardi soir, quand elle partit pour le poste de Kentucky Avenue, Anna était dans un état de nerfs lamentable. Elle était nerveuse à l'idée d'entrer dans l'eau, où elle savait qu'elle n'aurait plus aucun contrôle de son propre corps, mais elle était encore plus nerveuse à l'idée d'approcher une tente pleine de sauveteurs qu'elle ne connaissait pas et de leur demander où était Stuart. Et si les sauveteurs ne la comprenaient pas, avec son accent ? Ou pire, s'ils la prenaient pour une de ces idiotes dont Florence avait aimé se moquer – ces filles qui couraient après les sauveteurs d'un bout à l'autre de la plage ? Et si Stuart n'était pas là ? Il était tout à fait possible qu'il ait changé d'avis. Elle s'inquiétait à l'idée de s'être montrée trop audacieuse en lui demandant ainsi de lui donner des cours. Depuis que Florence s'était noyée, elle se sentait totalement accablée. D'une certaine manière, ne pas savoir nager, c'était le signe qu'elle n'aurait pas dû être là. Si, à n'importe quel moment, l'océan pouvait l'avaler tout entière, que pourrait bien lui faire subir le reste de ce grand pays agité ?

La plage commençait à se vider et, même si la tente était remplie de sauveteurs qui allaient et venaient, Stuart était facile à repérer parce qu'il avait une demi-tête de plus que la plupart des hommes de la patrouille et que, sans conteste, il était le plus séduisant.

— Je guettais ton arrivée, lui dit-il en empilant une série d'avirons contre une des parois de la tente.

— Je suis en retard ?

— Non, pas du tout.

Il lança un dernier aviron sur la pile et cria à quelqu'un sous la tente :

— Bernie, je m'en vais.

Anna fut surprise de voir Stuart se diriger vers la Promenade et non vers l'océan. Elle hésita à le suivre, se demandant si, peut-être, il allait juste chercher quelque chose, mais il l'appela par-dessus son épaule, « Tu viens ? » et elle se dépêcha de le rattraper.

— Où allons-nous ? demanda Anna quand Stuart s'arrêta au pied des marches qui montaient jusqu'à la Promenade pour se nettoyer les pieds.

— Tu peux apprendre à nager dans l'océan mais c'est plus facile dans une piscine.

— Une piscine ?

— Oui, dit-il en glissant ses pieds, encore collants de sable, dans des vieux mocassins. Ça t'évitera de te faire démolir par les vagues et moi, je pourrai voir comment tu t'y prends.

Il se redressa et monta les marches deux par deux. Les sandales d'Anna étaient pleines de sable mais elle se sentait mal à l'aise et elle ne voulait surtout pas faire attendre Stuart le temps de les nettoyer. Tandis qu'elle montait l'escalier et traversait la Promenade, le sable jaillissait d'entre ses orteils comme les confettis d'un char de défilé.

Stuart les mena jusqu'aux portes du Covington, presque face au poste une fois qu'on avait traversé la Promenade ; un homme en veste violette à boutons dorés leur tint la porte ouverte.

— Bonsoir, monsieur Williams, dit-il à Stuart.

— Bonsoir, Henry.

— Tu viens souvent ici ? demanda Anna une fois qu'ils furent dans le hall, qui était immense.

Stuart lui jeta un regard amusé tout en lâchant un petit rire.

— Pas si je peux m'en dispenser.

Florence avait bien mentionné le fait que le père de Stuart était propriétaire d'un hôtel mais, naïvement, Anna avait pensé qu'il s'agissait d'un de ces petits établissements kasher qu'on trouvait partout dans les rues latérales d'Atlantic City. Bon, peut-être pas kasher, mais en tout cas, petit. Elle s'était imaginé un bâtiment étroit, de deux étages avec peut-être une douzaine de chambres et un propriétaire assez âgé qui passait ses journées à indiquer la direction de la plage aux touristes. Mais quand même, cet hôtel, ce n'était pas celui dont parlait Florence ?

— On te laisse utiliser la piscine ?

— Plus ou moins, répondit Stuart en l'attrapant par le bras pour la conduire vers l'ascenseur.

— Premier étage, Cy, dit-il au groom quand ils montèrent dans l'ascenseur.

Il s'agissait forcément de l'hôtel de son père, décida Anna. Sinon, pourquoi Stuart appellerait-il le groom par son nom ?

Quand les portes de l'ascenseur s'ouvrirent au premier, Stuart fit signe à Anna de sortir.

— Cy, dit-il en quittant l'ascenseur, je ne suis pas là.

— Je ne vous ai pas vu, confirma le groom.

Anna aperçut une petite pancarte qui indiquait SERVICES ADMINISTRATIFS mais Stuart l'entraîna de l'autre côté, dans un long couloir recouvert d'un tapis, parsemé de fauteuils club et de tables basses. Les fenêtres étaient garnies de lourds rideaux tombant jusqu'au sol, ce qui était vraiment dommage parce qu'ils masquaient en partie la vue sur la plage d'un côté et une vaste terrasse à l'italienne de l'autre.

Au milieu du couloir, une série de portes-fenêtres donnaient toutes sur cette terrasse.

— Après toi, dit Stuart en lui tenant l'une d'elles ouverte.

La terrasse était ravissante, nichée entre les deux grosses tours de l'hôtel, comme une pierre précieuse. Au centre, il y avait une grande piscine autour de laquelle on voyait une petite cabine et d'innombrables chaises longues, plantes en pots et statues. De l'autre côté de la piscine, un escalier descendait de la terrasse jusqu'à une pelouse parfaitement entretenue, entourée d'une haute grille en fer forgé.

— J'ai du mal à croire que je suis encore à Atlantic City, dit Anna.

— C'est un tout autre univers, c'est vrai.

Éparpillés sur la terrasse se trouvaient les derniers baigneurs de la journée et un petit groupe de gens, déjà en tenue de soirée mais qui avait décidé de boire un cocktail au bord de la piscine avant le dîner.

— Avons-nous le droit d'être ici ? voulut savoir Anna tandis qu'ils déposaient leurs affaires sur une chaise longue, dans un coin tranquille.

— Le pape est-il catholique ? rétorqua Stuart, de façon toute rhétorique.

Anna fit de son mieux pour interpréter cette réponse mais elle finit par renoncer. Parfois, les expressions américaines n'avaient strictement aucun sens.

Stuart se débarrassa de ses chaussures, marcha jusqu'à la piscine et plongea. Anna s'inquiéta à l'idée qu'il pût se cogner la tête sur le fond mais il réapparut un instant plus tard, tout sourire.

— Viens donc, l'appela-t-il.

Anna avait les mains qui tremblaient en déboutonnant sa robe. Pourquoi avait-elle cru que ce serait une bonne idée de prendre des leçons de natation ? Elle était embarrassée à l'idée de se retrouver devant Stuart vêtue seulement d'un maillot de bain qui n'était même pas le sien et elle était terrifiée par la perspective d'entrer dans l'eau. Il aurait été évidemment beaucoup moins pénible d'éviter l'océan pour le reste de son existence. Anna descendit sa robe à la hauteur des genoux et l'ôta, en tournant le dos à Stuart. Puis elle la plia avec un soin tout à fait exagéré. Une fois la robe bien rangée, une fois ses cheveux cachés sous un bonnet, il n'y avait plus rien d'autre à faire que de se retourner pour marcher jusqu'à la piscine. Les yeux fixés sur le sol, elle n'osait pas croiser le regard de Stuart.

— Tu te sens nerveuse ? lui demanda Stuart, l'obligeant à relever la tête.

— Oui, plutôt, répondit-elle avec un petit rire gêné.

Au bord de la piscine, elle s'accroupit et tenta, le plus gracieusement qu'elle pût, de s'asseoir. Ses jambes pendaient dans l'eau, qui était plus froide qu'elle ne l'aurait pensé.

— Il n'y a qu'un mètre de profondeur ici. Tu peux te mettre debout, dit-il en lui tendant la main pour l'aider à descendre dans l'eau.

Elle n'avait d'autre choix que d'attraper cette main et de se laisser glisser dans l'eau froide.

— Oh ! dit-elle malgré elle.

Elle frissonnait au contact de l'eau sur sa peau.

— Ce n'est pas désagréable, hein ?

Une fois habituée à la température, c'était effectivement agréable d'être dans l'eau. Une sensation étrange, se retrouver debout dans un mètre d'eau, rien à voir avec faire trempette dans la baignoire à la maison.

— Aujourd'hui, je ne vais t'apprendre qu'une seule chose.

— Ah ?

— N'aie pas l'air aussi déçue, dit Stuart en lui souriant. Tu vas apprendre à flotter. Si tu sais flotter, tu sais nager.

Sans laisser à Anna le temps de réagir, Stuart se jeta en arrière pour lui faire la démonstration.

— Regarde comme j'ai les bras tendus et le menton levé. Et ma poitrine, je la laisse dehors aussi.

Bras, menton, poitrine. Ça n'avait pas l'air si compliqué.

— Le truc pour arriver à flotter, dit Stuart en se remettant debout, c'est que tu dois te détendre. Si tu n'es pas détendue, tu vas couler comme…

Une pierre ? Florence ? Anna comprit pourquoi il avait renoncé à la métaphore.

Elle attrapa le rebord de la piscine et tenta de plonger la tête et les épaules dans l'eau.

— Pas comme ça. Viens par là, dit Stuart. Je vais te soutenir.

Anna avança vers Stuart, comme si elle se déplaçait au ralenti. Quand elle le rejoignit, il posa la main, doucement, au creux de ses reins et l'encouragea à s'allonger sur le dos jusqu'à contempler la ligne de toit du Covington et le ciel crépusculaire qui se faufilait entre les tours de l'hôtel. Elle étendit brutalement les bras de chaque côté et gonfla la poitrine mais elle ne pouvait rien faire pour ses abdominaux coincés. La seule idée qu'elle pût se détendre dans cette position était risible.

C'était une sensation tellement bizarre, sentir le poids de son corps qui reposait sur la paume de la main de Stuart, comme si elle était un petit oiseau et non pas une fille, déjà adulte.

— Renverse encore plus la tête en arrière, dit Stuart dont la voix lui parvenait lointaine et déformée. Renverse la tête en arrière jusqu'à ce que tu ne voies plus que le ciel.

Était-il même possible d'arriver à faire une chose pareille ? Anna leva le menton jusqu'à ce que les bâtiments de l'hôtel disparaissent de sa vision périphérique et qu'elle ne puisse plus contempler que les nuages, teintés de rose par le soleil qui s'enfonçait au-delà du Thorofare.

Anna ne sentait plus la main de Stuart contre son dos. L'avait-il lâchée ?

— Et maintenant, respire, l'entendit-elle dire.

Ce fut seulement à ce moment-là qu'elle se rendit compte qu'elle retenait son souffle. Elle laissa l'air s'échapper de sa poitrine mais sentit alors qu'elle commençait à ne plus flotter. Paniquée à l'idée d'être en train de couler, elle laissa sa tête s'enfoncer dans l'eau tandis qu'elle tentait de tâter le sol de la piscine avec ses pieds. Presque aussitôt, Stuart l'attrapa sous l'aisselle et la remit debout.

— C'est gênant ! dit-elle en crachotant après avoir chassé l'eau de ses yeux.

— Qu'y a-t-il de gênant ? demanda Stuart avec un grand sourire. Personne n'est né en sachant nager.

— Je suis une adulte, pas un petit enfant.

— Les enfants n'ont aucun problème pour apprendre à nager. Pour les adultes, c'est toujours plus compliqué.

— Pourquoi ça ?

— Les enfants sont convaincus de pouvoir nager, donc ils le font, répondit Stuart.

Il tendit la main pour effleurer du bout de ses doigts le ventre laineux d'Anna.

— Les adultes, reprit-il, transportent la totalité de leurs peurs ici, exactement. Et aussi ici, ajouta-t-il en lui touchant le menton, rapidement.

Anna cligna des yeux. Elle lui aurait volontiers rappelé qu'il y avait de bonnes raisons d'avoir peur, mais elle craignit de gâcher la soirée. Au lieu de quoi, elle déclara qu'elle allait réessayer.

Ils passèrent une bonne heure à flotter dans la piscine du Covington qui se vidait lentement de ses baigneurs. Voyant Anna prendre de l'assurance, Stuart ôta la main de sous son dos et finit par flotter à côté d'elle, leurs membres étalés se heurtant parfois tandis qu'ils dérivaient d'un côté à l'autre de la piscine. Ça plaisait à Anna de savoir que Stuart était tout près sans qu'elle fût pour autant obligée de lui parler. L'eau qu'elle avait dans les oreilles étouffait les bruits du monde extérieur et elle pouvait presque faire comme si elle était revenue en Allemagne et que le garçon qui flottait à côté d'elle allait murmurer, *Komm schon. Lass uns gehen*, quand il serait l'heure de partir.

Quand Stuart estima qu'Anna était devenue très compétente dans l'art de flotter, la nuit était tombée et elle avait le bout des doigts tout fripé. Un serveur, qui débarrassait les verres à cocktail vides et redressait les chaises longues rétives, les prévint que la piscine allait fermer d'ici quelques minutes. Anna vit bien que Stuart était sur le point de lui faire une remarque quand un homme d'âge mûr, vêtu d'un costume trois pièces, sortit sur la terrasse et se dirigea droit vers eux.

— Stuart, si tu m'avais dit que vous veniez, je vous aurais fait porter quelque chose.

Anna crut voir les muscles des épaules de Stuart se contracter.

— Anna, je te présente mon père, John Williams. Père, voilà Anna Epstein.

Elle fit un geste pour sortir de la piscine – cela ne paraissait pas convenable de faire la connaissance du père de Stuart, ou de n'importe qui d'ailleurs, vêtue simplement d'un maillot de bain – mais Stuart lui saisit le poignet et chuchota doucement : « Je t'en prie, reste là. »

Elle regarda son poignet puis elle regarda Stuart.

— Je suis ravie de faire votre connaissance, monsieur Williams, dit-elle.

— Ah, un accent. Allemagne, je suppose ?

— *Ja, ich bin Deutscher*, dit-elle en faisant de son mieux pour être charmante.

— Qu'est-ce qui vous amène à Atlantic City ? demanda M. Williams.

Anna s'apprêtait à répondre quand Stuart le fit à sa place, offrant la plus sèche des explications.

— Université.

M. Williams lança un regard d'avertissement à son fils et Anna ajouta donc :

— Je commence cet automne.

— Pas de bons établissements en Allemagne ?

À nouveau, Stuart intervint.

— Pas si on est juif.

Anna crut percevoir une nuance de provocation, en quelque sorte, dans le ton de Stuart. Comme s'il mettait son père au défi de dire quelque chose.

— Ah, quel dommage, se contenta-t-il de répondre, en toute neutralité.

Lorsque le père de Stuart prit congé, quelques minutes plus tard, l'ambiance de la soirée avait changé. Stuart paraissait plus silencieux et moins confiant, Anna commençait à avoir froid.

— Il faut te sécher maintenant, dit Stuart en se hissant hors de la piscine et en se dirigeant vers la petite cabine, l'eau ruisselant de son maillot de bain, pour aller chercher deux serviettes.

Anna flotta le long du bord jusqu'à l'échelle, espérant faire preuve de davantage de grâce pour sortir de l'eau qu'elle n'en avait montré pour y entrer.

— Tu sembles fâché contre ton père, dit-elle alors que Stuart lui tendait une serviette.

— Je ne sais pas si fâché, c'est le bon mot, dit Stuart en se frottant les cheveux. Peut-être plutôt agacé.

Anna déroula la serviette et s'enveloppa dedans.

— Depuis des années, reprit-il, il veut que je vienne travailler avec lui. Depuis que j'ai terminé le lycée, en fait.

— Même pendant l'université ?

— Je n'y suis pas allé.

Anna resserra la serviette autour d'elle et le regarda en haussant les sourcils.

— Ça t'étonne ?

— Un peu, répondit-elle en sentant ses joues s'empourprer.

— À un certain moment, j'ai décidé que tout ce que lui tenait à me faire faire, c'était forcément une erreur.

— Mais toi, tu n'avais pas envie d'y aller ?

Stuart haussa les épaules.

— Alors, pourquoi…

— Je suis allé à Temple mais ce n'était pas une université de l'Ivy League alors il a eu beaucoup de mal à cacher sa déception.

Le terme *Ivy League* ne disait rien à Anna mais elle n'avait aucune envie de l'interrompre pour lui poser la question.

— Cet été-là, je me suis fait embaucher comme sauveteur. J'ai gagné ma vie et là, j'ai commencé à imaginer une existence où je ne devrai strictement rien à un type qui ne pourra jamais être content de moi.

— Il est vraiment si malheureux que ça ?

Stuart désigna l'hôtel d'un hochement de tête.

— Être propriétaire d'un hôtel bâti par mon arrière-grand-père et mon grand-père ne le satisfaisait pas. Il a fallu qu'il le démolisse pour construire le plus grand hôtel d'Atlantic City.

— C'est le plus grand ?

— Plus maintenant, dit Stuart avec une expression amusée. Le Traymore s'est beaucoup agrandi l'année qui a suivi la réouverture. Maintenant, nous sommes numéro trois sur la liste des plus grands, bientôt numéro quatre.

— Ce n'est peut-être pas si dramatique, dit Anna qui tentait de concilier les histoires de Stuart avec l'impression, forcément fugace, que lui avait laissée le père. Il veut le meilleur pour lui. Et pour toi, ajouta-t-elle.

— Peut-être. Tant que ça ne s'étend pas à tous les domaines de son existence.

Stuart leva les yeux vers le ciel, désignant d'un geste le sommet de la tour sud du Covington.

— Il y a là-haut un penthouse dans lequel il a installé une version plus jeune et plus jolie de ma mère.

Anna ne savait plus quoi dire. Elle avait du mal à croire qu'elle était vraiment en train d'avoir cette conversation.

— Ta mère est au courant ?

— Tout le monde est au courant. Ma mère n'a pas remis les pieds à l'hôtel depuis cinq ans, peut-être davantage. Tu imagines si elles se croisaient dans le hall ? Nous avons une maison à Ventnor mais dès que le temps se met au beau, ma mère part vivre dans notre cottage d'été de Cape May.

— Je suis désolée.

— Oh, ce n'est pas la peine, dit Stuart. Toutes les familles ont leurs problèmes. Je te présente ceux de la mienne uniquement pour t'expliquer pourquoi je suis un tel emmerdeur.

* * *

Ce qu'Anna aimait le moins dans cet apprentissage de la natation, c'était le moment où elle devait se faufiler discrètement dans l'appartement des Adler devant lequel Stuart la déposait tous les soirs. Elle ne faisait rien de mal mais, cependant, elle savait parfaitement qu'il y avait quelque chose d'indélicat à s'emparer du passe-temps de leur fille bien-aimée, qui s'était noyée si récemment. Elle essayait de s'imaginer en train d'expliquer ses motivations à Esther et cette simple idée la faisait grimacer.

— Mais où étais-tu donc passée ? appela une voix dans la cuisine au moment où Anna s'engageait sur la pointe des pieds dans le long couloir.

Anna s'arrêta pile, ferma les yeux pendant une interminable seconde puis se décida à avancer vers la voix d'Esther. Elle la trouva assise à la table de la cuisine, en train de nettoyer l'argenterie.

Inutile de nier le fait qu'elle avait encore les cheveux mouillés. Elle lissa une mèche égarée derrière son oreille.

— Je suis descendue à la plage un petit moment.

Pas vraiment un mensonge.

— Tu es allée nager ? s'enquit Esther sans lever les yeux de la cuillère de service qu'elle était en train d'astiquer avec un chiffon.

— Simplement me mouiller les cheveux.

Esther laissa échapper un *Hum !* dubitatif et Anna se demanda jusqu'où allaient ses soupçons. Anna avait eu déjà quatre leçons de natation. Stuart lui avait appris à respirer, à inspirer de grandes bouffées d'air qu'elle expirait lentement, par la bouche, sous l'eau. Il avait insisté pour qu'elle pratique cette technique respiratoire pendant tellement longtemps que c'en était devenu embarrassant ; d'abord, en plongeant le visage sous l'eau, puis en flottant le long du bord de la piscine. Anna était réticente, elle imaginait ce que les clients de l'hôtel devaient penser d'elle – une femme adulte qui pouvait passer une demi-heure à entrer et sortir de l'eau, comme un ressort métallique. Ensuite, Stuart lui avait appris à se repousser du bord pour glisser à la surface de l'eau avec les bras au-dessus de la tête, et dernièrement, il y avait ajouté un mouvement des jambes en ciseau. Anna était censée se repousser du mur, glisser jusqu'à ce que son corps bascule et puis continuer les coups de pied jusqu'au moment où elle devait ressortir pour respirer. Elle se sentait plutôt agacée d'entendre Stuart s'entêter à lui répéter la même chose – qu'elle devait y aller plus fort avec les jambes si elle voulait les conserver à peu près à la surface. Mais elle lui pardonnait parce qu'il lui promettait également que, avec du temps et de l'entraînement, elle continuerait à faire des progrès.

— Vous avez besoin d'aide ? demanda Anna en indiquant les tas bien nets d'argenterie qu'Esther devait encore nettoyer.

Elle pria pour que la réponse fût négative, elle ne pouvait rien imaginer de pire que d'être obligée de prendre une chaise, de s'asseoir, de faire poliment la conversation alors même que le maillot de bain mouillé de Florence serait en train de tremper sa robe.

Esther secoua la tête, contempla tristement la cuillère qu'elle avait dans les mains, comme si le reflet que celle-ci lui offrait était tout à fait méconnaissable. Anna mourait d'envie de poser la main sur l'épaule d'Esther, de lui dire que son argenterie pouvait attendre, que peut-être, elle se montrait trop dure avec elle-même. Mais, au lieu de cela, elle lui souhaita doucement bonne nuit et fila dans sa chambre où, sans perdre de temps, elle ôta sa robe pour se débarrasser du maillot de bain qu'elle accrocha au clapet de purge derrière le radiateur, où il y avait fort peu de chances qu'Esther le découvrît, si jamais elle venait jeter un œil.

* * *

Tout comme elle estimait ne pas avoir le droit d'avoir le mal du pays, alors que ses parents et Joseph avaient fait tant de sacrifices pour qu'elle pût venir en Amérique, Anna estimait ne pas avoir le droit de pleurer la mort de Florence. Elle pouvait se montrer utile auprès de Gussie, en l'emmenant se promener au Steel Pier ou à l'Inlet. Elle pouvait préparer des repas simples l'après-midi quand Esther paraissait trop perdue dans ses pensées pour couper une tomate, encore moins pour préparer des sandwiches. Elle pouvait aller à l'hôpital apporter des livres et des magazines à Fannie. Elle aimait à croire que rendre ces services, c'était sa façon de reconnaître à quel point elle avait été touchée par la mort de Florence.

La vérité, c'était que la mort de Florence avait énormément touché Anna. Plus que n'importe qui d'autre dans la famille Adler, Florence avait paru comprendre à quel point

Anna était profondément malheureuse. D'emblée, elle s'était mise à lui proposer des sorties. Des sorties qu'elle ne présentait jamais comme des suggestions, plutôt comme des ordres.

— Viens avec moi à la White Tower. Je meurs d'envie de manger un hamburger, avait-elle dit l'après-midi où elle était rentrée, après avoir salué ses parents et rangé ses affaires.

C'était Florence qui, la première, lui avait fait faire le tour de l'île d'Absecon. Elle lui avait montré tous ses coins préférés : le phare d'Absecon, qui se dressait à l'extrémité nord de l'île, et le manoir à l'italienne avec la drôle d'adresse – One Atlantic Ocean – perché au bout du Million Dollar Pier. Les deux, expliquait Florence, lui servaient de repères quand elle était au large. Anna découvrit où manger les meilleures huîtres frites et le sandwich à l'œuf le plus savoureux et, puisque ça lui plaisait d'apprendre des choses pareilles, elle n'osait pas avouer qu'elle n'aurait jamais eu l'idée de dépenser une telle somme – une pièce de cinq cents – pour un sandwich qu'elle pouvait se préparer sans grande difficulté à la maison.

Si la gentillesse de Florence fit beaucoup pour arracher Anna à sa mélancolie, elle ne pouvait la guérir, en aucune façon. Ses parents lui manquaient toujours terriblement et elle se faisait sans arrêt du souci pour eux. La nuit avant la mort de Florence, les deux filles, en rentrant du cinéma, avaient trouvé une lettre de la mère d'Anna sur la commode dans l'entrée. Anna s'en était emparé, l'avait ouverte à la volée et s'était mise à la lire aussitôt, tandis que Florence résumait l'intrigue de *Petite Miss* pour Joseph, qui était en train de lire dans le salon.

— Quelque chose d'intéressant ? avait demandé Joseph, couvrant le bourdonnement du monologue de sa fille.

— Tu n'as pas trouvé que la petite fille dans le film était géniale ? dit Florence. Écoutez-moi bien, ça va être une grande star.

Sans faire attention à elle, Anna lut un petit extrait de la lettre à voix haute, traduisant au fur et à mesure.

— « Un nouveau statut vient juste de sortir du Reichsregierung. Les nazis lèvent un impôt spécial pour les émigrés juifs, égal à vingt-cinq pour cent de notre capital. »

Florence cessa de parler.

— Elle continue, reprit Anna. « Considérant que les autres soixante-quinze pour cent sont déjà affectés au Sperrkonto, ce sont là de très mauvaises nouvelles. »

— C'est quoi, le Sperrkonto ? voulut savoir Florence.

— Un crime, voilà ce que c'est, répliqua Joseph. Les nazis disent aux Juifs que, s'ils veulent émigrer, ils ne peuvent emporter que deux cents reichsmarks avec eux. Tout le reste, moins les impôts, va dans un compte en banque spécial appartenant à l'État, dans lequel ils peuvent piocher si et seulement si ils reviennent en Allemagne.

— Ils ne peuvent pas faire ça ! s'écria Florence, indignée.

— Malheureusement, répartit Joseph, fort peu de gens disent « non » à Hitler de nos jours.

— Alors, ils devront tout recommencer à zéro, ici ? Avec rien ?

Florence avait à peine mis cette question sur le tapis qu'elle trouva la solution.

— Tu vas les aider, hein, Papa ?

— Bien sûr que je vais les aider. Mais ce n'est pas si simple. Ils ont besoin de ce capital pour prouver qu'ils ne seront pas un boulet pour l'économie américaine. C'est une condition obligatoire pour obtenir un visa.

— Quel paradoxe, dit Florence.

— Absolument.

Anna ignorait comment traduire en allemand le mot *paradoxe* et elle se demanda si elle devait interrompre leur échange pour poser la question. La lettre tremblait entre ses doigts.

— Vous êtes gentils. Tous les deux. Mais je crois que je vais aller me coucher.

— Bien sûr, dit Joseph. Nous en rediscuterons demain. N'oublie pas, Anna – rien n'est perdu. Pas encore.

— Je sais, répondit-elle d'une voix qu'elle sentait prête à se briser. Mais ça fait beaucoup. À avaler.

— Va dormir.

Elle replia la lettre et sortit de la pièce.

— Anna, l'appela Joseph alors qu'elle avait déjà disparu au fond de l'appartement.

Elle s'arrêta, rebroussa chemin et réapparut sur le seuil du salon.

— Tes parents ne sont pas si vieux qu'ils ne puissent pas redémarrer de zéro. Aucun de nous ne l'est.

Anna n'osait pas pleurer devant Joseph. Et donc, quand elle sentit son menton trembler, elle serra les lèvres – fort – et fit de son mieux pour hocher la tête d'un air affirmatif.

Dans la chambre, elle n'alluma aucune lumière et se glissa dans son lit tout habillée. Elle se mit à pleurer. Au bout de quelques minutes, la porte s'entrouvrit et se referma et les ressorts du lit voisin grincèrent.

— Anna ? demanda Florence. Ça va ?

Elle voulut répondre oui mais les mots s'évanouirent sur ses lèvres. C'était comme si ce nouveau coup avait libéré un torrent en elle et maintenant, elle pleurait pour tout un tas de raisons qui avaient à la fois rien à voir et tout à voir avec le contenu de la lettre de sa mère. Elle pleurait parce que Esther lui avait à peine adressé la parole depuis son arrivée et parce qu'elle n'était pas dans un amphi universitaire à Berlin et parce qu'il y avait très peu de chances pour qu'elle revoie bientôt et peut-être même jamais ses amies du lycée. Elle pleurait parce que la façon dont sa mère lui tordait les cheveux pour lui dégager le visage lui manquait, tout autant que l'odeur du tabac quand son père roulait une cigarette à la table de la cuisine. Et elle pleurait pour l'Allemagne. Comment était-il possible, en même temps, de tellement se languir d'un lieu et d'avoir à son égard un tel ressentiment ?

— Tu crois qu'il n'y a vraiment aucune chance pour qu'on leur accorde le visa ? Même avec tout ce que Papa fait pour que ça marche ? demanda Florence.

Anna secoua la tête, un signe qu'elle n'était pas sûre que Florence pourrait interpréter, étant donné qu'elle avait tout un côté du visage enfoncé dans l'oreiller.

Les ressorts de son propre matelas grincèrent, le matelas lui-même s'enfonça pour absorber le poids d'une deuxième personne. Florence s'était assise au bord du lit d'Anna et répétait doucement « chut chut chut ». Elle se mit à caresser les cheveux d'Anna et celle-ci laissa échapper un gémissement. Ce geste lui rappelait toutes les fois où sa mère l'avait bordée dans son lit et l'avait apaisée jusqu'à ce qu'elle s'endorme. Quand les épaules d'Anna continuèrent à se soulever, Florence s'allongea à côté d'elle dans l'obscurité, lui prit la main et attendit.

Anna sentait Florence l'examiner dans le noir et finalement, cette impression – d'être regardée avec beaucoup d'attention – eut sur elle un effet calmant. Ses spasmes se transformèrent en frissons et ses sanglots en hoquets. Elle ouvrit un œil puis l'autre et parvint à distinguer les traits de Florence, si proches qu'ils ne pouvaient être que flous. Même l'arête de son nez et l'arc de ses sourcils. Anna recula de quelques centimètres pour mieux la voir.

Florence fit un geste pour essuyer une larme sur la joue d'Anna, caressant sa pommette du pouce. Était-il possible que, alors qu'elle vivait au milieu d'étrangers depuis seulement trois mois, Anna ait oublié l'effet que ça faisait d'être touchée ? Florence releva la tête et la regarda comme si elle attendait une réponse à une question qu'Anna ne l'avait pas entendue poser. Elle se pencha en avant pour embrasser l'endroit sur la joue d'Anna où la larme, gonflée d'attente, se trouvait encore si récemment. Anna retint son souffle quand Florence jeta tout un semis de petits baisers sur sa joue, comme des graines minuscules qui pourraient bien prendre racine et pousser pour devenir solides. Florence frôla de ses lèvres la bouche d'Anna et recula légèrement, comme pour observer sa réaction. Était-ce ce que désirait Anna ? Difficile d'en savoir plus. Sans prendre le temps de réfléchir davantage, Anna souleva la tête, à peine, de l'oreiller et laissa la bouche de Florence, chaude et curieuse, absorber sa douleur.

JUILLET 1934

GUSSIE

Quand Gussie posa l'oreille contre la porte de la salle de bains, il lui sembla entendre sa grand-mère pleurer. Le bruit ressemblait un peu au cri d'un bébé renard, ou du moins à l'idée que se faisait Gussie du cri d'un bébé renard. L'espace d'un instant, elle s'autorisa à imaginer un petit animal des bois, glissant sur le carrelage hexagonal et s'installant un nid au milieu des sels de bain de sa grand-mère et de la poudre pour les pieds de son grand-père. Tant l'existence d'un bébé renard dans la salle de bains que l'idée que sa grand-mère pourrait être en train de pleurer étaient aussi absurdes l'une que l'autre.

Gussie tourna la poignée en verre et ouvrit lentement la porte. La salle de bains était pleine de vapeur et il fallut un moment à Gussie pour repérer sa grand-mère, allongée dans la grande baignoire aux pieds de griffon. Dès qu'Esther vit Gussie, elle renifla et s'essuya les yeux d'un revers de main.

— Tu es triste à cause de Florence ? demanda Gussie d'une petite voix.

Esther tordit sa bouche en quelque chose qui ressemblait à un sourire sauf qu'elle n'avait pas du tout les yeux plissés.

— Oui, très.

Il était difficile de ne pas fixer les seins de sa grand-mère, qui flottaient à la surface de l'eau, gros et mous avec des tétons de la taille et de la couleur des cookies au gingembre. Gussie se demanda si sa propre poitrine prendrait un jour de pareilles proportions. L'idée de trimballer avec elle quelque chose d'aussi encombrant, partout où elle irait, c'était une perspective terrifiante. Lorsque Esther s'aperçut que Gussie examinait sa poitrine, elle bougea pour submerger ses bouées sous l'eau trouble du bain.

— Prends le tabouret là-bas, dit Esther. Tu vas me tenir compagnie le temps que je finisse.

À côté de la commode, il y avait un petit tabouret à trois pieds sur lequel Esther s'asseyait quand elle donnait son bain à Gussie. Gussie l'attrapa et le posa près de la baignoire. Ça lui plaisait d'être avec sa grand-mère quand celle-ci prenait un bain parce que c'était alors facile d'avoir toute son attention. Et là, plus que d'habitude, elle se posait des questions pour lesquelles elle avait besoin de réponses.

— Qu'est-ce qui se passe quand on est mort ? demanda Gussie, après quelques minutes de silence.

La question parut surprendre sa grand-mère.

— Oh, ma chérie, j'aimerais tant le savoir, murmura-t-elle.

— On va au paradis ?

Sa grand-mère s'éclaircit la gorge.

— C'est une bonne question mais les Juifs croient que ce n'est pas la plus déterminante.

— C'est quoi, la question la plus déterminante ?

— Si tu as été quelqu'un de bien. Si tu as fait de bonnes actions pour les autres.

— Florence m'a souvent emmenée manger des pickles sur le Heinz Pier, ce qui était une très bonne action.

Les yeux de sa grand-mère se mouillèrent à nouveau de larmes.

— Oui.

Ce fut tout ce qu'elle réussit à dire avant de s'enfoncer davantage dans la baignoire, jusqu'à submerger ses oreilles. Les cheveux de sa grand-mère paraissaient plus sombres quand ils étaient mouillés et Gussie aimait la façon dont ils ondoyaient dans l'eau.

— Nana, dit Gussie en tentant de se faire entendre à travers l'eau. Nana.

— Mmmm ?

— Et pour Hyram ? Il n'a pas eu le temps de faire des bonnes actions.

En entendant le nom d'Hyram, sa grand-mère refit surface en penchant la tête pour se déboucher les oreilles. Gussie répéta sa question.

— Les bébés ne peuvent faire que des bonnes actions. Hyram vous a rendus heureux, tes parents et toi. C'est suffisant.

Hyram avait-il rendu Gussie heureuse ? Elle n'en était pas convaincue.

— Je peux te laver les cheveux ? demanda-t-elle.

— Je les ai déjà lavés mais ce serait bien de leur mettre un peu de démêlant.

Gussie en eut aussitôt des battements de cœur. Rien ne l'enchantait davantage que de faire ce qu'en temps normal elle n'avait pas le droit de faire, et laver les cheveux de sa grand-mère tombait pleinement dans cette catégorie. Esther se redressa dans la baignoire, la tête et les épaules ruisselantes. Gussie attrapa le flacon de verre du démêlant Breck sur la petite étagère voisine. Elle dévissa le bouchon et se concentra pour verser une modeste dose de mixture au creux de sa main. La crème était fraîche et sentait la noix de coco. Elle la frotta entre ses paumes avant de l'appliquer sur les cheveux de sa grand-mère qui étaient étonnamment longs dès qu'ils étaient mouillés.

— Ma mère, elle ne met pas de démêlant.

— Ta mère a de si jolis cheveux, elle n'en a sans doute pas besoin.

Gussie passa les doigts dans les cheveux de sa grand-mère, travaillant en silence pendant quelques minutes. Elle faisait particulièrement attention quand elle touchait les endroits emmêlés parce qu'elle savait, par expérience personnelle, à quel point ça pouvait pousser quelqu'un à crier.

— Est-ce que tu voudrais que je t'emmène voir ta mère ? proposa Esther.

Ça faisait des semaines que Gussie n'était pas allée à l'hôpital. Sa grand-mère disait que c'était parce que les enfants n'étaient que rarement autorisés dans les services de maternité et son père affirmait que c'était parce qu'ils étaient tous tellement débordés mais Gussie savait que la vraie raison, c'était qu'ils étaient convaincus qu'elle était incapable de garder un secret.

Ce qui était très frustrant pour Gussie. Même avant d'avoir été acceptée dans le club Florence Adler Nage Pour Toujours, elle était déjà très douée pour garder les secrets. Elle n'avait jamais raconté à personne quand ses parents se disputaient le soir dans leur chambre ou quand son père marmonnait à mi-voix des choses pas très aimables sur ses grands-parents. Les jours où sa mère était trop abattue pour quitter le canapé, Gussie n'avait jamais prévenu sa grand-mère. Elle n'avait pas soufflé mot du fait qu'Anna empruntait un des maillots de bain de Florence, même après l'avoir cherché et trouvé tout humide, accroché derrière le radiateur. Et, le plus important de tout, Gussie n'avait jamais fait part à âme qui vive de son propre désir d'épouser Stuart.

— N'oublie pas, si on y allait, tu ne pourrais absolument rien dire à propos de Florence, l'avertit Esther en sortant de la baignoire et en se séchant.

Gussie suivit Esther dans la chambre tout en faisant les promesses nécessaires. À écouter sa grand-mère, elle en avait conclu qu'elles partiraient à l'hôpital dès qu'Esther aurait enfilé une robe propre ; cependant, après l'avoir vue prendre une gaine dans un tiroir, la contempler un petit moment puis la remettre à sa place, elle révisa ses prévisions. Quand sa grand-mère enfila une robe d'intérieur, Gussie comprit qu'elle n'avait nullement l'intention de quitter l'appartement.

— Et l'hôpital, alors ?

— Je t'en prie, ne gémis pas.

Gussie reformula sa question en disant d'une voix de fausset :

— Nana, est-ce qu'on va à l'hôpital maintenant ?

— Je t'ai dit que je t'y emmènerais, mais pas aujourd'hui.

— Quand ?

— Bientôt.

* * *

Gussie se mit à tourner et virer bruyamment dans l'appartement une bonne heure durant. Heure au cours de laquelle elle réussit à faire tomber le portemanteau de l'entrée et à verser la moitié de l'essence de lavande de sa grand-mère dans le lavabo de la salle de bains. Deux accidents, bien sûr. Puis elle refusa de déjeuner, malgré le fait que sa grand-mère avait préparé des sandwiches au thon, un de ses repas préférés. Comme ça commençait à bien faire, Esther envoya Gussie dans sa chambre en lui ordonnant d'y rester tant qu'elle n'aurait pas trouvé le moyen de se montrer de meilleure humeur. Gussie n'osa pas pousser des hurlements en se retirant dans la véranda mais elle fit bien attention à claquer la porte sans cesser de râler.

C'était difficile d'être de bonne humeur alors que tout, ou presque, allait mal. Gussie balaya d'un revers de main quelques trésors posés sur le rebord de la fenêtre mais elle prit bien garde d'épargner les toutes petites figurines en céramique qu'on trouvait dans les boîtes de Cracker Jack et que son grand-père lui déposait toujours sur son lit. Il y avait une loutre, un cochon et un phoque qui tenait une balle en équilibre sur son nez. Satisfaite de ce désordre qu'elle venait de planter, elle se jeta sur le lit, attrapa sa poupée de chiffons Raggedy Ann et examina les minuscules trous de ver dans les lambris du plafond.

Au bout d'une demi-heure environ, on frappa un coup léger à la porte.

— Allons nous promener, proposa Anna en passant la tête par l'entrebâillement.

De quoi énerver Gussie. Il fallait toujours qu'on décide à sa place.

— Je ne veux pas aller me promener. Je veux aller à l'hôpital.

— Écoute, ta grand-mère veut que tu ailles te promener. Elle m'a donné de l'argent en disant qu'on devrait aller sur le Pier voir les perruches.

Elle secouait les pièces dans sa main, pour prouver ses dires. Voyant que Gussie ne bougeait pas, elle ajouta :

— Elles ne t'intéressent sans doute pas du tout. Et les hot-dogs non plus ?

Gussie ne répondit pas, elle se contenta de continuer à contempler le plafond. Pour dix cents, les perruches du Steel Pier se perchaient sur un bâton, piquaient un papier prédisant l'avenir dans un château-cage à leurs dimensions et venaient l'apporter en toute nonchalance sur une Promenade miniature. Certes, la proposition était tentante, mais déjà beaucoup moins si elle devait y aller avec Anna.

Anna pianota sur le chambranle de la porte comme si elle s'apprêtait à la refermer.

— Je vais aller la prévenir que ça ne t'intéresse pas.

— Attends ! s'exclama Gussie en se redressant sur son lit.

* * *

À Atlantic City, c'était la Semaine nationale de l'enfance et partout, les hôtels, les restaurants et les magasins avaient mis des affiches pour accueillir les enfants dans la station balnéaire et attirer leurs parents par des publicités adaptées. On avait organisé sur la plage un cortège d'enfants et une chorale improvisée ; la veille, il y avait eu un grand feu d'artifice, très spectaculaire, pour fêter le 4-Juillet. À la fin de la semaine, un petit veinard serait proclamé maire d'Atlantic City pour la journée. Gussie avait supplié sa grand-mère de la laisser s'inscrire, surtout après avoir repéré les insignes classe que portaient tous les enfants sur leurs cols, mais Esther lui avait expliqué que ça ne concernait que les enfants qui n'étaient pas résidents, ceux dont les parents séjournaient dans les hôtels participants.

Même sans insigne, Gussie devait bien avouer – strictement à elle-même, sûrement pas à Anna – que, somme toute, la journée se terminait bien. Anna et elle assistèrent à la deuxième moitié de la chorale et quand elles achetèrent un hot-dog sur la Promenade, le vendeur donna à Gussie un badge spécial Semaine de l'enfance en leur rendant la monnaie. Pas question de demander à Anna de bien vouloir l'aider à l'accrocher sur son revers mais celle-ci le fit de son propre chef.

— On entre là, dit Gussie à Anna, la bouche pleine de hot-dog, quand elles passèrent devant l'exposition des Bébés prématurés de Couney, de l'autre côté du Million Dollar Pier.

Anna regarda le panneau écrit à la main sur la vitrine et le minuscule bébé endormi dans une petite boîte en verre derrière. Une affiche, collée sur la porte, annonçait SI ON LE VOIT UNE FOIS, ON S'EN SOUVIENT TOUJOURS.

— Il faut payer pour entrer, dit Anna en comptant la monnaie dans sa main. On n'aura plus assez d'argent si on veut aussi voir les perruches.

— Je sais, dit Gussie en poussant déjà la lourde porte en verre de l'exposition. Les perruches, je les ai vues des centaines de fois. En plus, elles racontent toujours la même chose aux filles.

— C'est-à-dire ?

— On aura une famille nombreuse.

— Et qu'est-ce qu'elles disent aux garçons ?

— Oh, tu vois. Tous les trucs normaux. Qu'ils réussiront, qu'ils gagneront des tonnes d'argent et qu'ils vivront plein d'aventures.

Anna réagit par un petit grognement et l'aida à pousser la porte ; en entrant, Gussie sentit un frisson de satisfaction, comme si elle venait de remporter une victoire importante.

À l'intérieur, il y avait une salle tout en longueur, avec un parquet usé, des murs blanchis à la chaux et un plafond où on avait peint au pochoir des plantes grimpantes vertes. Une rangée de sept couveuses, des petites boîtes en verre posées sur des pieds métalliques, étaient alignées contre un mur, séparées les unes des autres par un palmier en pot comme si les infirmières, qui se déplaçaient vêtues de robes blanches ajustées et coiffées de drôles de petits chapeaux, tentaient de convaincre les bébés qu'ils vivaient sur une île des tropiques et non dans une attraction de fête foraine.

— La prochaine conférence commence à trois heures, annonça un gardien qui, en échange de l'argent que lui donna Anna, lui remit un reçu et un dépliant.

Une rampe métallique empêchait les visiteurs de trop s'approcher des bébés, ce qui était bien dommage, en tout cas du point de vue de Gussie. Elle saisit la rampe pour se hisser à la force des bras, en se penchant autant qu'elle l'osait. Ainsi, il lui était plus facile de lire les petits panneaux accrochés au-dessus de chaque couveuse.

— Gussie, descends.

— Je suis en train de lire les panneaux des couveuses.

— Tu peux très bien les lire en ayant les pieds par terre.

Ce qui n'était pas vrai. De surcroît, Gussie n'aimait pas qu'Anna lui dise ce qu'elle devait faire. Elle envisagea de lui rappeler qu'elle n'était pas sa mère mais elle avait le sentiment que, si elle faisait ça, Anna la ramènerait aussitôt à la maison. Elle se contenta de laisser échapper un bruyant soupir, suffisamment bruyant, elle l'espérait, pour qu'Anna sût à quel point elle était énervée, avant de redescendre lentement par terre.

Les panneaux indiquaient aux visiteurs le nom et la date de naissance de chaque bébé, ainsi que quelques chiffres et symboles que Gussie ne chercha pas du tout à comprendre. Lire les prénoms des bébés, ça lui plaisait énormément ; certains étaient si bêtes qu'ils étaient sûrement inventés. Qui appellerait un enfant, même si c'était un enfant qui allait mourir, Marigold[1] ? La famille de Marigold avait peut-être été trop abattue pour lui donner un nom ? Ou était-il possible que Marigold ne soit pas le vrai nom du bébé et qu'il s'appelle plutôt Mary ou Margaret ?

— Hyram se trouvait dans celle-là, là-bas, annonça Gussie en montrant une couveuse dans le coin. Je crois.

— Je ne savais pas qu'Hyram était venu ici. Je n'aurais pas…

— Tu ne m'aurais pas emmenée ?

— Tu es venue le voir ? s'enquit Anna, l'air mal à l'aise.

Gussie acquiesça, attentive à ne pas trop en dire.

— Avec tes parents ?

1. Marigold, en anglais, signifie « souci »… (*N.d.T.*)

Gussie ne répondit pas. Elle se contenta de filer vers la couveuse dans l'angle où un bébé, guère plus grand qu'une courge, dormait enveloppé dans des couvertures blanches. Parfois, Anna était vraiment bête. Bien sûr que les parents de Gussie ne l'auraient jamais amenée là. C'était Florence qui lui avait proposé de l'emmener, Florence qui avait compris à quel point c'était frustrant de savoir qu'elle avait un petit frère et de ne pas pouvoir le voir.

Il était tellement petit, bien plus petit que la plupart des autres bébés dans leur couveuse. On avait l'impression qu'il avait une grosse tête, proportionnellement au reste et le corps couvert d'un duvet blanc ; Florence avait promis que ça disparaîtrait quand il grandirait. Il avait des bras et des jambes longs et minces, rien à voir avec les membres potelés que Gussie voyait pendant le défilé de Pâques. Mais surtout, ce qui l'avait frappée, c'était à quel point il était rouge.

— On dirait une crevette bouillie, avait-elle déclaré à sa tante, qui avait réagi par une moue réprobatrice.

Pendant cette visite, Florence l'avait encouragée à passer sous la rampe pour mieux voir son petit frère. Elle s'était approchée tout près de la couveuse, les doigts sur le verre.

— Il t'entend, avait dit Florence. Dis-lui ce que tu as envie qu'il sache.

Gussie avait réfléchi. Qu'est-ce qu'elle avait envie de dire à Hyram ?

Pendant qu'elle était là, à essayer de trouver quoi raconter, un couple de touristes s'était approché de Florence. Il était facile de voir qu'ils venaient d'ailleurs. Ces gens-là trimballaient toujours plus de sacs que nécessaire et avaient l'habitude de garder leurs chaussures de plage pour aller faire des achats.

— Celui-là risque bien de ne pas s'en sortir, déclara l'homme à la femme.

Gussie se retourna pour mieux le regarder, remarquant le ventre qui distendait les boutons de sa chemise et l'appareil photo autour de son cou. Ça voulait dire quoi, pas s'en sortir ?

— Eh, monsieur, avait dit Florence en touchant le bras de l'homme. Cette petite fille, c'est sa sœur, et vos commentaires ne sont pas très utiles – ni très gentils.

L'homme se contenta de regarder Florence en clignant des yeux, trop surpris pour répondre, tandis que sa femme s'excusait abondamment en l'entraînant vite fait vers la sortie. Une fois la porte refermée derrière eux, Florence avait poussé Gussie à continuer.

Celle-ci réfléchissait intensément en se mordant la lèvre inférieure.

— Bonjour, Hyram, c'est Gussie – ta sœur. Je suis contente de te voir, finit-elle par dire.

Florence savait-elle qu'Hyram allait mourir quand elle avait emmené Gussie le voir ? Était-ce la raison pour laquelle elle l'avait emmenée ? Gussie n'en savait rien.

Anna prit Gussie par l'épaule et Gussie se souvint que le bébé dans la couveuse devant elle n'était pas Hyram. C'était un autre bébé – le panneau disait qu'il s'appelait George. George avait peut-être une grande sœur, une grande sœur qui se demandait avec angoisse si elle pourrait jamais le voir.

Anna se mit à jouer avec les cheveux de Gussie mais, d'instinct, la petite se recula. Anna n'avait pas le droit de faire semblant d'être Florence. Ni maintenant ni jamais.

— Allons-y, Gus, dit Anna. Je crains que ça n'ait pas été une très bonne idée.

Florence était tellement douée pour savoir ce dont Gussie avait besoin, même quand ce dont elle avait besoin était aussi terrifiant, aussi énorme que d'aller rendre visite à son petit frère chez Couney. Mais Anna n'était pas comme ça. Elle avait peur de tout et de tout le monde. Bien sûr, elle avait eu peur de cet endroit et de ce qu'Esther penserait si jamais elle apprenait qu'elles y étaient venues.

* * *

Le père de Gussie quittait rarement l'usine pendant la journée ; de quoi expliquer la surprise d'Anna et de Gussie, alors qu'elles rentraient à la maison, en le voyant installé chez Kornblau, en train de manger un sandwich au corned-beef, comme si on était samedi après-midi.

Gussie tapa à la vitre en faisant des grands gestes, puis esquissa quelques pas de danse avant de se précipiter vers l'entrée du restaurant. Anna lui cria d'attendre mais Gussie l'ignora. Ça faisait belle lurette qu'elle n'avait pas vu son père.

L'entrée de chez Kornblau était encombrée de groupes attendant une table. Gussie dût se faufiler au milieu d'un océan de gens, ne cessant de s'excuser tout en plongeant sous les coudes de tout le monde pour atteindre la table de son père, qui se trouvait dans un coin, au fond de la salle, près de la vitre.

Gussie adorait les surprises. Quand elle avait tapé sur la vitre, son père avait eu l'air tellement surpris de la voir. Il avait haussé les sourcils et, avant de lui faire signe d'entrer, il avait posé son sandwich. Lui avait-il fait signe d'entrer ? Aucune importance. De toute façon, il était très, très surpris.

— Papa ! cria-t-elle en atteignant enfin sa table.

Elle s'avança pour l'embrasser mais il était assis dans un box et il n'était pas facile de faire le tour de la table, qui était vissée dans le sol. Elle se cogna la hanche contre le bord et la douleur lui fit fermer les yeux.

— Eh, Gus-Gus, lui dit-il, le nez dans ses cheveux. Qu'est-ce que tu fais ici ?

Elle ouvrit les yeux et s'aperçut qu'il était assis en face d'un homme qu'elle ne connaissait pas.

— Vic, je te présente ma fille, Gussie. Gussie, voilà M. Barnes.

— Ravi de faire ta connaissance, Gussie.

Gussie ne savait pas quoi dire. Elle se contenta de hocher la tête et de chercher Anna des yeux. Celle-ci se frayait lentement un chemin dans le restaurant bondé. Tout irait mieux quand elle serait là et qu'elle pourrait aider à combler ce silence étrange.

— Isaac, dit Anna quand elle rejoignit enfin Gussie.

— Anna, je te présente Vic Barnes. Anna est une amie de la famille.

Anna tendit la main et M. Barnes la serra.

— Ravie de vous connaître.

Puis elle se tourna vers Isaac.

— Nous sommes désolées de vous avoir interrompus.

Gussie se rapprocha de son père, convaincue qu'Anna allait suggérer qu'elles partent. Elle sentait l'odeur de sa crème à raser et du fortifiant qu'il se mettait dans les cheveux. Ses visites à l'appartement se faisaient de plus en plus rares et elle savait qu'il pourrait bien s'écouler encore plusieurs jours avant qu'elle ne le revoie.

— Vous ne nous avez pas interrompus, déclara M. Barnes qui ne s'était pas résolu à lâcher la main d'Anna.

Gussie trouvait que M. Barnes ressemblait à un blaireau, ou peut-être à une loutre. Il avait un cou allongé et un visage osseux, avec une moustache qui cachait entièrement ses lèvres. Gussie n'aimait pas la façon dont il lorgnait Anna et elle fut soulagée quand Anna libéra sa main et s'en servit pour lisser sa jupe.

— Gussie, nous ferions mieux de rentrer, dit Anna d'une voix chantante, nettement plus guillerette que sa voix habituelle.

— Isaac, tu as bien mentionné le terrain en Floride mais tu as oublié de mentionner ce joli petit lot.

De quoi donc parlait M. Barnes ? Gussie détestait ça quand les adultes s'exprimaient en langage codé. Le père de Gussie s'éclaircit la gorge et Anna, plus rapide qu'un crabe, attrapa Gussie par la main, la tira hors du box et la remit debout.

— Oooh…

Sans laisser à Gussie le temps de protester davantage, Anna dit :

— Nous allons vous laisser reprendre votre conversation. Gussie voulait seulement vous dire bonjour. Ravie d'avoir fait votre connaissance, monsieur Barnes. Isaac, mon meilleur souvenir à Fannie.

— Quand est-ce que tu viens ? Gussie eut le réflexe de crier à son père tandis qu'Anna la traînait vers la sortie.

Sans qu'elle sût pourquoi, le temps qu'Anna lui fasse traverser toute la salle de restaurant dans l'autre sens et qu'elles sortent sur Pacific Avenue, elle pleurait. Ce n'était pas gentil de la part d'Anna de l'avoir forcée à partir aussi brusquement. Et ça ne ressemblait pas à son père de ne pas l'embrasser très fort pour lui dire bonjour. Depuis que Florence était morte, non – depuis que sa mère était partie à l'hôpital, non – depuis qu'Anna était venue s'installer chez ses grands-parents, tout le monde se comportait de façon tellement bizarre.

— Je veux ma maman, chuchota-t-elle tandis que les larmes jaillissaient de ses yeux et roulaient sur ses joues.

Anna lui proposa un mouchoir et attendit patiemment qu'elle s'en serve. Il y avait des fleurs rose pâle dans chaque angle du mouchoir et un bord festonné ; dans un coin, les initiales AE. Gussie se demanda si la mère d'Anna l'avait brodé pour elle et posa aussitôt la question. Anna hocha la tête, oui.

— Je peux le garder ? demanda Gussie en levant les yeux vers Anna.

Celle-ci paraissait infiniment moins sûre d'elle, face à cette requête, qu'elle ne l'avait été à peine quelques minutes auparavant, quand elles étaient sorties en trombe de chez Kornblau. Gussie ne savait pas pourquoi elle avait tellement envie de conserver ce mouchoir. Elle savait seulement que si sa propre mère lui avait confectionné quelque chose à moitié aussi joli, Gussie l'aurait trimballé en permanence dans sa poche comme un baiser.

ESTHER

Esther en était venue à détester les matins, en particulier ces premiers moments de conscience, quand la disparition de sa fille cadette ne lui était pas encore revenue à la mémoire. Pendant plusieurs secondes à chacun de ses réveils, elle gardait les yeux clos, les images issues de ses rêves encore gravées à l'intérieur de ses paupières. Dès qu'elle les ouvrait, elle trouvait les objets familiers de sa chambre – le cadre de lit en métal blanc, la commode en merisier, le rocking-chair près de la fenêtre – tout était intact. Parfois, avant de se rappeler que Florence était morte, Esther devait d'abord penser à toutes les bricoles, rangées dans un tiroir de la commode, que Fannie et Florence avaient fabriquées pour elle à l'école – tout tenait avec de la colle – ou au rocking-chair que Joseph lui avait offert pour qu'elle puisse allaiter ses bébés. Quand la mémoire lui revenait, c'était le pire moment de sa journée et elle se demandait combien de jours s'écouleraient avant qu'elle sente enfin la mort de Florence jusque dans la moelle de ses os, tout comme elle connaissait son nom ou les contours du visage de son mari et que, donc, elle ne se laisserait plus surprendre.

Un petit délai supplémentaire était toujours nécessaire – après qu'elle avait repoussé les draps qui lui collaient à la peau mais avant que ses pieds nus ne touchent le sol – pour qu'Esther se souvienne qu'elle cachait la vérité à Fannie. Allongée sur son lit, elle écoutait le bourdonnement tranquille du ventilateur oscillant sur la commode et dressait mentalement la liste 1/ des gens qui étaient au courant de la mort de Florence et 2/ des gens qui risquaient de l'apprendre.

Sur la première liste, il y avait elle-même et Joseph, Isaac, Gussie, Anna, Stuart, les maîtres-nageurs et les passants présents sur la plage ce jour-là, Abe Roth et son personnel, le rabbin Levy, les membres de la Hevra Kaddisha, Samuel Brody, la directrice McLoughlin, le docteur Rosenthal et les infirmières qu'il avait mises dans la confidence. Esther n'appréciait pas que tant de gens fussent sur la liste mais cela la réconfortait de savoir que, mis à part les maîtres-nageurs et les passants sur la plage, elle pouvait pratiquement tous les identifier par leur nom.

La deuxième liste, c'était celle qui lui causait le plus d'inquiétude. Si Esther était persuadée que Joseph n'avait rien raconté à personne, elle n'avait aucune certitude avec aucun des autres. À combien de gens Samuel avait-il dû parler pour empêcher que le nom de Florence ne soit publié dans le journal ? Qui se trouvait autour de la table des femmes de la Hevra Kaddisha quand elles étaient rentrées chez elles pour manger leur dîner refroidi ? Il était possible qu'Isaac ait parlé de la mort de Florence à des connaissances et même à de parfaits inconnus. Elle l'imaginait bien faire cela, non poussé par le chagrin, mais par pure malveillance. Et puis il y avait Gussie, qu'elle avait surveillée de très près mais qu'il était impossible de contrôler entièrement.

Que cela plût ou non à Esther, elle allait être bien obligée d'emmener Gussie rendre visite à Fannie à l'hôpital. Il n'y avait plus guère moyen d'y échapper. Gussie réclamait sa mère tous les jours et Fannie réclamait constamment sa fille. Esther avait tellement menti à Fannie au cours de ses visites quant aux endroits où se trouvait Gussie qu'elle avait commencé à prendre des notes sur un bout de papier qu'elle gardait dans la poche intérieure de son sac à main. Elle s'était aperçue que, si elle révisait ses notes avant chacune de ses visites, il lui était plus facile de garder la logique de son récit. Après chaque visite – généralement dans le couloir de l'hôpital – elle sortait le bout de papier et le stylo de son sac pour faire les ajouts nécessaires.

Au début, Esther avait dit que Gussie avait attrapé un rhume d'été et qu'elle ne voulait pas que Fannie, ou un des bébés du service, pût l'attraper. Quand Isaac avait emmené Gussie rendre visite à son grand-père, elle avait prolongé le séjour, avec la bénédiction d'Isaac, de plusieurs jours. Elle se sentait coupable de raconter à Fannie que Gussie était occupée à jouer avec ses amis de l'école, considérant qu'Esther avait justement interdit pareille activité eu égard au risque encouru, mais elle avait quand même utilisé cette excuse – et même à plusieurs reprises. Et l'autre jour, alors qu'elle était particulièrement aux abois, elle avait justifié l'absence de Gussie en disant que celle-ci avait récemment démarré des cours pour devenir majorette. Esther était effrayée de l'aisance avec laquelle un mensonge aussi patent avait franchi ses lèvres. Une fois tout ceci derrière elle, saurait-elle même se souvenir d'où était la vérité ?

Le problème, qu'Esther aurait pu anticiper si elle avait réfléchi à la situation de façon plus approfondie, c'était qu'elle devait à présent préparer Gussie à répondre à des questions sur un vaste répertoire de sujets au lieu de se cantonner à un seul. Fannie risquait d'interroger Gussie sur Florence mais elle pouvait également lui poser des questions sur sa santé, son récent déplacement à Alliance, ses amis ou – le ciel nous en préserve – son intérêt inédit pour l'activité de majorette.

À travers la porte de la chambre, Esther entendit le raclement d'une chaise qu'on traînait sur le sol de la cuisine. Elle imagina Gussie, encore en chemise de nuit, en train d'attraper les assiettes qu'Esther rangeait dans l'égouttoir au-dessus de l'évier. Un instant plus tard, elle entendit le couvercle de la boîte à pain se rabattre bruyamment. Gussie était une petite fille sacrément débrouillarde, elle l'avait toujours été. Esther entendit aussi le grincement du tiroir du buffet qui s'ouvrait, le cliquetis des couverts. Pourrait-on faire faire des répétitions à Gussie ? Esther avait-elle un autre choix que d'y croire ?

Elle se leva d'un bond et attrapa sa robe de chambre. Elle pourrait peut-être préparer des flocons d'avoine pour elles deux et pour Anna, si celle-ci était levée. Gussie aimait ses flocons avec un gros morceau de beurre et plein de sucre brun mais Esther pouvait faire encore mieux. Elle allait couper en tranches les grosses pêches bien mûres qu'elle avait achetées chez Wagenheim deux jours auparavant. Cette matinée exigeait de l'extra-sucré.

* * *

Gussie gravit en courant l'escalier de l'hôpital, du côté Ohio Avenue, et elle aurait traversé le couloir en dérapage si Esther ne l'avait pas saisie par l'encolure de sa robe d'été en lui désignant une chaise.

— Assise, ordonna Esther.

— Nana, je sais.

— Tu ne sais rien. Assise.

Gussie leva les yeux au ciel, une habitude toute nouvelle, et totalement exaspérante.

— On revoit tout ça encore une fois.

— Embrasser Maman, lui dire qu'elle m'a manqué. Ne rien dire d'autre.

— Évidemment, tu peux parler à ta mère. Mais si elle te pose une question à propos de Florence…

— Je ne lui dis pas qu'elle est morte.

Esther contempla sa petite-fille. Les enfants peuvent se montrer si méchants. Elle se souvenait avoir réfléchi à cela quand elle élevait ses propres filles. Elles étaient souvent trop franches, les mots qu'elles choisissaient trop brutaux. Elles vivaient dans de vastes univers, intrépides et colorés, mais elles n'étaient pas encore capables de discerner les teintes des couleurs, les nuances des mots. Elles décrivaient les gens autour d'elles comme vieux ou jeunes, laids ou beaux, gros ou minces, elles étaient incapables de reconnaître qu'il existait des registres de mots plus gentils, plus doux, plus compatissants, moins tranchants. Quand il arrivait à Gussie de parler de la mort de Florence avec beaucoup de détachement, Esther, malgré elle, se sentait toujours découpée, mise à nu.

— Exact, ne lui dis pas qu'elle… n'est plus. Si ta mère pose la question, nous lui dirons qu'elle est très occupée à préparer son expédition en France. Elle nage énormément. Elle a beaucoup de courses à faire.

— On peut dire qu'elle a nagé jusqu'à New York !

— Non, certainement pas. Tu ne dois rien inventer.

— Mais tout est inventé.

— Ne fais pas ta maligne, l'avertit Esther, remettant déjà en cause sa décision d'emmener Gussie avec elle. Mieux vaut que tu ne dises rien concernant Florence. Si ta mère pose des questions à son propos, laisse-moi donc répondre.

Était-elle vraiment sur le point de laisser Gussie entrer dans la chambre d'hôpital ? La date prévue pour l'accouchement de Fannie était dans plus d'un mois. Si le bébé naissait maintenant, on n'était sûr de rien. De toute façon, on n'était jamais sûr de rien sur ces sujets-là.

— Et n'oublie pas, dit Esther en agitant son doigt sous le nez de Gussie, si je te demande d'aller m'attendre dans le couloir, tu obéis sans…

— Madame Adler ?

Esther se retourna brusquement pour se trouver à moins d'un mètre cinquante du médecin de Fannie.

— Docteur Rosenthal, dit-elle en se redressant.

Le gars était trop séduisant pour être célibataire mais elle n'avait jamais entendu parler d'une quelconque épouse. C'était bien étonnant qu'aucune infirmière du service de maternité ne s'en soit déjà occupé.

— Je pensais bien que c'était vous.

Il était presque dix heures. À cette heure-là, il devait avoir achevé sa tournée.

— Comment va Fannie aujourd'hui ?

— Je peux vous parler en privé ?

La respiration d'Esther eut un raté. Elle acquiesça d'un signe de tête, tendit la main pour indiquer que Gussie devait rester là où elle était et suivit le médecin de l'autre côté du hall, hors de portée d'oreille de sa petite-fille.

— Tout va bien ?

— La tension de Fannie est un peu plus élevée que nous ne le souhaiterions.

— Plus élevée que la normale ?

— Pas au point de nous affoler. C'est très banal de la voir remonter dans les derniers temps de la grossesse. Mais nous surveillons cela avec beaucoup d'attention.

— Et si ça ne descend pas ?

— Cela pourrait être l'indication de problèmes plus graves.

— C'est-à-dire ?

— Il faudrait que le bébé sorte, répondit-il doucement.

Esther scruta les dalles du carrelage, tentant d'assimilier ce qu'elle venait d'entendre.

— Je me demandais… elle n'est pas encore au courant en ce qui concerne sa sœur, exact ?

— Exact.

— C'est bien ce que je pensais et, évidemment, je n'allais pas lui poser la question. Mais je me suis vraiment demandé si les deux choses ne pourraient pas être liées.

Esther avait besoin de s'asseoir. Elle chercha un siège des yeux mais ils étaient tous hors de portée. Le docteur

Rosenthal était-il en train de suggérer que Fannie aurait appris le décès de sa sœur mais qu'elle garderait la nouvelle par-devers elle ? Dans les méandres de tous ses complots, Esther n'avait jamais envisagé cette possibilité. Elle avait toujours imaginé que si, par inadvertance, Fannie apprenait que Florence s'était noyée, son premier coup de téléphone serait pour sa mère. Et qu'ainsi, Esther aurait l'occasion de s'expliquer.

— Vous, vous croyez qu'elle est au courant ? s'enquit Esther.

— Je n'ai aucun indice dans ce sens, répondit le docteur Rosenthal. J'ai discuté avec la directrice et avec plusieurs des infirmières du service et personne n'a remarqué la moindre chose sortant de l'ordinaire. Elles ont dit que quelques amis de Fannie étaient passés hier après-midi mais tout le monde paraissait d'excellente humeur.

— Quels amis ? demanda Esther, mais le docteur Rosenthal lui décocha un regard signifiant qu'il n'était pas chargé de tenir l'agenda de Fannie. Veuillez m'excuser.

— Je vous en prie.

— Donc, vous pensez toujours qu'il se pourrait que quelqu'un l'ait informée ?

— J'espérais sans doute qu'il y avait une explication à ces valeurs élevées.

— Avez-vous discuté de tout cela avec Isaac ?

— Nous ne l'avons pas vu depuis plusieurs jours, répondit le docteur Rosenthal en secouant la tête.

Esther pencha la tête sur le côté. Qu'est-ce qui pouvait bien retenir Isaac loin de l'hôpital ? Vraiment, c'était absurde. Alors qu'il n'avait pas d'enfant dont il devait s'occuper et que côté travail, à en croire Joseph, il se limitait au strict nécessaire. Qu'avait-il donc d'autre à faire, si ce n'était rendre visite à sa femme clouée au lit ?

— Vous avez dû sans doute le rater, dit Esther. Je crois qu'il vient directement la voir en sortant du travail.

— Sans doute, répliqua le docteur Rosenthal, qui n'avait pas du tout l'air convaincu.

Du coin de l'œil, Esther s'aperçut que Gussie s'était levée et qu'elle venait vers eux en traversant à cloche-pied le hall de l'hôpital.

— On peut y aller, Nana ? demanda-t-elle, d'un ton à deux doigts du gémissement.

Esther avait horreur des gémissements.

— Vous allez voir ta mère, n'est-ce pas ? demanda le docteur Rosenthal en ébouriffant les cheveux de Gussie.

Celle-ci se déroba à ce contact et se cacha derrière la jupe d'Esther.

Le docteur Rosenthal adressa à Esther un gentil sourire, légèrement attristé, et se dirigea vers l'escalier. Après avoir parcouru quelques mètres, il se retourna.

— Vous savez, madame Adler, quand la directrice m'a exposé cette décision, ça m'a paru assez étrange. Peut-être même cruel.

Esther le dévisagea en plissant les yeux. Cacher la mort de Florence à Fannie, ce n'était peut-être pas très conventionnel mais pas un seul instant, elle avait considéré que ce pût être cruel.

— Mais Fannie n'est plus qu'à un mois de la fin maintenant, plus loin qu'elle n'était allée avec le précédent bébé. Alors, qui peut dire ?

* * *

Dans le service, plusieurs infirmières accueillirent Esther par son nom.

— Bonjour, madame Adler.

— Comment allez-vous, madame Adler ?

Dorothy, qu'Esther, malheureusement, avait eu l'occasion de connaître assez bien, assumait désormais une plus grande familiarité.

— Bonjour, madame A.

D'après Esther, Dorothy passait beaucoup trop de temps à se balader et à colporter des ragots. Même quand elle était en train de faire quelque chose d'utile – changer les draps ou laver Fannie à l'éponge – elle se montrait toujours si épouvantablement lente qu'Esther devait lutter contre l'envie impérieuse de lui arracher le drap ou la bassine des mains pour accomplir la tâche elle-même.

Esther salua sans joie chacune des infirmières en serrant plus fort la main de Gussie. Quand elles approchèrent de la chambre de Fannie, elle se pencha pour lui chuchoter à l'oreille :

— N'oublie pas. Pas un mot sur Florence.

Devant la porte, qui était entrebâillée, Esther s'arrêta et s'obligea à repositionner les muscles de son visage de façon plus avenante. Elle s'entraîna à sourire avec naturel. Ce qui lui était toujours très difficile. Il était plus simple d'arborer un sourire jusqu'aux oreilles. Elle serait volontiers restée toute la journée dans le couloir, à repousser le moment fatal, si Gussie ne lui avait pas faussé compagnie pour se glisser dans la chambre. Le temps qu'Esther la suive, la petite était déjà dans les bras de sa mère.

Fannie dévorait Gussie de baisers, en répétant à chaque pause à quel point elle lui avait manqué.

— Tu m'as manqué, tu m'as manqué, tu m'as manqué, tu m'as manqué !

Esther se raidit. Les mères d'aujourd'hui étaient plus démonstratives que ne l'avaient été celles de la génération d'Esther. Elle ne voyait pas bien ce que ça leur apportait, à part de se retrouver avec des enfants pleurnichards.

Elle regarda Fannie tapoter le drap à côté d'elle et se pousser pour laisser de la place à Gussie. Elle serra sa grande fille dégingandée sous son bras, comme si elle n'était pas plus encombrante qu'un chaton.

— Mais où étais-tu passée, ma princesse ? roucoula Fannie. Tu vivais toutes sortes d'aventures sans ta mère ?

Gussie se contenta de sourire en enfouissant sa tête contre la poitrine de sa mère.

Le ventre de Fannie s'était bien arrondi, ses seins avaient grossi durant les quatre semaines pendant lesquelles Gussie ne l'avait pas vue. Esther se demandait ce que la petite pouvait bien faire de tout cela. Se souvenait-elle que Fannie avait déjà ressemblé à cela ? Il était difficile de savoir quels souvenirs Gussie avait gardés de la précédente grossesse de sa mère.

— Je t'ai apporté quelque chose, annonça Gussie en dépliant un morceau de papier à dessin bleu qu'elle avait sorti de sa poche.

Esther n'avait jamais vu cette feuille et sa poitrine se serra en regardant sa fille ronronner de plaisir en découvrant le dessin.

— Ah mon Dieu ! s'exclama Fannie d'une voix exceptionnellement aiguë.

Esther fit le tour du lit pour jeter un œil sur l'œuvre de sa petite-fille.

Gussie avait fait un collage de bébés, tous découpés dans des journaux ou des magazines. Il y avait des photos des quintuplées Dionne, quelques bébés récupérés sur des réclames dans les journaux et pile au milieu du collage, une photo du bébé Lindbergh.

— Oh Gussie, dit Esther, incapable de cacher sa déception.

Comment avait-elle pu rater ça ? Faisait-elle donc si peu attention à la petite ?

— Je l'adore, dit Fannie. Comment as-tu su que ça me plairait ?

Elle embrassa Gussie sur le sommet du crâne et tendit le collage à Esther.

— Maman, tu veux bien le mettre sur la coiffeuse ? À un endroit où je peux le voir ?

Esther glissa le dessin de Gussie dans le cadre du miroir de la coiffeuse puis repoussa une lampe de quelques centimètres vers la gauche pour que le pauvre petit Lindy soit partiellement dans l'ombre.

Elle revint vers le lit en s'efforçant d'apprécier la scène qui s'offrait à elle – mère et fille réunies – mais elle s'aperçut qu'elle était incapable de se concentrer. Elle avait les mains qui tremblaient, elle s'affaira donc à ranger la table de chevet de Fannie. Les infirmières ne faisaient jamais les choses comme il fallait.

— Isaac est passé te voir hier ? s'enquit Esther aussi nonchalamment que possible tout en suspendant dans l'armoire le peignoir de Fannie qui gisait sur une chaise.

Alors même qu'elle tournait le dos à Fannie, elle sentit l'hésitation de sa fille.

— Il est passé rapidement hier à l'heure du déjeuner.

Fannie mentait, évidemment. Anna et Gussie l'avaient vu manger chez Kornblau. Esther se retourna pour regarder Gussie, curieuse de savoir si la petite avait remarqué la contradiction. Si c'était le cas, elle n'en montra rien.

— Et est-ce que ton père est souvent passé te voir, toi ? demanda Fannie à Gussie.

Ça brisait le cœur d'Esther d'entendre sa fille être obligée de poser la question.

Gussie regarda Esther en haussant les épaules. Manifestement, la petite était terrifiée à l'idée de dire ce qu'il ne fallait pas.

— Oh absolument, Gussie aime toujours tellement quand il est à la maison, intervint Esther.

Techniquement, ça n'avait rien d'un mensonge.

— Et comment se porte notre grande nageuse ? lança Fannie.

— Bien occupée pour l'instant, répondit Esther. Entre les entraînements et les bagages à boucler, nous ne la voyons que rarement.

Elle n'osa pas regarder dans la direction de Gussie.

— Et elle est toujours décidée à partir le 10 ?

— Oui, le 10.

— Et a-t-elle l'intention de me rendre visite avant son départ ? Ou bien se lave-t-elle totalement les mains de ce qui peut arriver à son encombrante grande sœur ?

— Fannie…

— Maman… elle n'est pas venue ici depuis bientôt un mois. C'est scandaleux.

Esther reprit aussitôt confiance. Le docteur Rosenthal avait sans aucun doute raison à propos de la tension trop élevée de Fannie mais il avait tort de soupçonner qu'elle était au courant de la mort de sa sœur. Jamais pareilles paroles n'auraient franchi ses lèvres si elle avait su la vérité.

— Ton père non plus n'est pas venu te voir, dit Esther en se raccrochant à une justification raisonnable – et pour changer de conversation. Tu n'es pas scandalisée par son attitude ?

— Nous savons toutes les deux qu'il préférerait bouffer son chapeau que venir à l'hôpital.

C'était vrai. Joseph n'était pas le genre d'homme à s'approcher des hôpitaux, et Fannie le savait aussi bien qu'Esther. Comment les hommes se débrouillaient-ils pour ne pas faire ce qui leur déplaisait ? Et si Esther avait été du genre à ne pas préparer le dîner tous les soirs ? Ils seraient tous morts de faim.

— Ta sœur t'embrasse.

— Tu parles ! Elle n'a même pas répondu à la lettre que je lui ai envoyée.

— Une lettre ?

— Je lui ai écrit – il y a presque un mois.

— Et tu l'as envoyée à l'appartement ?

— C'est Isaac qui l'a prise.

— Il l'a peut-être égarée ? suggéra Esther, aussi doucement qu'elle put.

Elle avait toujours détesté arbitrer les disputes des filles mais jamais autant qu'aujourd'hui, alors qu'une de ses précieuses enfants n'était plus en position de se défendre et que l'autre ignorait totalement, de façon terrifiante, l'avantage dont elle disposait. Ce qu'Esther n'aurait pas donné pour que ses filles s'entendent bien. Lorsqu'elles étaient plus jeunes, elles étaient assez proches, en dépit de leurs sept ans d'écart. Mais, à mesure qu'elles grandissaient, la situation avait évolué. L'été où Fannie avait rencontré Isaac et où elle l'avait épousé, les deux sœurs auraient pu tout aussi bien se trouver sur deux planètes ne tournant pas autour du même soleil.

C'était le même été où Gertrude Ederle était partie à Calais pour traverser la Manche à la nage. La presse ne parlait que de cela, même s'il n'y avait pas grand-chose à raconter à propos des journées qui précédèrent la grande traversée. Tant Florence qu'Esther se ruaient sur le journal de Joseph dès qu'il avait fini de le lire ; elles auraient pu toutes les deux aussi bien se passionner pour Greta Garbo ou John Gilbert. Tenter de prévoir les marées de la Manche se révélait aussi excitant que de chercher à deviner quelles étaient les stars de cinéma présentes en ville pour les premières au Warner Theatre, l'hôtel où elles étaient descendues et si quelqu'un de leur entourage n'allait pas débarquer à la boulangerie Adler pour s'offrir une douceur. Esther contemplait les photos de Gertrude Ederle d'un air dubitatif, comme si elle devait jouer les marieuses pour elle.

— Elle a vraiment un physique assez ingrat. Comment pourra-t-elle jamais trouver un mari ?

Florence, qui n'avait que douze ans mais était déjà assez grande pour adorer asticoter sa mère, répondait d'un ton narquois :

— Peut-être qu'elle n'en a aucune envie.

Fannie ne faisait que de brèves apparitions dans le salon et ne s'intéressait nullement au journal qu'Esther et Florence s'arrachaient. Elle sortait déjà avec Isaac, qu'elle avait rencontré alors qu'elle travaillait au comptoir de la boulangerie ; au cours des dernières semaines, Isaac était passé si souvent à la boutique et avait acheté de telles quantités de pain *hallah* qu'on aurait pu affirmer sans crainte de se tromper qu'il disait le Hamotsi tous les soirs de la semaine et pas seulement pour le shabbat. Il était venu chez eux à plusieurs reprises, restant gauchement assis dans le salon jusqu'à ce que Joseph – poussé plus par la gêne que par autre chose – accorde au couple la permission d'arpenter la Promenade sans chaperon, à la condition que Fannie soit rentrée chez elle à neuf heures tapantes.

Cette cour durait depuis six semaines à peine quand Fannie revint à la maison après une de ces promenades pour annoncer qu'Isaac l'avait demandée en mariage. Ça faisait belle lurette qu'Esther envisageait les fiançailles de ses filles et elle imaginait que pareille nouvelle la laisserait euphorique. Mais, en fait, elle s'aperçut qu'elle était plutôt déconcertée par l'annonce de Fannie.

Isaac avait six ans de plus que Fannie mais la différence d'âge était trop peu importante pour que ça compte. Il était du genre taciturne mais Esther connaissait beaucoup d'hommes de valeur qui l'étaient. Isaac était pauvre mais Esther n'avait pas oublié que Joseph l'était aussi quand elle l'avait épousé. La boulangerie Adler, la moitié de leur aventure, ils l'avaient construite ensemble. Non, il y avait autre chose – autre chose de plus perturbant que l'âge d'Isaac, ses revenus ou même son peu de conversation. Une chose qu'elle percevait dans le ton de sa voix. Il était convaincu qu'on lui devait quelque chose. Qu'un homme ne fût pas satisfait des circonstances de sa naissance, d'après Esther, c'était banal, mais s'il n'était pas convaincu de pouvoir changer la face du monde grâce à son travail acharné, là, elle perdait toute indulgence.

À l'époque, Esther ne voyait vraiment pas comment faire part de ses réticences à Fannie sans lui donner l'impression de la désavouer. Donc, quand Fannie s'était retrouvée devant ses parents à guetter avec anxiété leur réaction vis-à-vis de cette alliance, ils s'étaient contentés d'envisager les questions pratiques d'intérêt commun. Esther demanda quand le couple envisageait de se marier et Joseph voulut savoir si Fannie prévoyait de terminer la deuxième année de son diplôme de secrétariat. Florence saisit l'occasion pour s'enquérir si elle devait désormais qualifier Isaac de *frère*.

— Isaac, ça devrait suffire, répondit Esther sans quitter des yeux sa fille aînée.

Ce fut beaucoup plus tard dans la soirée, alors que les filles étaient allées se coucher, qu'Esther se rendit compte qu'elle avait totalement oublié de féliciter Fannie.

Alors que Gertrude Ederle s'apprêtait à affronter les eaux de la Manche, les préparatifs pour le mariage de Fannie allaient bon train. Joseph insista pour que la cérémonie, qui devait être assez modeste, se tînt au Beth Kehillah. Il y eut quelques débats à propos d'un déjeuner aux Breakers mais Esther décida qu'une réception dans un hôtel aurait un côté prétentieux et potentiellement désagréable pour Isaac puisque sa famille ne roulait pas sur l'or. Elle déclara avec insistance qu'il n'y avait aucun problème pour organiser le déjeuner à la maison et le *gefilte fish* de chez Casel serait tout aussi bon que celui qu'ils auraient trouvé sur la carte des Breakers. Esther voyait bien que Fannie était déçue ; cependant, elle se rasséréna considérablement quand sa mère proposa d'aller en train à Philadelphie lui acheter sa robe de mariée chez Wanamaker.

Ederle débarqua en Angleterre, sur une petite plage à quelques kilomètres au nord de Douvres, le 6 avril aux environs de vingt et une heures trente. Il y eut un embrasement des câbles télégraphiques quand les journalistes américains annoncèrent la nouvelle de cet exploit à un pays qui, collectivement, retenait son souffle. Florence était restée collée toute la journée à la radio du salon, relayant bruyamment les informations à mesure qu'elles lui parvenaient. Esther avait finalement cessé de faire semblant d'accomplir ses tâches quotidiennes, elle avait trouvé des chaussettes à repriser – un travail que, généralement, elle réservait pour les soirées – et l'avait rejointe.

Les Européens, endormis au fond de leurs lits, durent attendre le matin pour apprendre qu'une femme avait conquis la Manche mais, à Atlantic City et partout aux États-Unis, toutes les émissions de radio de la soirée tournèrent autour de l'exploit de Gertrude Ederle.

Quand la nouvelle arriva, Joseph était à la maison mais Fannie était sortie faire des courses. À son retour, elle trouva la famille déchaînée mais elle se contenta d'exprimer brièvement ses félicitations avant de filer dans sa chambre se préparer puisqu'elle sortait avec Isaac. Esther vit Florence courir derrière sa sœur.

— Fannie ! Trudy a réussi ! Elle a fait la traversée !

— Oui, je sais.

Du canapé où elle était assise, Esther entendit la réaction de sa fille aînée. Tant d'indifférence lui serra le cœur.

Quinze jours plus tard, Fannie était mariée et elle avait emménagé dans l'appartement d'Isaac. Esther se disait que c'était inévitable – la lente dissolution de la relation entre les deux sœurs. Fannie se retrouva accaparée par son apprentissage de maîtresse de maison et, après la naissance de Gussie, par celui de mère, de bonne mère. Florence était à des années-lumière de ces problèmes-là. Elle était encore assez jeune pour aimer être à la maison avec ses parents, pour réclamer des bonbons après le dîner et pour considérer les sélections de natation à l'Ambassador Club comme les préliminaires des Jeux olympiques. Esther s'était toujours dit qu'un jour, quand les filles seraient plus âgées, leur différence d'âge perdrait de son importance. Florence se marierait, elle aurait des enfants et Fannie serait là pour lui donner des conseils sur la meilleure manière de faire roter un bébé ou d'ôter une tache sur un col de chemise. Peut-être même, en définitive, pourraient-elles alors se redécouvrir mutuellement. Elle imaginait deux femmes âgées, marchant bras dessus bras dessous sur la Promenade. Que, désormais, elles n'aient plus jamais l'occasion de se retrouver pour tout recommencer, voilà qui demeurait encore inconcevable pour Esther.

Gussie et ce nouveau bébé auraient également sept ans d'écart. Était-ce un chiffre qui portait malheur ? Debout dans cette chambre d'hôpital, Esther, tout en observant sa fille aînée bouillir de rancœur à l'égard d'une sœur qui ne pouvait plus ni réparer ses torts ni se défendre, priait pour que Fannie réussisse à tisser des liens entre ses enfants plus efficacement qu'elle-même ne l'avait fait.

— Es-tu souvent allée à la plage ? demanda Fannie à Gussie, essayant à l'évidence de changer de sujet.

Gussie regarda Esther.

— Pas tellement, répondit Esther. C'est tellement bondé à cette époque de l'année.

— Anna y va, intervint Gussie.

— À la plage ? demanda Fannie.

— Je la soupçonne d'essayer d'apprendre à nager toute seule, dit Esther. Mais elle garde ça pour elle. Elle se cache.

— Ce n'est pas vrai, dit Gussie.

— Quoi donc ? demanda Fannie.

— Elle ne se cache pas. Et elle n'apprend pas à nager toute seule.

— Alors, qu'est-ce qu'elle fait ? s'enquit Esther.

— C'est Stuart qui lui apprend à nager.

Esther était sur le point de dire quelque chose puis elle se rendit compte qu'elle ne savait pas comment réagir. Stuart ? Vraiment ?

— Mais pourquoi ne pas demander à Florence, tout simplement ? dit Fannie à Esther. Stuart et elle ne sont-ils pas ensemble ? Stuart n'a-t-il pas un gros penchant pour Florence ?

Esther s'empourpra. Elle sentait qu'elle était en train de perdre le contrôle de la conversation, de Gussie, du secret.

— Je ne saurais dire, répliqua Esther en faisant de son mieux pour avoir l'air non seulement de ne pas être au courant mais de ne pas s'y intéresser non plus.

Elle se leva et saisit son sac à main.

— Ce que je sais, en tout cas, c'est que je dois ramener ta fille à la maison pour la faire déjeuner. Gussie, embrasse ta mère et dis-lui au revoir.

— C'est tellement injuste, chuchota Fannie dans les cheveux de sa fille. Je n'ai même pas eu l'occasion de te voir faire tourner ton bâton. Apporte-le la prochaine fois, d'accord ?

— Mon bâton ?

Trop, c'était trop. Esther attrapa Gussie par la main et l'arracha du lit.

— Ramène-la-moi plus vite la prochaine fois, cria Fannie dans leurs dos tandis qu'Esther entraînait Gussie hors de la chambre, dans le couloir.

Esther leva le bras en signe d'adieu, lança un « À demain » par-dessus son épaule et referma la porte derrière elle, plus bruyamment qu'elle n'en avait eu l'intention.

Elle ne retrouva une respiration normale qu'après avoir descendu l'escalier, traversé le hall et franchi les portes de l'hôpital, Gussie sur ses talons. Et même là, elle en avait encore les jambes tremblantes. Elles marchèrent jusqu'à Pacific Avenue et Esther héla un *jitney* pour les ramener chez elles. Le chauffeur tira sur la corde qui ouvrait la portière et Esther attendit que Gussie ait grimpé dedans pour aller se caler dans le fond.

— Alors, Stuart apprend vraiment à nager à Anna ? demanda-t-elle une fois qu'elles furent à l'intérieur du *jitney*, la portière dûment fermée.

— Je n'aurais pas dû dire ça ? interrogea Gussie. Je ne savais pas que c'était un secret.

— Non, non. C'est très bien. Tu t'es très bien débrouillée.

Esther sentait que quelque chose ne collait pas mais elle n'aurait su dire quoi. Elle n'était pas ravie à l'idée qu'Anna passât du temps avec Stuart et à coup sûr, elle n'appréciait pas qu'il pût, aussi rapidement, reconvertir la tendresse qu'il avait ressentie pour Florence. Mais elle ne devait pas oublier que Stuart était un compagnon tout aussi peu adapté pour Anna qu'il l'avait été pour Florence. Certes, elle ne connaissait pas les parents d'Anna, mais elle imaginait facilement que la jeune fille repartirait en Allemagne par le premier bateau si elle annonçait qu'elle sortait avec un *goy*, même un *goy* très riche.

Non, il y avait autre chose.

Le *jitney* passa devant les Fourrures Agron et les Chaussures Elfman puis devant chez Block qui vendait des maillots de bain. Dans la vitrine de chez Block, une grande affiche annonçait SOLDES SUR LES MAILLOTS DE BAIN JANTZEN !

Voilà, c'est ça le problème, se dit Esther. Anna ne possède pas de maillot de bain.

* * *

Esther était folle de rage en rentrant chez elle. D'une main tremblante, elle sortit quelques dollars de son porte-monnaie et les roula bien serrés avant de les tendre à Gussie.

— Anna ! appela-t-elle dans l'appartement silencieux. Tu veux bien aller chez Lischin Brothers acheter des côtelettes de veau ? Emmène Gussie avec toi.

Dès que les filles furent parties, Esther verrouilla la porte et se rendit directement dans la chambre qu'Anna avait partagée avec Florence. Elle hésita, brièvement, sur le seuil. Ça faisait presque un mois qu'elle n'avait plus revu les affaires de Florence. Elle frissonnait de tout son être mais, sans s'en soucier, elle rejeta les épaules en arrière et se força à avancer.

Le lit de Florence était fait, sa commode un peu mieux rangée qu'elle ne l'avait été. Il était tentant de saisir chaque objet, de soupeser les livres, les boucles d'oreilles et la Pageant Cup, d'imaginer la dernière fois où sa fille les avait touchés. Mais Esther ne s'accorda pas ce plaisir. Elle fonça droit sur la vieille commode de Fannie, désormais récupérée par Anna, et entreprit d'ouvrir les tiroirs.

Que Florence possédât plusieurs jolis maillots de bain alors qu'Anna n'en avait aucun, que Florence fût morte et donc, ne pût plus en porter aucun alors qu'Anna était vivante et assez mince pour enfiler n'importe lequel sur son corps souple, ça n'entrait pas en ligne de compte. À tout autre moment, Esther aurait pu faire preuve de générosité. *Pourquoi n'emprunterais-tu pas un des maillots de bain de Florence ?* se voyait-elle en train de propsoer à Anna si Florence n'était pas encore rentrée de l'université ou déjà partie en France. Mais plus maintenant. Elle passa au crible un tiroir, puis un autre, cherchant la preuve qu'Anna était en train d'usurper la vie de sa fille.

Dans le dernier tiroir, elle ne trouva aucun vêtement, seulement une pile de papiers bien classés. Esther sortit tout le paquet et commença à le feuilleter. C'était l'ensemble des documents liés à l'immigration d'Anna, attachés avec des trombones selon un système qu'Esther ne parvenait pas à comprendre. Il y avait des dossiers médicaux, des livrets scolaires, un certificat de police et une copie de la lettre d'admission qu'avait reçue Anna du New Jersey State Teachers College, autrement dit l'École normale du New Jersey. Tant de paperasses pour une seule personne. Une feuille se détacha des autres et tomba par terre ; Esther se pencha pour la ramasser.

C'était une copie de la déclaration sous serment écrite par Joseph, proprement tapée et authentifiée par le commissaire aux actes d'Atlantic City. En haut du formulaire, Joseph avait rempli la partie réservée aux citoyens naturalisés, et puis il avait continué en mentionnant son âge et son activité, ses gains hebdomadaires et ses actifs. Il avait souligné l'équilibre de son compte bancaire et la valeur de ses polices d'assurance et de ses biens immobiliers. Esther retint sa respiration en arrivant à la section de la déclaration où Joseph était prié de faire la liste des personnes, avec leur nom et leur âge, qui dépendaient de lui. Les mots *Florence Adler (19 ans)* lui sautèrent aux yeux, venus du milieu de la feuille.

Encore en dessous, Joseph avait rempli tous les renseignements sur Anna – son nom complet, son sexe, sa date de naissance et son pays de naissance. Sous la rubrique *Activité*, il avait indiqué qu'Anna était étudiante et sous la rubrique *Lien avec le déposant*, il avait tapé *Prière de voir l'addendum*.

Esther avait complètement oublié le maillot de bain et elle se mit à fouiller avec acharnement dans les papiers, à la recherche de l'addendum. Joseph avait ajouté divers compléments à sa déclaration sous serment – tout depuis des relevés de banque jusqu'à la copie de ses déclarations de revenus – il lui fallut donc un certain temps pour repérer le document qu'elle voulait. Elle finit par le trouver presque en bas de la pile. Il s'agissait d'une lettre tapée à la machine sur le papier à lettres de Joseph ; ça commençait ainsi, *À quiconque est concerné*.

Il avait écrit, *Il est évident pour moi que cette déclaration sous serment serait considérée de façon plus favorable si j'étais un proche parent de la demanderesse*. Esther parcourut rapidement les quelques phrases qui suivaient, dans lesquelles

Joseph faisait de son mieux pour raconter l'enfance qu'Inez et lui avaient partagée à Lackenbach. Elle considérait qu'il avait sûrement dû enjoliver la situation par ci par là, ce qui était indispensable pour démontrer que leur relation avait été durable. Esther aurait sans aucun doute agi de même.

À dix-sept ans, la mère de la demanderesse et moi-même, nous nous sommes fiancés.

Esther revint en arrière pour relire la phrase. Fiancé ? Joseph ?

Les fiançailles ont duré pendant trois ans après mon immigration aux États-Unis et, même si, en définitive, nous ne nous sommes pas mariés, je suis resté très concerné par son bien-être et celui de sa famille.

Esther avait l'impression d'être complètement idiote. Comment n'avait-elle pas compris tout ça d'emblée ? Bien sûr, Joseph était engagé auprès de quelqu'un d'autre. Ça expliquait les trois ans qu'il avait passés la tête basse, à travailler nuit et jour, d'abord chez Kligerman à Philadelphie et puis chez Chorney. Il était en train de mettre de l'argent de côté pour faire venir Inez. Maintenant, Esther comprenait pourquoi c'était elle qui avait demandé à Joseph s'il voulait bien aller se promener avec elle, pourquoi il avait paru tellement surpris quand, plus tard, elle lui avait pris la main. Il n'était pas libre. À quel moment, se demanda-t-elle, avait-il écrit à Inez pour rompre les fiançailles ? Si on considérait, évidemment, que c'était lui qui avait pris l'initiative de rompre.

Esther lut le reste de la lettre mais elle était incapable d'en avaler davantage. Le fait que cette lettre existe, en plus dans le dernier tiroir de la commode d'Anna, cela signifiait qu'elle aussi était au courant de la nature précise des relations entre Inez et Joseph. Comment cette petite avait-elle réussi à garder pour elle une information aussi incontestable ? Peut-être estimait-elle qu'Esther savait la vérité, qu'elle l'avait toujours sue.

Esther, qu'est-ce qu'elle savait au juste de son propre mariage ? Que pouvait-on savoir en fait d'une relation qui pouvait paraître aussi transparente qu'une bouteille de Coca à un moment puis aussi trouble qu'un morceau de verre poli par la mer le moment d'après ?

Au début de leur histoire, Joseph était follement épris d'Esther. Elle l'avait senti dans son regard, dans ses caresses, même dans sa façon de respirer – un peu plus profondément quand elle se trouvait près de lui. Elle-même avait des sentiments similaires, elle ne désirait pas tenir compte de ce que souhaitaient ses parents, elle voulait l'épouser, s'installer à Atlantic City et recommencer sa vie de zéro.

À mesure qu'ils prenaient de l'âge, le désir que chacun avait ressenti pour l'autre s'était mué en un amour calme et constant dont Esther percevait la présence en permanence. Un amour visible dans la boulangerie et dans la maison mais – encore plus déterminant – dans les deux magnifiques filles qu'ils avaient élevées ensemble.

En trente ans, Esther n'avait jamais jeté un seul regard en arrière. Elle n'avait jamais eu de raison pour le faire.

FANNIE

Depuis que les chiffres de la tension artérielle de Fannie étaient plus élevés que la normale, Bette, Dorothy, Mary et les autres infirmières du service entraient et sortaient de sa chambre de façon bien plus régulière.

Deux fois par jour, l'une d'entre elles débarquait avec la boîte métallique, lisse et brillante, du Baumanometer sous le bras, un stéthoscope fourré dans la poche. Chaque fois que l'infirmière lui enfilait le manchon autour du bras avant de pomper serré, Fannie s'efforçait de se vider la tête, de se concentrer sur le fait de respirer normalement. Ça l'aidait de repérer un endroit sur le mur en face d'elle, une petite tache ou une imperfection sur laquelle se concentrer en respirant. S'il était vrai que son propre mal-être pût contribuer à faire monter sa tension, elle ne voulait pas qu'une pensée fugace à propos de son mari ou de sa sœur l'envoie direct en salle d'opération.

Outre les heures de repas et ces prises de tension biquotidiennes, les infirmières s'étaient mises à inventer des raisons pour venir s'occuper de Fannie. Elles regonflaient son oreiller, elles adaptaient les lumières – allumant et éteignant les lampes, ouvrant et fermant les rideaux à mesure que le soleil se déplaçait dans le ciel. Désormais, en plus, elles retapaient systématiquement les draps et les couvertures. Elles faisaient mine de les retendre à chaque coin mais Fannie estimait que, lorsqu'elles soulevaient les draps, elles en profitaient pour examiner ses chevilles.

— Sont-elles déjà grosses comme des tours ? demandait-elle à chaque fois.

Et la réponse était toujours non.

Les jours où il n'y avait pas trop de travail, Bette passait la tête par l'entrebâillement de la porte pour demander à Fannie si elle souhaitait un peu de compagnie. Même quand elle se sentait fatiguée ou pas trop en forme, elle ne disait jamais non. Qui savait quand elle aurait une autre visite ? Sa mère passait pratiquement quotidiennement mais si personne ne venait de toute la journée, le silence dans la chambre devenait assourdissant.

— Je vous ai apporté ça, déclara Bette en tendant à Fannie deux coupures de journaux sur les quintuplées Dionne.

Tandis que Fannie parcourait les articles, Bette l'interrompit.

— Il n'y en a qu'un des deux qui donne d'authentiques informations.

Puisque le public réclamait un rapport quotidien sur l'état de santé des bébés, il y avait évidemment de moins en moins de vraies nouvelles à annoncer.

— Bette, on arrête les coupures de presse, déclara Fannie. « Mme Dionne quitte son lit. »

Lus à voix haute, ces titres paraissaient encore plus ridicules. Les bébés avaient trente-huit jours. Pourquoi leur mère ne pourrait-elle pas se lever ?

— Vous avez droit à une semaine après l'accouchement et puis, après, nous, on vous flanque dehors.

Fannie ne pouvait pas s'imaginer en train de passer encore six semaines au lit après la naissance de l'enfant. Elle espérait que Bette avait raison – qu'elle pourrait se lever et partir au bout d'une semaine. Secrètement, elle espérait même, au bout de six semaines, avoir retrouvé son tour de taille.

Elle tendit la main vers l'exemplaire des poèmes de Sara Teasdale que sa mère lui avait apporté et l'ouvrit sur « Trêve », où elle avait pris l'habitude de ranger toutes les coupures sur les quintuplées. Elle glissa la dernière avec les autres. Désormais, ça formait une bonne épaisseur qui gonflait la tranche du livre.

— Et ils sont bien, ceux-là ? demanda Bette.

— Quoi donc ?

— Les poèmes.

— Oh, dit Fannie en feuilletant les pages qui n'étaient pas capitonnées de coupures de presse, toutes raides sous ses doigts. Je dois avouer que je ne les ai pas tous lus.

— Avec tout le temps dont vous disposez ?

— J'ai l'impression d'entendre ma mère.

— Mes plus sincères excuses, dit Bette pour la taquiner, tout en tendant la main vers le livre.

Fannie le lui donna, elle l'ouvrit plutôt vers la fin et se mit à lire à voix haute.

— « Couchée dans un coin tranquille du monde, une nuit ou l'autre, il ne restera plus rien de moi. » Doux Jésus, c'est plutôt déprimant.

— Bette, est-ce que je devrais m'inquiéter ?

Bette referma le livre d'un claquement sec, comme si elle se reprenait brusquement.

— Il n'y a aucune raison, répliqua-t-elle vivement en faisant le tour du lit pour reposer le livre sur la table de chevet de Fannie.

Elle croisa le regard de Fannie en lui souriant avec douceur mais quand elle redressa sa coiffe, qui n'avait nul besoin de l'être, pour autant que Fannie pouvait en juger, Fannie comprit que l'infirmière mentait.

* * *

Une personne qui n'était, apparemment, nullement inquiète de la tension trop haute de Fannie, c'était Isaac. Il entrait et sortait de l'hôpital comme si c'était le Woolworth et qu'il devait rayer les choses à faire sur une liste imaginaire : frapper doucement, embrasser épouse sur tête, s'asseoir mais sans trop s'installer sinon épouse pense que tu vas rester un bon moment, expliquer pourquoi pas de visites depuis plusieurs jours, signaler que tu as rendez-vous très important où tu ne dois pas arriver en retard, regarder ta montre à plusieurs reprises, te lever et t'étirer, remarquer à quel point le temps file, embrasser épouse encore. La plupart du temps, entre son arrivée et son départ, il s'écoulait une demi-heure.

Fannie était capable de supporter ces longues absences mais elle s'inquiétait de leurs conséquences sur Gussie. Entre le silence de sa mère sur cette question, la façon étrange dont Gussie s'était comportée lors de sa dernière visite et le peu d'informations qu'elle réussissait à soutirer à Isaac, Fannie était convaincue qu'il ne rendait guère visite à leur fille. Du moins pas assez fréquemment au goût de la petite. Fannie savait qu'elle n'était pas objective mais elle considérait vraiment Gussie comme quelqu'un de bonne compagnie. Elle était drôle, elle était vive, elle était gentille et dans ses yeux, grands comme l'océan, brillait une lueur de compréhension qui, pour Fannie, était aussi familière qu'extraordinaire. Quel effet cela pouvait-il bien lui faire d'être aussi désespérément ignorée par son propre père ?

Ces derniers temps, Fannie avait commencé à se poser des questions : y avait-il quelque chose qui clochait chez Isaac ? Durant sa dernière visite, il avait passé tout son temps à parler d'un voyage en Floride qu'il voulait faire avec Fannie et Gussie, après la naissance du bébé.

— On peut descendre en train, avait-il déclaré, perché sur le bord de sa chaise. Voir les Everglades. Jim dit qu'on peut se payer un guide pour parcourir les marais en bateau.

— Les Everglades ? répéta lentement Fannie.

— Oui. En Floride.

— Je sais où sont les Everglades.

— Il y a des alligators, des tortues de mer et toutes sortes d'oiseaux. Gussie va adorer.

— Tu veux emmener un nouveau-né sous les tropiques, en pleine chaleur estivale ? Tu es devenu fou ?

— Ce serait juste pour quelques semaines. Suffisamment longtemps pour se balader dans le coin. Aller voir un terrain qui est à vendre dans le comté de Palm Beach.

— Un terrain ?

— Jim m'a donné un tuyau pour une parcelle. Près du lac Okeechobee. Environ quarante hectares pas très loin de la route de Conners.

— Tu veux acheter un terrain en Floride ?

— Les prix sont bas.

— La Floride n'a-t-elle pas fait faillite ?

— C'est la raison pour laquelle c'est un si bon investissement.

— Isaac, dit-elle lentement en essayant de capter toute son attention, nous n'avons même pas de quoi payer cette chambre.

— Oui mais…

— Et le projet de maison ? Ou de rembourser mon père ?

— Cette transaction, c'est ça qui nous permettra d'y arriver. Je m'accrocherai à ce terrain pendant quelques années et quand nous le vendrons, je réaliserai un bon bénéfice.

— Je t'en prie, dis-moi que tu n'as pas encore signé.

— Tout ce que j'ai acheté, c'est l'acompte.

— C'est remboursable ?

Isaac la regarda comme si elle était devenue idiote.

— Un acompte, c'est un dépôt.

— Qu'on peut récupérer ou pas ?

— Je dispose de quarante-cinq jours pour rassembler le reste de l'argent.

— Tu ne réponds pas à ma question, insista Fannie. Si tu ne trouves pas le reste de l'argent ou si ta femme perd la tête, tu peux récupérer ton acompte ?

— Non.

Brusquement, Fannie eut du mal à respirer.

— Mais, Fan, je vais trouver l'argent nécessaire.

Elle saisit son ventre à deux mains et tenta de se concentrer pour respirer profondément, lentement, comme elle arrivait à le faire quand Bette ou une des autres infirmières venait lui prendre la tension. Une simple irritation pouvait-elle provoquer un accouchement prématuré ?

— Fan ?

Elle était réticente à croiser le regard d'Isaac tant elle avait peur de lâcher des propos qu'elle pourrait bien regretter plus tard. Elle finit par pousser un très long soupir et par se tourner vers son époux.

— Je ne peux pas parler de ça pour l'instant.

Ça pilonnait dans sa tête. Le docteur Rosenthal l'avait prévenue qu'elle devait être attentive aux signaux de son corps. Les migraines, les douleurs intestinales et le gonflement des jambes, tout ça pouvait être des symptômes indiquant qu'il se passait quelque chose de grave. Bien sûr, ça pouvait être aussi parce qu'elle était enceinte de huit mois, qu'elle se sentait dans un grand état d'angoisse et terriblement contrariée. Elle s'adossa contre ses oreillers, redressés en permanence, et ferma les yeux. Quand elle faisait cela, la tension baissait-elle ? Elle en avait l'impression.

— Je veux…, commença Isaac, mais Fannie leva la main pour l'interrompre.

Elle en avait tellement assez de ses grandes idées, de n'avoir jamais un sou devant eux. Tant qu'elle avait les yeux bien fermés, elle pouvait croire qu'il n'était pas dans la pièce, qu'il n'était pas en train de jeter leur vie par la fenêtre.

Fannie respirait lentement, inspire, expire.

Elle finit par s'endormir mais elle se mit tout de suite à rêver qu'elle se trouvait dans les marais de Floride. Le bébé, un nouveau-né, avait disparu et Fannie pataugeait dans l'eau saumâtre en criant son nom à pleins poumons. La boue le long des berges était épaisse et ses pieds n'avaient aucune prise. Elle se retrouva finalement obligée de nager mais le poids de sa chemise de nuit trempée ralentissait son allure, tout comme les alligators qui la mordaient au passage. Après avoir nagé pendant ce qui lui parut durer des heures mais qui n'avait été sans doute que quelques minutes, elle découvrit l'enfant posé sur un nénuphar géant. Le bébé était pâle et immobile, il brillait dans la chaleur du soleil, comme s'il avait d'abord été immergé dans l'eau pendant plusieurs heures. Trois vautours volaient en cercle au-dessus de lui. Fannie poussa un cri, tentant de repousser les oiseaux mais là, elle ne parvenait plus à se souvenir du nom de l'enfant. Dans sa confusion, elle cria :

— Florence !

* * *

Toute la journée, Fannie s'était attendue à voir sa sœur franchir la porte de sa chambre d'hôpital et, toute la journée, elle avait été déçue quand à chaque fois, elle avait vu débarquer une infirmière ou l'autre. Si le bateau de Florence partait de Chelsea Piers le 10, il était probable qu'elle prendrait le train pour New York le 9 et qu'elle y passerait la nuit, quelque part près du port. Si tel était le plan, alors aujourd'hui, c'était le dernier jour de Florence à Atlantic City et par conséquent, le dernier jour où elle pouvait raisonnablement rendre visite à sa sœur. Fannie jeta un coup d'œil au petit réveil posé sur sa table de chevet. Il était presque dix-neuf heures.

— Égoïste, égoïste, égoïste, marmonna Fannie à mi-voix en se hissant hors du lit.

Ses pieds commençaient à peser lourd, une sensation que, dans son souvenir, elle avait connue lors de sa première grossesse.

Il n'y avait vraiment qu'une seule chose à faire. Elle allait emprunter le téléphone dans la salle des infirmières et appeler l'appartement. Demander directement à parler à Florence. C'était l'heure du dîner. Tout le monde était forcément à la maison. En fait, sa mère avait dû préparer un vrai festin, un adieu tout particulier pour celle qui allait traverser la Manche. Elle imagina la table mise avec la vaisselle Adams Ironstone Calyx Ware et les couverts en argent. Parfois, dans les grandes occasions, sa mère disposait un bouquet de bleuets fraîchement coupés. Les bleuets étaient-ils en fleur en ce moment ? Fannie était incapable de s'en souvenir.

Elle se ressaisit. Elle avait si peu l'habitude de traîner ce nouveau corps avec elle. Même ses trajets jusqu'aux toilettes, qui commençaient à ressembler pour elle à une vraie sortie, avaient été réduits. La plupart des infirmières, à l'exception de Dorothy, qui était paresseuse, l'encourageaient vivement désormais à utiliser le bassin.

Fannie eut du mal à nouer la ceinture de son peignoir autour de son ventre. Comme elle n'avait aucun espoir de pouvoir glisser ses pieds dans ses chaussons – c'était comme s'ils avaient rétréci de deux tailles – elle les balança sous le lit et, pieds nus, sortit de la chambre et prit le couloir.

Dorothy était dans la salle de repos en train de manger un sandwich au thon quand Fannie débarqua.

— Eh ! Mais qu'est-ce que vous faites debout ? s'écria-t-elle, tout en s'essuyant la bouche d'un revers de main.

L'odeur du thon envahit les narines de Fannie au point de lui lever le cœur.

— J'espérais pouvoir utiliser le téléphone.

— Vous n'êtes pas censée utiliser celui-là.

— Je n'en ai pas dans ma chambre.

— Oui, enfin…, dit Dorothy.

Sa voix devint inaudible.

Depuis plusieurs semaines maintenant, Dorothy se comportait de façon très étrange ; Fannie commençait à s'inquiéter à l'idée que l'infirmière ait pu l'entendre se moquer d'elle, soit quand elle était avec Esther soit avec une des autres infirmières. Fannie s'était également plainte de Dorothy auprès de la directrice McLoughlin à deux occasions au moins et elle soupçonnait sa mère de l'avoir fait aussi.

— Il faut que je téléphone à ma sœur.

Fannie n'attendit pas d'avoir la permission de Dorothy. Elle se dirigea vers la table où se trouvait l'appareil, estimant que si Dorothy n'appréciait pas cette attitude, elle interviendrait.

— Votre sœur ? répéta l'infirmière.

— C'est ça, dit Fannie, le combiné à la main.

Elle appela l'opératrice et guetta la formule familière.

— Quel numéro, je vous prie ?

— Je voudrais le 4452, s'il vous plaît.

Tout en attendant la connexion, Fannie tambourinait sur son ventre. Quel ton employer pour s'adresser à Florence ? Elle était en colère, évidemment, mais elle était aussi déçue. Avec Isaac, elle avait appris que parfois, la déception marchait mieux.

Ce fut son père qui décrocha.

— Salut, Papa.

— Fannie ?

Depuis presque six semaines, Fannie n'avait eu aucun contact direct avec son père et ça faisait du bien d'entendre sa voix – toujours tranquille, posée.

— Comment ça va, la vie ? demanda-t-elle.

Quelques secondes s'écoulèrent avant que son père ne réponde.

— Oh, tu sais bien comment ça se passe.

Elle l'ignorait, elle tenta donc une autre approche.

— Et la boulangerie ?

— Nous venons d'embaucher quelques nouveaux chauffeurs. Je crois que nous disposons maintenant d'assez de main-d'œuvre pour commencer à distribuer à Philadelphie.

— Waouh. Philly ? répéta-t-elle, stupéfaite.

Isaac ne lui avait pas soufflé mot de cette nouvelle. Pensait-il donc que ça ne l'intéresserait pas ?

— Ce n'est pas trop compliqué d'augmenter ainsi la production ? s'enquit-elle.

— Ta mère a très envie de… te parler.

Fannie ignora cette phrase. Pour une fois qu'elle avait son père au bout du fil, elle ne voulait pas qu'il la repasse à sa mère.

— Comment va Gussie ? insista-t-elle.

— Elle va bien. Là, elle est en train de manger une méga-portion de riz au lait.

— Elle me manque épouvantablement.

Elle entendait sa mère chuchoter à l'arrière-plan.

— Et comment va Florence ? demanda Fannie, qui sentit se hérisser les poils de ses bras. En fait, c'est la raison pour laquelle j'appelle. Je suppose qu'elle s'en va à New York demain.

— Je te passe ta mère…

Fannie soupira. Parfois, il fallait renoncer à les faire sortir du rôle que chacun d'eux jouait. Son père, qui soutenait en silence. Sa mère, une arbitre sûre d'elle. Quel était le rôle de Fannie ? En avait-elle même encore un ? En avait-elle jamais eu un ?

— Fannie ? dit Esther, trop fort, dans le téléphone.

— Bonjour, Maman.

— Tu n'es pas censée te lever. Où es-tu ?

— Dans la salle des infirmières, répondit Fannie en regardant Dorothy.

Dorothy avait cessé de manger son sandwich et fixait Fannie intensément.

— Une des infirmières a été assez gentille pour me laisser utiliser le téléphone, reprit Fannie en souriant à Dorothy.

— Je ne crois pas que ce soit une bonne idée, de marcher jusque-là dans ton état.

— Eh bien, maintenant c'est trop tard, répliqua Fannie sans pouvoir s'empêcher de lever les yeux au ciel. En fait, j'appelais pour parler à Florence. Tu peux me la passer ?

Le silence se fit sur la ligne et, pendant un instant, Fannie se demanda si elles n'avaient pas été coupées.

— Maman ?

— Quoi ?

— Je peux parler à Florence ?

— Oui, oh, tu sais quoi ? Je crois qu'elle vient de sortir.

— Je pensais que vous étiez en train de dîner. Papa a dit que Gussie mangeait du riz au lait.

— Elle avait quelques courses à faire qui ne pouvaient pas attendre, répondit sa mère.

Puis elle s'interrompit, comme si elle lisait dans la tête de Fannie.

— Je pense qu'elle a dit qu'elle passerait aussi à l'hôpital. Pour te dire au revoir.

— Eh bien, elle n'a pas beaucoup de temps. Les visites s'arrêtent à neuf heures.

— C'est vrai.

Florence était-elle vraiment si fâchée contre Fannie qu'elle avait choisi d'ignorer sa lettre d'excuses ? Puis de reporter sa visite jusqu'au dernier moment du dernier jour qu'elle passait à Atlantic City ? Florence et elle s'étaient disputées – c'était vrai – mais elles avaient déjà eu de terribles querelles auparavant et elles avaient toujours réussi à se raccommoder relativement rapidement.

— Tu sais comment elle est, dit sa mère d'un ton où on sentait l'enthousiasme forcé. Tout laisser traîner jusqu'à la dernière minute. Je suis certaine qu'elle sera là d'ici peu de temps.

Fannie jeta un coup d'œil à Dorothy qui paraissait de plus en plus mal à l'aise à chaque seconde. Elle avait jeté la croûte de son sandwich et elle était en train d'essuyer la table avec la serviette qu'elle n'avait pas utilisée.

— Quel train prend-elle demain ?

Ce fut au tour de sa mère de soupirer.

— Je ne m'en souviens plus.

— Tu ne t'en souviens plus ?

La mère de Fannie n'avait jamais oublié la moindre chose de toute son existence. Elle se souvenait du moment où Fannie avait perdu sa première dent, du nombre de boules de pain azyme qu'elle avait faites pour le Seder de l'année précédente, du nom de toutes les fleurs qu'elle avait jamais plantées dans les parterres de la maison d'Atlantic Avenue. Mais elle se souvenait également de détails plus pratiques – les numéros de téléphone de tous les membres du comité féminin du Beth Kehillah et le nom de quiconque avait jamais payé en retard le compte qu'il avait chez Adler, du moins pour les années avant qu'elle cesse de travailler derrière le comptoir.

— C'est soit celui de Pennsylvania Railroad, soit le Central of New Jersey, le 14 h 25 ou le 16 h 35, dit Fannie. Lequel des deux ?

Fannie était tellement absorbée dans sa conversation qu'elle ne vit pas Mary entrer dans la pièce. Lorsque celle-ci lui tapa sur l'épaule, Fannie faillit lâcher l'appareil.

— Je veux que vous terminiez cette conversation, dit-elle avant de se tourner vers Dorothy. À qui téléphone-t-elle ?

Esther était en train de dire quelque chose à propos d'horaires de train mais Fannie avait cessé d'écouter. Mary était-elle fâchée contre elle ou contre Dorothy ? Difficile à dire.

— Maman, je crois qu'il faut que j'y aille. Dis à Florence que je compte bien la voir. Vraiment.

Elle raccrocha le téléphone. Elle avait mal au dos et sentait ses pieds lourds comme des briques. Sa mère avait peut-être raison : elle aurait mieux fait de rester dans son lit.

— Je suis désolée, dit-elle à Mary. Il fallait impérativement que je parle à ma sœur.

— Ce téléphone ne doit pas être utilisé par les patients, déclara Mary en regardant durement Dorothy.

Il y avait encore une petite trace de mayonnaise sur la lèvre supérieure de l'infirmière.

— Dorothy, vous voulez bien la ramener dans son lit ?

Personne, parmi le personnel de l'hôpital, ne s'était jamais adressé à Fannie sur un ton aussi sévère et, pendant un bref instant, elle se sentit presque coupable d'avoir ainsi impliqué Dorothy.

Celle-ci se leva lentement, comme si vraiment, elle aurait préféré faire autre chose, et évita soigneusement Mary en guidant Fannie hors de la salle. Alors qu'elles reprenaient le couloir, elle marmonna quelque chose. Fannie crut l'entendre dire « J'ai du mal à croire que nous faisons une chose pareille », mais ça n'avait vraiment aucun sens. Faire quoi ? Et ce « nous », c'était qui ? Sûrement pas Fannie et Dorothy ?

— Qu'est-ce que vous disiez ? demanda finalement Fannie quand elles arrivèrent dans sa chambre.

— Hein ?

— Vous avez dit quelque chose.

Soit Dorothy était dure d'oreille, soit elle avait décidé d'ignorer la question de Fannie.

— Écoutez, Dorothy, je suis vraiment désolée si je vous ai causé des ennuis.

Dorothy ne réagit pas. Elle se contenta de dire, en ouvrant le lit :

— Allez-y.

* * *

Fannie se réveilla en sentant le bébé donner des petits coups de pied. Elle ne se lassait jamais de cette sensation d'être poussée de l'intérieur de son propre corps. Elle rejeta les draps et souleva sa chemise de nuit pour révéler son ventre nu, dur et tout rond. Parfois, des matins comme celui-là, quand le bébé était actif, elle voyait son ventre trembler, les muscles s'infléchissant subtilement pour s'adapter à la saillie d'un petit poing ou d'un talon. Elle imaginait ce bébé sauter de son pelvis, se balancer sur ses côtes.

Fannie tendit la main vers le verre d'eau sur sa table de chevet et vit qu'il y avait une feuille pliée posée contre. Son nom était écrit en script. Perplexe, Fannie prit le papier.

Maintenant, elle s'en souvenait – elle était restée éveillée plus tard qu'à l'accoutumée, elle attendait Florence. D'abord, elle s'était inquiétée à l'idée que sa sœur n'arriverait pas avant la fin des visites et puis, quand il avait été vingt et une heures et plus, qu'elle ne viendrait pas du tout. Fannie avait tenté de ne pas s'endormir mais elle n'avait pas pu résister ; elle était tellement fatiguée en ce moment. À un moment, elle avait bougé et elle aurait juré avoir entendu McLoughlin réprimander Dorothy mais maintenant, elle se rendait compte qu'elle avait dû rêver.

L'écriture sur le papier n'était pas celle de Florence – plus nette et mieux maîtrisée. Lorsque Fannie déplia la feuille, elle vit que le message, qui était court, avait été rédigé sur un papier à en-tête de l'hôpital.

Fannie,

Florence est passée ce soir mais vous dormiez déjà. Vous aviez l'air si paisible qu'elle n'a surtout pas voulu vous réveiller. Elle m'a demandé de vous dire qu'elle vous aime et qu'elle pensera constamment à vous et au bébé dans les semaines qui viennent.

Bette

Fannie laissa le message lui glisser des doigts. Il se replia et lui tomba sur les genoux. Alors, ça se passait vraiment comme ça ? Florence allait partir en France sans lui dire au revoir pour de bon ? Fannie sentit à nouveau ses tempes battre douloureusement. Elle reprit le papier pour relire les mots de Bette. *Elle m'a demandé de vous dire.* Pourquoi Florence avait-elle fait passer un message par l'intermédiaire de Bette alors qu'elle aurait pu la réveiller, tout simplement ? Ou demander à Bette une feuille de papier à lettres et un stylo pour écrire elle-même ce message ? Quand même, Florence aurait bien pu prendre les deux minutes nécessaires pour gribouiller ces quelques lignes. Le sort de sa sœur l'intéressait-il donc si peu ? La respiration de Fannie s'accéléra. Elle froissa le papier pour en faire une boule aussi dure que possible et, laissant échapper un grognement sourd, la balança jusque dans le couloir.

Elle rabattit la chemise de nuit sur son ventre. Elle avait les mains tout engourdies et sentait à peine le tissu sous ses doigts. Elle fut submergée par une vague de nausée et brusquement, elle eut chaud, terriblement chaud, au point de rejeter ses draps d'un coup de pied jusqu'au bout du lit.

Le docteur Rosenthal et une infirmière que Fannie ne reconnut pas passèrent devant sa chambre dans leur tournée matinale. Le médecin se pencha pour ramasser la boule de papier puis il jeta un œil dans la chambre de Fannie, comme s'il tentait d'évaluer la trajectoire.

— Fannie ? dit-il en se dépêchant d'entrer.

Fannie respirait maintenant par petits à-coups précipités. Elle avait essayé de se mettre la tête entre les genoux mais ce n'était plus possible, à cause de son gros ventre. Tout ce qu'elle pouvait faire, c'était prendre ses genoux dans ses mains pour se bercer d'avant en arrière, en essayant d'inspirer. Ça ne marchait pas. Mais pourquoi tout allait de travers avec tout le monde ? Florence, Isaac, sa mère, et même Gussie ? Comme si personne ne s'intéressait à son sort.

— Fannie, vous m'entendez ? dit le docteur Rosenthal.

Sa voix paraissait très lointaine et on avait l'impression qu'il criait. Pourquoi criait-il ?

Elle voulut hocher la tête mais ça demandait trop d'efforts.

— Helen, fermez les rideaux. Que la chambre soit aussi sombre que possible.

Fannie entendit le bruissement des rideaux qui chassaient le soleil.

Le docteur Rosenthal posa la main sur son dos pour la calmer.

— Il faut que vous respiriez, Fannie. Vous comprenez ?

Elle n'y parvenait pas.

— Vous avez eu des mauvaises nouvelles ?

Elle hocha la tête, tenta de parler.

— Ma sœur…

Il posa la main sur son épaule, la serra légèrement et murmura :

— Je sais.

— Elle, elle, elle est partie en France sans me dire au revoir.

Le docteur Rosenthal ôta sa main de l'épaule de Fannie.

— D'accord, dit-il tout en s'affairant pour lui prendre le pouls et mesurer sa tension.

Il finit par s'asseoir sur le lit à côté d'elle.

— Fannie, votre tension est très haute. Je suis tenté de déclencher l'accouchement tout de suite.

La menace suffit à ramener Fannie à la conscience.

— C'est trop tôt.

— Bon, alors, écoutez-moi. Je m'en fiche comme d'une guigne que votre sœur franchisse la corne de l'Afrique à la nage et à partir de maintenant, vous aussi. Votre seule et unique préoccupation, c'est ce bébé et le fait de le garder jusqu'au terme. Vous comprenez ?

Fannie aurait été bien incapable de prononcer ne serait-ce qu'un mot.

— Vous comprenez ? répéta le docteur Rosenthal.

Elle hocha vigoureusement la tête.

Il ôta les oreillers supplémentaires derrière son dos, lui demanda de s'allonger et puis, pour adoucir son franc-parler, ajouta « s'il vous plaît ». Pendant qu'elle lui obéissait, il griffonna quelque chose sur un bout de papier qu'il donna à l'infirmière.

— Vous voulez bien aller chercher ça ? demanda-t-il. Cent milligrammes ?

Une fois Fannie couchée sur le dos, à contempler le plafond sombre, il déclara :

— Voilà mes nouvelles règles : pas de lumière du jour, pas question de sortir du lit. Helen va vous donner quelque chose pour vous aider à vous détendre et nous allons voir si vous parvenez à faire descendre la tension de vous-même.

— Et si je n'y parviens pas ?

— Je pense que vous y parviendrez.

L'infirmière revint en hâte dans la chambre, portant un petit plateau. Elle le posa sur la table à côté du lit et demanda à Fannie de rouler sur le côté.

Fannie fit ce qu'on lui demandait et, quelques instants plus tard, elle sentit la piqûre d'une aiguille dans la chair tendre de son postérieur. Tandis que l'infirmière vidait la seringue, Fannie imaginait le liquide se répandre dans son corps, envelopper le bébé, toucher toutes les parties abandonnées de son corps. Le bébé donna un coup de pied. *Je suis là, avec toi*, pensa Fannie, alors même qu'elle ne s'était jamais sentie aussi seule.

JOSEPH

Le jour où sa fille cadette aurait dû s'embarquer pour la France, Joseph s'aperçut qu'il était trop distrait pour réussir à accomplir grand-chose.

— Madame Simons, est-ce que les jumelles sont encore quelque part par ici ? cria-t-il de son bureau tout en cherchant ses clés sur la table.

Joseph, au volant de sa voiture, s'apprêtait à quitter sa place devant l'immeuble pour tourner dans Mediterranean Avenue quand il remarqua un homme, vêtu d'un costume en seersucker, qui se dirigeait vers lui. L'homme était déjà pratiquement devant la voiture quand Joseph se rendit compte que c'était Stuart. Il baissa la vitre et l'appela.

Stuart parut soulagé de le voir et se pencha pour lui parler par la fenêtre ouverte.

— Je suis content de vous voir, monsieur Adler.

— Pas de maillot de bain aujourd'hui ?

— Jour de congé. Et puisque je venais vous voir, j'ai pensé qu'il valait mieux que je m'habille pour de vrai.

Joseph aimait le sens de l'humour du jeune homme, il l'avait toujours apprécié.

— Tu as des nouvelles de l'entraîneur ? demanda Joseph.

— Oui, répondit Stuart en sortant une enveloppe de sa poche. C'est la raison pour laquelle je venais vous voir. Burgess y a joint un chèque de la totalité de l'acompte.

Stuart tendit l'enveloppe par avion à Joseph qui la prit, examinant l'adresse de l'expéditeur, les timbres français, le tampon de Calais.

— Il a dit qu'il était tout à fait désolé d'apprendre la nouvelle.

— C'est gentil de sa part.

— Il a la réputation d'être dur en affaires ; donc, j'ai été un peu surpris qu'il rende l'argent aussi facilement.

— Qu'est-ce que tu fais ce matin ? demanda Joseph.

— Je venais vous voir.

— Ça te tente de faire un tour ? Je te ramène à Atlantic City en milieu d'après-midi ?

Stuart eut l'air surpris.

— D'accord, dit-il.

Joseph tapota l'extérieur de la portière.

— Alors, monte !

Stuart se dépêcha de faire le tour de la voiture par l'avant et s'installa dans le siège passager.

— Où allons-nous ? demanda-t-il, une fois la portière refermée.

— Highlands.

Stuart hocha la tête, comme s'il comprenait parfaitement. Quelques longues secondes s'écoulèrent puis il demanda :

— Pourquoi Highlands ?

— Tu verras.

Joseph traversa le Thorofare puis les marais avant de longer la côte.

— Es-tu déjà allé à Highlands ? demanda-t-il à Stuart une fois qu'ils furent sur la Highway 4 Nord, la voiture commençant à prendre de la vitesse.

— Une fois, à Highlands Beach, pour une compétition de sauveteurs.

Joseph se demanda si Florence l'avait suivi. L'été précédent, une fois rentrée de l'université, on ne l'avait pratiquement jamais vue dans l'appartement. Il était très difficile de suivre ses déplacements – elle avait consacré tellement de temps à s'entraîner à faire le tour de l'île d'Absecon.

— Florence était là ?

Stuart fit signe que non.

— C'était il y a trois ans.

Joseph n'avait vraiment rien à répondre à cela, il se souvenait à peine de ce qu'ils avaient fait, les uns et les autres, trois ans auparavant.

Les deux hommes ne dirent plus rien, ils écoutaient le souffle d'air constant qui sifflait autour de leurs têtes et résonnait contre leurs tympans. Les plaines côtières du New Jersey défilaient de chaque côté de la voiture. Avant d'embarquer à bord du SS *Frankfurt* à Brême, alors qu'il avait dix-sept ans, Joseph n'avait encore jamais vu l'océan. Désormais, il ne pouvait pas imaginer vivre ailleurs que dans un endroit où il pouvait contempler la mer.

— Saviez-vous que Trudy Ederle était d'Atlantic Highlands ? dit Stuart. Ou du moins qu'elle y passait tous ses étés.

Joseph s'en souvenait. La moitié des articles de presse racontait qu'elle habitait Manhattan, où son père possédait une boucherie, et l'autre moitié affirmait qu'elle était originaire de Highlands, où ses parents avaient une résidence secondaire. Ses sœurs et elle avaient appris à nager à Highlands Beach. Joseph était convaincu que, s'il tenait à découvrir la maison des Ederle – peut-être même frapper à leur porte – tout ce qu'il y aurait à faire, ce serait poser tranquillement quelques questions dans un ou deux établissements du coin.

— Elle n'y revient sans doute plus très souvent, maintenant.

— Sans doute, acquiesça Stuart.

Le silence se réinstalla jusqu'à ce qu'il demande :

— Donc, considérant qu'on ne va pas débarquer chez les Ederle, qu'y a-t-il à Highlands ?

Il montra d'un geste les jumelles que Joseph avait prises.

— Observer les oiseaux ?

Joseph regarda les jumelles puis Stuart. Qu'est-ce qui serait le plus gentil ? Le mettre au courant maintenant ou plus tard ? Il n'avait pas la tête aussi claire qu'Esther, il ne réfléchissait pas aussi vite, il n'était même pas certain de toujours discerner ce qui servait les intérêts de chacun. Non, il l'informerait plus tard, décida finalement Joseph. Il appréciait trop la balade – et la compagnie de Stuart – pour gâcher tout le plaisir de la journée.

Joseph avait déjà eu l'occasion d'aller plusieurs fois à Highlands mais le paysage escarpé le décontenançait toujours, tant il était différent du reste de la côte. Un ruban de sable jaune s'étendait de Cape May à Atlantic City et jusqu'à Sea Bright mais quand on atteignait Atlantic Highlands, on trouvait une falaise qui s'élevait à plus de soixante mètres au-dessus du niveau de la mer. Un banc de sable, long et étroit, s'enfonçait dans le port de New York, protégeant Highlands du pire des vents du nord-est et c'était ce banc, les Navesink Highlands en arrière-plan, que Joseph avait découvert le jour où il avait débarqué en Amérique. Il se tenait sur le pont du *Frankfurt*, au milieu de centaines d'autres immigrants remplis d'espoir – des Autrichiens, des Polonais, des Russes. Une rumeur avait couru dans la foule. « New Jersey », dit quelqu'un à son voisin. « New Jersey ? » demanda le voisin. Tout le monde avait entendu parler de New York mais personne du New Jersey. « L'Amérique », traduisit quelqu'un d'autre. Un tout petit drapeau américain leur faisait signe depuis les Twin Lights mais seuls les jeunes, qui avaient encore une bonne vue, pouvaient le voir. Joseph poussa un cri de joie et sauta en l'air, amenant quelques-unes des femmes plus âgées non loin de lui à lui jeter un regard soupçonneux. Il fallut compter encore une demi-heure avant que la statue de la Liberté et les docks d'Ellis Island apparaissent, avant que les remorqueurs viennent à la rencontre du paquebot pour l'amener dans le port mais, du point de vue de Joseph, il était déjà arrivé.

Joseph tourna dans Light House Road. Au bout de quelques minutes, la route se mit à monter vers le phare et il rétrograda. La voiture grimpait en ronronnant la pente abrupte et, à la limite des arbres, la base des Twin Lights apparut. Stuart laissa échapper un petit sifflement.

— Pas mal, hein ? dit Joseph.

Les Twin Lights de Highlands ressemblaient plus à une forteresse militaire qu'à un phare. Tous les bâtiments – le logement du gardien, les lieux de stockage et les deux tours – étaient en grès rouge. Joseph quitta la route et vint se garer sous un arbre.

— Prends les jumelles, s'il te plaît.

Ils grimpèrent ensemble jusqu'au sommet de la colline où se trouvaient les Twin Lights. Joseph fit plusieurs fois le tour des bâtiments, en piétinant l'herbe haute, sans cesser de regarder Sandy Hook Bay et le port, au-delà du banc de sable. Finalement, une fois arrivés devant la tour sud, il prit la parole :

— Ça devrait aller, dit-il en s'installant dans l'herbe le plus confortablement possible.

Stuart lui tendit les jumelles, ôta sa veste et vint le rejoindre.

— Monsieur Adler ?

— Joseph.

— Joseph, dit Stuart. On est là pour observer les oiseaux ou les grands paquebots ?

Joseph ne répondit pas, il examinait la route qui longeait la côte en dessous d'eux, la baie, le banc de sable et le port derrière. Au loin, on distinguait la silhouette des bâtiments de Brooklyn. Au-delà d'un tournant, il savait que les Chelsea Piers, qu'il ne voyait donc pas, étaient très animés, les gens sortant du terminal pour monter sur le pont des paquebots qui les emmèneraient à Southampton et à Plymouth, à Vigo et au Havre.

Le *La Fayette* était petit, comparé à la plupart des paquebots qui traversaient l'Atlantique. Florence et lui s'étaient décidé pour celui-là parce qu'il ne faisait pas escale à Southampton et parce qu'il effectuait la traversée en six petits jours. La capacité du navire était également restreinte – il ne pouvait accueillir que cent cinquante personnes – ce qui avait amené Florence à espérer avoir pour elle seule la petite piscine intérieure. Joseph avait tenté de lui rappeler que cette piscine devait être grande comme une boîte d'allumettes mais elle n'avait rien voulu entendre.

Quand Joseph tentait d'imaginer à quoi le voyage transatlantique de Florence aurait bien pu ressembler, à faire des longueurs miniatures dans une piscine miniature, tout ce qu'il voyait, c'était Florence âgée d'à peine cinq ans, effectuant ses premières longueurs dans les bains Hygeia. À la fin de la saison d'été, alors que l'océan était devenu froid et que les touristes étaient rentrés chez eux, Joseph avait emmené Florence sur la Promenade, direction le nord ; ils étaient allés aussi loin que le Heinz Pier, où la grande enseigne électrique signalant les bains amenait les gens devant un bâtiment géorgien avec une façade en pierre calcaire et un toit en cuivre iodé. Même la taille de l'enseigne n'aurait pas pu préparer Florence à ce qu'elle vit quand Joseph, après avoir payé l'entrée, l'emmena à l'intérieur par ce vivifiant après-midi d'automne.

Au centre d'une salle sur trois niveaux, il y avait une gigantesque piscine, remplie à ras bord d'eau de mer, pompée dans l'océan distant d'une centaine de mètres. Le bruit que faisaient les baigneurs en batifolant ricochait contre le plafond métallique du bâtiment.

— Moi, je peux nager ici ? avait demandé Florence, sans y croire.

— Oui, tu peux, avait répondu Joseph alors qu'elle se trouvait sur la terrasse en briques, encore avec manteau et chapeau.

Si Joseph n'avait pas frappé dans ses mains pour l'entraîner vers les vestiaires, elle aurait pu rester là tout l'après-midi à observer un homme après l'autre plonger du haut d'une plateforme métallique placée le long du bassin.

— Mais où sont les filles ? demanda Florence à son père quand elle revint en maillot de bain.

Joseph parcourut la salle des yeux. Partout où son regard se posait, il ne vit que des hommes et parfois, quelques adolescents. Il montra d'un signe de tête quelques longues rangées de chaises, coincées sous le balcon du deuxième niveau et noyées sous les fougères en pot, où un certain nombre de femmes et de petits enfants étaient perchés comme des rossignols.

— Pourquoi ils sont assis là-haut ? demanda Florence.

— Ils ne savent pas nager.

— Tu ne devrais pas leur apprendre ? avait-elle demandé.

Cette question l'avait tellement touché qu'il se demandait si, en l'occurrence, elle n'avait pas raison.

Un paquebot venu de l'Hudson et en route pour l'océan fit résonner sa sirène en entrant dans le port de New York. Joseph prit les jumelles pour examiner le bateau, cherchant le nom sur la proue.

— Ce n'est pas celui-là, dit Stuart. Il est trop gros.

Joseph remit les jumelles sur ses genoux.

— Monsieur Adler, puis-je vous poser une question ?

— Joseph.

— Oui, pardon, dit Stuart qui, manifestement, n'était pas du tout prêt à appeler Joseph par son prénom.

— Vas-y.

— Cela vous arrive-t-il de regretter de garder secrète la mort de Florence ?

Joseph laissa échapper un long soupir et fit passer les jumelles d'une main à l'autre, réglant machinalement la dioptrie dans le mouvement.

— Si vous n'avez pas envie d'en parler…

— Ça ne me dérange pas d'en parler. Ça ne me dérange pas de parler d'elle. En fait, j'aime entendre les gens comme toi prononcer son nom.

Qu'aurait pu répondre Joseph ? Garder le secret n'avait jamais été un choix. Pas vraiment. Par où commencer ? Il y réfléchit longuement.

— Quand j'étais petit en Hongrie – ce qui est maintenant le Burgenland d'Autriche – nous n'avions jamais rien. Mes parents ont rogné sur tout pour économiser et payer le billet de paquebot pour mon frère, et lui, une fois installé à Philadelphie, dès qu'il a commencé à gagner de l'argent, il a payé le mien. Ma mère a pleuré le jour où le billet est arrivé par courrier. Elle savait qu'elle ne pourrait pas me suivre, elle savait, en fait, qu'elle risquait de ne plus jamais me revoir.

Stuart ne disait rien mais il n'y avait rien à dire. Joseph savait qu'il l'écoutait.

— Durant mes premières années en Amérique – à Philadelphie et ensuite à Atlantic City – il m'est souvent arrivé de m'étonner de la décision de mes parents. Avaient-ils eu raison de nous envoyer ici, mon frère d'abord et moi ensuite ? N'aurait-il pas mieux valu utiliser ce billet pour notre père, qui aurait été susceptible de gagner d'emblée plus d'argent ? S'il avait suffisamment bien réussi, il aurait pu envoyer des billets pour toute la famille.

Joseph arracha un brin d'herbe.

— Et puis, reprit-il, je suis devenu parent et j'ai compris. On donne à ses enfants toutes les chances possibles.

« Ma fille n'est plus. Rien de ce que je fais ne pourra me la rendre. J'essaie de me dire que je ne fais de mal ni à Florence ni à sa mémoire en gardant sa mort secrète. Ce que je prends à ceux qui l'ont connue – l'occasion de faire leur deuil et de perpétuer sa mémoire – cela leur sera rendu.

« Je ne sais pas si Esther a raison – si cette nouvelle aurait été trop dure à supporter pour Fannie. Ce que je sais, conclut Joseph en relevant la tête, c'est que ce bébé, cette vie nouvelle, c'est ce qui compte le plus.

Joseph regarda Stuart.

— Je voudrais…

Juste à ce moment-là, ils entendirent une sirène retentir longuement et ils virent un petit paquebot en train de se frayer un chemin dans l'espace entre Staten Island et Brooklyn. Était-ce le *La Fayette* ? Joseph se releva d'un bond, tenant toujours les jumelles mais, quand il les porta à ses yeux, il ne parvint pas à les régler.

— Regarde, toi, dit-il en tendant les jumelles à Stuart, qui s'était lui aussi levé en entendant la sirène.

Stuart prit les jumelles, régla la dioptrie et, pendant un long moment, examina le bateau.

— C'est lui, finit-il par dire.

Joseph contemplait le *La Fayette*, il l'observait se diriger vers l'embouchure de la baie de New York. La seule idée qu'il avait en tête en montant là-haut, c'était d'apercevoir le paquebot français. Maintenant, alors qu'il le regardait passer Seagate et sortir par Long Beach, puis devenir de plus en plus petit jusqu'à n'être plus qu'un point noir à l'horizon, il tentait de se souvenir de la raison pour laquelle cette expédition lui avait paru indispensable.

Florence n'était pas sur ce bateau, elle n'arriverait jamais en France. Il ne la trouverait pas sur les rivages anglais de la Manche, ni aux bains Hygeia ni même sur les plages d'Atlantic City. Il se tourna vers Stuart, qui pleurait sans retenue en regardant le bateau disparaître. Sa fille, Joseph la retrouverait sans doute auprès des gens qui l'avaient le plus aimée.

* * *

Joseph proposa à Stuart de le raccompagner jusqu'à l'angle des avenues South Carolina et Atlantic, là où se trouvait la Boardwalk National Bank, au rez-de-chaussée de l'hôtel Schlitz. Il gara la voiture et contempla à travers le pare-brise la grille de la banque, avec ses barreaux peints en vert et les doubles portes lambrissées qui menaient à l'intérieur. Allait-il vraiment faire ça ?

— C'est votre banque ? demanda Stuart en ouvrant grand la portière côté passager.

— Depuis le jour où je suis arrivé à Atlantic City.

Les genoux de Joseph craquèrent quand il descendit de voiture. Il n'appréciait guère la façon dont son corps réagissait désormais aux effets d'un long trajet en voiture ou d'une position conservée trop longtemps. Il tapota sa poche de veste, pour s'assurer que le chèque de Bill Burgess y était toujours.

Sur le trottoir, Joseph envisagea de prendre Stuart par l'épaule mais, finalement, il se décida pour une solide poignée de main.

— Merci, Stuart.

— De quoi ?

— Pour Burgess. Pour aujourd'hui.

Stuart ne répondit rien, il se contenta de lui serrer fort la main.

Dès qu'ils se furent quittés, Joseph se dépêcha d'entrer dans la banque. Lorsque l'hôtesse d'accueil lui demanda ce qu'elle pouvait faire pour lui, il sortit l'enveloppe de sa poche.

— J'aimerais rencontrer quelqu'un pour ouvrir un nouveau compte.

* * *

Joseph fut de retour au bureau peu après quinze heures. Il traversa l'usine, inspectant au passage la chaîne de fabrication avant de monter au deuxième étage, où Mme Simons était à son bureau, en train de taper sur son Underwood. Lorsqu'elle le vit en haut de l'escalier, elle enfonça la touche retour, repoussa sa chaise et se leva pour l'accueillir.

— Je commençais à m'inquiéter, dit-elle en lui tendant une pile de chèques à signer.

Il prit la pile, ouvrit la porte de son bureau et posa sur la table les chèques et les jumelles. Mme Simons le suivait de près, pour lui donner ce qui était arrivé d'important dans le courrier du jour.

— Le représentant de chez Perkins passera jeudi pour vous parler des diviseurs à pâte. Je l'ai noté pour onze heures. Et Katz & Hanstein annoncent qu'ils ne fabriquent plus les sacs à pain de cinq cents grammes. Qu'est-ce qu'on fait ? Est-ce qu'on se décide pour la taille au-dessus ou est-ce qu'on cherche un nouveau fournisseur ? Ils promettent que nous ne verrons même pas la différence.

Durant le mois qui venait de s'écouler, Mme Simons avait été une présence positive pour Joseph. Il savait qu'intérieurement, elle pleurait la mort de Florence mais, au bureau, elle avait tout fait pour rendre la vie de Joseph plus facile, pour raccourcir ses journées. Elle n'attendait plus qu'il lui dicte le courrier ; désormais, elle déposait sur son bureau les lettres déjà rédigées au brouillon, pour qu'il les relise. Elle écrivait tellement bien et avec tant de pertinence que Joseph ne corrigeait pratiquement jamais rien. Elle connaissait tous les fournisseurs de la boulangerie par leurs noms et si auparavant, elle s'était contentée de tamponner leurs factures au fur et à mesure qu'elle les recevait et de rédiger leurs chèques, elle prenait désormais le téléphone pour négocier leurs prix.

— Commandons suffisamment de sacs pour tenir tout le mois d'août, dit Joseph. Entre-temps, vous pouvez commencer à regarder ce qu'on propose ailleurs.

Mme Simons nota cela sur le bloc qu'elle avait apporté en même temps que le courrier.

— Il y a autre chose, dit-il. Voudriez-vous appeler Anna tout de suite pour l'aider à envoyer un télégramme à ses parents ? C'est nous qui paierons. Elle doit leur dire d'attendre d'avoir reçu un relevé de compte de ma part avant de soumettre les nouvelles déclarations sous serment.

— Un relevé de compte ? répéta Mme Simons, en regardant Joseph.

Celui-ci lui tendit une mince feuille de papier. En haut figuraient les noms de Paul et Inez Epstein et en bas, le solde du compte – mille deux cents dollars. L'argent de la traversée de la Manche de Florence plus quelques à-côtés.

— Ensuite, vous voudrez bien emporter cela à la poste et le leur expédier par avion ? Anna vous donnera leur adresse.

Mme Simons prit le relevé de compte et sortit de la pièce en faisant mine de ne pas le regarder.

— Oh, encore une chose, ajouta-t-elle sur le seuil de la porte. Eli Hirsch veut savoir si vous accepteriez de coprésider la campagne d'automne.

Joseph ne l'ignorait pas : ce n'était qu'une question de temps avant que Hirsch le sollicite d'une manière ou d'une autre. Une demande de don conséquent, voilà à quoi s'attendait Joseph. Coprésider la campagne, c'était une tout autre histoire.

— Dois-je lui répondre que le moment est mal choisi ? demanda Mme Simons.

Joseph pensa aux deux courriers de recommandation – celui de l'American Jewish Committee et celui d'Ike Bacharach – que Hirsch s'était procurés en un temps record.

— Non, il ne vaudrait mieux pas.

Mme Simons haussa les sourcils avant de noter encore quelque chose sur son bloc.

Pour les membres du Beth Kehillah et du Rodef Shalom, c'était bien poli de donner leur petite monnaie à l'American Jewish Committee mais ces derniers temps, et notamment aujourd'hui, Joseph se sentait particulièrement las de tout cet altruisme. L'organisation de Hirsch avait ramassé près d'un million de dollars au cours de l'année précédente, soi-disant pour aider des gens précisément comme Inez et son mari, mais Hirsch n'avait pas proposé le moindre cent quand Joseph et Anna avaient expliqué la situation difficile du couple pendant le déjeuner. Où passait donc tout cet argent ?

Ce qui inquiétait vraiment Joseph, c'était qu'aucune somme d'argent ne pourrait jamais venir à bout des tracasseries administratives sans fin, dont la plupart étaient imposées par le gouvernement américain et non par les nazis. D'après lui, si, dans cette période critique, Inez n'avait placé sa confiance ni dans la Société d'aide aux immigrants juifs, ni dans les sociétés de secours allemandes, ni non plus dans l'American Jewish Committee, mais dans un homme qu'elle n'avait pas revu depuis plus de trente ans, c'était très révélateur.

* * *

Joseph frappa doucement à la porte du bureau d'Isaac.

— Oui ?

— Je rentre à la maison dîner. Pourquoi ne viendrais-tu pas avec moi ?

— Il y a trop de choses à faire ici, dit Isaac. Je vais rester encore un peu.

Il n'y avait sans doute rien qui agaçât davantage Joseph que l'attitude de son gendre, qui prétendait être débordé. Isaac était censé diriger l'équipe commerciale mais tout le monde – y compris les chauffeurs-commerciaux – savait que c'était Mme Simons qui exerçait cette responsabilité.

Tous les matins, avant de partir sur les routes, les chauffeurs passaient leurs commandes en revue et ajustaient leurs itinéraires, signalant toute modification à Mme Simons. Et, en fin d'après-midi, quand ils revenaient au bureau passer leurs coups de fil et assurer le suivi du lendemain, c'était Mme Simons qui se retrouvait mitraillée de questions sur les stocks et les prix. Si une grosse commande s'annonçait ou si on décrochait un nouveau client, les chauffeurs fêtaient ça avec Mme Simons, pas avec Isaac, qui passait pratiquement toute la journée à tenter de se tenir au courant. Le jour où elle prendrait sa retraite, Joseph n'avait aucune idée de qu'ils feraient, Isaac et lui.

— Le travail sera encore là demain, dit Joseph à Isaac. Viens.

Isaac se leva, hocha la tête à plusieurs reprises comme s'il tentait de rassembler ses idées puis se mit à brasser les papiers sur son bureau, comme s'il cherchait quelque chose. Il finit par récupérer un mince dossier en papier kraft qu'il rangea dans sa sacoche.

— Tu as vu Fannie hier ? demanda Joseph quand ils furent dans la rue.

— Malheureusement, je ne suis pas allé là-bas.

— Esther dit que le docteur Rosenthal soumet Fannie à un nouveau régime. Pour faire baisser la tension.

— C'est bien.

Joseph se posait des questions sur son gendre. Ne voulait-il donc pas savoir quel était ce nouveau régime ? Il avait l'air totalement ailleurs.

— C'était bien Stuart que j'ai vu ce matin, devant l'usine ? demanda Isaac.

S'il posait la question, c'est qu'il était sûr de la réponse. Lorsque Joseph avait fait monter Stuart dans la voiture, sans aucun doute, Isaac avait tout vu de la fenêtre de son bureau.

— Je devais aller à Highlands. Je lui ai demandé de venir. Stuart était trop poli pour refuser ça à un vieil homme.

— Vous n'êtes pas vieux.

— Non ?

— J'aurais été ravi de vous y emmener.

— La prochaine fois ?

Ils traversèrent Atlantic Avenue pour se diriger vers le nord.

— Tu parais préoccupé, Isaac, dit Joseph. Est-ce à propos de Fannie ou d'autre chose ?

— Hmmm ?

— Je disais que tu as l'air préoccupé.

Isaac fit passer sa sacoche d'une épaule à l'autre.

— Je le suis.

— Tu souhaites en parler ?

Isaac hésita un moment avant d'ouvrir les vannes en grand.

— Il y a une occasion intéressante pour moi en Floride. Un gars que je connais vend un terrain, près du lac Okeechobee, pour soixante-quinze dollars l'hectare. Si je parviens à rassembler trois mille dollars, le terrain est à moi.

— Ça fait beaucoup d'argent.

— J'ai fait le tour des investisseurs. Il me faut encore quelques personnes supplémentaires et après, c'est gagnant pour tout le monde.

— Beaucoup d'hommes dans cette ville ont perdu jusqu'à leur dernière chemise en achetant du terrain en Floride en 1926.

— Je sais, bien sûr, dit Isaac. C'est en partie la raison pour laquelle cette parcelle me coûte si peu cher. Investissement à long terme.

Ils passaient devant l'hôtel de ville.

— Tu es au courant que le Commodore est malade ? demanda Joseph, désireux de changer de conversation.

Le président de la commission municipale, Louis Kuehnle, était une légende d'Atlantic City.

Isaac refusa de se laisser détourner de son sujet.

— J'ai pensé que ce pourrait être une bonne occasion pour vous. Une chance de diversifier vos investissements. Si vous êtes d'accord pour acheter vingt hectares, j'aurai suffisamment d'engagements pour boucler le marché.

— As-tu parlé à Fannie de tout cela ?

— Un peu.

— Qu'en a-t-elle dit ?

— Vous savez comment sont les femmes. Les affaires, ce n'est vraiment pas leur truc.

Comment Joseph pouvait-il dire à Isaac que son projet était non seulement idiot mais irresponsable ? Qu'investir dans du foncier qu'il n'avait jamais vu, ça s'apparentait à acheter l'air qu'il respirait. Certes, l'air existait, mais pourrait-on jamais le toucher ?

— Ce n'est pas le bon moment pour moi, dit Joseph en pensant au relevé de banque qu'il venait de donner à Mme Simons.

Juste devant eux se dressait l'ancienne boulangerie et l'appartement au-dessus.

— Je dois encore de l'argent à Abe pour l'enterrement et j'essaie d'aider les parents d'Anna à venir ici, dans la mesure de mes possibilités.

Joseph payait également la chambre d'hôpital de Fannie – Isaac n'avait même pas fait semblant de vouloir régler la facture depuis qu'Esther avait installé Fannie dans une chambre seule – mais il préféra n'y faire aucune allusion.

— Les parents d'Anna ?

— Oui.

— Ils ne peuvent pas se payer le voyage tout seuls ?

Joseph n'en revenait pas du culot de son gendre. En quoi cela le regardait-il ? Encore quelques pas et ils seraient arrivés à l'appartement ; alors, si Joseph voulait dire ce qu'il avait sur le cœur, il devait le faire rapidement, avant que Gussie les aperçoive et vienne se jeter dans les bras de son père.

— Je n'aime guère mettre ce sujet sur le tapis, mais ai-je besoin de te rappeler ton prêt ?

— Que je paye tous les mois.

— À quoi je répondrai que, si tu as suffisamment d'argent pour investir dans l'achat de terrains, tu devrais envisager de me rembourser d'un coup. Ou, à tout le moins, de payer une partie des notes d'hôpital de ta femme.

Ils étaient presque devant la porte qui donnait sur l'escalier montant à l'appartement. Joseph prit ses clés dans sa poche. Était-il allé trop loin ? Il chercha dans sa mémoire une autre occasion où il se serait montré aussi franc avec Isaac mais il n'en trouva pas. Étonnamment, ça lui faisait un bien fou.

— Je suis désolé d'avoir l'air aussi dur, dit-il en tournant le dos à Isaac pour mettre la clé dans la serrure. Ce n'était pas dans mes intentions mais je suis simplement fauché.

Joseph ouvrit la porte et la tint pour son gendre mais, quand il se retourna pour le convier à entrer, Isaac avait disparu.

* * *

Depuis la mort de Florence, Esther se montrait distante mais, au cours de la semaine précédente, elle était devenue carrément glaciale. Personne ne l'avait jamais décrite comme une personne chaleureuse mais, pour Joseph, le sérieux avec lequel elle abordait leurs vies avait toujours fait partie de son charme. Elle pouvait faire preuve de dédain envers les clients ou de sévérité à l'égard des enfants mais, devant Joseph, elle se dévoilait. S'il la surprenait alors qu'elle avait baissé sa garde, les yeux brillants et les épaules relâchées, si elle riait de quelque chose qu'il disait ou si elle le saisissait par la taille pour l'attirer à elle, il était convaincu d'être le plus grand gagnant du monde.

Il y avait peu de chance pour qu'Esther l'attirât à elle ce soir. Lorsqu'il entra dans l'appartement, encore préoccupé par la conversation qu'il venait d'avoir avec Isaac, il suivit l'odeur de schnitzel jusqu'à la cuisine où il trouva sa femme en train de marmonner à côté de la cuisinière. Il s'avança pour l'embrasser mais elle le repoussa sans douceur.

— Où sont Gussie et Anna ? demanda-t-il.

— Gussie est au fond, occupée à découper de nouveaux magazines et Anna est sortie.

— Où ça ?

— Comment je le saurais ? Je ne suis pas sa mère.

Il y avait quelque chose d'accusatoire dans cette réplique et la force brutale qu'Esther y avait mise n'échappa pas à Joseph. Depuis la mort de Florence, il s'était souvent posé la question : n'en demandait-il pas trop à Esther ? N'était-ce pas cruel de laisser une fille qui avait presque exactement l'âge de Florence partager leur foyer ? Et pas n'importe quelle fille – l'enfant d'Inez ?

Il avait envie de lui raconter la promenade jusqu'à Highlands, le *La Fayette* en partance, le remboursement de Bill Burgess et le compte qu'il avait ouvert pour Inez et Paul. Mais il n'osa pas dire un mot de tout cela, mieux valait attendre qu'elle fût de meilleure humeur.

Il s'aventura sur un terrain plus sûr.

— Le dîner sent bon.

Elle n'allait pas se laisser amadouer par un simple compliment.

— Si je devais deviner où se trouve Anna, je te dirais qu'elle est sur la plage, en train de prendre une leçon particulière de natation avec Stuart.

— Notre Stuart ?

Esther le dévisagea en plissant les yeux.

— Je ne m'étais pas rendu compte que Stuart était à nous.

— Tu comprends ce que je veux dire.

— En tout cas, il n'était pas à Florence.

— Tu n'en sais rien.

— Il y a une chose que je sais, dit Esther en redressant le dos pour prendre son souffle. Je veux qu'Anna s'en aille.

ISAAC

Après avoir tourné les talons en laissant Joseph chercher ses clés sur le trottoir devant chez lui, Isaac, d'instinct, avait eu envie de filer à l'hôpital, trouver Fannie et tout lui raconter. À commencer par la mort de Florence et les mensonges de cinglés que Joseph et Esther avaient racontés pendant le mois qui venait de s'écouler, mais il réfléchit alors qu'il pourrait aller plus loin. Ça ferait du bien de lui dire que ses parents le détestaient, qu'ils montaient Gussie contre lui, qu'il était persuadé que son père était amoureux de la mère d'Anna et que lui, il ne dirigerait jamais la boulangerie Adler tant que Joseph serait là pour s'y opposer.

Il imagina même aller encore au-delà. Et s'il avouait à Fannie qu'il avait déçu son propre père, qu'il était un père lamentable pour Gussie, qu'il soupçonnait que c'était sa faute si Hyram était mort ? Savait-elle déjà tout cela ? Peut-être que oui et qu'il n'y avait rien à raconter.

Quand Joseph lui avait balancé le prêt en pleine figure, Isaac en était resté sidéré. Depuis cinq ans que les deux hommes avaient passé un accord, Joseph n'avait pas une seule fois remis l'affaire sur le tapis. Isaac s'acquittait de ses engagements, il payait les versements relatifs au prêt par chèque, qu'il déposait directement sur un compte que Joseph avait ouvert dans ce but à la Boardwalk National Bank. Et, en échange, Joseph faisait comme si le prêt n'existait pas.

Isaac avait beau apprécier la discrétion de son beau-père, il ne s'en sentait pas moins redevable. Le prêt était toujours présent entre eux, tout comme son propre père avait été en permanence enchaîné à la Société d'aide aux immigrants juifs. Isaac détestait se sentir l'obligé de quiconque et, ces derniers temps, il l'était de tout le monde – même du docteur Rosenthal, qui avait recueilli sa confession la nuit où Hyram était né et qui, par miracle, n'avait jamais rien fait de cette révélation.

Un couple âgé poussa la lourde porte de l'hôpital et Isaac la retint le temps qu'ils sortent. L'homme tenait serrée la main de la femme et Isaac les observa tandis qu'il l'aidait à descendre les marches, une par une. Profitant de ce que la porte était encore ouverte, deux jeunes femmes, vêtues de robe de couleurs vives, montèrent l'escalier d'un bond et passèrent devant lui. L'une d'elles brandissait un ballon jaune sur lequel était écrit en lettres fantaisie C'EST UNE FILLE ! et l'autre lança un bref « merci ! » par-dessus son épaule. Isaac, hypnotisé par le bruissement de leurs jupes, les suivit dans le hall et dans l'escalier qui montait à la maternité, où il les regarda disparaître dans une chambre à quelques portes de celle de Fannie.

Il se força à ralentir l'allure, pour réfléchir à ce qu'il allait faire en arrivant dans la chambre de sa femme. Il s'était imaginé en train de révéler ce secret à Fannie dès le soir où Esther l'avait appelé pour lui faire part de la nouvelle. Il se voyait assis à côté de son lit d'hôpital, tenant les deux mains de sa femme dans les siennes et disant quoi ? C'était toujours le moment où il hésitait – comment dire ce qu'il avait à dire. *Fannie, ta sœur s'est noyée.* Non. *Fannie, ta sœur s'est noyée au début du mois de juin.* Non, non, non. Même si Isaac n'était pas intimement persuadé que cette nouvelle précipiterait Fannie dans un accouchement prématuré, il en était arrivé à penser qu'un bébé en bonne santé, déjà bien à l'abri dans les bras de sa mère, faciliterait grandement la révélation.

En se dirigeant vers l'hôpital, Isaac avait essayé de lister les répercussions possibles s'il disait la vérité à Fannie. Les problèmes de santé et de bien-être mis à part, quels étaient les autres risques ? Il était possible que Joseph exige le remboursement du prêt, et même qu'il le vire, même si ces deux décisions seraient difficiles, pour ne pas dire impossibles à prendre pour son beau-père puisque Fannie se retrouverait lourdement pénalisée dans l'affaire. Si Isaac racontait à Fannie que Florence était morte, à coup sûr, Esther ne le lui pardonnerait jamais. Mais ce n'était pas comme si elle l'aimait aujourd'hui. Des portions légèrement réduites de poitrine de bœuf, servies de manière acerbe lors des dîners de shabbat, c'était le genre de choses avec lesquelles il pouvait vivre. La vérité, c'était qu'Esther et Joseph allaient devoir faire attention à lui s'ils ne voulaient pas risquer de s'aliéner l'unique fille qui leur restait, leurs uniques petits-enfants. S'ils s'avisaient, l'un ou l'autre, de rendre la vie d'Isaac pénible, celui-ci pourrait être tenté de renoncer à Atlantic City et d'emmener sa famille quelque part où ils pourraient tout recommencer à zéro. Il imagina Fannie s'installant dans un pavillon de West Palm Beach. Le samedi soir, ils pourraient peut-être sortir avec Jim et sa nouvelle épouse.

Isaac avait presque réussi à se convaincre que révéler le secret était la chose à faire quand il entra dans la chambre de Fannie et faillit se cogner contre l'armoire. La pièce était sombre.

— Fannie, tu es là ? appela-t-il doucement.

— Je suis là.

Sa voix paraissait lointaine mais elle ne pouvait pas venir de plus loin que le lit où, il le savait, elle était couchée.

Isaac s'immobilisa, une main sur l'armoire, attendant que ses yeux s'adaptent à l'obscurité.

— Est-ce que j'allume la lumière ?

— Non, non. Le docteur veut que ça soit comme ça.

— Noir comme dans un four ?

En fait, il ne faisait pas noir comme dans un four. Le store était descendu mais un épais rai de lumière passait entre le bas du store et le rebord de la fenêtre. Au bout de quelques secondes, il put distinguer les contours de l'armoire, la silhouette du lit de Fannie, et même le magazine sur sa table de chevet. Il ferma la porte et, les mains tendues devant lui, fit lentement le tour du lit pour atteindre la chaise près de la fenêtre. Il la saisit, la rapprocha du lit et s'assit lourdement dessus. Il entendit le bruissement des draps, Fannie bougeait et enfin, quand ses yeux se furent habitués, il vit son visage, tourné vers lui.

— C'est comme ça toute la journée ? demanda-t-il.

Joseph lui avait bien parlé d'un nouveau traitement mais il avait été tellement absorbé par ses propres pensées qu'il n'avait posé aucune question.

— Toute la journée.

— Pourquoi ?

— Le docteur Rosenthal pense que cela favorise la baisse de tension.

— L'obscurité ?

— Et d'autres choses.

— Elle est donc tellement haute ?

— Je ne sais pas. Oui ?

Leurs conversations avaient-elles donc toujours tourné en rond de cette façon ? Fannie était hospitalisée depuis près de deux mois et c'était comme si, dans ce laps de temps, il avait oublié comment lui parler. Mais avait-il jamais su le faire ? Il n'en était pas certain.

Isaac devait sans doute maîtriser tout aussi mal l'art de la conversation à l'époque où il s'était aventuré dans la boulangerie Adler, huit ans auparavant.

— Vous désirez ? lui avait demandé Fannie, non sans curiosité, en se penchant par-dessus le comptoir.

Isaac avait demandé un pain *hallah*, en espérant que cela lui ferait un ou deux repas, puis il avait fouillé dans sa poche pour y prendre ce qui lui restait de monnaie. Cela faisait près d'une semaine qu'il était à Atlantic City et, s'il ne trouvait pas rapidement du travail, il ne lui resterait plus qu'à parcourir à pied les soixante-cinq kilomètres jusqu'à Alliance, la queue entre les jambes.

— C'est la première fois que vous venez ici ? lui avaitelle demandé en emballant le pain.

— Je viens d'arriver en ville.

— Vous venez d'où ?

Isaac détestait révéler qu'il était né à Alliance. Ça en disait trop sur son compte.

— West Palm Beach, dit-il.

Fannie haussa les sourcils en lui tendant le sac.

— Exotique.

— Parfois, répondit-il, souhaitant désespérément apparaître comme un gars qui avait bourlingué.

Isaac tendit sa monnaie à Fannie. C'était une fille séduisante, pas belle comme certaines de celles avec qui il était sorti à West Palm Beach, mais vraiment jolie.

Isaac revint acheter trois autres pains *hallah* lors de trois autres visites, avant de retomber sur Fannie. Le vendredi suivant, pour éviter d'en acheter un quatrième pour rien, il passa deux fois devant la boutique vérifier qu'elle travaillait bien ce jour-là.

— Je suis venu hier mais vous n'étiez pas là, dit-il après avoir fait la queue.

— Le jeudi, je suis des cours dans une école de secrétariat.

— Ah. Et le mercredi ?

— Vous êtes aussi venu mercredi ? demanda Fannie avec un sourire jusqu'aux oreilles.

Isaac tentait de penser à ce qu'il avait l'habitude de dire aux acheteurs potentiels du Domaine de l'Orangeraie – des gens qui n'étaient pas du tout censés acheter du terrain mais qui mouraient d'envie de le faire. Parfois, l'approche la plus efficace, c'était d'entrer dans leur jeu, de les traiter comme des Rockefeller en ignorant soigneusement les trous dans leurs semelles. Mais d'autres fois, ça payait d'être sincère, de reconnaître que les versements risquaient bien de les obliger à se serrer la ceinture mais que, s'ils tenaient bon, ils en seraient récompensés.

Il lui était impossible d'inviter Fannie à dîner ou même à boire un cocktail. Les gens dans la queue derrière lui commençaient à s'impatienter, il essaya de réfléchir vite.

— Je vais prendre un autre pain, dit-il. Et peut-être que, tout à l'heure, nous pourrions aller jusqu'au port nourrir les canards.

Elle se mit à rire.

— Nous ne dirons pas à mon père ce que vous pensez de son pain.

— À vrai dire, je le trouve délicieux, dit Isaac. Mais les deux autres, dans ma chambre, ont eu le temps de rassir un peu.

Il lui suffit de la regarder pour savoir que c'était gagné. S'il avait été en train de vendre des acomptes, il aurait pu lui demander de signer immédiatement.

— Eh, Fan, dit Isaac dans le vide sombre de la chambre d'hôpital. Tu te souviens du jour où on s'est rencontrés ? Dans la boulangerie ?

— Ummm-hmmm.

— Qu'est-ce que tu as pensé de moi ?

Il y eut une bonne minute de silence dans la pièce.

Isaac se leva et s'approcha du lit, tâtant le bord du matelas et le drap mince qui couvrait sa femme. Il lui caressa l'épaule.

— Tu te pousses ?

Elle lui tourna le dos pour se glisser au bout du lit et lui laisser la place de se coller contre elle. Quand ils furent installés, son bras à lui autour du ventre imposant de sa femme, ses fesses à elle nichées contre son aine, le drap rabattu sur eux deux, elle se mit à parler.

— À l'époque, je me disais que si je ne pouvais pas te toucher, j'en mourrais.

Il sourit dans la nuque de Fannie et sentit qu'il commençait à bander. En fait de parade nuptiale, il y avait eu essentiellement toute une série de longues promenades, chacune étant une excuse pour découvrir les endroits les plus tranquilles d'Atlantic City, des endroits où ils pouvaient s'explorer mutuellement en toute intimité. Entre les avenues du Maine et du New Hampshire, la foule était infiniment moins dense mais la Promenade restait très fréquentée. Le soir, après le coucher du soleil, Isaac emmenait Fannie sur la plage et sous la Promenade, où il pouvait embrasser sa bouche, son cou, ses clavicules et, plus ils se sentaient à l'aise ensemble, même la chair rose de ses seins, leurs tétons durs comme des noyaux de cerise dans la bouche d'Isaac. Les pas des rares passants au-dessus de leurs têtes se mêlaient au bruit des vagues pour étouffer les doux gémissements de Fannie. À plusieurs reprises, Fannie l'avait supplié d'aller jusqu'au bout mais Isaac avait appris à se retenir, suffisamment pour deux, il attendait que ses parents à elle aient donné leur accord pour le mariage, qu'il ait commencé à travailler à la boulangerie, que la date de leur mariage fût fixée. Le jour où Trudy Ederle avait traversé la Manche à la nage, alors que tous les habitants d'Atlantic City avaient l'oreille collée contre leurs radios, Isaac avait fait monter Fannie en cachette dans la chambre qu'il louait dans Lexington Avenue et l'avait dévorée.

— La première femme américaine à aller jusqu'au bout, avait proclamé Fannie contre la poitrine nue d'Isaac.

Il l'avait fait rouler sur le dos et ils avaient recommencé.

— Tu étais inquiète à l'époque ? voulut-il savoir.

Elle bougea un peu pour faire de la place à son érection.

— Inquiète ?

— Que je ne sois pas à la hauteur ?

Elle hésita ou, du moins, il imagina qu'elle aurait pu hésiter s'ils n'avaient pas été interrompus par un léger tremblement émanant du ventre sous sa main.

— Tu l'as senti ? chuchota Fannie.

— C'est lui ?

— Ou elle.

— D'accord. Ou elle.

Isaac ne pouvait pas dire à Fannie que Florence était morte. Pas aujourd'hui. Il l'aimait comme ça – chaude et souple, franche et indulgente. Il passa la main sur son ventre puis sur l'os de sa hanche, glissant un doigt sous l'élastique de sa culotte. Il tira doucement sur le tissu, le descendant sur sa hanche dénudée.

— Isaac, le bébé, réagit Fannie.

Ce qui aurait pu le convaincre d'arrêter si, au même moment, elle n'avait pas déplacé son poids pour l'aider à baisser la culotte jusqu'à ses genoux.

Cela faisait deux mois, peut-être davantage, qu'il ne s'était pas introduit dans cet endroit chaud et humide entre les cuisses de Fannie.

— Je vais faire doucement, Fan. Je te le promets.

Il n'aurait pas dû en promettre autant. Il l'avait à peine pénétrée que son corps commença à se démener et puis à pulser, fort. De ce côté-là, il ne pouvait rien maîtriser.

* * *

Ce rendez-vous galant avec son épouse suffit à soutenir Isaac tout le reste de la semaine. Le lendemain matin, il arriva au bureau plus tôt que d'habitude, prêt à faire toutes les concessions nécessaires avec son beau-père. Joseph, évidemment, ne voulut rien entendre et prit sur lui la responsabilité de leur querelle. Après tout, en ce qui concernait le prêt, Isaac respectait les termes de leur accord et il supposait qu'il y aurait bien une solution pour les frais d'hôpital. La façon dont son gendre dépensait le reste de ses revenus, ce n'était pas son affaire. Le lendemain soir, Isaac était suffisamment bien disposé pour accepter l'invitation à dîner d'Esther et Joseph et, si jamais on lui avait posé la question, il aurait décrit le trajet avec Joseph entre l'usine et l'appartement de ses beaux-parents comme agréable. Le repas terminé, il prit même le temps d'emmener Gussie manger une crème glacée chez Kohr. Il revit Fannie à deux reprises cette semaine-là, même s'ils n'osèrent plus s'enfermer dans la chambre comme ils l'avaient fait le mardi soir.

La bonne humeur d'Isaac aurait pu durer tout le week-end s'il n'avait pas reçu un message de Vic Barnes, qui lui demandait de le retrouver pour boire un verre au Covington le lundi dans la soirée. Si Vic avait souhaité investir dans l'affaire en Floride, Isaac était convaincu qu'il serait venu le trouver directement. Sinon, pourquoi perdre ces trois jours, d'autant qu'il savait Isaac pris par les délais ?

Isaac détestait rencontrer quiconque – pour affaires ou pour le plaisir – au Covington. Puisque la direction insistait pour dire que les Juifs n'étaient pas autorisés à résider à l'hôtel, il allait de soi qu'elle ne voulait pas non plus les voir siroter du vermouth et du gin dans leurs verres à martini. Aucun serveur n'aurait eu l'audace de vérifier les papiers d'Isaac au bar, de voir qu'il s'appelait Feldman et de lui demander de partir, mais cette idée le mettait quand même mal à l'aise. Il se demanda si Vic n'avait pas suggéré cet endroit précisément pour cette raison.

Il parcourut la salle des yeux et repéra Vic assis à une petite table non loin du bar. Vic n'était peut-être pas juif mais même lui paraissait déplacé au Covington.

— Vic, dit Isaac en s'approchant de la table.

— Isaac.

Vic resta assis, ce qui était mauvais signe.

Isaac prit une chaise.

— Qu'est-ce que tu bois ?

— Un gin-rickey.

Il fit signe au serveur, montra le verre de Vic et leva deux doigts.

Vic se lança dans une interminable histoire à propos de restrictions sur les licences de débits de boissons mais Isaac n'avait pas la patience de l'écouter ; ça faisait suffisamment longtemps qu'il le faisait lanterner. À la première pause dans la conversation, alors que leurs verres étaient arrivés, Isaac l'interrompit.

— Alors, tu as eu tout le temps de réfléchir ?

Vic s'éclaircit la gorge et se redressa sur son siège.

— J'ai discuté avec certains de mes gars. Aucun d'eux ne pense que la Floride va repartir.

— Ça fait huit ans.

— Oui, et les prix sont restés bas.

— Ce qui signifie que la situation est mûre pour que ça reparte.

— Peut-être, dit Vic. Ou peut-être que toutes ces jolies parcelles de terre défrichée vont lentement s'enfoncer dans les marais.

Isaac eut un mouvement de recul, pensant au Domaine de l'Orangeraie et aux terrains que Jim et lui avaient vendus pour Blackwell – pas un seul n'était défriché. Il imaginait le court de tennis envahi par la renouée et les hautes herbes coupantes au point d'enfouir totalement le filet.

— Ce gars, Jim, qui organise l'affaire, il connaît la Floride. Ça fait quinze ans qu'il est sur le coup maintenant, d'abord comme vendeur et maintenant comme expert. S'il dit que ce terrain est sous-évalué, alors tu peux me croire – c'est une bonne affaire.

— Si tu le dis. Mais comme moi je vois les choses, il y a beaucoup d'investissements à faire, ici même à Atlantic City.

Isaac vida son verre, souhaitant mettre fin au rendez-vous.

— À Atlantic City, avec trente dollars, tu t'achètes un terrain même pas assez grand pour mettre une cabane dessus. Tu achètes quinze ou vingt hectares en Floride, ça fait beaucoup de terre.

— Ouais, mais Atlantic City ne va pas disparaître.

Isaac fit un signe pour réclamer l'addition.

Quand Jim avait proposé cette affaire à Isaac, il savait que la Floride serait difficile à vendre. On n'était plus en 1923 ou 1924. Beaucoup de gens avaient perdu de l'argent sur des achats fonciers en Floride et ceux qui en avaient réchappé avaient laissé jusqu'à leur dernière chemise lors du krach boursier trois ans plus tard. Le pays était encore convalescent et Atlantic City, en dépit de ses allures enjouées, était tout pareil. Vic avait représenté une bonne perspective, en partie parce que Isaac savait qu'il n'avait été concerné ni par le boom de la Floride ni par la crise de 29. À l'époque, tout l'argent de Vic était investi dans l'alcool de contrebande.

— Je crois que tu commets une erreur, dit Isaac.

— Peut-être.

Vic n'avait pas l'air convaincu.

— Si tu changes d'avis, il faudra te décider rapidement. Actuellement, je suis en négociations avec plusieurs personnes intéressées mais je m'abstiendrai de conclure avec quiconque tant que je ne saurai pas ce que tu veux faire.

Ce qui était, bien sûr, un mensonge. Isaac était allé voir tous les gens qu'ils connaissaient et seule une poignée d'entre eux auraient pu être qualifiés d'*intéressés*. Trois autres personnes, en plus de son père, avaient investi et Isaac n'aurait jamais imaginé leur dire d'attendre la décision de Vic Barnes.

Il restait à Isaac moins de trois semaines pour réunir la totalité de la somme. Si la promesse de vente expirait avant qu'il ait pu conclure l'affaire, il perdrait son acompte et Jim ne pourrait pas faire grand-chose, et même sans doute rien du tout, pour l'aider. C'était une chose de perdre ses propres économies mais il avait aussi mis l'argent de son père dans l'acompte. L'idée de voir disparaître l'argent sorti de la boîte de marshmallows Campfire, ça lui tournait les sangs.

Vic se leva pour partir et montra d'un geste leurs verres – celui d'Isaac vide, le deuxième de Vic intact.

— Tu t'en occupes ?

Isaac acquiesça, à contrecœur, tandis que Vic lui tapotait l'épaule.

— À la prochaine.

Isaac regarda Vic sortir du bar et traverser le hall du Covington. Il prit son portefeuille, régla la note puis décida qu'il n'y avait aucune raison de laisser se perdre le verre de Vic ; il s'en saisit, tout humide dans sa main, et but plusieurs longues gorgées. La condensation coulait sur la table en grosses gouttes.

Au moment où il portait le verre à sa bouche, Isaac aperçut une fille à la silhouette familière traverser le hall. Anna ? Elle avait les cheveux mouillés et lâchés dans le dos – il ne les avait jamais vus ainsi – mais c'était forcément elle. Il la regarda se diriger vers les rangées de portes qui donnaient sur la Promenade. Elle était avec un homme mais Isaac ne parvenait pas à distinguer de qui il s'agissait. De dos, il ressemblait pas mal à Stuart. Esther serait furieuse.

Isaac vida son verre, le reposa sur la table et se dépêcha de rattraper le couple. Pourquoi n'avait-il pas pensé à Stuart avant ? Le bon à rien de fils d'un des plus riches propriétaires d'hôtel à Atlantic City ferait un investisseur idéal. Tout l'argent du monde et aucune expérience pratique d'aucune sorte, sauf rester assis sur une plage. Stuart était en train de tenir la porte pour Anna quand Isaac les appela tous les deux de l'autre bout du hall.

Anna s'arrêta et se retourna. Stuart regarda autour de lui, cherchant d'où venait ce cri. Lorsqu'ils virent qu'il s'agissait d'Isaac, Anna parut décontenancée mais Stuart soulagé.

— Isaac, quel plaisir de vous voir, dit Stuart en lui tendant la main.

Isaac la prit puis les escorta tous les deux jusque dans l'air nocturne de la Promenade.

— Tu es allée nager ? demanda Isaac à Anna, en montrant ses cheveux mouillés.

La vraie question qu'il se posait, c'était s'ils sortaient ou pas d'une des chambres de l'hôtel.

Anna ne répondit pas, Stuart le fit à sa place.

— Je lui ai enseigné les gestes de base, dit-il en souriant à Anna avant d'ajouter : Elle apprend vite.

— C'est formidable, dit Isaac en se donnant du mal pour avoir l'air de réagir avec l'affection d'un frère aîné.

Un exploit difficile étant donné qu'il avait à peine adressé la parole à Anna depuis quatre mois qu'elle vivait chez ses beaux-parents. Chaque fois qu'Isaac était venu dîner, Esther était toujours là, toute prête à faire la conversation.

— Et toi ? s'enquit Anna.

— Je suis venu boire un verre avec quelqu'un.

Anna et Stuart acquiescèrent avec indifférence avant d'échanger un regard.

Ça faisait une sacrée trotte pour rentrer à pied chez les Adler et l'appartement d'Isaac se trouvait encore plus loin. Si Isaac les accompagnait, ça gâcherait la soirée de tout le monde – ça, au moins, c'était clair. Lui, il avait besoin de s'entretenir seul à seul avec Stuart, mais pas là. Si seulement il s'était montré un peu plus gentil avec ce garçon depuis qu'ils se connaissaient. La situation présente ne serait pas aussi délicate.

— Tu continues à ramer le matin ? demanda Isaac à Stuart.

— J'essaye.

— J'adorerais sortir avec toi un de ces jours. Voir Atlantic City sous un autre angle.

Isaac imaginait mal que la vue pût être différente de ce qu'on voyait à l'extrémité du Steel Pier mais il espérait que ce prétexte paraissait plausible. Anna ne semblait pas convaincue par l'enthousiasme d'Isaac mais Stuart se montra plus généreux. S'il avait des soupçons sur le mobile d'Isaac, il ne le montra pas.

— Quand vous voulez. On ne sait jamais – je pourrais faire de vous un rameur.

— Tu sors demain ? demanda Isaac.

Là, même Stuart parut perplexe.

— Absolument.

— Je viendrai peut-être.

— Je serai sur la plage à six heures. Là-bas, dit Stuart en montrant le sable juste devant le Covington.

Isaac porta deux doigts à son front en guise de simulacre de salut.

— À vos ordres, mon capitaine.

Puis il parcourut la Promenade des yeux, cherchant désespérément une excuse pour s'en aller.

— J'adorerais repartir avec vous deux mais j'ai promis à Fannie d'aller lui acheter des macarons chez Segal.

Anna et Stuart ne furent même pas capables de feindre d'être déçus.

— Bien sûr, déclarèrent-ils en chœur.

Tandis qu'ils se disaient au revoir, Isaac examinait attentivement Stuart. Le truc pour être un bon vendeur, c'était d'être en mesure d'identifier correctement les désirs des gens. Si Isaac voulait avoir le moindre espoir de vendre la Floride à Stuart, il devait comprendre où se situaient les intérêts de son client potentiel. Il ne savait pas grand-chose de lui mais quelque chose dans la façon dont Stuart regarda Anna, alors qu'ils faisaient demi-tour pour rentrer, donna à Isaac un bon point de départ.

* * *

Isaac avait deux verres dans le nez – bus très vite l'un après l'autre – quand il avait proposé d'accompagner Stuart dans son expédition rameuse du matin. Maintenant, dans la lumière sobre du petit matin, il se demandait comment il avait pu croire que cette sortie était une si bonne idée.

Il se dirigea vers le canot de sauvetage en faisant de grands signes à Stuart et, dès qu'il fut à portée de voix, il cria « Ohé ! » avec entrain. D'après lui, il était important de se montrer le plus jovial possible, eu égard à l'heure matinale.

Stuart déposa dans le canot deux paires de rames et une planche de sauvetage.

— Vous préférez la proue ou la poupe ?

Isaac n'avait pas réfléchi au fait que Stuart risquait de s'attendre à le voir ramer. Une ou deux fois l'été précédent, il avait vu Stuart et Florence partir en canot et Florence était toujours assise à l'avant, sans rien faire. Était-ce la proue ? Ayant grandi à l'intérieur des terres, à soixante-cinq kilomètres de la mer, Isaac n'avait jamais eu l'occasion de connaître les différentes parties d'un bateau.

— Je n'ai pas de préférence, déclara-t-il à Stuart.

— Mettons le canot à l'eau et après, vous pourrez vous asseoir à la proue, dit Stuart en tapant sur l'avant du bateau.

Mettre le canot à l'eau, ce n'était pas une tâche aisée. Ça paraissait plutôt simple quand on voyait les maîtres-nageurs le pousser hors de ses rouleaux de bois pour le faire glisser dans l'eau mais, en fait, il pesait un sacré poids.

— Ce truc, tu le sors tout seul ? Je suis impressionné.

— Oui, mais si on est tout seul, on n'a vraiment pas droit à l'erreur.

La même chose était vraie pour la natation, supposa Isaac. Regardez la malheureuse Florence. Isaac évitait de penser trop souvent à Florence ; depuis six semaines qu'elle était morte, il avait tenté de la chasser de ses pensées. S'il était parfois arrivé à Florence de faire sortir Fannie de ses gonds, lui, il l'avait toujours trouvée parfaitement bien. Un peu culottée. Et peut-être trop nerveuse. Mais c'était une bonne fille et une tante attentive. Il se rendait compte, maintenant qu'elle n'était plus là, qu'elle avait joué aussi un rôle de tampon bien utile, en détournant l'attention de Joseph et Esther d'Isaac et de sa petite famille.

— Le secret pour éviter d'embarquer de l'eau, c'est de soulever le canot sur la crête d'une vague, aussi vite que possible, expliqua Stuart en observant l'océan. Si on le pousse au creux d'une vague, à tous les coups, on l'abîme.

Isaac saisit le bord du canot et attendit que Stuart donne le signal.

Quelques secondes à peine s'écoulèrent.

— On y va !

Stuart s'appuya sur l'autre côté du canot et Isaac sentit vaciller l'inertie de l'embarcation. Enfonçant ses talons dans le sable, il poussa fort jusqu'à ce que le canot avance, d'abord lentement puis plus vite. Il était dans l'eau jusqu'aux chevilles et très vite, il en eut jusqu'aux genoux. Il s'inquiéta à l'idée de se retrouver bientôt carrément submergé.

— On monte quand dans le canot ? cria-t-il.

— Maintenant !

Après s'être hissé par-dessus le plat-bord arrière, Stuart se pencha pour attraper la main d'Isaac et le faire monter à bord. Isaac se cramponna au barrot central mais pour s'asseoir, il dut attendre que le canot ait franchi le déferlement des vagues proches du rivage et atteint des eaux plus calmes. Une fois qu'ils furent tous deux installés, Stuart lui tendit une paire de rames.

— Je n'ai pas pensé à vous le demander, mais vous savez nager, Isaac ?

Isaac s'agrippait tellement fort au plat-bord qu'il était convaincu d'avoir laissé des marques là où ses ongles s'étaient enfoncés dans le bois tendre. Il s'obligea à faire un effort pour lâcher prise et poser plus tranquillement les mains sur ses genoux.

— Tout va bien, dit Isaac, sans répondre à la question.

Stuart l'examinait avec circonspection.

— Ce qu'il va falloir faire maintenant, c'est glisser les rames dans les dames de nage.

Penser qu'en plus de tout ça, il allait devoir ramer. Entre essayer de ne pas tomber à l'eau et essayer de faire avancer le bateau, il y avait peu de chances qu'Isaac trouve le temps et l'énergie pour discuter de l'affaire en Floride.

— Vous cherchez à ce que les rames pénètrent l'eau comme des couteaux. Tirez fort quand elles sont à quatre-vingt-dix degrés et ensuite, laissez-vous le temps de glisser.

Isaac finit par attraper le coup de main et se sentit plus sûr de lui. Ce n'était pas si mal d'être là. En fait, c'était agréable. Tous les bruits familiers du rivage – les appels des attractions sur la Promenade, les coups de sifflet des maîtres-nageurs, les orgues qui jouaient sur les jetées – disparaissaient, remplacés par le bruit de l'eau clapotant contre le canot.

— C'est tellement calme, dit Isaac. Je comprends pourquoi tu aimes ça.

Stuart ne répondit pas, se contentant de ramer. Ce silence qui s'installait entre eux, silence qui n'arrangeait pas Isaac, paraissait le satisfaire. Isaac tenta une autre approche.

— Alors, Anna se débrouille bien en natation ?

— Je crois. Considérant qu'elle n'avait encore jamais nagé il y a quelques semaines.

— C'est une jolie fille.

— Oui, dit Stuart d'un ton circonspect, comme s'il se demandait où Isaac voulait en venir avec ce commentaire.

Isaac lui-même aurait bien voulu le savoir. Tout ce qu'il savait, c'était qu'il devait amener la conversation sur les espoirs et les rêves de Stuart et – finalement – la Floride.

— C'est vraiment dommage pour ses parents.

— Dommage ?

— Le fait qu'ils ne puissent pas quitter l'Allemagne.

— Ah ?

— Leurs demandes de visas sont sans arrêt refusées. Ou du moins, c'est que je comprends.

— Quel est le problème ?

— À part le fait que le consulat américain a les Juifs dans le nez ?

Isaac vit Stuart tressaillir, il s'efforça donc d'adoucir sa remarque.

— Je ne connais pas les détails.

Si Isaac n'y prenait pas garde, il finirait par vendre à Stuart – par inadvertance – un investissement dans l'American Jewish Committee.

Pendant la demi-heure qui suivit, Isaac se concentra sur le fait de ramer en ligne droite. Il ne fit plus d'autres tentatives pour engager la conversation jusqu'à ce qu'ils soient passés devant le phare d'Absecon, moment où Stuart donna le signal du retour. Le Covington n'était plus qu'un tout petit point sur la plage, à peine distinct du Traymore Hotel voisin.

— Toutes ces magnifiques propriétés en bord de mer, dit-il. Elles ont vraiment de l'allure, hein ?

Stuart acquiesça d'un signe de tête.

— J'ai beaucoup d'admiration pour des hommes comme ton grand-père. Ils ont débarqué sur une plage vide – rien qu'une gare de chemin de fer à côté d'un tas de sable – et ils ont imaginé ce que pourrait devenir Atlantic City. C'étaient des génies, tous autant qu'ils étaient.

— En fait, c'était mon arrière-grand-père.

Une mouette croassa dans le ciel.

— Encore plus impressionnant, répartit Isaac sans se laisser démonter. Ça se passait comme ça en Floride, à l'époque où je vivais à West Palm Beach.

— Vous êtes resté longtemps là-bas ?

— Cinq ans. Je travaillais pour un type formidable – il vendait du foncier.

— Qu'est-ce qui vous a fait revenir par ici ?

— Quand le marché s'est effondré en 26, il n'y avait plus de travail.

— Vous vous plaisiez à West Palm Beach ?

— J'y serais bien resté définitivement s'il y avait eu du boulot pour moi. La région est magnifique. Comme j'imagine que devait être Atlantic City il y a cinquante ou soixante ans. Débordant encore d'occasions à saisir.

— Pas depuis le crash, je suppose, dit Stuart.

La transition idéale pour l'argumentaire d'Isaac.

— Tu serais étonné. Beaucoup d'investisseurs ont vu leurs biens saisis au moment des retombées de la crise et actuellement, les banques s'efforcent de se débarrasser de tous ces terrains. Il y a aussi des investisseurs qui ont conservé les terres depuis huit ans, en observant la dégringolade des prix, et maintenant, ils sont prêts à vendre même si ça ne peut être qu'à perte. Mon ami me dit qu'on peut s'offrir des grosses parcelles pour trois sous. Tout est tellement dévalué.

Stuart haussa les sourcils en secouant la tête, comme s'il gobait tout.

— À vrai dire, je suis moi-même en train d'envisager d'acquérir de la terre. À l'ouest de West Palm Beach. Une belle plantation d'agrumes près du lac Okeechobee. C'était un promoteur qui l'avait achetée et il a coulé. Mon ami a négocié pour moi, soixante-quinze dollars l'hectare. À ce prix-là, on peut s'acheter une belle superficie.

— Et vous iriez vous installer là-bas ? Construire sur votre terrain ?

Isaac secoua la tête.

— Je ne crois pas pouvoir jamais emmener Fannie loin d'Atlantic City. Pas après…

Florence. Certainement pas un bon sujet de conversation à aborder pour le moment. Stuart regarda Isaac puis contempla l'horizon.

— Sans doute, reprit-il. Mais ce qui est formidable, c'est qu'on n'a pas besoin d'aller s'installer là-bas pour gagner de l'argent. Les prix vont remonter.

Stuart rappela à Isaac de rajuster ses rames. Les vagues devenaient plus fortes.

— J'ai quelques amis qui s'engagent là-dedans avec moi. La parcelle est suffisamment grande – une quarantaine d'hectares – alors ça vaut le coup de l'acheter à plusieurs. Ça pourrait peut-être même être susceptible de t'intéresser, ajouta-t-il après avoir dégluti.

On distinguait de plus en plus clairement le Covington et Isaac observait Stuart le chercher au milieu des autres grandes constructions qui bordaient la plage.

— Si tu me ressembles un tant soit peu, dit Isaac, tu dois avoir envie d'avoir quelque chose bien à toi. Ce pourrait être…

Sans lui laisser le temps de finir sa phrase, une grosse vague vint s'écraser contre le flanc du bateau, envoyant Isaac à l'eau. Cerné par les remous, il s'affola, incapable de distinguer le bas du haut. Il se mit à battre des bras et à donner des coups de pied, en essayant désespérément de nager la brasse ; mais il ne parvenait plus à respirer ni à s'orienter. Était-ce ce que Florence avait vécu, seule et apeurée dans ce cocon d'eau salée, si sombre ?

Isaac sentit quelque chose lui heurter le dos. Était-ce le canot ? Un morceau de bois flotté ? Il tenta de s'en saisir mais en vain. Quelqu'un alors l'attrapa par-derrière et il compris que Stuart l'avait retrouvé – miraculeusement – dans l'eau noire. Il le remonta à la surface, où Isaac aspira une grande goulée d'air avant de se retrouver à nouveau submergé et roulé sur la planche de sauvetage de Stuart. Grâce à la planche qu'il tenait bien serrée, il réussit à flotter le temps que Stuart le tire jusqu'au canot, qui avait dérivé sur une bonne dizaine de mètres.

— Tenez bon ! lui cria Stuart en se hissant à bord.

Il se pencha pour saisir Isaac sous les aisselles.

— Je vous soulève à trois. Un, deux, trois.

Isaac sentit son poids se déplacer, sa ceinture se coinça dans le rebord du canot mais il était trop épuisé pour aider Stuart de quelque manière que ce fût.

Le canot avait embarqué au bas mot quinze centimètres d'eau, qui clapotait contre les mocassins en cuir d'Isaac – bons à jeter. Stuart ne prononça plus un mot tandis qu'il ramait jusqu'au poste de Kentucky Avenue. Les rames d'Isaac ne bougèrent pas – toujours prises dans les dames de nage – alors que celui-ci contemplait le ciel en essayant de se reprendre. Une fois remis, il aurait volontiers brisé le silence mais il ne savait plus très bien par où commencer. Quand Stuart eut tiré le canot sur la plage, Isaac se leva, prudemment, et tenta un simple « merci ».

— On peut le dire, répliqua Stuart en ôtant le bouchon de liège au fond du canot pour laisser l'eau s'écouler.

Isaac commença à s'affoler. Pas question de laisser une vague inopportune réduire à néant ses chances avec Stuart. Il sortit son portefeuille, oubliant que ses cartes de visite étaient inutilisables, puisqu'elles étaient trempées.

— Tu peux me trouver à l'usine, dit-il après avoir enfoui son portefeuille mouillé au fond de sa poche, si tu veux en savoir davantage sur cette bonne affaire en Floride. J'aimerais beaucoup…

— Vous, vous n'êtes pas ordinaire, l'interrompit Stuart. Vous avez bien failli vous noyer.

Après avoir disposé les rouleaux devant le canot, il demanda à Isaac de bien vouloir soulever.

— Je sais. Et je te suis reconnaissant de ce que tu as fait, me sauver.

— Côté reconnaissance, voilà ce qui me plairait, répliqua Stuart, une fois le canot en place, alors qu'ils le poussaient vers le poste. J'aimerais que vous vous souveniez que, si je peux être un charmant garçon, je ne suis pas complètement idiot.

Isaac cessa de pousser.

— Je n'ai jamais dit une chose pareille.

— Voilà près de dix ans que nous nous connaissons et vous ne m'avez pratiquement jamais adressé la parole. Et le jour où vous décidez de vous initier à la rame, vous avez aussi un absurde projet foncier dans lequel vous aimeriez que je – que je quoi ? – que j'investisse ? Ou bien que je le vende à mon père ? Savez-vous que, en réalité, je n'ai strictement aucune somme d'argent à ma disposition ?

Isaac ne savait pas comment réagir. Si Stuart n'avait pas accès au carnet de chèques paternel, il était aussi peu susceptible d'investir que Gussie. Et le projet d'Isaac de trouver le reste des fonds nécessaires était aussi inepte que tant d'autres qu'il avait concoctés. Isaac frissonna à l'idée d'avouer à Fannie qu'il avait perdu une somme supérieure au montant de leurs économies mais ce qui lui restait vraiment en travers de l'estomac, c'était de retourner voir son vieux père les mains vides et de lui avouer que l'argent si durement gagné avait purement et simplement disparu.

— C'était juste histoire de discuter, Stuart. Inutile de te mettre en colère.

— Eh bien, la prochaine que vous avez envie de discuter, pourquoi ne pas le faire sur le plancher des vaches ?

Une réplique qui piqua Isaac au vif. Mais pour qui se prenait-il, celui-là, pour oser lui donner des ordres ? Isaac eut très envie de lui taper dessus ou, au moins, de le pousser – brutalement – sur le sable dur. Il serra puis desserra les poings, choisissant plutôt d'essorer les pans de sa chemise. Il existait sûrement une meilleure méthode pour obtenir ce qu'il désirait. C'était presque toujours le cas.

STUART

Stuart observait l'horizon où un orage était en train de se former. Au plus fort de l'été, toujours tellement animé à Atlantic City, une journée où le ciel était couvert offrait un répit bienvenu à toute l'équipe des maîtres-nageurs sauveteurs. Les riverains de l'île d'Absecon ne venaient pas sur la plage, préférant déployer davantage d'activité chez eux ou au bureau, et les estivants se repliaient dans leurs locations de vacances, à lire des magazines et jouer au Parcheesi. Seuls les touristes venus passer la journée, n'ayant nulle part où aller, essayaient d'en profiter au maximum. Ils passaient autant de temps que possible sur la plage jusqu'au moment où ils devaient renoncer pour se mettre à l'abri dans les galeries et les attractions des jetées.

En milieu d'après-midi, il y avait si peu de gens dans l'eau que Robert sortit le canot de sauvetage, rien que pour briser l'ennui.

— Siffle si tu as besoin que je revienne, dit-il à Stuart qui lui fit signe d'y aller.

Ce qui inquiétait Stuart, plus que de ne pas avoir de bateau pour aller porter secours à quelqu'un, c'était que la leçon d'Anna, qui n'était prévue que deux heures plus tard, risquait de ne pas avoir lieu à cause de l'orage menaçant. Les soirs où elle avait cours, Anna arrivait à la tente sur la plage à dix-huit heures pétantes. Si Stuart n'avait pas encore fini de ranger son matériel, elle l'attendait patiemment et, ensuite, ils traversaient la Promenade pour aller au Covington où il avait enfin réussi à la convaincre de ne plus lui demander s'ils avaient vraiment le droit d'utiliser la piscine.

Au loin, Stuart distinguait les raies de pluie qui, comme du fil gris, rattachaient les nuages à l'océan. L'eût-il voulu, il n'aurait pas pu annuler le cours d'Anna ; il était coincé à son poste jusqu'à dix-huit heures. Il lui vint à l'esprit que, peut-être, elle ne viendrait pas, qu'elle déciderait toute seule qu'il faisait bien trop mauvais pour que ça vaille le coup de quitter l'appartement des Adler. Il en eut le ventre noué. S'il ne la trouvait pas sous la tente, à l'attendre, il savait qu'il serait déçu.

À une centaine de mètres de la côte, au-delà de Robert et de son canot, un groupe de marsouins se dirigeait vers le sud. De temps à autre, une de ces magnifiques créatures se mettait à sauter en l'air pour atterrir au milieu du grand lac vert en donnant un bon coup de queue mais, le plus souvent, les marsouins rasaient la surface de l'eau, ne révélant qu'un nez ou une nageoire par-ci par-là. Stuart aurait volontiers passé la journée à les observer mais eux, ils ne restaient jamais aussi longtemps.

— Tu as vu ça ? dit une petite voix, venue d'en bas, sur le sable.

Stuart baissa les yeux et trouva Gussie qui le regardait.

— Salut, toi. Qu'est-ce que tu fais là ?

— Je suis venue te voir.

Stuart parcourut la plage des yeux. Si Gussie était là, Anna ne devait pas être loin. Peut-être avait-elle l'intention d'annuler la leçon et elle avait amené Gussie avec elle pour lui tenir compagnie. Il espérait vraiment qu'elle n'était pas venue avec Isaac. Stuart ne l'avait pas revu depuis une semaine et ça lui convenait parfaitement.

— Tu es avec qui ?

— Personne.

— Personne ?

Elle haussa les épaules.

— Je peux monter ? demanda-t-elle.

En fait, elle ne pouvait pas monter. C'était une des règles. Seuls les employés de l'ACBP avaient le droit de monter.

Stuart scruta la plage d'un bout à l'autre, cherchant le chef. Il était sans doute chez lui, en train de jouer au Parcheesi, lui aussi.

— Monte mais grouille-toi.

Gussie avait beau être une petite fille agile, elle eut quand même du mal à grimper sur la plateforme. Après quelques vaines tentatives, Stuart se pencha, lui saisit les mains et la hissa jusqu'à lui.

— Tiens, dit-il en lui tendant son propre chandail et une casquette de la patrouille. Mets ça.

Il se faisait des illusions en pensant que, si le chef Bryant repérait la présence d'une enfant de trente kilos à peine, il ne ferait aucune remarque tant qu'elle portait l'uniforme requis.

— Ta grand-mère sait que tu es ici ?

— Non.

— Elle va s'affoler quand elle s'apercevra que tu as disparu. Tu ne peux pas rester longtemps.

Stuart se demanda s'il ne ferait pas mieux d'appeler Robert. La plage était suffisamment tranquille pour qu'il puisse ramener Gussie chez elle. Ce qui lui donnerait peut-être l'occasion de voir Anna et de modifier leurs projets.

— Oh, les revoilà ! cria Gussie tandis que la casquette de la patrouille lui tombait sur le nez.

Elle la repoussa et regarda Stuart.

— Les dauphins, expliqua-t-elle.

— Ce ne sont pas des dauphins. Ce sont des marsouins.

— Comment tu le sais ?

— Les nageoires. Les dauphins ont des nageoires arrondies alors que celles des marsouins ressemblent à des petits triangles.

— J'aime bien les dauphins, dit Gussie. Ils ont leur propre langage à eux.

Stuart fit sa meilleure imitation de la langue dauphin.

— Qu'est-ce que tu as dit ?

— J'ai dit, « Ta grand-mère va t'écorcher vive ».

— C'est comme quand on parle ARP.

— C'est vrai.

Stuart avait du mal à concevoir que cette petite pût être la fille d'Isaac. Elle était tellement sérieuse, tellement attentive.

Stuart et Gussie regardèrent les derniers marsouins passer au-delà du Million Dollar Pier et disparaître. Le vent forcit et le canot de sauvetage rapetissait à vue d'œil. Si les vagues continuaient à grossir, Robert serait bien obligé de faire demi-tour.

— Stuart, dit Gussie en fourrant une mèche de cheveux qui s'était échappée de la casquette derrière son oreille, si Florence n'était pas morte, est-ce que tu l'aurais épousée ?

La question le frappa comme un coup de pied entre les omoplates. Il imagina la force brute de cette remarque l'arracher à son poste et le jeter sur le sable dur un mètre plus bas.

— En voilà une grosse question pour une aussi petite fille.

— Je vais bientôt avoir huit ans.

— Ah oui, c'est vrai.

Comment expliquer sa relation avec Florence en utilisant des termes qu'une petite fille – même aussi précoce que Gussie – pût comprendre ? Qu'il y avait eu des jours où son désir n'était qu'une plaie ouverte qui réclamait des soins immédiats et d'autres où c'était plutôt comme un os à enterrer dans le jardin, quelque chose à garder et à ressortir quand Florence serait prête, si elle devait l'être un jour.

— Tu l'aimais ? s'enquit Gussie.

— Oui, mais ce n'était pas aussi simple.

— Pourquoi ?

C'était une bonne question. Pourquoi n'était-ce pas aussi simple ?

— Bon, première chose, je ne suis pas juif.

— C'est important ?

Stuart se tourna vers elle.

— Ça ne devrait pas l'être, répondit-il, mais ça l'est.

— Qu'est-ce que tu es ?

— Rien. Peut-être protestant ? Je ne sais plus très bien.

— Alors, les Juifs ne peuvent pas épouser les protestants ?

— Je crois que les Juifs préfèrent épouser des Juifs.

Gussie serra fort les lèvres et son menton se mit à trembler. Inquiet à l'idée de la voir fondre en larmes, Stuart se dépêcha d'arranger ce qu'il venait de dire.

— Je ne sais pas si c'était vraiment important, remarque. J'étais aussi son entraîneur.

Encore une bien piètre excuse. Il n'était pas du tout aussi noble que cela. Si Florence n'avait fait qu'un tout petit signe à Stuart, au cours d'un de ces entraînements du petit matin, il aurait été tenté de faire l'amour avec elle, là tout de suite, au fond du bateau. Mais elle ne lui avait jamais offert la plus légère indication que cela pût l'intéresser.

— Les entraîneurs n'ont pas le droit de se marier ?

— Si, ils ont le droit, répondit Stuart en riant.

Quand Florence serait revenue de France, il s'était imaginé pouvoir lui dire ce qu'il ressentait et lui demander si elle ressentait la même chose. Si pareille révélation avait modifié la dynamique de leur amitié, alors, il aurait dû vivre avec.

— Je t'ai fabriqué quelque chose, dit Gussie en fouillant dans la poche de sa robe d'été.

Elle en sortit un petit caillou qu'elle lui tendit.

Stuart le retourna. D'un côté, elle avait peint deux hippocampes miniatures.

— Comme c'est joli, Gus. Merci.

— Je voulais te demander – brusquement, sa voix ne fut plus qu'un murmure – si tu accepterais de m'épouser ?

* * *

À dix-huit heures, ce soir-là, alors que Robert et Stuart couchaient leur poste de surveillance sur le sable, remontaient leur canot et se dirigeaient vers la tente, le ciel ne s'était pas encore ouvert en deux mais les nuées d'orage s'étaient carrément installées au-dessus de la Promenade. Plus ils approchaient de la tente, plus Stuart se persuadait qu'il y avait peu de chances pour qu'Anna fût là. Qui aurait pu le lui reprocher ? Il allait tomber des cordes d'une minute à l'autre.

Stuart rangea sa planche de sauvetage et la paire de rames que Robert et lui avaient prise le matin.

— Je peux t'aider ?

Il se retourna d'un bond pour trouver Anna derrière lui, la bretelle de son maillot de bain dépassant de l'encolure de sa robe de coton. Elle avait posé un gilet rose pâle sur ses épaules.

— Parfait ! Tu es là. Je m'inquiétais à l'idée que l'orage te dissuade de venir.

— L'orage n'est pas encore là.

Elle n'avait pas plus tôt prononcé ces mots qu'une goutte de pluie atterrit sur la joue de Stuart. Anna tourna son visage vers le ciel et Stuart saisit l'occasion pour la prendre par la main.

— Viens, on se dépêche.

Ils coururent jusqu'à la Promenade, foncèrent dans le hall du Covington et grimpèrent au premier étage de l'hôtel. Le temps qu'ils déboulent sur la terrasse où se trouvait la piscine, Anna était hors d'haleine et Stuart avait commencé une imitation de son père qui les faisait glousser.

— Chuut, on chuchote, dit-il en chuchotant à pleine voix, et elle se mit à rire encore plus fort.

La terrasse était vide. En prévision de l'orage à venir, tous les sièges avaient été entassés contre les murs, les parasols rangés. Quelqu'un avait emporté les serviettes et les coussins à l'intérieur.

Anna ôta son gilet et le posa dans un coin. La première fois que Stuart l'avait amenée au Covington, elle n'avait pas osé se déshabiller devant lui. Il se souvenait qu'elle s'était retournée pour défaire les boutons de sa robe. Là, alors qu'il commençait à pleuvoir dru, elle attrapa le tissu à la hauteur de la taille et ôta sa robe en la faisant passer par-dessus sa tête d'un seul geste fluide. Anna portait le vieux maillot de Florence de l'Ambassador Club, un uniforme que Stuart aurait reconnu n'importe où. Il n'avait jamais eu le cœur d'y faire allusion, il savait qu'elle le portait parce qu'elle ne possédait pas de maillot à elle. Elle l'avait sûrement choisi parce que c'était le plus simple des maillots de Florence, celui qui risquait le moins d'attirer l'attention. Sur Florence, le maillot paraissait être une seconde peau. Mais sur Anna, Stuart se rendit compte qu'il avait conscience qu'il s'agissait d'un vêtement et que, pour peu que les circonstances s'y prêtent, on pourrait l'enlever.

Stuart chassa cette image de sa tête, retira sa chemise en la faisant passer au-dessus de sa tête, se débarrassa de son short et bondit vers la piscine. À la dernière minute, il saisit la main d'Anna et l'entraîna dans l'eau avec lui. Elle poussa un cri, s'enfonça et puis refit surface. Il pleuvait fort maintenant. Des grosses gouttes rebondissaient à la surface de l'eau, venant les frapper sous le menton. L'eau de la piscine était tellement trouble que Stuart ne distinguait plus le fond.

Anna avait fait de gros progrès en crawl et elle parcourut trois ou quatre longueurs avant de s'arrêter pour poser une question à Stuart à propos de sa technique respiratoire. Il profita de l'occasion pour détourner son attention de la natation.

— J'imagine que Gussie est revenue entière à la maison ?

— Oui. Heureusement, Esther ne s'est aperçue de son départ que trente secondes environ avant qu'elle ne réapparaisse.

— Gussie a-t-elle dit où elle était allée ?

— Es-tu en train d'essayer d'évaluer à quel point tu vas avoir des problèmes ? demanda-t-elle en se rapprochant de lui.

— Quelque chose dans le genre.

— Elle a dit à Esther qu'elle voulait te donner quelque chose.

— C'est vrai.

— C'était quoi ?

— Un caillou.

— C'est tout ?

— Assorti d'une très jolie demande en mariage, dit Stuart, incapable d'effacer son sourire.

Anna haussa les sourcils et l'aspergea, mais pas assez fort pour toucher son visage.

— Sois sérieux.

— Mais je le suis, répondit-il en riant.

— Qu'est-ce que tu lui as dit ?

— Que si, à l'âge de vingt ans, elle était décidée à épouser un vieillard, elle était la bienvenue. Mais si, entre-temps, elle tombait amoureuse de quelqu'un de plus jeune et de plus beau, elle devait se sentir libre d'annuler cet accord.

— Pauvre Gussie.

— Suis-je une si horrible perspective ?

— Je pense que tu es tout à fait capable de lui briser le cœur, dit Anna d'un ton suffisamment grave pour que Stuart commençât à se demander si c'était bien encore de Gussie qu'ils discutaient.

— Anna, je tiens à te dire quelque chose. Florence et moi, nous n'avons jamais été un…

— Je sais, dit-elle vivement, comme si elle était gênée de le voir ainsi s'expliquer.

— Ah bon ?

— Elle – la voix d'Anna faiblit puis revint – m'en a un peu parlé.

Stuart fut submergé par une envie impérieuse de la prendre dans ses bras, de la protéger de l'orage qui couvait au-dessus de leurs têtes.

— Je l'aimais, dit-il.

Il avait du mal à croire qu'il disait ces mots à voix haute pour la deuxième fois de l'après-midi. En tout cas, il lui paraissait important de se montrer sincère avec Anna.

— Mais, reprit-il, je n'ai jamais rien dit. Et je ne crois pas qu'elle était dans les mêmes sentiments.

Anna croisa les bras sur sa poitrine et Stuart s'inquiéta à l'idée qu'il n'aurait pas dû parler. Deux minutes auparavant, il aurait juré qu'elle avait envie qu'il l'embrasse.

— Tu as froid ? lui demanda-t-il. Tu veux sortir ?

Elle secoua la tête pour dire qu'elle préférait rester.

— Qu'est-ce que tu aimais chez elle ?

Stuart se rallongea sur l'eau et contempla le ciel, laissant la pluie couler dans sa bouche, au fond de son nez. Il releva la tête, s'obligeant à regarder Anna dans les yeux.

— J'imagine que j'aimais à quel point elle était courageuse. Et audacieuse. Elle voulait pratiquement tout faire et elle le pouvait.

— Comme la Manche ? demanda Anna sans le quitter des yeux.

— Elle aurait réussi à la traverser, c'est certain. Mais c'était plus qu'une histoire d'exploit ou même de natation. Rien que d'avoir la chance de la voir faire un sandwich, on se sentait tout content.

Anna s'essuya les yeux. Pleurait-elle ? Avec toute cette pluie, c'était impossible à dire.

— Tu veux sortir ?

Elle acquiesça et il sortit lui-même de la piscine, sur la terrasse, cherchant quelque chose de sec qu'ils pourraient utiliser en guise de serviette. La robe d'Anna et son propre short étaient trempés. Une chaise longue était recouverte d'une toile couleur de blé, brodée des mots *The Covington*, et Stuart se dit que l'envers devait être encore sec. Il s'en saisit et porta la toile à Anna, qui émergeait juste en haut de l'échelle.

— Ce n'est pas particulièrement doux mais ça fera l'affaire, dit-il en lui enveloppant les épaules de la toile, grande comme une tente.

— Merci.

— Viens par ici où c'est sec, dit Stuart en l'emmenant vers le fond de la terrasse où le toit de l'hôtel ménageait un petit abri – guère plus de cinquante centimètres de large.

Anna lui offrit un morceau de la toile, qu'il drapa autour de ses propres épaules. Appuyés l'un contre l'autre, enveloppés dans la toile, ils regardèrent la pluie tomber.

— Comment ça se passe pour tes parents ? demanda Stuart. Isaac dit que ça ne va pas très bien.

— Isaac ? dit Anna en fronçant le nez.

— Il n'est sans doute pas une source de renseignements très fiable ? dit Stuart avec un petit rire.

Elle secoua la tête et resserra la toile autour d'elle.

— À vrai dire, les perspectives semblent meilleures.

— Oh ?

— Nous avons deux lettres supplémentaires, maintenant, en plus de celle de Joseph. Joseph s'est montré très généreux et il leur a ouvert un compte à la Boardwalk National Bank ; je pense que ça va aider.

C'était donc ça que Joseph avait fait du chèque l'après-midi où ils étaient revenus d'Atlantic Highlands. Il l'avait déposé sur un compte au nom des parents d'Anna. C'était un brave homme.

— Ce sont d'excellentes nouvelles, Anna.

Elle leva la tête vers Stuart et il ne l'avait jamais vue avec un visage aussi ouvert, aussi plein d'entrain. L'idée que la mort de Florence, le fait qu'elle n'avait pas pu accomplir la chose qu'elle avait désirée entre toutes, allait permettre de réunir la famille d'Anna, ça lui plaisait. Il pensait qu'à Florence aussi, cela aurait plu.

Ils demeurèrent ainsi, silencieux, pendant plusieurs longues minutes. Stuart finit par briser le charme.

— Je pense qu'on pourrait rentrer. J'arriverais sans doute à nous trouver des peignoirs.

— On est bien là.

Anna ne dit rien de plus mais cela fut suffisant pour qu'il restât là où il était.

* * *

Stuart entendit les pas lourds de Mme Tate dans l'escalier qui montait à sa chambre. Sa logeuse était une grosse femme, avec des pieds énormes et des chevilles gonflées ; il était rare de la voir dans l'escalier, et encore moins au deuxième étage de la pension. Les contremarches en bois protestaient sous son poids et – comme pour leur répondre – Mme Tate protestait tout autant.

Réveillé par le bruit, Stuart se redressa dans son lit, se frotta les yeux et regarda autour de lui à la recherche d'une chemise. Il avait commencé à fouiller dans une pile de linge sale quand il entendit frapper à la porte.

— Monsieur Williams ?

De l'autre côté, Mme Tate faisait de son mieux pour reprendre son souffle.

— Une minute.

Stuart avisa un pull qu'il enfila aussitôt.

— Vous avez un paquet.

Bizarre, pensa Stuart. En règle générale, Mme Tate laissait le courrier – y compris les paquets – sur une table, sous l'escalier. Depuis trois ans qu'il vivait là, combien de fois l'avait-il entendue répliquer à un locataire qu'elle n'était pas le Pony Express ? Une douzaine de fois ? Davantage ?

— Vous n'aviez pas besoin de monter jusqu'ici, dit-il en ouvrant la porte mais, quand il vit le paquet qu'elle tenait, il comprit pourquoi elle était là.

C'était un coffret-cadeau du Covington – le genre en usage dans la boutique du rez-de-chaussée, violet avec des lettres dorées imprimées sur le couvercle – et elle devait être curieuse de savoir ce qu'il y avait dedans, sans parler de la filiation de son locataire du deuxième. Elle le lui tendit.

— Ce n'est pas arrivé par la poste ? demanda Stuart, qui connaissait déjà la réponse.

— Un homme charmant avec une veste chic l'a déposé pour vous.

Wilson, sans doute.

— Un chauve, avec une moustache noire ?

— Non. Blond roux, le visage glabre. Très bien habillé.

La description correspondait à son père mais ce n'était pas possible. Le père de Stuart n'était absolument pas du genre à déposer lui-même ses propres paquets.

— D'accord, merci, dit Stuart en s'apprêtant à refermer la porte.

— Vous ne l'ouvrez pas ? demanda-t-elle, démangée par la curiosité.

Stuart se sentit gêné pour Mme Tate, comme pour quiconque vivant par procuration, à travers des gens qu'elle connaissait à peine.

— Ce n'est sans doute qu'une chemise.

Mme Tate ne bougea pas d'un pouce. Stuart n'avait aucune idée de ce qui se trouvait dans la boîte mais, apparemment, il n'avait pas le choix : il devait l'ouvrir sous les yeux de Mme Tate. Il la coinça contre son corps pour soulever le couvercle de sa main libre. Quand il se retrouva le couvercle à la main, il regarda derrière lui, cherchant un endroit où le poser, mais Mme Tate fut plus rapide.

— Je vais vous le tenir, proposa-t-elle, la main déjà tendue.

Ce qu'il y avait dedans était enveloppé dans une feuille de papier de soie aux armes du Covington – blanc avec des petits C imbriqués l'un dans l'autre. Il y avait une carte, glissée dans une enveloppe, sur le dessus et Stuart la prit.

— C'est à quelle occasion ? demanda Mme Tate tandis que Stuart dépliait le papier de soie.

Il ne répondit pas. Il en avait assez vu.

— Aucune occasion – c'est simplement quelque chose qu'on me rend, dit-il en récupérant le couvercle des mains de la propriétaire sans lui laisser le temps de protester. Je vous remercie de me l'avoir apporté.

Mme Tate parut déconfite, sans que Stuart pût discerner clairement si c'était parce qu'elle ne connaîtrait jamais le contenu du coffret-cadeau ou parce qu'elle devait désormais descendre deux étages pour retrouver son appartement.

Stuart attendit qu'elle soit prête à s'engager dans la descente avant de refermer doucement la porte. Seul dans sa chambre, il jeta la boîte sur son lit et déchira l'enveloppe ; le mot était écrit sur le papier à en-tête de son père – *John F. Williams* gravé en haut de la feuille.

Stuart,

Ton amie a oublié cela hier soir. J'ai pensé qu'elle souhaiterait le récupérer.

À toi,

Ton père

P.S. La prochaine fois, je te demande instamment de laisser les housses sur les chaises longues. Elles sont en teck, un bois qui n'aime guère la pluie.

Dans la boîte, il y avait le gilet rose d'Anna, lavé, repassé et plié par des mains professionnelles. Stuart aurait voulu balancer la boîte contre le mur mais il aurait détesté rendre un vêtement froissé à Anna, il se contenta donc de déchirer en mille morceaux le message de son père.

La veille, la pluie ne s'était jamais calmée. La nuit avait fini par tomber et Anna devait rentrer chez elle ; alors Stuart était sorti en courant de leur abri pour aller de l'autre côté de la terrasse récupérer la robe d'Anna, son propre short et sa chemise. Le gilet lui était totalement sorti de l'esprit. Quand il était revenu vers Anna, leurs vêtements à la main, elle avait déjà replié la housse de toile qu'elle avait posée un peu plus loin. Sa robe était complètement trempée, alors Stuart la lui avait essorée mais, même ainsi, il lui était impossible de l'enfiler sans aide. Le tissu lui collait à la peau comme des algues.

— Attends, je vais t'aider, avait-il proposé.

Et elle avait levé les bras pendant qu'il lui passait le tissu mouillé par la tête, le descendait sur ses seins – ses tétons durcis contre le corsage de son maillot de bain – et sur ses hanches. Stuart ne savait pas ce qui l'énervait le plus – de ne pas l'avoir embrassée à ce moment-là ou que son père ait probablement assisté à toute la scène.

ANNA

Il était évident qu'Anna avait fait quelque chose qui contrariait grandement Esther, mais elle aurait été bien en peine de déterminer précisément de quoi il s'agissait. Au cours des dernières semaines, Esther était devenue très silencieuse, sauf quand elle donnait des ordres à Anna. Ce soir-là, alors qu'ils avaient dîné de bonne heure, elle lui avait tendu un exemplaire du nouveau livre de F. Scott Fitzgerald en lui ordonnant d'aller à l'hôpital faire la lecture à Fannie. Anna avait tenté d'échapper à cette tâche.

— Mais elle me connaît à peine, protesta-t-elle. Elle préférerait sans doute que ce soit vous, non ?

— Sans doute, dit Esther en la poussant dans le dos, mais aujourd'hui, ça m'est insupportable.

Anna se demandait comment Esther pouvait bien supporter cette situation les autres jours. Dimanche, ça ferait deux mois que Florence était morte. Anna s'efforçait d'imaginer à quoi ça pouvait bien ressembler d'avoir perdu son enfant et de se traîner tous les jours à l'hôpital pour s'asseoir au chevet de Fannie en faisant mine que tout allait bien. Ce devait être épuisant.

Et puis, il y avait le problème de la chambre de Fannie, tellement sombre, tellement déprimante que personne n'avait envie d'aller lui rendre visite. En y entrant,

Anna amena la chaise près de la fenêtre et remonta les stores de quinze centimètres pour profiter du soleil de la fin d'après-midi et parvenir à lire les petits caractères du roman.

Fannie paraissait somnoler mais dès qu'Anna remonta les stores, elle entendit une voix calme monter du lit.

— Tu vas nous attirer des ennuis.

— Ah bon ? réagit Anna. Tu veux que je les baisse ?

— Seigneur non. C'est agréable d'avoir un peu de lumière.

— Comment s'organise ta mère quand elle te fait la lecture ?

— Elle ne me fait pas la lecture.

Anna regarda le livre qu'elle tenait à la main. Vu la façon dont Esther s'était exprimée, Anna en avait conclu que Fannie n'aurait pas pu supporter d'être privée de lecture un seul jour.

— Eh bien, je suis venue ici simplement te tenir compagnie, alors je ferai ce que tu veux.

— Qu'as-tu apporté ?

— *Tendre est la nuit.*

— Je ne l'ai pas lu.

— Moi non plus.

Le livre aurait pu tout aussi bien se situer à Atlantic City, comme Anna s'en rendit compte dès qu'elle commença à lire.

— « Sur les bords charmants de la Méditerranée, à mi-chemin entre Marseille et la frontière italienne, se dresse un vaste et fier hôtel aux murs roses. Des palmiers éventent respectueusement sa façade congestionnée, et à ses pieds un bout de plage étincelle au soleil. Il est depuis peu le lieu de villégiature de gens chics et célèbres qui viennent y passer l'été[1]. »

---

1. trad. Philippe Jaworski, *Romans, nouvelles et récits*, vol. II, Paris, Gallimard, « La Pléiade », 2012, p. 207.

Anna lut jusqu'à ce que le soleil ait disparu du ciel, jusqu'à ce que Rosemary Hoyt se soit retrouvée dans le cercle des amis des Diver et que Dick Diver ait remarqué l'attirance de la jeune fille pour lui. Rosemary n'était pas simplement attirée par Dick Diver – elle s'était carrément entichée de lui. Et Anna en vint à se demander à quel point ce sentiment était différent de cette impression bourdonnante qui la submergeait dès qu'elle regardait Stuart.

À un moment, quand elle crut que Fannie s'était endormie, elle corna la page et posa le livre sur la table de chevet.

— Continue, s'il te plaît, chuchota Fannie.

Alors Anna reprit le livre et continua, plissant les yeux pour distinguer les mots dans la lumière déclinante du soir.

— N'est-ce pas intéressant que la mère de Rosemary ne soit pas favorable à ce mariage ? intervint Fannie à un moment, quand Anna fit une pause pour boire un verre d'eau.

— J'imagine que le mariage, ça n'a pas marché pour elle. N'oublie pas, ses deux maris sont morts.

Fannie se redressa sur les coudes.

— Mais je ne crois pas que la mère de Rosemary réagisse en fonction de sa propre expérience. C'est plus vaste que cela.

— Allonge-toi.

Anna parcourut les pages qu'elle venait de lire.

— Mme Speers estime sans doute que Rosemary est spéciale, qu'elle mérite d'avoir l'occasion de gagner sa vie et d'avancer bien d'aplomb sur ses deux jambes.

— D'après toi, c'est une meilleure façon de vivre ? s'enquit Fannie. De ne rien devoir à personne ?

Anna pensa à Joseph et à l'argent qu'il avait déposé sur le compte en banque à la Boardwalk National Bank.

— Nous devons tous quelque chose à quelqu'un.

— Tu vois ce que je veux dire, répliqua Fannie. Un mari. Quelqu'un qui ne serait jamais satisfait de tes services.

Anna regarda Fannie en penchant la tête. Son mariage était-il si médiocre ?

— Isaac est-il si difficile à satisfaire ? ne put-elle s'empêcher de demander.

Fannie se contenta de hocher la tête en contemplant le plafond. Brusquement, elle paraissait partie très loin. Anna ne savait pas quoi lui dire, elle avait du mal à défendre un homme dont elle n'appréciait guère la compagnie.

— Parfois, j'ai l'impression d'avoir passé les huit dernières années de mon existence à retenir mon souffle, finit par dire Fannie.

Anna comprenait ce qu'elle entendait par là – l'effet que cela faisait de perdre le contrôle de son propre destin.

— Je pense que la plupart des femmes font des sacrifices pour garantir leur sécurité, ou celle de ceux qu'elles aiment.

Elle jeta un œil sur le ventre arrondi de Fannie.

— Pas Rosemary Hoyt, remarqua Fannie avec un rire bref.

Anna feuilleta le livre et examina la photo de Fitzgerald sur le dos de la jaquette. C'était un homme séduisant, dont les traits rappelaient un peu ceux de Stuart.

— Il est bien possible que M. Fitzgerald ait créé une femme qui n'existe pas.

* * *

Quand Anna revint de l'hôpital, elle trouva une enveloppe par avion, une enveloppe familière qui l'attendait sur la commode, dans l'entrée de chez les Adler. L'enveloppe était bardée de timbres, la plupart avec la tête de Hitler.

Le contenu de la lettre, rédigée par sa mère dans son hongrois natal, était bref.

Ma très chère Anna (et mon très cher Joseph),

Nous avons transmis le reçu de dépôt de la banque, en même temps que la lettre indiquant que le compte avait été ouvert à notre nom et que nous avions l'autorisation de tirer cent dollars par mois durant la première année. Ce qui a fait rire le consul général qui nous a demandé ce que nous allions faire la deuxième année. Il exige qu'une certaine somme d'argent soit versée sous forme de fiducie irrévocable à notre nom et il veut que nous lui donnions la preuve que nous sommes autorisés à tirer de l'argent des gains acquis. Nous avons tenté de demander quelle somme pourrait être suffisante – ce à quoi il a répondu, « Je vous préviendrai quand ça suffira ». Pas très utile. Nous connaissons des gens qui ont obtenu des visas rien qu'avec une déclaration sous serment écrite par un lointain cousin, donc cette nouvelle exigence est particulièrement décourageante.

Joseph, je sais que tu ne peux guère faire davantage. Tu dois penser à ta propre famille. Je te suis toujours aussi reconnaissante de savoir Anna en sécurité aux États-Unis et j'attends avec impatience de découvrir comment elle s'accoutume à l'université.

En ce qui nous concerne, une rumeur court selon laquelle le consulat américain de Vienne est plus favorable aux Juifs. Quitter l'Allemagne et attendre un visa en Autriche pourrait être une décision avisée, d'autant plus que, désormais, nous sommes considérés comme apatrides par le Reich allemand. Ce qui m'inquiète, c'est que, si nous partons et que le consul là-bas nous demande de présenter des documents supplémentaires, ils seront plus difficiles à obtenir si nous sommes à l'extérieur du pays. Le consulat américain ici recommande aux Juifs d'attendre en Allemagne. Apparemment, les Américains pensent que le gouvernement de Hitler sera bientôt renversé. J'aimerais pouvoir le croire mais tout ce que nous voyons ici, tant dans les rues que dans la presse, semble indiquer le contraire.

Anna, je t'embrasse de tout mon cœur. Joseph, tous mes plus sincères remerciements.

Inez

Anna imagina sa mère, avec son manteau bien serré à la taille, tenant ses papiers contre son cœur, debout devant le consul général, en train de défendre sa cause. Elle imaginait la petite pièce dans laquelle se déroulaient les entretiens, la façon dont les gens faisaient la queue dans le couloir – presque uniquement des Juifs allemands dans l'attente de visas – en refusant d'échanger le moindre chuchotement, tant ils craignaient de dire ou de faire quelque chose risquant de gâcher leurs chances de se voir accorder ce visa. Les fonctionnaires qui avaient mené l'entretien avec Anna avaient ricané devant ses documents – plus de cinquante au total – et posé une série de questions qui, en toute autre circonstance, auraient été considérées comme impertinentes. Quand Paul avait-il rencontré sa mère ? Quand s'étaient-ils mariés ? Anna était-elle une enfant illégitime ? À chaque fois, Anna avait produit le document adéquat – le livret militaire de son père, son certificat de décès, le certificat de mariage de Paul et de sa mère. Quand Anna avait enfin obtenu son visa étudiant, elle ou ses parents étaient passés par les locaux de plus de vingt-cinq organismes gouvernementaux.

Anna allait montrer la lettre à Joseph mais elle soupçonnait que sa mère avait raison et qu'il ne pouvait pas faire grand-chose de plus. Cela avait été une chose d'implorer son aide quand elle avait besoin d'une déclaration sous serment, ou même de plusieurs. Tout le monde savait que les déclarations sous serment n'engageaient pas beaucoup leurs auteurs ; aucun Américain qui en rédigeait pour des

Juifs, qu'ils fussent membres de sa famille, amis ou même simples relations, ne s'attendait vraiment à devoir fournir éternellement un soutien financier. Mais là, ce n'était plus pareil.

Anna replia la lettre et la remit avec soin dans l'enveloppe. Elle fila dans sa chambre, attrapa son sac à main et fourra l'enveloppe dedans. Puis elle cria dans le couloir, en direction de la cuisine :

— Esther ?

Esther était devant l'évier, en train de récurer une poêle. Elle ne releva pas la tête.

— Où travaille Eli Hirsch ? Son poste à l'American Jewish Committee l'occupe à temps plein ?

Esther parut surprise d'être interrogée sur M. Hirsch, et également légèrement curieuse. Mais demander à Anna pourquoi elle posait cette question, cela aurait signifié engager avec elle une vraie conversation – ce qu'Esther ne faisait plus depuis des semaines. Elle répondit donc à Anna de la façon la plus brève possible.

— Le local est dans Vermont Avenue. Près du phare.

— Merci.

— Si tu sors, tu peux emmener Gussie avec toi ?

Anna avait déjà fait volte-face, elle se contenta donc d'un signe de la main par-dessus son épaule en criant derrière elle :

— Désolée, pas maintenant. C'est impossible.

C'était la première fois, elle s'en rendit compte, qu'elle refusait quelque chose à Esther.

* * *

Une partie au moins de l'argent qu'Eli Hirsch recueillait pour l'American Jewish Committee avait dû être utilisé pour les locaux, qui étaient vastes et luxueusement aménagés. Anna fut accueillie par une secrétaire qui lui demanda si elle avait rendez-vous ; quand Anna avoua que non, elle nota son nom et se dépêcha de traverser le hall, sans aucun doute avec l'idée d'aller prévenir en personne M. Hirsch qu'il y avait une visiteuse imprévue, afin de ne pas être entendue au téléphone. Lorsqu'elle revint quelques instants plus tard, l'air vaguement déçu, elle informa Anna que M. Hirsch voulait bien la recevoir.

— Anna, dit M. Hirsch en se levant quand la secrétaire amena la jeune fille dans son bureau au fond du hall. Quel plaisir.

— Je vous remercie de me recevoir.

— Mais bien sûr, dit-il en l'entraînant loin du bureau vers un coin réception près de la fenêtre – un petit canapé et deux fauteuils club, tous élégamment tapissés.

— Que puis-je faire pour vous ? reprit M. Hirsch.

— Il s'agit de mes parents, dit Anna en sortant la lettre de sa mère de son sac à main.

Si M. Hirsch avait été en mesure de lire le hongrois, elle la lui aurait tendue sans hésiter mais, au lieu de cela, elle dut lui en résumer le contenu.

Pendant qu'Anna parlait, il pressait les unes contre les autres les extrémités de ses doigts, les yeux fermés. Écoutait-il ? C'était difficile à dire. Quand elle eut fini, elle ne lui laissa pas le temps de prononcer un seul mot.

— Ce qu'elle ne me dit pas – jamais – c'est à quel point la situation empire. Voilà plus d'un an que mon père ne peut plus travailler et je lis suffisamment les journaux pour savoir que les Juifs ne sont pas seulement chassés de leur travail. Avant mon départ, un couple de touristes a été battu presque à mort et le fils de Kalterborn a subi le même traitement.

M. Hirsch avait rouvert les yeux et regardait maintenant Anna avec intensité.

— Les parents essayeront toujours, je m'en suis aperçu, de protéger leurs enfants.

— Oui, bon, j'aimerais être en position de protéger mes parents, dit Anna. Le mois dernier, pendant le déjeuner, vous avez fait une plaisanterie, ou du moins j'ai pensé que c'en était une – à propos du mariage, comme étant le moyen le plus sûr pour faire sortir mes parents d'Allemagne.

M. Hirsch croisa les doigts en lui adressant un sourire triste, qui ne montait pas jusqu'à ses yeux.

— Les choses seraient beaucoup plus simples si vous étiez une citoyenne américaine.

— Qu'est-ce que cela changerait ?

— Vos parents pourraient prétendre à un visa de préférence. Les conjoints de citoyens américains sont de première préférence et les parents de deuxième.

— Alors, ils se retrouveraient en tête de liste ?

— Pas tout à fait. Le consul pourrait encore les faire cavaler. Mais les candidats aux visas de préférence n'ont pas à se soucier de prouver qu'ils ne seront pas à la charge de l'État.

— Et convertir un visa étudiant en visa permanent ? Demander la naturalisation en passant par les canaux légaux ?

— Pour l'instant, c'est un sacré bazar. Ça risque de prendre des années. Ou de ne jamais aboutir. D'après ce que je comprends, il faudrait que vous quittiez les États-Unis et que vous attendiez le résultat du processus de candidature quelque part ailleurs – peut-être au Canada, ou à Cuba.

— Et si je me mariais ?

— C'est relativement simple. Vous n'auriez plus besoin de vous préoccuper des visas, simplement de demander votre naturalisation. Vous – ou plutôt votre époux – devrait présenter une requête au commissaire général de l'immigration au ministère du Travail en réclamant que la demande de visas de vos parents soit classée hors-quota ou préférence. Ils étudieraient votre certificat de mariage, peut-être feraient-ils quelques recherches supplémentaires et puis ils informeraient le département d'État de votre requête. Le résultat serait que le consul déplacerait la demande de visas de vos parents de la pile quota à la pile hors-quota et, comme vous le savez, la pile hors-quota avance beaucoup plus rapidement.

Anna pensa à Stuart. Dans la piscine l'autre soir, et plus tard quand il l'avait aidée à enfiler sa robe mouillée, elle aurait juré qu'il avait envie de l'embrasser. Elle aussi, elle en avait eu envie, pas de la même manière qu'elle avait voulu embrasser Florence, le soir où elle avait reçu la lettre. Avec Stuart, elle avait senti que son cœur battait fort dans sa poitrine, au point qu'elle avait beaucoup de mal à se concentrer sur ce qu'il disait. Comme si elle avait pris un coup de gong en plein milieu du corps, le bruit et les vibrations qui allaient de pair se répercutant vers l'extérieur, vers son visage, ses mains, ses pieds.

— Avez-vous des enfants, M. Hirsch ?

— Oui, quatre filles et un fils.

— Et si l'une de vos filles faisait ce que vous suggérez – laisser tomber l'université pour se marier – seriez-vous fâché ?

— Si son mari pouvait l'entretenir et si elle croyait qu'il saurait la rendre heureuse, non.

— Et si c'était un *goy* ?

M. Hirsch pinça les lèvres. Il règnait un tel silence qu'Anna entendait le tic-tac du réveil posé sur le bureau à l'autre bout de la pièce.

— Nous vivons une époque difficile, Miss Epstein.

— Donc, vous pourriez lui pardonner ?

— Je pourrais, oui.

* * *

Anna repassa à l'appartement juste le temps de récupérer un billet de cinq dollars glissé entre les pages de son exemplaire de *La Montagne magique*. Elle rangea l'argent dans son porte-monnaie et se rendit au magasin Block Bathing Suit Co., au coin de Pacific Avenue et de St James Place.

Une des vendeuses, une jeune fille guère plus âgée qu'Anna, lui demanda si elle pouvait l'aider et Anna, s'efforçant de ne pas penser à la façon dont elle justifierait pareille futilité devant sa mère, déclara :

— Je voudrais acheter le plus beau maillot de bain que vous ayez.

C'était comme si la vendeuse comprenait cet impératif, comme si elle sentait qu'il y avait quelque chose d'important en jeu. Elle se mit aussitôt à sortir des maillots de toutes formes et de toutes couleurs des tiroirs sous le comptoir.

— Vous connaissez votre taille ? demanda-t-elle en évaluant la poitrine d'Anna.

— Non, je suis désolée.

— Ça n'a pas d'importance, dit la vendeuse en menant Anna vers une cabine d'essayage au fond du magasin. Déshabillez-vous.

Pendant une demi-heure, la vendeuse lui passa un maillot de bain après l'autre.

— Celui que vous portez là était présenté dans l'*Atlantic City Press* le week-end dernier. Vous avez vu l'article d'Alicia Hart ?

— De quoi s'agissait-il ? demanda Anna à travers le rideau tout en tirant d'un coup sec sur les jambes d'un maillot noir et blanc.

Ce n'était guère flatteur.

— « Vérifier votre poids avant d'acheter un nouveau maillot de bain. »

— Je crains de ne pas avoir le temps de faire ça, répondit Anna en faisant une grimace dans le miroir.

— Essayez celui-là, dit la vendeuse en lui faisant passer un maillot vert émeraude de l'autre côté du rideau.

— La couleur est magnifique, dit Anna en s'en saisissant aussitôt.

— Je crois que ça ira bien avec vos cheveux.

Anna l'enfila à toute vitesse.

— Oh waouh, dit-elle en se regardant dans le miroir.

Elle pensait n'avoir jamais vu un aussi joli maillot de bain. Il était en Nylon, pas en laine, il s'attachait autour du cou, laissant le dos nu. Il poussait et collait aux bons endroits – soulignant ses seins et la finesse de sa taille – mais c'était surtout la couleur qui faisait grosse impression. Avec ce maillot, la peau habituellement pâle d'Anna était éclatante.

La vendeuse passa la tête dans la cabine d'essayage et quand elle vit qu'Anna était décente, elle repoussa le rideau pour bien la voir.

— Vous êtes magnifique.

Anna examina son reflet, sous tous les angles, tentant de se regarder avec ce qu'elle imaginait les yeux de Stuart.

— Si vous n'achetez pas ce maillot tout de suite, j'appelle mon patron.

— Combien vaut-il ?

— Trois dollars.

La culpabilité s'abattit sur Anna, en pensant à cette somme. Mais le maillot était vraiment beau, et même éblouissant.

— Je vais le prendre.

Au comptoir, la vendeuse le plia avec soin et l'enveloppa dans un papier de soie avant de le déposer dans une boîte marron qu'elle noua serré avec un bout de ruban. Anna prit la boîte et la remercia puis revint en courant à l'appartement, tant elle avait hâte de revoir son achat.

Elle fila directement dans sa chambre. Elle jeta son sac sur le lit de Florence et s'écroula sur le sien, où elle ouvrit aussitôt le paquet bien ficelé. Le maillot de bain était aussi beau que dans le magasin et, le plus important, il n'avait jamais appartenu à Florence.

Elle alla récupérer celui de Florence dans sa cachette, derrière le radiateur. Elle le posa sur la commode de Florence, frottant le tissu rugueux entre ses doigts. Après l'avoir porté à ses lèvres pendant un bref instant, elle le plia avec soin et le remit dans le tiroir même où elle l'avait trouvé.

* * *

Lorsque Anna arriva à la tente le lendemain soir pour sa leçon normalement prévue, Stuart lui réservait une surprise.

— J'ai pensé qu'on pourrait passer au stade supérieur, l'océan. Voir comment tu te débrouilles avec les vagues.

— Pas de piscine ?

— Pas de piscine, dit-il en lui tapotant le bras.

Anna aimait bien la piscine du Covington, elle appréciait la solitude tranquille de leur petit bocal. Une centaine ou même davantage de chambres devaient donner directement sur la terrasse mais, quand elle était dans l'eau avec Stuart, le crépuscule se drapant autour de leurs épaules mouillées, elle se sentait protégée, bien à l'abri.

— Mais d'abord, reprit Stuart, puis-je t'emmener boire un verre avec un groupe de gens de mon ancien poste ? Tout le monde se retrouve chez Bert's.

— Est-ce que ça tombe mal pour ce soir ? demanda Anna en pensant au maillot de bain vert émeraude qu'elle portait sous sa robe. On n'est pas obligés de…

— Non, j'ai envie que tu viennes.

Plus d'un mois s'était écoulé depuis que Stuart avait donné sa première leçon de natation à Anna et, durant cette période, ils n'étaient allés nulle part, uniquement à la piscine du Covington. Il la raccompagnait tous les soirs, la quittant sur le trottoir devant chez les Adler. À plusieurs reprises, ils étaient passés devant des petits restaurants bondés et elle avait été tentée de lui demander s'il n'avait pas envie de s'arrêter. Mais poser pareille question, ça lui paraissait toujours trop culotté, comme si elle prolongeait la relation au-delà de ses limites naturelles et peut-être même tentait d'usurper le rôle qu'avait tenu Florence dans sa vie. Dans son idée, c'était Florence qui se serrait contre Stuart sur les banquettes des bistrots, à boire du café en partageant des parts de tartes.

Bert's était situé sur la Promenade, près du poste de Maryland Avenue et, quand Stuart et Anna arrivèrent, un groupe de gars, ainsi que quelques filles, avaient déjà réuni plusieurs petites tables basses et commandé une première tournée de boissons. Stuart récupéra deux chaises autour d'une table libre et Anna observa comment les convives se resserraient d'un côté pour lui faire de la place. Anna était convaincue que Stuart, toute sa vie durant, avait toujours trouvé des gens heureux de lui faire de la place.

Stuart avança la chaise d'Anna et elle s'assit.

— Anna, voilà Charles Kelly, dit Stuart en lui présentant l'homme à sa gauche.

Charles était accompagné d'une jolie fille que Stuart ne connaissait pas.

— Je m'appelle Lillian, dit la jeune fille en tendant la main par-dessus la table.

— Enchantée de vous rencontrer, dit Anna.

Elles échangèrent une poignée de main.

Stuart continua à faire le tour de la table, la présentant à une demi-douzaine de membres de la patrouille. Quand il eut terminé, il asséna une bonne claque sur les épaules de l'homme assis de l'autre côté d'Anna.

— Et voilà Dan l'Irlandais, le pire cinglé que tu aies jamais vu de ta vie.

Dan l'Irlandais souleva un chapeau imaginaire sur sa tête et l'inclina vers elle.

Anna se pencha en avant, dans un simulacre de révérence.

— Vous n'avez pas droit à un nom de famille ?

— Doyle, dit-il en lui tendant la main. Ravi de faire votre connaissance.

— Et en quoi êtes-vous cinglé ? demanda-t-elle avec désinvolture, tandis que Stuart s'asseyait et commandait deux bières.

— J'ai l'habitude de réagir d'abord et de réfléchir ensuite.

— Ça ne paraît pas tellement cinglé.

— Stuart, dit Dan l'Irlandais en haussant la voix pour être entendu malgré le brouhaha des conversations, cette fille me plaît.

Stuart sourit, fit un clin d'œil à Anna et dit :

— À moi aussi.

Les chaises étaient collées les unes contre les autres et Anna avait une conscience aiguë du nombre de centimètres qui la séparait de Stuart. Si elle bougeait le genou, même à peine, elle risquait de heurter le sien. Pensait-il, lui aussi, à ce genre de choses ?

Les bières arrivèrent et Stuart tendit la sienne à Anna, une bouteille bien glacée.

— À la tienne, dit-il en trinquant.

Elle prit une petite gorgée.

— Vous allez au bal des Sauveteurs, tous les deux ? demanda Lillian.

Anna était assez certaine que Charles avait allongé un coup de pied à sa bonne amie sous la table parce que, quelques secondes plus tard, Lillian le regarda d'un air d'excuse en disant : « Je posais juste la question. »

Anna ignorait ce qu'était le bal des Sauveteurs et n'avait aucune idée de ce qu'il fallait répondre à cette question ; elle fut donc soulagée quand Stuart reprit le flambeau.

— Je ne lui ai pas encore proposé mais j'espère bien qu'elle sera d'accord.

Anna se tourna vers lui.

— C'est à la fin de l'été. Tu viendras ? demanda-t-il tranquillement.

Elle ne savait pas quoi répondre, surtout devant autant de gens qu'elle ne connaissait pas.

— Oui, répondit-elle simplement.

Le visage de Stuart se fendit d'un grand sourire et il tendit le bras pour lui serrer la main, en signe de victoire. Le contact de sa peau contre la sienne envoya une décharge dans tout le corps d'Anna et elle se demanda aussitôt s'il l'avait sentie, lui aussi.

Quand, au lieu d'ôter sa main, Stuart glissa ses doigts entre les siens, Anna cessa d'écouter la conversation autour d'elle. Elle ne pouvait se concentrer que sur le pouce de Stuart qui lui caressait les phalanges.

Ils auraient pu rester ainsi toute la nuit, à découvrir à l'aveugle les contours de la main de l'autre, si Lillian n'avait pas déclaré qu'elle était assise au mauvais endroit.

— On s'ennuie à mourir, ici. Stuart, change de siège avec moi, dit-elle, déjà debout. Je préfère de loin bavarder avec Anna qu'avec Charles.

Stuart était-il vraiment obligé de jouer à ce jeu de chaises musicales imposé par Lillian ? Anna estimait que non mais elle savait aussi qu'il était trop poli pour refuser.

— Charles, je croyais t'avoir entendu dire que celle-là t'avait à la bonne, se moqua Stuart.

Il lâcha la main d'Anna et, déconfite, elle le vit se lever, attraper sa bière et passer de l'autre côté de la table. Quand il la regarda, du siège que Lillian venait juste d'abandonner, elle crut voir se relever les commissures de ses lèvres, en signe d'excuse, mais c'était difficile à dire parce que Anna était trop gênée pour scruter longtemps son visage. Sa main était brûlante sur son genou.

Anna avait toujours trouvé Stuart séduisant et elle savait depuis le premier jour qu'il était gentil mais elle se demandait si elle n'accordait pas à ces sentiments plus d'importance qu'ils n'en méritaient, maintenant qu'Eli Hirsch lui avait si clairement expliquer ses options. Elle fit des yeux le tour de la table. Tous les amis de Stuart, membres de la patrouille des sauveteurs, l'ACBP, étaient des *goys*. Elle savait pertinemment que l'hôtel de son père refusait de loger les Juifs. Forcément, il ne voulait pas d'une épouse juive ? Sauf que, se dit Anna, il avait avoué être amoureux de Florence.

Lillian se laissa tomber sur la chaise vide de Stuart.

— Je préfère largement la vue qu'on a d'ici, dit-elle en faisant un clin d'œil à Charles.

Anna se sentait disposée à la détester, non seulement parce qu'elle avait banni Stuart à l'autre bout de la table mais aussi à cause de la facilité avec laquelle elle monopolisait l'attention du groupe. Elle était tellement décontractée, tellement franche, si péniblement américaine.

— Tu es allemande ?

Anna acquiesça d'un signe de tête et but une gorgée de bière. Ça ne valait pas le coup d'expliquer qu'elle était née en Hongrie.

— Quand as-tu rencontré Stuart ?

— Il y a quelques mois.

Lillian, à l'évidence, voulait davantage d'explications mais qu'aurait bien pu lui raconter Anna ? *Nous nous sommes connus par l'intermédiaire d'une fille qui est morte depuis.*

— Et vous vous voyez depuis ?

Anna jeta un coup d'œil à Stuart de l'autre côté de la table, en se demandant s'il avait entendu la question de Lillian. Charles était au beau milieu d'une histoire de son cru mais il y avait quelque chose dans l'attitude de Stuart, qui se tenait droit, la tête tournée vers Lillian et Anna, qui amena Anna à se demander s'il ne tendait pas l'oreille pour essayer de saisir des bribes de leur conversation.

— Stuart m'a appris à nager.

— Oh, alors, vous ne vous voyez pas ? insista Lillian.

L'expression « se voir » ressemblait à un drôle d'euphémisme pour « sortir ensemble ». Anna contempla sa main, toujours sur son genou. Que pouvait-elle dire d'autre que non ? Elle secoua la tête.

— Dans ce cas, dit Lillian, la moitié des filles d'Atlantic City dormiront mieux ce soir.

— Ah ?

— C'est vrai. Charles dit qu'elles sont toutes folles de Stuart. Un séduisant membre de l'ACBP qui, en plus, se trouve être l'héritier d'une fortune. Qu'est-ce qu'il pourrait y avoir de mieux, franchement ?

Anna but une longue gorgée de bière. Lillian était insupportable.

— Il y avait une fille avec laquelle on le voyait tout le temps. Mais je crois que ça, c'est du passé maintenant.

De qui parlait-elle ? De Florence ? Anna voulait absolument fuir cette Lillian. Elle finit sa bière, reposa la bouteille sur la table, marmonna quelque chose à propos d'aller aux toilettes et disparut au fond du bar, où un serveur lui désigna du doigt l'endroit adéquat. Une fois dans la place, elle ferma la porte derrière elle, non sans satisfaction, poussa le verrou et s'adossa lourdement contre les lattes de bois.

La façon dont Lillian parlait de Stuart, c'était d'une vulgarité incroyable. Mais Anna valait-elle tellement mieux ? N'était-elle pas encore une fille qui tentait de convaincre Stuart de tomber amoureux d'elle ? Les filles que connaissait Lilian voulaient Stuart à cause de l'argent de son père et Anna le voulait à cause de sa nationalité. Il méritait sans doute de séduire une fille qui ne voulait ni de l'un ni de l'autre.

Quelqu'un tapa légèrement contre la porte des toilettes. Anna en sentit les vibrations dans ses omoplates.

— Je sors dans une minute, cria-t-elle.

— C'est moi, dit Stuart. Qu'est-ce que tu dirais de se tirer d'ici ?

* * *

Devant chez Bert's, le soleil était en train de se coucher et le ciel paraissait presque couleur lavande. Stuart proposa de marcher sur la plage plutôt que sur la Promenade ; ils enlevèrent donc leurs chaussures puis longèrent la mer, se dirigeant vers le sud.

— En arrivant à la hauteur de l'appartement, proposa Stuart, nous déciderons si nous avons encore envie d'aller nous baigner.

Anna se rendit compte qu'il la traitait avec beaucoup de douceur. D'habitude, quand il s'agissait de ses leçons de natation, il n'était pas question de remettre ou d'annuler. Mais apparemment, il sentait que leur sortie s'était plutôt mal passée, en tout cas pas très bien.

— Je suis désolé d'avoir changé de chaise, dit-il.

Anna laissa échapper un petit rire.

— Quoi ? demanda-t-il en souriant. Je ne savais pas qu'elle était aussi épouvantable.

— Elle est terrible.

— Je suis bien triste pour Charles, dit Stuart en fronçant le nez.

— Charles ? Et moi alors ?

— Tu as raison, tu as complètement raison, dit Stuart en lui donnant affectueusement un petit coup d'épaule. Pour info, je ne peux pas avoir toutes les filles d'Atlantic City.

— Ah bon ?

— Kitty Carlisle est passée au Nixon Theater le mois dernier et elle n'a même pas répondu à mes appels téléphoniques.

Anna sourit. À l'évidence, il avait entendu tout ce que Lillian avait dit.

— Ça a dû te démoraliser.

— Ah oui, répondit-il en souriant à son tour. Tu veux te baigner ici ?

Ils étaient arrivés sur une portion de plage pas très éloignée du Steel Pier. Le temps qu'Anna réponde, Stuart avait déjà laissé tomber ses chaussures dans le sable et s'était débarrassé de sa chemise. Timidement, elle commença à se déshabiller.

— Ça te va ? s'enquit Stuart, sentant son anxiété. Si tu détestes nager dans l'océan, demain, on retournera à la piscine.

— Ça va, dit-elle en s'attaquant aux boutons de sa robe.

Elle ne se sentait pas à l'aise, elle avait l'impression d'être une usurpatrice. Sa robe glissa le long d'une épaule, révélant le maillot vert vif dessous.

— Anna Epstein, ne vois-je pas là un nouveau maillot ?

Elle sentit ses joues s'empourprer mais elle se fit un devoir de lui adresser un sourire qu'elle espérait aguicheur.

— Fais-moi voir. En entier.

Anna renonça à défaire les autres boutons et fit passer la robe par-dessus sa tête.

— Ta-da-da, dit-elle, espérant ainsi se présenter comme la fille qui s'achète tout le temps des nouveaux maillots à exhiber sur la plage.

Stuart parut saisir qu'elle avait besoin d'être rassurée.

— Tu es magnifique, déclara-t-il en lui prenant la main, brièvement. Le maillot est joli, lui aussi.

Brusquement, Anna regretta le maillot noir défraîchi au fond du tiroir de Florence, un vêtement qui lui permettait d'être invisible en pleine lumière.

— Anna, y a-t-il autre chose qui te contrarie ? demanda Stuart.

Pouvait-elle tout lui raconter ? Ou pas ? Difficile à dire. Si elle en racontait trop, elle courait le risque qu'il voie clair dans son jeu, qu'il comprenne que d'autres désirs venaient troubler son affection. Si elle ne partageait rien, comment pourrait-il jamais savoir ce dont elle avait besoin ?

— J'ai eu des nouvelles de ma mère hier. La situation ne se présente pas très bien pour mes parents.

— Qu'est-ce qu'ils disent ?

— Qu'il n'y a pas assez sur le compte en banque que Joseph a ouvert.

Elle tenait sa robe roulée en boule contre sa poitrine.

— Et les déclarations sous serment ? demanda Stuart. Tu disais que maintenant, il y en avait davantage.

— Le consul exige qu'elles viennent de parents proches.

— Et tes parents n'ont pas de famille aux États-Unis ?

— Rien que moi, dit Anna en secouant la tête.

— Oui, bien sûr, dit Stuart, admettant sa bévue avec un petit rire. Tu ne peux pas les parrainer, je suppose ?

— J'ai un visa étudiant.

De sa main libre, elle repoussa une mèche de cheveux derrière son oreille.

— Et Joseph ne peut rien faire de plus ? demanda Stuart.

— Il a déjà tellement fait.

— Il y avait combien sur le compte ?

— Douze cents dollars, dit-elle.

Stuart écarquilla les yeux.

— Et le consul affirme que ce n'est pas suffisant ? C'est dingue.

— On a dit à mes parents qu'il fallait une « certaine somme » d'argent sous forme de fiducie irrévocable.

— Quelle somme ?

— Ils n'ont pas dit. Mais s'ils doivent compter sur les intérêts pour vivre, sans jamais toucher au capital, il s'agit probablement d'une somme avoisinant les cinq mille dollars.

Stuart laissa échapper un sifflement.

— Je sais.

— Qu'en dit Joseph ?

— Rien de définitif. Mais ça m'étonnerait bien qu'il puisse disposer d'une pareille somme.

— Peu de gens le peuvent.

Ils demeurèrent silencieux pendant quelques minutes. Si seulement Anna savait quoi dire ou quoi faire pour égayer la soirée. Il était fort possible que, désormais, il n'y eut plus rien à tenter.

— Tu connais Eli Hirsch ? finit par demander Anna.

— Vaguement.

— Je suis allée le voir hier.

Un crabe leur fila entre les pieds et ils le regardèrent tous deux disparaître dans un trou du sable.

— Il pense que ce que j'ai de mieux à faire, c'est de renoncer à l'université pour essayer d'obtenir la nationalité américaine. Alors mes parents pourraient demander un visa préférence, qui est bien plus facile à obtenir.

— Tes parents n'en seraient-ils pas anéantis ?

— Mon père ne travaille pas depuis plus d'un an.

— Est-ce facile d'obtenir la nationalité américaine ?

— Si je demandais un statut de résident permanent, pas très facile.

Anna prit son souffle et se força à regarder Stuart.

— Mais, reprit-elle, si j'épousais un Américain, ce serait relativement simple.

Avait-elle vraiment répété à haute voix la suggestion d'Eli Hirsch ? Elle n'était pas saoûle, en aucune façon, mais la bière lui avait donné une certaine audace.

— C'est ça que tu souhaites ? demanda Stuart en fronçant les sourcils. Te marier ?

Anna ne put supporter de soutenir plus longtemps son regard. Elle détourna les yeux, étudiant la façon dont le sable venait se coller sur ses orteils. La seule chose qu'elle désirait pour le moment, c'était remettre sa robe.

— Je ne sais pas.

— Tu as déjà repéré un Américain en particulier ou bien n'importe quel Américain fera l'affaire ?

Stuart s'exprimait d'une voix dure. Anna ne l'avait jamais vu en colère, elle ignorait même qu'il était possible de provoquer chez lui pareille réaction.

— Stuart, je t'en prie.

Elle voulut lui prendre la main, cette même main qui lui avait donné l'impression d'être partie prenante d'elle, tout à l'heure sous la table chez Bert's, mais il se dégagea.

— Allons nager, d'accord ? dit-elle.

— Il fera bientôt nuit, répliqua-t-il en regardant le ciel puis elle. Je crois que nous avons laissé passer le bon moment.

Anna se mordit la lèvre inférieure. Comment avait-elle pu provoquer pareille catastrophe ?

— Tu peux te débrouiller pour rentrer chez toi ? demanda-t-il. J'ai dit aux gars que j'essayerais de venir les retrouver une fois que nous en aurions terminé.

Terminé ? Elle hocha vigoureusement la tête, elle tenait à lui faire savoir que tout allait bien pour elle même s'il n'avait pas l'air d'attendre une réponse de sa part. Il avait déjà ramassé sa chemise et ses chaussures et il repartait le long de la plage. Anna le regarda devenir de plus en plus petit, en se demandant si, à un moment ou à un autre, il n'allait pas jeter un coup d'œil par-dessus son épaule et la trouver toujours plantée au même endroit. Mais il ne le fit pas.

AOÛT 1934

GUSSIE

Le samedi matin, lorsque Anna et Gussie arrivèrent sur la plage pour assister à la compétition annuelle de natation d'Atlantic City, la Pageant Cup, une bonne centaine de concurrents s'étaient rassemblés derrière la ligne de départ.

Quelques sauveteurs de l'ACBP avaient dégagé un vaste chemin jusqu'au bord de l'eau. Les bras écartés, ils patrouillaient des deux côtés.

— Reculez ! cria l'un d'entre eux.

Gussie, Anna et plusieurs centaines de spectateurs reculèrent d'une demi-douzaine de pas.

La plupart des sauveteurs étaient postés le long de la course, dans les canots de sauvetage, prêts à disqualifier les nageurs qui coupaient les angles et à plonger pour récupérer ceux qui avaient surestimé leurs capacités. Et il n'était pas difficile de se retrouver dans ce cas-là, car la course était ardue. Les nageurs se jetaient à l'eau comme des fous à la hauteur de States Avenue et, à supposer qu'ils ne ramassent ni un poing ni un pied en pleine figure, se mettaient à nager en pleine mer, où les vagues pouvaient se montrer particulièrement impitoyables. La règle, c'était que les concurrents devaient tourner à la bouée orange et nager deux cents mètres vers le nord, jusqu'au Garden Pier. Une fois qu'ils avaient tourné à la deuxième bouée, au-delà de la jetée, ils pouvaient revenir vers le rivage.

Gussie scruta tout le parcours, cherchant Stuart. Il n'était pas sur la ligne de départ mais il était difficile de savoir s'il se trouvait dans un des canots de sauvetage. Quelques sauveteurs, les jambes dans le vide, s'étaient perchés sur le Garden Pier d'où ils avaient une vue imprenable sur la course et d'où ils pouvaient apostropher en hurlant les nageurs ; cependant, Gussie ne parvenait pas à distinguer leurs traits de si loin.

À dix heures précises, un homme armé d'un mégaphone s'avança jusqu'à la ligne de départ et souhaita la bienvenue tant aux nageurs qu'aux spectateurs. La foule l'acclama et Gussie applaudit à tout rompre. Elle jeta un coup d'œil à Anna, qui gardait les bras croisés. Elle n'avait jamais eu l'air aussi malheureuse.

Pendant le petit déjeuner, Gussie avait supplié que quelqu'un l'emmène assister à la compétition de natation mais personne n'était vraiment tenté.

— Pas cette année, lui dit sa grand-mère d'un ton abattu, en lui passant le saumon fumé.

— Mais on y va toujours, gémit Gussie.

Les adultes échangèrent un regard.

Finalement, son père, qui faisait une de ses rares apparitions à l'appartement, rompit le silence.

— Gus-Gus, on y va toujours parce que Florence y participe toujours.

— Et alors ? dit Gussie. Moi, ça me plaît, quoi qu'il en soit.

C'était vrai, Gussie avait toujours aimé assister à cette compétition mais, l'année précédente, c'était particulièrement excitant puisque Florence l'avait remportée haut la main. Gussie, ses parents et ses grands-parents étaient descendus sur la plage pour profiter du spectacle et tout le monde poussait des cris d'encouragement pendant que Florence se frayait un chemin jusqu'à l'océan. Au milieu de ces douzaines de nageurs, Gussie ne parvenait pas plus à repérer sa tante qu'elle n'aurait pu voir le bec d'un oiseau dans le ciel mais elle avait continué à hurler « Vas-y Florence ! » tandis que la famille courait sur la Promenade pour assister au grand final. Lorsque Florence était sortie de l'eau, elle avait offert à la foule un sourire à mille watts puis arraché son bonnet de bain pour l'agiter triomphalement au-dessus de sa tête. Elle avait battu toutes les filles, y compris celles avec lesquelles elle nageait dans l'équipe de l'Ambassador Club et celles de la WSA, venues de New York. Le maire Bader avait remis de gigantesques coupes en argent aux six meilleurs nageurs, trois hommes et trois femmes, et Gussie avait adoré entendre le nom de sa tante annoncé en dernier.

— Je ne vais pas pouvoir voir ce qui se passe, dit Gussie à Anna quand un homme de haute taille, coiffé d'un chapeau de paille, s'installa devant elle.

— Ne t'inquiète pas.

Gussie se précipita devant l'homme au moment où retentit le coup de feu et les nageurs – hommes et femmes – passèrent au galop devant elle, une bourrasque de bras et de jambes volant sur le sable.

L'année précédente, Florence se trouvait plutôt à l'arrière de la meute mais ça n'avait rien changé pour elle. Le temps que les premières femmes atteignent la bouée, elle était déjà en tête.

— Y avait-il déjà autant de monde l'année dernière ? demanda Anna quand les derniers nageurs se furent jetés dans les vagues et alors que la foule se calmait un peu.

— Davantage, dit Gussie.

La réponse ne paraissait pas adéquate mais l'idée que la course avait été mieux – à tous les points de vue – quand Florence était dans l'eau et sa famille dans le public lui plaisait. Si Anna ne la crut pas, elle ne le montra pas.

Gussie savait qu'Anna s'intéressait à la course parce que, alors qu'elles se dirigeaient vers la jetée, elle n'avait cessé de l'interroger dessus. Elle voulait savoir pourquoi la course s'appelait un « pageant », tenant à la fois de la compétition et de la reconstitution historique, quels étaient les prix et à quoi ressemblaient les nageurs de cette année par rapport à ceux des années précédentes. Gussie lui répondait du mieux qu'elle pouvait. Et quand elle ignorait la réponse, elle l'inventait. Anna ne pouvait pas espérer qu'elle sache absolument tout.

Gussie entraîna Anna vers le Garden Pier. La jetée était bordée de boutiques des deux côtés mais l'attraction principale, c'étaient les plates-bandes, remplies de plantes exotiques et parsemées de kiosques ; il y avait même une petite mare. Un grand hall d'exposition au bout de la jetée barrait la vue de la mer aux deux filles.

— On ne ferait pas mieux d'aller attendre sur la plage ? proposa Anna. Comme ça, on sera sûres de ne pas les rater quand ils sortent de l'eau.

— Il y a encore un petit bout de jetée derrière le hall, dit Gussie en se faufilant dans la cohue.

Ce qu'elle ne disait pas à Anna, c'était qu'il y avait des chances pour que Stuart se trouve là-bas. C'était là où il s'était posté l'année précédente, après avoir vu Florence prendre le départ.

Une fois arrivée derrière le hall, Gussie examina la foule, cherchant les cheveux blonds de Stuart. Il lui fallut plusieurs minutes pour le repérer, debout au milieu d'un important groupe de sauveteurs qui poussaient des cris et des hurlements par-dessus la rambarde.

Gussie l'appela en faisant des grands gestes du bras et elle crut bien le voir tourner la tête mais juste à ce moment, Anna la tira par la main pour laisser passer un groupe d'enfants et le temps qu'elle ait de nouveau vue sur la rambarde, Stuart avait disparu. Où avait-il bien pu passer ? Quand même, il l'avait vue, non ?

Gussie fut traversée par une idée épouvantable. Stuart serait-il en train de l'éviter ? Elle se sentit soudain toute barbouillée. Il lui avait fallu pratiquement une semaine entière avant de trouver le courage nécessaire pour lui demander s'il voulait l'épouser et elle avait passé toute une après-midi à peindre ce couple d'hippocampes ; en lui donnant le caillou, elle avait oublié de lui dire qu'en fait, ça représentait Stuart et Gussie. Si elle s'était expliquée, il aurait pu demander pourquoi elle avait peint des hippocampes plutôt que des humains mais elle n'avait pas envie d'en arriver là. Tout le monde savait qu'il était extrêmement difficile de peindre des gens qui ressemblaient à des gens. Les hippocampes, c'était bien plus simple. Est-ce qu'on voyait souvent des hippocampes de tout près ? Non, pas très souvent.

Hippocampes ou pas, Gussie avait été heureuse de la façon dont Stuart avait réagi à sa proposition. Comme elle n'espérait nullement un mariage immédiat, l'idée d'attendre d'être adulte ne l'avait pas découragée. Mais peut-être que tout ce discours de Stuart, prêt à l'épouser quand elle serait grande, c'était simplement sa façon de dire non. Exactement comme quand elle demandait à sa mère si elle pouvait aller acheter des bonbons chez Fralinger, la réponse était toujours « Plus tard ». Fallait-il donc penser qu'il n'avait aucune intention de jamais l'épouser ?

Quand Anna lâcha enfin la main de Gussie, celle-ci fit le tour du hall d'exposition, vers la Promenade, pour voir si elle pouvait retrouver Stuart. Il paraissait peu probable qu'il fût entré dans une des boutiques mais peut-être s'était-il arrêté pour discuter avec quelqu'un alors qu'il revenait vers la plage. Elle vérifia l'amphithéâtre et chaque petit kiosque près de l'entrée de la jetée avant de se rendre compte qu'elle avait oublié Anna ; celle-ci allait être furieuse de ses vagabondages. Gussie fit volte-face et se hâta vers l'extrémité de la jetée mais elle était encore à la hauteur du hall d'exposition quand elle entendit son nom crié à répétition. Elle se retourna et vit Anna qui courait partout.

— Je suis là ! appela Gussie.

Anna s'arrêta pile et regarda autour d'elle, affolée. Gussie se rendit compte qu'au milieu de toute cette agitation, il lui fallait du temps pour repérer d'où venait sa voix, alors elle cria à nouveau :

— Par ici !

Dès qu'Anna aperçut Gussie, elle eut l'air infiniment soulagé mais aussitôt, on eut dit qu'un voile descendait sur son visage. Elle plissa les yeux et pinça les lèvres. Elle fonça droit sur Gussie et sans dire un mot, lui allongea une bonne gifle.

Personne n'avait jamais giflé Gussie. Elle était tellement surprise de ce que venait de faire Anna qu'il ne lui vint même pas à l'idée de crier.

— J'ai cru que tu étais tombée de la jetée et que tu t'étais noyée.

— Je cherchais seulement…

— Je n'ai pas terminé.

Gussie se frotta la joue.

— Je suis désolée que tu passes un été pourri. Une année pourrie, en fait. Hyram, Florence, le séjour de ta mère à l'hôpital, ton père. Tu ne mérites rien de tout cela.

— J'étais juste…

— J'ai dit que je n'avais pas terminé. Tu as toutes les raisons d'être en colère et tes grands-parents ont toutes les raisons de vouloir te cajoler. Mais quand tu es avec moi, tu ne disparais plus jamais comme ça. C'est compris ?

Gussie était trop gênée pour dire quoi que ce fût, elle se contenta donc de hocher la tête. Était-il possible que tout le monde sur la jetée ait pu entendre la réprimande d'Anna ? Combien de personnes avaient-elles été témoins de la gifle ? Gussie sentit son visage s'embraser et elle était sûre qu'elle avait les joues rouges. Anna la regarda pendant un temps qui parut durer des siècles puis elle eut un geste inattendu. Elle saisit Gussie par les épaules et l'attira contre elle.

Le corps d'Anna était chaud et humide de sueur mais se retrouver dans ses bras, c'était une sensation qui n'avait rien de désagréable. Son étreinte n'était pas si différente de celle de la mère de Gussie. Ou même de celle de Florence. Leurs embrassades avaient toujours paru solides, rassurantes. Gussie posa la tête contre la poitrine d'Anna et les battements de son cœur ralentirent peu à peu.

— C'est quoi, le problème avec mon père ? demanda-t-elle finalement.

— Oh, oublie ce que j'ai dit, répliqua Anna en se reculant pour mieux voir Gussie. Si nous nous dépêchons, tu crois qu'on pourra encore voir l'arrivée ?

Les nageurs les plus rapides étaient déjà sortis de l'eau quand Anna et Gussie quittèrent la jetée pour revenir sur le sable. Ils se tenaient debout, les mains sur les genoux pour reprendre leur souffle, et ils avaient l'air d'apprécier la tape dans le dos dont les gratifiait parfois un spectateur excité.

— Bien joué ! cria Gussie dans la direction de trois filles vêtues de maillots de bain de l'Ambassador Club.

— C'est leur uniforme ? demanda Anna en désignant leurs maillots d'un signe de tête.

— Oui, dit Gussie en jetant un regard curieux à Anna.

C'était une drôle de question et Anna parut sidérée de la réponse.

Il était encore temps d'applaudir les arrivants du milieu de peloton et sans aucun doute les traînards, donc Gussie et Anna passèrent le quart d'heure suivant à crier face au déferlement des vagues et aux gens qui en sortaient.

Tout en applaudissant, Gussie crut entendre la voix de Stuart, puissante et grave, au milieu des cris de la foule mais elle n'osa pas se retourner pour le chercher. D'une part, parce qu'elle s'inquiétait à l'idée de compromettre la paix – si récente – entre Anna et elle. D'autre part, l'idée de regarder une personne qui ne souhaitait pas la regarder, elle, lui déplaisait fortement.

Quand le dernier concurrent fut revenu sur le rivage, les autorités de la course commencèrent à essayer le mégaphone et à s'éclaircir la voix. Un homme vêtu d'un costume trois pièces s'avança avec précaution sur le podium, qui n'était qu'une grosse caisse en bois décorée de fleurs et de drapeaux.

— Qui est-ce ? chuchota Gussie à Anna, en voyant la foule s'avancer.

Anna se contenta de répondre d'un haussement d'épaules.

Maintenant, il devenait plus difficile d'ignorer Stuart, qui se trouvait directement dans la ligne de mire de Gussie. Leurs regards se croisèrent et il lui fit un petit signe assorti d'un demi-sourire. Gussie sentit son cœur s'emballer. Il avait dû apprécier la proposition de mariage et elle s'était fait du souci pour rien.

Gussie examina le podium où les gagnants de l'année précédente – trois hommes et deux femmes – s'étaient rassemblés. Allait-on leur demander de proclamer les vainqueurs ? De distribuer les médailles ? Gussie ressentit alors amèrement l'absence de Florence et voulut saisir la main d'Anna, dans l'espoir d'un petit signe d'encouragement.

Mais Anna ne prêtait nullement attention à Gussie et sa main pendait mollement le long de son flanc. Anna regardait Stuart et, quand Gussie se retourna vers lui, elle s'aperçut que les yeux de celui-ci, qui paraissaient tristes et peut-être légèrement perplexes, étaient littéralement accrochés à ceux d'Anna.

Quand même, Stuart n'était pas amoureux d'Anna ? De l'avis de Gussie, Anna n'était même pas si aimable que ça. L'autre jour sur la plage, Stuart lui avait expliqué qu'elle était libre d'épouser quelqu'un de son âge mais sur lui, il n'avait pas dit un mot. Elle n'avait même pas envisagé le fait qu'il pourrait tomber amoureux le premier, sans laisser à Gussie le temps de grandir. Son cœur se mit à battre la chamade et elle s'accroupit sur le sable pour pouvoir réfléchir plus clairement.

Gussie était tellement concentrée que la totalité des discours aurait pu lui échapper si, soudain, le nom de sa tante n'avait pas été mentionné. Florence Adler. Elle leva les yeux vers le podium. Qu'avait donc dit le bonhomme avec le mégaphone ? Maintenant, il demandait aux gens de baisser la tête et d'observer un moment de silence.

— Qu'est-ce qu'il vient de dire ? chuchota Gussie en se relevant.

— Que le comité tient à honorer la mémoire de Florence.

— Ça veut dire quoi ? demanda-t-elle en se frottant la joue, qui la piquait encore.

Anna la tirait déjà en direction de l'appartement.

— Ça veut dire que tout le monde est au courant.

ESTHER

Alors qu'Anna et Gussie étaient parties assister à la compétition de natation et qu'Isaac s'était dépêché de filer, Esther avait lavé et essuyé la vaisselle du petit déjeuner et elle avait tout rangé.

D'ici quinze jours, les locataires seraient partis, de retour à Philadelphie, et Joseph et elle pourraient se réinstaller dans la maison d'Atlantic Avenue. Pendant plusieurs années, Joseph avait préconisé de laisser dans l'appartement des casseroles et des poêles, de la vaisselle et des couverts, et même quelques draps et serviettes. Mais chaque été, quand venait le moment de le fermer, Esther embarquait tout. Elle préférait croire que, peut-être, l'année suivante, ils seraient en mesure de se passer de ce revenu annuel et qu'elle pourrait voir à quoi ressemblaient les brises estivales sur leur propre véranda.

Esther savait qu'elle ne parviendrait jamais à surmonter la mort de Florence – pas complètement – mais si elle pouvait quitter cet appartement, où sa fille avait vécu ses derniers jours, elle pensait être en mesure d'y réfléchir de façon plus posée. D'ici le premier lundi de septembre, pour le Labor Day, la fête du Travail, elle aurait rendu Gussie à ses parents et Anna serait partie. Esther était impatiente de se retrouver dans une maison vide et, surtout, d'avoir enfin la possibilité d'être seule avec son chagrin.

— Joseph ! appela-t-elle du couloir. Ça t'ennuierait de descendre me chercher quelques caisses d'emballage ?

Elle savait que son mari était au salon, planqué derrière un journal. Elle guetta sa réaction mais elle n'entendit même pas le bruissement d'une page.

— J'ai pensé que je pourrais ranger certaines des affaires de Florence, ajouta-t-elle.

Toujours pas de réponse – elle était certaine qu'il avait été surpris de sa requête – mais au bout de quelques instants, elle entendit le cliquetis du loquet de la porte d'entrée et ses pas dans l'escalier. Elle entra dans la chambre que ses filles partageaient autrefois et tenta d'ignorer les preuves que, désormais, Anna en était l'unique occupante.

Après avoir pris une grande inspiration, elle se mit à ouvrir les tiroirs de la commode de Florence. Elle ramassa les vêtements, les sous-vêtements et les maillots de bain et les déposa, par grandes brassées, sur le lit où elle pourrait mieux les examiner. Au milieu du fouillis, elle repéra le vieux maillot de l'Ambassador Club – tellement usé que la laine noire était devenue grise. Elle porta le maillot à son visage tout en examinant la pile de vêtements devant elle. Qu'est-ce qu'elle allait faire de tout ça ? Les garder ? Elle doutait que Fannie pût les mettre, pas après une deuxième grossesse. Elle se figea. Une *troisième* grossesse. Anna avait la taille fine et pourrait sans doute porter pratiquement tout ce qui était là mais lui donner les vêtements de Florence, c'était hors de question.

Joseph apparut sur le seuil, avec trois caisses d'emballage vides dans les bras. Il les posa par terre, à côté du lit de Florence.

— Tu as besoin d'aide ?

Esther posa le maillot de bain sur la commode et fit des yeux le tour de la pièce. Ce dont elle avait besoin, c'était de retrouver sa fille. Ce fut ce qu'elle envisagea de répondre mais elle se contenta de lui dire :

— Je vais me débrouiller.

Elle mit une caisse sur le lit, attrapa un caraco, le replia puis le rangea au fond. Joseph avait-il l'intention de passer l'après-midi sur le seuil de cette porte ? Elle avait envie qu'il la laisse tranquille mais, à sa grande déception, il se dirigea vers la commode, ouvrit un tiroir et en sortit une paire de lunettes de moto que Florence avait adaptées pour son expédition autour de l'île.

— C'était une excellente idée, dit-il. Tremper les lunettes dans la paraffine.

La cire avait commencé à s'écailler par gros morceaux et il en prit un encore inséré dans le cuir.

Esther laissa échapper un bref soupir.

— On peut dire que ça lui a fait une belle jambe.

— Elle a réussi à faire le tour de l'île d'Absecon.

— Et ça devrait me réjouir ?

— Elle, ça l'a réjouie.

Esther s'accrocha des deux mains à la caisse devant elle.

— Et toi, tu recommencerais tout ? demanda-t-elle d'un ton circonspect. Lui apprendre à nager, l'encourager à s'entraîner, les compétitions ? Sachant comment tout ça va se terminer ?

— Bien sûr que non.

Il passa de l'autre côté du lit, prit une paire de bas et entreprit de les plier. Le cœur d'Esther se serra. À l'évidence, il avait l'intention de rester.

— Pas comme ça, dit-elle en prenant une paire de bas identique à celle qu'il avait entre les mains. On les plie d'abord en deux. Ensuite, il faut les rouler.

Joseph la regarda, un regard si plein de compassion que cela donna à Esther envie de crier, mais il obéit.

Il bousilla encore trois paires avant de dire quelque chose.

— Ça ne te faisait jamais le moindre plaisir de voir tout ce qu'elle était capable d'accomplir dans l'eau ?

Esther déroula les bas pliés par Joseph pour les replier à sa manière. Avait-elle jamais retiré quelque bonheur des exploits aquatiques de Florence ? Elle n'avait certainement jamais aimé ce sentiment d'impuissance qui l'accablait quand sa fille nageait au large. Mais, quand même, il avait pu lui arriver de se réjouir de ses victoires. Elle avait aimé se plaindre à l'épicier de ce que sa fille lui coûtait une fortune en nourriture. Il pesait alors un gros régime de bananes ou un filet d'oranges bien luisantes en riant aimablement. Elle aimait la façon dont les mères des filles plus jeunes de l'Ambassador Club ne manquaient jamais, quand elles tombaient sur Esther, de lui demander si Florence était contente à Wellesley. Esther récitait alors quelques passages des lettres de sa fille dont elle avait gardé le souvenir, tout à fait consciente que ces nouvelles seraient rapportées aux membres de l'équipe. Si elle tombait aujourd'hui sur ces femmes, leur conseillerait-elle – ou pas – de garder leurs précieuses petites loin de l'eau ? Elle imaginait très bien Florence lever les yeux au ciel à cette idée.

— Moi aussi, j'ai le droit de montrer qu'elle me manque, déclara Joseph calmement.

Esther sentit la colère s'emparer lentement d'elle. Comment Joseph osait-il essayer de retourner la situation au point d'en arriver à parler de tout autre chose ? Les mots s'échappèrent de sa bouche avant qu'elle ait eu le temps de réfléchir à ce qu'elle disait :

— Au moins, toi, tu as Anna.

— Ça veut dire quoi ? réagit Joseph, l'air perplexe.

— Comment tu as rédigé ça, déjà ?

Elle balança les bas roulés dans la caisse et se dirigea vers la commode d'Anna où elle ouvrit brutalement le dernier tiroir pour attraper l'épaisse liasse de documents.

— Esther, ce n'est pas à toi.

Elle feuilleta frénétiquement le tas de papiers, cherchant la copie de la déclaration sous serment de Joseph.

— Elle est par ici, quelque part.

— Ce sont des documents importants. Tu devrais les remettre à leur place.

— Voilà ! dit-elle en agitant dans l'air la déclaration sous serment.

Elle parcourut l'addendum pour repérer la ligne qui lui avait fait dresser les cheveux sur la tête.

— *À dix-sept ans, la mère de la demanderesse et moi-même, nous nous sommes fiancés.*

Elle lut le reste du paragraphe à voix haute, y compris le passage où il affirmait qu'Anna était *comme une fille pour lui*, avant de lui balancer la déclaration.

— C'est toi qui as écrit ça. Et quoi, trois mois plus tard, ta fille est morte ? *Ayin hara.*

Joseph s'appuya contre la tête de lit en fermant les yeux.

— Tu penses que notre fille a été tuée par le mauvais œil ?

— Qu'est-ce que je devrais penser ?

Il rouvrit les yeux et la regarda sans rien dire.

— Qu'elle a eu une crampe. Ou qu'elle a été prise dans un courant d'arrachement.

Sa voix se cassa sur le mot *arrachement.*

— C'était une bonne nageuse, dit-elle en se mettant à sangloter.

— Esther.

Il voulut s'approcher d'elle, les bas toujours à la main, mais elle brandit la pile de papiers devant elle comme un bouclier.

— Ne me touche pas.

— Je suis désolé de ne t'avoir rien dit à propos d'Inez.

— Je me sens comme une vraie idiote. Le premier été où nous nous sommes rencontrés, qu'y avait-il de vrai ?

— Tout était vrai, dit Joseph en lui prenant les papiers des mains et en l'attirant vers lui.

— Quand as-tu mis fin à votre histoire ?

— Tu te souviens du soir où tu m'as pris la main ? Devant le Chelsea ?

Esther hocha la tête.

— J'ai écrit à Inez ce soir-là.

— Qu'est-ce que tu lui as dit ?

— Que je voulais être le genre d'homme qui tenait ses promesses mais que j'avais rencontré une femme dont, je le savais, je ne pourrais jamais me détacher.

— Pourquoi ne m'as-tu pas parlé d'elle ?

— Je ne sais pas. J'avais peur, sans doute.

Ce qui dérangeait le plus Esther, quand elle y réfléchissait vraiment, ce n'était pas que Joseph eût aimé quelqu'un d'autre, mais qu'il ne lui ait pas fait suffisamment confiance pour lui en parler. Avait-il considéré qu'elle était trop fragile ? Ou leur relation trop peu solide ?

— Tout ce temps où tu as travaillé avec Anna pour faire venir Inez et Paul aux États-Unis, et moi, je ne pouvais que me demander pourquoi elle comptait tant. Au lieu de rester là à traîner comme une crétine, ça m'aurait fait plaisir d'avoir l'occasion de me montrer à la hauteur de la situation.

Joseph s'assit sur le lit d'Anna, les mains posées sur les genoux. Il lui fallut plusieurs longues secondes pour retrouver sa voix.

— J'ai toujours regretté la façon dont j'ai traité Inez.

— Tu aurais voulu l'épouser ?

Joseph la dévisagea comme si elle était dérangée.

— Non, j'aurais seulement voulu me montrer honnête envers elle.

— Tu l'as été.

— Je crois que je savais, longtemps avant de te rencontrer, que je ne l'épouserais pas. J'aurais dû la prévenir plus tôt.

— Tu étais jeune.

— Ce n'est pas une excuse.

— Donc, c'est ta pénitence ? dit Esther en montrant la commode d'Anna, son lit. Faire venir sa fille aux États-Unis ?

— J'aurais dû faire ça il y a bien longtemps.

— La faire venir aux États-Unis ?

— Elles deux. Après la guerre. À l'époque, cela aurait été plus simple.

— Et pourquoi tu ne l'as pas fait ?

— Je ne voulais pas te blesser.

Esther laissa échapper un rire bref, plus rageur qu'elle ne l'aurait voulu. Elle était tellement fatiguée. Cette petite lettre bleue était-elle vraiment arrivée un an auparavant ? Elle remit la liasse de documents dans le tiroir et porta les mains à son visage, frottant ses orbites du bout des doigts. Inez aurait pu demander n'importe quoi à Joseph et lui, il aurait dit oui parce que c'était un homme bien. De cela, Esther était convaincue.

— Il y a autre chose, Esther.

— Quoi donc ? dit-elle tout en observant son mari qui faisait courir ses mains le long de ses cuisses.

— Nous avons reçu une nouvelle lettre de refus du consulat américain.

— La déclaration sous serment ne marche pas ?

— C'est plus grave que ça. Le consul veut avoir la preuve définitive qu'Inez et Paul seront en mesure de subvenir à leurs besoins quand ils arriveront aux États-Unis.

— S'ils ne peuvent pas sortir leur argent d'Allemagne, comment le consul peut-il s'attendre à ce qu'ils produisent ce genre de preuve ?

— J'ai fourni mes propres relevés bancaires, les rapports du commissaire aux comptes, les actes notariés. J'ai promis de les entretenir jusqu'à ce que Paul retombe sur ses pieds. Mais rien de tout cela n'est suffisant.

Esther se sentit prise de pitié. Pour Anna, oui, mais aussi pour Inez et Paul.

— Alors, il n'y a rien de plus à faire ?

— Peut-être que si. Maintenant, le consul suggère que des mécènes ouvrent des comptes bancaires aux États-Unis au nom des candidats.

— Ce que tu n'as pas fait.

Joseph ne répondit pas, il détourna simplement le regard.

— Tu es en train de me dire que tu as ouvert un compte en banque au nom d'Inez ?

Il lui jeta un bref coup d'œil avant de baisser la tête.

— Avec quel argent l'as-tu ouvert ?

— L'argent de Florence pour la traversée de la Manche plus de l'argent d'ailleurs.

Esther fut prise de malaise.

— Combien ?

— Douze cents dollars.

Elle saisit le pied de lit en cuivre de Florence pour ne pas perdre l'équilibre.

— Tu as mis douze cents dollars sur un compte à son nom ?

Joseph hocha la tête.

— Que devient cet argent s'ils ne réussissent pas à quitter l'Allemagne ? Tu peux le récupérer ?

— Un bénéficiaire en héritera à leur mort.

— Et le bénéficiaire…

Joseph la regarda droit dans les yeux.

— Anna, dit doucement Esther.

Tout revenait à Anna. Anna aurait pu tout aussi bien usurper totalement la vie de Florence.

— J'avais le sentiment que c'était la chose à faire. S'ils ne réussissent pas à partir, Anna n'aura aucun filet de sécurité. En supposant qu'elle reste.

— Filet de sécurité ? Et Fannie, alors ? N'a-t-elle droit à aucun filet de sécurité ? Et Gussie ? Tu as pensé à elles, seulement ?

— Je pense à elles tout le temps.

— Si tu m'avais demandé mon avis, j'aurais pu suggérer qu'on utilise cet argent pour payer la part d'Isaac sur la note de l'hôpital ou pour annuler ce fichu prêt que tu lui as fait. Offrir à notre fille un tout nouveau départ.

— Tu crois que l'argent, ça pourrait suffire pour offrir à Fannie un tout nouveau départ ?

Ils n'en parlaient pas souvent, de leur antipathie commune pour leur gendre. Qu'y avait-il à en dire ? Qu'ils auraient dû être plus clairs, qu'ils auraient dû se montrer plus exigeants pour leur fille aînée ? Qu'ils avaient laissé le judaïsme d'Isaac masquer ses autres caractéristiques – moins désirables ?

Cela, elle s'en rendait compte, c'était à quoi ça ressemblait de vieillir. Les gens finissaient par se sentir tellement accablés sous le poids de leurs propres mauvaises décisions qu'ils ne pouvaient pratiquement plus bouger.

— Dès que les locataires auront quitté la maison, déclara Esther, je me demande si je ne vais pas m'y réinstaller toute seule.

Joseph ne répondit pas, il se contenta de hocher la tête à répétition, si bien qu'Esther ressentit le besoin de franchir l'espace qui les séparait et de prendre le visage de son mari entre ses mains pour calmer ce mouvement.

— Aucun de nous deux n'aime l'idée de savoir cet appartement vide, dit-elle.

Joseph n'implora ni ne nargua. Le seul mot qu'il réussit à prononcer, quand il réussit enfin à la regarder, ce fut son nom.

* * *

— Esther, dit Anna de l'autre côté de la porte entrebâillée. Vous êtes là ?

Esther se tamponna les yeux et Joseph redressa son col.

— Vous êtes revenues ? dit-elle quand Anna poussa la porte.

— Excusez-moi de vous interrompre.

Le regard d'Anna passa d'Esther à Joseph puis au fouillis de vêtements étalé sur le lit.

— Nous étions simplement en train de trier les affaires de Florence, expliqua Esther.

Le dernier tiroir de la commode d'Anna était encore ouvert et Esther s'inquiéta à l'idée qu'Anna puisse voir qu'elle avait fouillé dans ses papiers.

— Où est Gussie ?

— Dans sa chambre.

— Et comment était la compétition ?

— Bien.

Anna regarda le tiroir ouvert puis Joseph, qui paraissait perdu dans ses pensées.

— J'ai quelque chose à vous dire, à tous les deux.

Joseph leva les yeux des bas qu'il tenait toujours à la main.

— Pendant la remise des prix, après la compétition, on a fait une minute de silence à la mémoire de Florence.

Esther cligna des yeux, à deux reprises, tentant de comprendre ce qu'Anna venait de dire.

— Une minute de silence ?

Anna hocha la tête.

— Tu as entendu ça, Joseph ? demanda Esther à son mari.

Mais celui-ci ne réagit pas, il commença seulement à se masser les sourcils, froncés par l'inquiétude, entre le pouce et l'index. Ce n'était plus du tout le moment de l'asticoter sur le sujet d'Anna, ni sur celui des papiers d'immigration d'Inez et Paul, ni sur qui irait où à la fin de la saison.

— Joseph, répéta Esther, qu'est-ce qu'on fait ?

FANNIE

Fannie se redressa d'un seul coup dans son lit. D'une main, elle tenait son ventre, et de l'autre, elle se cramponnait au matelas.

— Infirmière ! cria-t-elle dans l'obscurité de sa chambre d'hôpital. Infirmière !

Cette fois, ça n'avait rien à voir avec les petits pincements douloureux qu'elle avait sentis régulièrement au cours de ces dernières semaines.

— Si vous déplacez votre poids et que la contraction s'arrête, lui avait récemment expliqué le docteur Rosenthal, c'est une Braxton-Hicks, une fausse contraction – rien d'inquiétant.

— N'est-ce pas révélateur qu'on ait donné le nom d'un homme à un symptôme féminin ? avait-elle répliqué entre ses dents serrées, tout en se déplaçant sur l'autre côté.

Là, la douleur était tellement dévorante qu'elle avait du mal à se souvenir de son propre nom, sûrement pas de celui de quelqu'un d'autre. C'était comme si on avait placé une enclume de fer sur son pelvis. La seule chose qu'elle pouvait faire, c'était s'efforcer de respirer.

Fannie n'avait que peu de souvenirs de ses précédents accouchements. Gussie était née il y avait si longtemps désormais, Fannie était alors si jeune, et aussi tellement naïve. Elle avait considéré que son corps ferait ce qu'il était censé faire au moment où il était censé le faire, et ça s'était effectivement passé ainsi. Et puis Hyram était arrivé si tôt qu'il n'y avait pas eu de fausses contractions, seulement les vraies, avec toute la douleur et tout le chagrin qui avaient suivi.

La contraction se calma et Fannie relâcha le matelas. Elle eut l'idée de vérifier l'heure mais elle ne parvenait pas à voir le réveil.

De la salle des infirmières venait le bourdonnement d'une radio.

— Infirmière ! essaya-t-elle encore, plus fort cette fois.

Le temps que Dorothy apparaisse sur le seuil, Fannie était en proie à une nouvelle contraction. La douleur la traversait de part en part, du dos jusqu'à l'abdomen.

— Je crois que ça a commencé, voulut-elle annoncer, mais il lui fut difficile de prononcer la phrase en entier.

— On dirait bien. Avec quelle régularité se produisent-elles ?

— Je ne sais pas. Je n'en ai eu que quelques-unes.

Dorothy passa la tête dans le couloir.

— Eh, Helen ! Appelle le docteur Rosenthal, d'accord ? Fannie a l'air prête à s'y mettre.

La tête d'Helen apparut brièvement derrière celle de Dorothy. Puis elle disparut.

— Vous voulez bien lui demander de prévenir mon mari aussi ? demanda Fannie entre deux respirations profondes.

— Tu as entendu ? cria Dorothy par-dessus son épaule. Pendant qu'on attend le docteur Rosenthal, proposa-t-elle à Fannie, voyons si on ne pourrait pas vous installer plus confortablement.

Dorothy réarrangea les oreillers de Fannie et l'encouragea vivement à se détendre. Évidemment, Fannie en était bien incapable mais cela ne l'empêcha pas de remarquer le comportement de Dorothy. Dans ces circonstances particulières, l'infirmière se révélait extrêmement compétente.

— Je parie qu'on ne va pas tarder à vous emmener dans la salle de travail, annonça Dorothy.

Avec Hyram, Fannie avait absorbé une telle dose de morphine qu'elle ne se souvenait pratiquement plus de la salle de travail. Oscillant sans arrêt entre conscience et inconscience, elle avait été insensible non seulement à ses contractions, mais aussi aux moments qui les séparaient.

La salle d'accouchement était beaucoup plus difficile à oublier. La forte lumière blanche, le caleçon long et blanc qui, une fois enfilé, faisait office de sangles, retenant Fannie sur la table. Elle s'était sentie comme un animal enchaîné, elle était convaincue qu'elle allait mourir, les mains et les pieds dans les étriers et un masque d'éther collé sur le visage. Elle avait si peur à l'idée de se retrouver dans la même salle, tout seule, prise au piège d'une torpeur à laquelle elle ne pouvait s'arracher, qu'elle en avait le vertige.

Au bout de quelques minutes, Helen revint annoncer que le docteur Rosenthal allait arriver.

— Je n'ai pas réussi à joindre votre mari, dit-elle, mais j'ai prévenu vos parents.

— Ma mère arrive ?

— On dirait bien.

Fannie fut prise d'une envie folle de prévenir sa sœur en France mais elle se dit qu'il valait mieux attendre de tenir dans ses bras un bébé en pleine santé. BÉBÉ ARRIVÉ AUJOURD'HUI STOP AUCUNE COMPLICATION STOP JE VOUDRAIS QUE TU SOIS LÀ. Le « je voudrais que tu sois là », c'était trop ? Mais c'était la vérité.

Le docteur Rosenthal arriva et examina Fannie rapidement.

— Combien de temps depuis la dernière contraction ? demanda-t-il à Dorothy.

— Dix minutes, répondit celle-ci en regardant sa montre.

— Elle n'est pas dilatée.

— Qu'est-ce que ça veut dire ? demanda Fannie.

— Ça veut dire, expliqua le docteur Rosenthal, que ce bébé pourrait bien désirer attendre encore un peu.

— Et nous, on est d'accord ? s'enquit Fannie.

— Le terme n'est que dans quinze jours. Alors, oui. Tant que votre tension artérielle reste dans des limites acceptables.

Fannie ne savait plus si elle devait se sentir soulagée ou déçue. Elle tenait à donner à l'enfant toutes ses chances mais elle craignait de devenir folle si elle passait encore une heure, sans parler de quinze jours, dans son lit d'hôpital.

Le docteur Rosenthal promit de repasser voir où elle en était d'ici une demi-heure et ordonna à Dorothy de rester à côté de Fannie jusqu'à son retour. Dorothy parut déçue mais elle ne discuta pas. Elle s'agita exagérément pour regonfler les oreillers de Fannie et lui donner de l'eau fraîche mais, une fois le docteur Rosenthal parti, elle se mit à bâiller largement et s'écroula sur une chaise près de la fenêtre.

— Quelle heure est-il ? lui demanda Fannie.

— Bientôt deux heures, répondit-elle en regardant sa montre.

— Qu'est-ce que vous écoutiez ? Dans la salle de repos.

— Oh, juste des rediffusions de l'émission *Palmolive Beauty Box Theater*. Il n'y a rien d'autre à cette heure de la nuit.

— Est-ce affreux de travailler de nuit ? Je ne sais pas comment j'arriverais à rester éveillée.

— Ça va. C'est plus tranquille et puis, généralement, il y a moins à faire.

Fannie tira le drap par-dessus son ventre.

— Vous avez travaillé avant de vous marier ? demanda Dorothy.

— Si vous ne comptez pas le fait d'aider mes parents derrière le comptoir à la boulangerie, non. Je me suis mariée à dix-neuf ans, alors il n'y avait pas eu beaucoup de temps pour m'y mettre.

— Je veux me marier.

— Vous avez un amoureux ?

— Non, répondit Dorothy catégoriquement.

Fannie pencha la tête pour mieux voir Dorothy. C'était vraiment une drôle de personne.

— Bon, essayez de ne pas trop vous inquiéter pour ça. C'est la stratégie de Florence. Elle ne fait pas du tout attention aux garçons, et le résultat, c'est qu'ils sont tous fous d'elle.

Dorothy lui décocha un si drôle de regard que Fannie se demanda aussitôt si elle n'avait pas dit quelque chose de vexant. Était-ce mal de comparer Dorothy à Florence ? Après tout, elles avaient été dans la même classe et Dorothy jacassait toujours sur Florence, ou du moins, elle l'avait fait au début de l'été.

— Quoi ? dit Fannie.

— Rien.

— Non, quoi ?

— Ce n'est pas à moi de dire quoi que ce soit.

— Mais ?

— Vous étiez proches toutes les deux ? Êtes-vous proches ?

— Florence et moi ? Je suppose, oui. Sans doute. Je veux dire, oui, répondit Fannie.

— Alors, réfléchissez une seconde. N'est-ce pas bizarre que vous n'ayez plus jamais entendu parler d'elle ?

Pourquoi Dorothy cherchait-elle à l'asticoter ? Fannie se demanda si elle était toujours énervée à propos du coup de téléphone.

— Eh bien, elle est en France maintenant, vous savez.

— Toc toc, dit une voix dans le couloir.

Fannie aurait reconnu la voix chaude de son père n'importe où.

— Papa ?

— Je me suis laissé dire qu'on aurait bientôt une bonne raison de faire la fête.

Le cœur de Fannie enfla dans sa poitrine. Son père n'avait pas mis les pieds à l'hôpital depuis près de vingt ans mais il était là, debout devant elle. Il paraissait plus petit, peut-être un brin plus frêle qu'au printemps.

— As-tu été malade ? demanda-t-elle.

Seigneur, Maman tout craché, pensa-t-elle.

Joseph fit mine de s'examiner de bas en haut, inspectant ses bras et ses jambes, le dos de ses mains et le bout de ses pieds.

— Frais comme un gardon.

S'était-il donc écoulé tant de temps qu'elle avait oublié à quoi il ressemblait ? Évidemment, il n'avait pas dû rétrécir. Il s'approcha du lit pour embrasser Fannie sur le front, appuyant ses lèvres contre la peau de sa fille pendant plusieurs longues secondes, comme s'il s'efforçait de compenser son absence.

— Où est Maman ? s'enquit-elle quand il se recula pour s'asseoir au bord du matelas.

Elle se dit que Dorothy aurait bien pu s'en aller et laisser la chaise à son père. Ce n'était pas un vieillard mais ce n'était pas non plus un jeune homme.

— Elle arrive dans peu de temps.

La veille, Fannie avait été étonnée de voir Esther rester tard à l'hôpital ; elle n'avait quitté le chevet de sa fille que bien après l'heure du dîner. Et puis, aujourd'hui, elle l'avait à peine laissée seule. Quand Bette avait apporté le plateau du dîner, Fannie avait dû pratiquement supplier sa mère de rentrer chez elle.

Alors, où se trouvait-elle maintenant ? Brusquement, tout s'éclaira pour Fannie.

— Elle est en train de chercher Isaac, c'est ça ?

Joseph pinça les lèvres, comme s'il cherchait à retenir la chose qu'il mourait d'envie de dire.

— L'infirmière qui a appelé a dit qu'elle lui avait téléphoné d'abord. Il n'a pas dû entendre le téléphone sonner.

— Sans doute, dit-elle, incapable de croiser le regard de son père.

Chez eux, la sonnerie du téléphone était tellement stridente que, pendant des années, elle avait débranché l'appareil quand Gussie faisait la sieste. Où pouvait donc être Isaac ?

— Je vous ai peut-être réveillés pour rien, dit-elle en jetant un coup d'œil à Dorothy que leur conversation paraissait ennuyer mortellement. Il y a un quart d'heure, j'étais convaincue que j'étais sur le point d'être emmenée dans la salle de travail, mais maintenant, je n'en suis plus si sûre.

— Je suis ravi d'avoir eu cette excuse pour venir. J'aurais dû le faire il y a des mois.

— Si ça peut vous réconforter, intervint Dorothy de sa chaise, les hommes ne sont jamais très utiles dans ces circonstances.

— Dorothy, dit Fannie, prête à tout pour faire sortir la jeune fille de la chambre au moins pour quelques minutes, vous voulez bien nous accorder quelques instants ? Je vous promets qu'il viendra vous chercher s'il y a du nouveau.

Dorothy parut indécise, partagée entre l'envie – forte – de retourner dans la salle de repos écouter son émission de radio et le désir de ne pas mécontenter le docteur Rosenthal. Elle finit par se lever et partir.

Dès que Dorothy eut tourné le coin du couloir, Joseph secoua la tête en riant.

— Ça doit être celle-là dont ta mère se plaint toujours.

— Ce n'est vraiment pas une lumière.

— Je ne sais pas comment tu as pu supporter ça, dit Joseph en faisant le tour du lit pour venir s'asseoir sur la chaise libérée par Dorothy. Tout un été dans ce lit.

— J'aurais largement préféré être n'importe où ailleurs, dit Fannie. Je suis tellement jalouse de Florence, ça pourrait me faire hurler.

Son père détourna les yeux et, immédiatement, Fannie regretta cette remarque. Il y avait là quelque chose de malveillant alors que tout ce qu'elle désirait, c'était d'apparaître comme quelqu'un de généreux, de patient et gentil. Elle réessaya donc.

— Sincèrement, ce qui a été le plus difficile, c'était d'être séparée de Gussie.

Joseph ne dit rien, il se contenta d'acquiescer. Puis, tous deux, ils laissèrent le silence s'installer.

— Ta mère dit que tu as suivi les quintuplées Dionne d'assez près, dit-il finalement. Sais-tu que la plus petite suit un traitement au radium pour une tumeur à la jambe ?

Fannie ressentit une immense tendresse pour son père dont elle savait qu'il désapprouvait les reportages à sensation et qui, à coup sûr, ne croyait pas utile de consacrer des colonnes entières d'articles de presse à la vie quotidienne de cinq bébés – fussent-ils ou non des quintuplés. Bien entendu, Fannie était déjà au courant du traitement au radium. Bette continuait à lui apporter les coupures de journaux, même si elle avait bien du mal à les lire dans l'obscurité de sa chambre.

— Le docteur Rosenthal dit que le radium peut tout guérir.

— Ah bon ?

— Enfin, pas tout. Mais beaucoup de choses. Pas moi. Et pas Hy…

Fannie s'interrompit. Pourquoi avait-elle fait une chose pareille ? Parler d'Hyram alors qu'elle était sur le point de retourner dans la même salle d'accouchement. Elle posa la main sur son ventre, cherchant à repérer les prémices d'une nouvelle contraction.

— Fannie, j'ai beaucoup réfléchi à tout ça cet été. Je crois que nous n'avons pas fait ce qu'il fallait avec Hyram.

— La couveuse ?

— Non, l'enterrement. Nous aurions dû l'enterrer à Egg Harbor.

La *halokhe* était claire. Il n'y avait pas de rites funéraires ni de traditions de deuil pour les bébés morts avant leur trente-et-unième jour de vie. En dépit des supplications de Fannie, son enfant avait été enterré dans une tombe anonyme.

Fannie sentit ses joues s'empourprer, ses yeux se remplir de larmes.

— Je croyais que tu avais dit que le rabbin Levy ne le permettrait pas.

— J'aurais dû insister davantage, dit Joseph. Insister.

— Tu m'as cité Maïmonide.

— Maïmonide vivait il y a sept cents ans. Qu'est-ce qu'il en sait ? Il n'a pas vu à quel point tu aimais ce bébé.

Le jour où Hyram était parti, les infirmières à l'exposition de couveuses avaient appelé Fannie chez elle pour lui dire de venir très vite sur la Promenade. Le temps qu'elle arrive, elles avaient transféré son bébé dans une couveuse tout au fond, hors de vue des foules d'estivants qui circulaient autour du hall d'exposition. Elle avait espéré recueillir le dernier souffle de son fils, sentir la pression de son doigt minuscule au moment où il allait aborder les rives de l'autre monde mais, quand elle était arrivée, il n'était déjà plus là.

— Maman a dit que c'était futile de lui donner un nom.

— Mais qu'est-ce que nous savions l'un et l'autre de ce que c'est que perdre un enfant ? dit Joseph. On aurait dû dire le *kaddish*, observer la *Yorkrzeit*.

Assise devant cette couveuse, Fannie avait su qu'il n'y aurait pas de funérailles, qu'on ne ferait pas les Chive'a. En guise de prière funéraire, elle avait chuchoté des excuses à son tout petit garçon.

« Je suis tellement désolée de ne pas avoir mieux pris soin de toi. »

Ce souvenir, d'habitude si vif, se brouilla quand le bébé dans le ventre de Fannie se mit à peser lourdement à l'intérieur de son ventre. Elle ferma les yeux et enfonça les doigts dans le matelas de l'hôpital. La douleur se calma et Fannie se souvint que ce bébé-là ignorait que celui qui l'avait précédé n'avait pas survécu.

— Je vais chercher l'infirmière ? demanda son père, déjà au milieu de la chambre.

— Quelle heure est-il ?

— Presque deux heures moins le quart.

Une demi-heure s'était écoulée depuis la contraction précédente. Elle n'avait pas besoin de Dorothy Geller pour savoir qu'il lui restait encore un bon bout de chemin à parcourir.

— Attendons encore un peu.

Joseph retourna s'asseoir et, lentement, se laissa aller contre le dossier de sa chaise.

— Merci, dit Fannie. De ce que tu as dit à propos d'Hyram.

— Parfois je m'inquiète, Fan. J'ai toujours tellement voulu faire de Florence une championne de natation que je me demande si je n'ai pas oublié de te demander ce que tu attendais de la vie.

— Oh, Papa, je vais bien.

— C'est vrai ?

— Je crois. Je l'espère.

— Être une épouse, évidemment, c'est important, énonça lentement Joseph, mais je crois qu'il n'y a pas que ça.

— Qu'y a-t-il d'autre alors ?

Elle avait eu l'intention de poser cette question d'un ton sarcastique mais finalement, ce n'était pas sorti ainsi.

— Je vois Mme Simons, à l'usine. Elle a un mari mais elle est également une secrétaire qualifiée et une organisatrice de première catégorie. Elle a l'air heureuse. Ou peut-être *épanouie* serait un meilleur qualificatif.

Fannie s'était-elle jamais sentie épanouie ? Peut-être la première fois où elle avait pris Gussie dans ses bras. La plupart du temps, elle ne ressentait pas grand-chose. Et ça durait depuis tellement longtemps, depuis bien avant la mort d'Hyram, qu'elle avait oublié qu'il était possible de ressentir les choses de façon tout à fait différente.

— Une fois que ce bébé-là aura un peu grandi, dit Joseph, je me demande si tu ne voudrais pas venir travailler avec moi.

— À la boutique ?

— Non. Au bureau. À l'usine.

En théorie, c'était une idée excitante, mais en pratique, ça risquait de s'avérer plutôt décourageant.

— Avec Isaac ? demanda-t-elle.

Elle tenta d'imaginer comment elle pourrait gérer son mariage s'il n'y avait plus de frontières naturelles, plus d'endroits tranquilles où chercher refuge. Elle se vit en train de préparer deux gamelles tous les matins. À la pause de midi, Isaac mangerait ses propres cornichons et aussi ceux de sa femme.

— Peut-être.

— Je me demande si cela plairait à Isaac ?

— Est-ce important ? s'enquit doucement son père.

Fannie n'avait pas de réponse à apporter pour l'instant. Rien de spirituel ni d'incisif. Elle ne pouvait certainement pas avoir l'air décontenancé alors même qu'ils savaient tous deux qu'Esther était en train de retourner tous les pavés d'Atlantic City pour retrouver son mari. Elle aurait voulu que sa mère passe d'abord la voir à l'hôpital. Fannie aurait pu lui indiquer un certain nombre de lieux où chercher. Ou lui dire de laisser tomber.

— Tu es une fille intelligente. Tu l'as toujours été, dit Joseph.

Pour être franche, Fannie ne savait même pas vraiment ce que les gens faisaient quand ils étaient au bureau. À l'école de secrétariat, elle avait appris à rédiger des notes de service et des lettres d'affaires, elle avait appris à répondre au téléphone mais elle avait cessé d'y aller avant d'entrer dans le vif du sujet.

— Je ne connais rien aux affaires.

— Tu apprendras.

JOSEPH

À trois heures moins le quart, lorsque le docteur Rosenthal revint vérifier où en était Fannie, Joseph se leva en s'excusant.

— J'attendrai dans le couloir, dit-il mais sans être très sûr que l'un des deux l'eût entendu.

Il s'inquiétait à l'idée de ne pas faire une très bonne imitation d'Esther qui – si elle avait été là – aurait su quelles questions poser au docteur Rosenthal et quoi dire pour rassurer Fannie. Ses deux filles étaient nées dans l'appartement au-dessus du magasin, et les deux fois, il n'avait rien fait de plus qu'arpenter le salon en prononçant des prières jusqu'au moment où la sage-femme était venue lui annoncer une fille en pleine santé et, encore plus important, une femme en pleine santé. *Shehehiyanou.*

Il reconnut le pas de sa femme dans l'escalier avant qu'elle n'apparaisse dans le couloir. De là où il était, devant la chambre de Fannie, il put profiter pleinement de son arrivée – le bruit régulier de ses talons, son menton bien dessiné, la façon dont ses yeux étaient grands ouverts, sans doute pour la première fois depuis deux mois. Seule sa bouche, pincée aux commissures, révélait ce qu'elle pensait. Elle avait peur.

— Tu l'as trouvé ? demanda-t-il quand elle fut assez proche pour qu'il puisse lui parler en chuchotant.

— J'ai renoncé et j'ai laissé un mot sur la porte de leur appartement.

— Mais, bon Dieu, où peut-il bien être ?

— Ils ne l'ont pas encore emmenée ?

— Pas encore. Je pense que c'est pour bientôt.

Il scruta le visage anxieux de sa femme.

Ils gardèrent le silence quelques minutes, encore incertains de ce qu'ils pouvaient se dire dans le sillage de leur querelle. Quand Joseph ne put plus supporter la situation, il se lança.

— Bub, Mme Simons est venue me voir cet après-midi.

Esther eut aussitôt l'air inquiet. Il savait qu'elle aimait bien Mme Simons, qu'elle l'avait toujours bien aimée.

— Elle va bien, la rassura Joseph. C'est Isaac.

— Quoi encore ?

— Elle pense qu'il vole de l'argent à la société.

Esther n'eut pas l'air surprise. Simplement lasse.

— Comment ?

— Il a apporté quelques nouveaux comptes ce mois-ci. À Northfield. Il leur a ouvert des lignes de crédit à chacun. Mais Mme Simons affirme qu'en fait, ils ont réglé leurs commandes en liquide.

— Et elle pense qu'Isaac a empoché leurs règlements ?

— Elle en est certaine.

Esther ferma les yeux et se pétrit le nez avec ses doigts.

— Tu lui as parlé ?

— Pas encore.

— Qu'est-ce que tu vas…

La porte s'ouvrit et le docteur Rosenthal s'avança dans le couloir.

Esther leva la tête.

— Comment va-t-elle ? lui demanda-t-elle.

— Je tiens à lui laisser encore quelques heures, voir si elle progresse par ses propres moyens, dit-il. Si c'est le cas, alors nous l'emmènerons.

— Je peux la voir ? s'enquit Esther.

— Oui, mais faites vite. Elle a besoin de repos. Vous deux, vous pourriez peut-être aussi aller dormir.

— Isaac va sans doute arriver bientôt, dit Esther.

Le docteur Rosenthal haussa un sourcil dubitatif.

— Je vais l'attendre en bas, proposa Joseph. Vas-y, ajouta-t-il en serrant fort la main de sa femme et en lui montrant d'un geste de la tête la porte de la chambre de Fannie.

Esther ne lui rendit pas la pression de sa main et ne se retourna pas pour le regarder. En la voyant disparaître dans la pièce, il fut frappé, pour la première fois, par le poids que représentait leur décision de cacher la mort de Florence à Fannie. C'était épuisant de rester au chevet de Fannie, de réfléchir soigneusement au moindre mot prononcé, à la moindre expression du visage. Il avait accepté le plan de sa femme mais il ne l'avait pas aidée à l'appliquer. Rien d'étonnant à ce qu'elle fût tout le temps en colère.

Le hall était vide. Joseph s'installa près de la porte pour être sûr de voir Isaac arriver. Que fabriquait donc son gendre pour ne pas être chez lui à trois heures du matin ? Il savait qu'Esther n'avait que de bonnes intentions quand elle avait insisté pour que Gussie vienne passer chez eux le reste de l'été, mais maintenant, Joseph se demandait s'il n'aurait pas mieux valu exiger d'Isaac qu'il s'occupe de sa fille. Esther aurait pu veiller sur elle dans la journée, pendant qu'Isaac était au bureau, mais si leur petite-fille était rentrée avec son père tous les soirs, il était infiniment probable qu'Isaac aurait passé beaucoup moins de temps à se balader dans Atlantic City, à faire Dieu sait quoi.

Isaac arriva à l'hôpital quelques minutes plus tard. En tirant la grande porte d'un coup sec, il laissa entrer l'odeur de la brise marine qui soufflait la nuit sur l'île d'Absecon. Joseph l'observa parcourir le hall des yeux. Il leva la main puis attendit que son gendre vienne le rejoindre.

— Où en est-on ? demanda Isaac, en guise de salut.

Joseph n'avait guère envie de lui donner l'information qu'il souhaitait, en tout cas pas tout de suite.

— Où étais-tu ?

— Je n'ai pas dû entendre sonner le téléphone.

— Ni ta belle-mère tambouriner sur la porte.

— C'est bien vrai, dit Isaac sans ciller.

— Donc, je suis censé croire que, au milieu de la nuit, tu t'es réveillé et tu t'es dit « Je ferais mieux de vérifier la porte d'entrée pour voir si quelqu'un ne m'aurait pas laissé un message ».

Isaac fouilla dans la poche de son pantalon et en sortit un papier tout froissé, qu'il roula en boule avant de le lancer sur les genoux de Joseph.

— C'est ça. Et maintenant, qu'est-ce qui se passe ?

Joseph rattrapa le papier et le déplia, le lissant sur son genou. Pas de problème, c'était bien le message d'Esther, bref et direct. Elle avait écrit, en majuscules, *L'hôpital a essayé de t'appeler. Fannie est en train d'accoucher. Où es-tu ?*

Ce comportement d'Isaac, c'était une nouveauté qui rendait Joseph nerveux. Isaac n'avait peut-être jamais aimé Joseph et Esther mais, jusqu'à présent, il leur avait toujours manifesté le plus grand respect.

— Tu es ivre ? demanda doucement Joseph.

— Où est Fannie ?

— Dans sa chambre mais tu ne peux pas y aller pour l'instant.

Isaac se dirigea vers l'escalier.

— Stop, ordonna Joseph. Le médecin a dit fini les visites.

Isaac ignora son beau-père et continua à avancer. Joseph bondit de sa chaise à la vitesse de l'éclair et se retrouva à côté d'Isaac avant d'avoir réfléchi à ce qu'il allait faire ensuite. Il saisit Isaac par l'épaule en criant « Assieds-toi ! » d'une voix beaucoup plus forte et autoritaire que celle qu'il employait généralement vis-à-vis de son gendre et d'ailleurs de tout le monde. Joseph vit Isaac lever le bras en arrière avant de prendre conscience qu'il s'apprêtait à frapper son beau-père.

— Assieds-toi, s'il te plaît, répéta Joseph d'une voix plus calme.

Isaac desserra le poing. Il jeta un regard alentour, repéra un siège et s'écroula dessus. Joseph le suivit et s'assit à côté de lui.

— Leur plan, c'est d'essayer de la laisser un peu se reposer et puis, ensuite, de l'emmener en salle de travail d'ici quelques heures.

Isaac hocha la tête d'un air absent. S'en souciait-il vraiment ?

— Que se passe-t-il, Isaac ?

Il ne sentait pas l'alcool, seulement la transpiration.

Isaac ne répondit pas.

— S'agit-il de cette affaire en Floride ? Je suis désolé de ne pas avoir accepté d'investir.

— Il est trop tard pour tout ça.

— Pour investir ou pour s'excuser ?

Isaac eut un rire bref.

— Le premier mot. Ou peut-être les deux.

— Combien as-tu perdu ?

— Environ cinq cents dollars. Plus tout ce que possédait mon père.

Joseph tourna la tête pour mieux voir son gendre. L'avait-il bien entendu ?

— Et cela inclut-il l'argent que tu as pris chez Adler ?

Ce fut au tour d'Isaac d'avoir l'air étonné.

— Mme Simons s'en est aperçue, dit Joseph, les nouveaux comptes de Northfield.

Isaac ne tenta pas de nier, il ne se donna même pas la peine de chercher une excuse.

Comment un homme qui possédait tant avait-il réussi à croire qu'il possédait si peu ? C'était comme si, en regardant Isaac, Joseph découvrait ce qu'allait être la vie de Fannie, jusqu'au bout. Elle vivrait peut-être un demi-siècle de plus que sa sœur mais elle serait toujours écrasée par le poids d'un mari insatisfait de sa propre existence et de celle de sa femme par la même occasion. Si Joseph ne faisait rien, Fannie, elle aussi, allait se noyer, simplement ce serait plus lent.

Il effectua quelques rapides calculs. Isaac remboursait le prêt depuis près de cinq ans, ce qui signifiait que plus de mille dollars s'étaient accumulés sur le compte que Joseph avait ouvert à la Boardwalk National Bank. Durant toutes les années où Isaac avait payé, Joseph n'avait jamais envisagé d'annuler la dette de son gendre. Il considérait que l'argent de ce compte appartenait à Fannie et imaginait le lui restituer finalement comme héritage ou sous une forme plus tangible, qui lui permettrait de la voir en profiter. Il avait pensé s'en servir pour aider le couple à acheter une maison ou envoyer Gussie à l'université. Le truc, il l'avait toujours su, ce serait de trouver un système que la cupidité d'Isaac ne pourrait pas détourner, un système qui l'empêcherait de tout voler sous le nez de Fannie à force de supplications ou de chantage. Un système qui améliorerait, de façon directe, la vie de sa fille. Et si ce système, c'était de la débarrasser d'Isaac ?

— Il y a mille dollars sur le compte de la Boardwalk National Bank, dit Joseph.

Isaac jeta un coup d'œil à son beau-père.

— Vous me les donneriez ?

— Non sans quelques conditions.

Isaac ne dit rien, il se redressa seulement sur son siège. Joseph savait qu'il était tout ouïe. Allait-il vraiment lui faire pareille proposition ?

— Quitte la ville.

— Vous voulez qu'on déménage ?

— Seulement toi, précisa Joseph.

Puis il retint son souffle.

Il était possible qu'Isaac éclate de rire et transmette cette proposition à Fannie dès qu'il en aurait l'occasion. Ce soir ? Demain ? Une fois le bébé arrivé sain et sauf ? Dans tous ces scénarios, Joseph était sûr de perdre la fille qui lui restait. Ainsi que Gussie. Que penserait donc Fannie de son père si elle apprenait qu'il avait tenté, sans succès, d'acheter son mari ? Il y avait des parents qu'on pouvait accuser d'ingérence, mais là, c'était quelque chose de radicalement différent.

— Pour toujours ?

Joseph n'entendit pas la question, tant il s'angoissait à l'idée d'avoir commis la pire bévue de sa vie.

— Hmmm ?

— Vous voulez que je m'en aille pour de bon ?

Peut-être valait-il mieux ne pas répondre à cette question de façon trop directe.

— Isaac, quand je te regarde, je vois un homme qui désire mener un tout autre style de vie.

— Quel homme ne se réveille pas parfois avec le désir d'une autre vie ?

— Moi.

— Même maintenant ? demanda Isaac en montrant d'un geste de la main l'hôpital. Après cet été ? N'y a-t-il pas des choses que vous souhaiteriez changer ?

— Bien sûr que si, dit Joseph. Mais même le jour où j'ai enterré Florence, j'étais heureux de chacun des jours qui avaient précédé celui-là.

— Et d'après vous, je suis bâti de façon tout à fait différente ?

— Je crois qu'il y a des hommes qui ne sont pas vraiment adaptés à la vie de famille.

Joseph n'avait pas l'intention d'insulter Isaac, il désirait plutôt le flatter. Il ajouta donc :

— En particulier, les hommes qui ont une certaine vision du monde, qui s'intéressent de très près aux affaires.

— Fannie pourrait bien ne pas être d'accord avec vous.

— Ça se pourrait, dit Joseph. C'est la raison pour laquelle j'espère que cette conversation restera entre nous.

Isaac le dévisagea à nouveau. Ils savaient tous deux que Joseph venait d'offrir à Isaac une monnaie d'échange tout à fait considérable.

— Et où irais-je ?

— Je ne sais pas. Peut-être retourner en Floride ?

— Je ne suis pas très doué pour l'immobilier.

— Je te donnerai de bonnes références, dit Joseph. Fais autre chose.

— Mille dollars, ça ne durera pas longtemps si je ne trouve pas de travail.

Joseph commençait à avoir bon espoir. Isaac ne lui avait pas craché à la figure, il n'avait pas foncé retrouver Fannie. S'il en était à faire des calculs, cela signifiait qu'il était prêt à considérer cette proposition.

— Je pourrais rallonger un peu la sauce.

— De combien ?

Quel salopard. Isaac allait accepter son offre, comprit Joseph. Peut-être pas sous sa forme actuelle, peut-être pas ce soir. Mais en définitive, ils se mettraient d'accord sur un chiffre acceptable et il s'en irait. Fannie, Hyram, Gussie, ce nouveau bébé. Isaac s'en débarrasserait comme de ronces accrochées à la jambe de son pantalon après une longue marche dans les bois. Était-ce là la chose que Joseph devait faire ? Ça le mettait très mal à l'aise mais il n'aimait pas non plus voir sa fille aînée s'enfoncer dans un mariage malheureux.

— Quelques milliers supplémentaires.

Joseph puisait à présent dans ses propres économies, de l'argent qu'il aurait pu utiliser pour Inez et Paul. Il avait voulu dire à Anna qu'elle pouvait compter sur lui pour une aide plus conséquente mais les paroles d'Esther lui résonnaient encore aux oreilles. *Et Fannie alors ? N'a-t-elle droit à aucun filet de sécurité ?*

— Comment ça marcherait ? s'enquit Isaac.

— Il y aura un premier versement pour te mettre le pied à l'étrier. J'irai faire un retrait à la banque et je te donnerai cette somme.

Joseph devait réfléchir rapidement. Comment pouvait-il s'assurer qu'Isaac n'allait pas ressurgir dans la vie de Fannie d'ici cinq ans ?

— Ensuite, je te ferai parvenir des règlements mensuels jusqu'à la fin de mes jours.

— Et si vous deviez mourir ?

— J'exposerai les grandes lignes de notre accord dans mon testament. Pour être sûr qu'on continuera à s'occuper de toi.

Isaac se frotta les yeux en regardant Joseph.

— Quand avez-vous conçu tout ce projet ?

Joseph regarda sa montre.

— La banque n'ouvre que dans cinq heures environ. Rentre chez toi, dors sur ce projet et si c'est bien ça que tu souhaites faire, retrouvons-nous ici à dix heures.

— Le bébé ?

— Attends si tu le souhaites. Mais je crois que ça ne fera que compliquer les choses.

— Compliquer quelles choses ? intervint Esther, faisant sursauter les deux hommes.

— On ne t'a pas entendue arriver, dit Joseph en se levant.

— Tu dois être plus fatigué que tu ne le crois, dit-elle sans quitter Isaac des yeux qui, lui, restait assis. Tu as fini par arriver, à ce que je vois.

— Oui.

Le mépris d'Esther pour son gendre bouillonnait si près de la surface de son épiderme que Joseph ne voyait que ça. Il aurait aimé la prendre à part, lui expliquer son plan mais il n'était pas question de courir pareil risque. Fannie serait vulnérable après la naissance du bébé, surtout quand on lui aurait tout dit sur Florence. Esther pourrait fort bien préconiser d'attendre qu'elle soit complètement rétablie. Ou, une fois qu'il ferait jour, de lui ficher la paix.

— Toujours pas d'évolution ? s'enquit Joseph.

Esther secoua la tête.

— Le médecin insiste pour qu'on rentre chez nous. On dirait bien que j'ai gâché ta nuit pour rien, ajouta-t-elle à l'intention d'Isaac.

— Oh, ce n'est pas grave.

Esther pencha la tête et le dévisagea en plissant les yeux.

— Je n'étais pas en train de m'excuser.

Oh, Seigneur. Sa femme allait ruiner tous les progrès qu'il venait d'accomplir.

— À demain ? dit Joseph en serrant amicalement l'épaule d'Isaac.

Isaac paraissait parti très loin. Il cligna violemment des yeux, à deux reprises.

— Hmmm ?

— À demain. On a dit dix heures.

— Que se passe-t-il à dix heures ? s'enquit Esther.

Joseph ne lui répondit pas, il se contenta de dévisager Isaac sans ciller.

— Je passerai à l'appartement à dix heures, dit Isaac. Je voudrais voir Gussie.

En entendant le nom de sa petite-fille, Joseph se sentit les jambes toutes molles.

— Il y a de bonnes chances pour qu'on soit de retour ici, prévint Esther.

Joseph scruta le visage de son gendre, pour tenter d'y découvrir quelles étaient ses intentions. Avait-il sous-estimé Isaac ? Il n'y avait qu'un seul moyen de le savoir.

— J'attendrai.

ISAAC

Isaac fut surpris de constater que, même après huit ans de mariage, il pouvait toujours ranger tout ce qu'il possédait dans une seule valise. Dans la lumière pâle du petit matin, il avait emballé ses vêtements et sa bonne paire de chaussures, sa brillantine et son blaireau. Il parcourait maintenant l'appartement, une pièce après l'autre, examinant le contenu des placards et des tiroirs, cherchant les objets qui lui appartenaient en propre.

Dans une commode de la chambre, il trouva le *talith* qu'il avait porté pendant les offices de son adolescence, avec le *tsitsit* noué à chacun des quatre coins par la main de sa mère. Il le rangea dans sa valise. Dans un tiroir de la cuisine, il découvrit le vieil ouvre-boîte qu'il avait acheté dans un bazar en Floride. Techniquement, il était à lui, pas à eux. Il le prit, le soupesa et le remit dans le tiroir. Et si Fannie avait besoin d'ouvrir une boîte de lait en poudre ou de petits pois pour le bébé et qu'elle ne trouvait pas l'ouvre-boîte ?

Dans la salle à manger, Isaac sortit une vieille boîte à chaussures du buffet. Fannie et lui avaient rangé dedans des papiers importants, des photos, des lettres que l'un ou l'autre souhaitait conserver. Il prit son acte de naissance et le mit de côté puis se posa la question d'emporter un relevé de compte récent. Inutile de s'encombrer de ça ; de toute façon, le compte était vide. Presque au fond de la boîte, il y avait une petite pile de lettres que son père lui avait envoyées pendant les années où il vivait à West Palm Beach. L'une d'elles, écrite sous le coup de la colère, peu de temps après qu'Isaac avait quitté Alliance, lui disait de ne pas se donner la peine de revenir à la maison. Une autre annonçait que sa mère était morte. Désormais, Isaac ne supportait plus de penser à son père, il laissa donc les lettres où elles étaient – coincées entre le carnet de vaccination de Gussie et la facture d'achat du réfrigérateur Monitor Top. Dès qu'il serait installé quelque part, il écrirait à son père, il joindrait un chèque pour couvrir ce qui manquait dans la boîte de marshmallows Campfire. Ce serait un vrai soulagement de tout remettre au carré avec le vieux, même si la lettre accompagnant le chèque serait difficile à rédiger.

Tout au fond de la boîte, il y avait un portrait de Fannie, Gussie et Isaac. Fannie l'avait fait faire chez Perskie quand Gussie avait deux ou trois ans. La petite était fatiguée et refusait de rester tranquille ; du coup, l'image en avait grandement souffert. Fannie paraissait malheureuse et Gussie était floue, elle ressemblait davantage à une aura qu'à une petite fille. Le photographe avait proposé de recommencer la prise et donc, cette version ratée avait été reléguée dans la boîte à chaussures – trop chère pour aller à la poubelle mais trop moche pour être encadrée. Isaac approcha la photo de son visage pour étudier sa propre expression, qui n'était pas aussi renfrognée que celle de Fannie mais tout aussi distante. Il essaya de se souvenir de cette journée-là en particulier. Avaient-ils pris le petit déjeuner ensemble ? Étaient-ils sortis faire une grande promenade ? Était-il heureux ? Il s'apprêtait à remettre la photo dans la boîte mais, finalement, décida plutôt de la mettre de côté.

Il y avait un document qu'Isaac savait qu'il ne trouverait pas dans la boîte à chaussures. Il chercha à se souvenir de ce qu'il avait bien pu en faire. Il l'avait gardé dans la poche de sa veste pendant plusieurs semaines cet été mais, à un moment, il avait dû le ranger quelque part. Dans une boîte ? Dans un tiroir ? Où ça ? Il voyait très bien l'enveloppe, ses coins tout cornés, l'écriture de sa femme griffonnée en travers. Il revint dans la chambre, vérifia les poches de sa veste mais resta bredouille. Il était possible qu'il l'ait laissé au bureau. Il regarda par la fenêtre de la chambre, qui donnait sur Atlantic Avenue. Un livreur de journaux passa à toute vitesse sur son vélo. Deux pâtés de maisons plus à l'est, le soleil se levait sur l'Atlantique. Isaac regarda sa montre. Il lui restait trois heures avant l'heure de son rendez-vous avec Joseph. Il y avait encore du temps.

* * *

Joseph parut infiniment soulagé en trouvant Isaac devant sa porte quelques minutes après dix heures. Isaac n'aurait su dire si Joseph avait réussi à dormir. Mais de toute façon, Isaac, lui, n'avait pas fermé l'œil.

— Entre.

— Où est Gussie ?

— Dans sa chambre, dit Joseph en reculant d'un pas pour laisser Isaac passer devant lui et emprunter l'étroit couloir.

Isaac se dirigea vers la véranda ; il entendait Joseph qui le suivait quelques pas derrière.

— Où est Esther ?

— Elle est retournée à l'hôpital.

— Des nouvelles ?

— Aucune, non.

— Je me suis dit que j'allais emmener Gussie se promener.

— Je ne suis pas sûr que ce soit une bonne idée.

— Bien sûr que si.

Isaac trouva Gussie en train de jouer aux osselets par terre dans sa chambre. Elle lui tournait le dos et ses cheveux brillaient dans la lumière vive du soleil matinal. Il l'observa lancer les osselets à plusieurs reprises avant de l'interrompre.

— Il en faut trois, hein ?

Elle se retourna et le vit appuyé contre le chambranle de la porte.

— Papa ! cria-t-elle en se levant d'un bond.

Elle envoya la petite balle rouge et plusieurs osselets rouler sur le parquet.

Isaac eut la gorge serrée en sentant les bras de sa fille lui enlacer la taille. Il finit par retrouver sa voix.

— Va mettre tes chaussures, Gus-Gus.

— Je vais venir, annonça Joseph.

— Vous ne viendrez pas, dit Isaac en étouffant un petit rire.

— Pourquoi Grand-père ne viendrait pas ? demanda Gussie en fouillant sous le lit à la recherche de ses sandales.

— Parce que Grand-père est très occupé, répliqua Isaac en attrapant une des deux sandales qu'il avait récupérée sous la table de chevet.

Il la lança par terre, à côté d'elle.

— N'ai-je pas raison, Grand-père ?

Gussie sortit de sous le lit en brandissant la deuxième sandale, l'air triomphant.

— Je ne suis pas très occupé, dit Joseph. En fait, je préfère venir.

Isaac ne parvint pas à croiser le regard de Joseph, il fit donc volte-face et repartit vers l'entrée de l'appartement. Il passa devant la chambre d'Esther et Joseph puis devant celle d'Anna.

— S'il faut quelqu'un pour nous surveiller, envoyez donc Anna.

Isaac appela Gussie par-dessus son épaule et franchit la porte, descendit l'escalier et sortit sur le trottoir. Gussie suivait à quelques pas.

— On attend Anna ? demanda-t-elle une fois dehors.

Elle se pencha pour finir d'attacher ses sandales.

Isaac regardait la boulangerie et la petite porte qui menait à l'appartement au-dessus.

— Elle n'en a pas pour longtemps.

— Où on va ?

— Se promener.

Isaac avait réfléchi à l'endroit où il souhaitait emmener Gussie, à la façon dont il souhaitait se souvenir d'elle et de lui. Il la voyait sur la Promenade, avec le vent qui lui ébouriffait les cheveux mais il avait du mal à poursuivre ses réflexions au-delà.

Il prit la petite main moite de Gussie dans la sienne et s'engagea dans Virginia Avenue, vers l'océan. Quand ils passèrent devant l'hôtel Isleworth, Anna les avait rattrapés même si elle semblait savoir, d'instinct, qu'elle devait garder ses distances. Il se demanda jusqu'à quel point Joseph lui avait parlé.

— Tu veux une crème glacée ? proposa-t-il à Gussie quand ils approchèrent de la Promenade.

— Il est dix heures du matin.

— C'est vrai.

Isaac avait tellement perdu l'habitude de déchiffrer les signes de sa fille qu'il n'était plus capable de distinguer le désaccord du désintérêt.

— On s'en prend une quand même ?

Gussie haussa les épaules et Isaac l'emmena à plusieurs pâtés de maisons de là, jusque chez Kohr Brothers, où il échangea deux pièces de cinq cents contre deux cornets bien remplis d'un tourbillon de glace orange-vanille.

— Tu as oublié Anna, dit Gussie quand son père lui tendit un des cônes.

— Je ne pense pas qu'elle ait faim, dit-il en jetant un coup d'œil à Anna par-dessus son épaule.

Anna faisait mine d'être absorbée par un présentoir de cartes postales souvenirs qui se trouvait devant la boutique voisine.

— Qu'est-ce que tu en sais ? Eh, Anna…

Isaac donna un coup de coude dans le bras de Gussie en disant :

— Ça suffit comme ça !

Gussie baissa la tête et le cône dans sa main pencha dangereusement. Il n'avait pas voulu la contrarier et encore moins que cette gronderie devienne un souvenir durable. Il tendit la main, redressa le cône et caressa le menton de Gussie.

— Désolé, Gus. Anna, cria-t-il, tu veux un cône ?

Elle secoua la tête en signe de dénégation.

— Tu vois, elle n'en veut pas.

Gussie parut satisfaite et donc, il lui demanda :

— Tu veux qu'on prenne une chaise ? Qu'on s'asseye un petit moment ?

Gussie avançait lentement tout en suivant Isaac sur le sable, direction une rangée de sièges de plage en toile. La crème glacée fondait vite sous le soleil chaud et elle s'arrêtait tous les mètres pour lécher le cône et se nettoyer la main. Isaac avait loué deux sièges et les avait rapprochés le temps que Gussie le rattrape.

— Assieds-toi, dit-il en prenant son mouchoir.

Il se demanda s'il devait attendre qu'elle ait fini sa glace pour la laisser s'essuyer avec. S'il s'était montré plus aimable avec Anna, elle se serait sans doute occupée du nettoyage. Il regarda derrière eux. Anna était restée sur la Promenade, elle s'appuyait contre la rambarde, aussi attentive et rigide qu'une aigrette dans les herbes marécageuses du Thorofare.

Il n'existait aucune bonne façon de lui annoncer, décida Isaac. Quoi qu'il pût dire, il était sûr de lui briser le cœur.

— Gus-Gus, je vais bientôt m'en aller.

Gussie cessa de s'occuper de son cône pour le regarder.

— Où ça ?

— En Floride, sans doute.

— En Floride, répéta-t-elle.

Presque une question mais pas tout à fait.

— Tu n'es jamais allée là-bas mais c'est très joli. Et il fait chaud.

— Tu pars combien de temps ?

— Un bon moment.

— Combien de temps ? insista-t-elle.

Isaac regarda sa fille. Elle pouvait à peine attendre la rentrée des classes, son anniversaire ou le défilé de Pâques. Le temps avançait lentement pour une petite fille de sept ans. Les semaines s'allongeaient comme des mois, les mois comme des années. Pouvait-elle même saisir ce qu'était une année entière ? Qu'un certain nombre d'entre elles, enfilées les unes à la suite des autres, formaient une vie ?

— Peut-être un an, ou un peu plus. En fait, ajouta-t-il, ça pourrait durer très longtemps.

— Et le bébé ?

Que pouvait-il dire ? Qu'il n'allait pas connaître le bébé ? Elle ne pourrait pas comprendre.

— Je pense que tu seras une grande sœur formidable. Tu es tellement gentille et tu sais si bien donner un coup de main.

Gussie ne répondit pas, ne se rengorgea pas sous le compliment, comme elle le faisait pourtant souvent quand les adultes disaient quelque chose d'aimable à son propos. En fait, Isaac aurait pu se demander si elle l'avait même entendu sauf qu'elle avait cessé de lécher sa glace. Elle se pencha en avant sur son siège, tenant le cône loin d'elle, et pendant plusieurs minutes, ils regardèrent tous deux, dans une sorte de torpeur silencieuse, la glace couler le long de sa main et dans le sable. Isaac tenait son mouchoir tout prêt mais il ne le lui donna pas, pas avant que, à force de couler, la glace ait formé une flaque épaisse entre eux deux.

* * *

Quand ils remontèrent dans l'appartement, Joseph demanda à Anna de s'occuper de Gussie et lui, il emmena Isaac dans la cuisine, où il avait étalé plusieurs documents, proprement tapés à la machine.

— C'est quoi ?

— Tout ce dont nous avons discuté hier soir.

Isaac siffla.

— Vous avez eu une nuit plus longue que la mienne.

— Aaron Wexler a tout rédigé ce matin.

Isaac s'assit, prit un des documents et commença à le parcourir.

— Vous ne me faites pas confiance ? Vous pensez que je vais revenir ?

— Sur un sujet aussi sensible, je pense qu'il vaut mieux que les modalités soient énoncées clairement.

Isaac s'efforça de se concentrer sur les petits caractères.

— Les modalités sont identiques, dit Joseph. Aaron a recommandé de rajouter quelque chose à propos du divorce.

— Du divorce ?

Il n'était pas venu à l'esprit d'Isaac que Fannie et lui pourraient divorcer.

— Ça dit seulement que si Fannie souhaite divorcer un jour, tu ne pourras t'y opposer.

— Et si c'est moi qui veux divorcer ?

— C'est le cas ?

— Pas particulièrement. Mais de façon toute hypothétique, disons que oui.

Joseph parut mal à l'aise. Aaron n'avait pas dû mentionner cela dans le contrat.

— Si tu demandais le divorce et que Fannie s'y opposait, nous serions tous dans une situation embarrassante.

— Parce que vous seriez contraint de lui montrer ce contrat.

— Eh bien, oui, dit Joseph. Et parce que pour l'instant, elle n'a donné son accord sur rien du tout.

— Du calme, mon vieux, dit Isaac en tapant sur l'épaule de Joseph. Je ne veux pas divorcer.

Isaac lut le document deux fois. L'argent s'accumulait et l'héritage serait confortable. Il ne devait pas entrer en contact avec Fannie mais il pouvait écrire à Gussie deux fois par an.

— Il est écrit ici que vous me fournissez mon billet de train ?

— Je t'ai pris une place dans celui de seize heures. Tu peux aller jusqu'à Miami ou descendre avant.

— Vous ne me faites même pas confiance pour quitter la ville par mes propres moyens ?

— J'ai simplement pensé que ce serait plus simple ainsi.

— Rien de tout cela n'est simple, répliqua Isaac en laissant échapper un bref soupir.

Joseph le regarda puis examina ses propres mains.

— Je sais.

— Où y a-t-il un stylo ? demanda Isaac.

Il y en avait déjà deux sur la table mais Joseph était tellement troublé qu'il en prit un troisième dans sa poche de poitrine et le tendit à Isaac.

— Attends, dit Joseph.

— Pourquoi ?

— Il nous faut un témoin.

Il appela Anna, qui entra si discrètement dans la pièce qu'elle aurait pu aussi bien être une applique ou une plante en pot.

— Alors, je suppose que Joseph t'a tout raconté ? dit Isaac quand elle s'assit en face d'eux à la table de la cuisine.

Anna paraissait gênée de se retrouver dans cette pièce. Joseph lui tendit un stylo et elle le prit, en évitant de croiser le regard des deux hommes. Isaac supposait que l'affaire conclue entre Joseph et lui remettait en cause l'aide qu'il aurait pu sinon offrir aux parents d'Anna.

Isaac, son stylo pointé sur la ligne réservée à la signature, eut une brève hésitation. Était-ce ce qu'il désirait ? Partir et ne plus jamais revenir ? S'il restait, pourrait-il changer ? Devenir un meilleur époux ? Un meilleur père ? Un meilleur fils ?

Joseph se pencha en avant, à peine. Son beau-père avait vraiment hâte de se débarrasser de lui. Isaac fixait le contrat et les mots finirent par se brouiller devant ses yeux. Il soupçonnait que Fannie serait contente sans lui. Et Gussie aussi. C'était une sacrée somme d'argent. Chassant de son esprit toute belle et bonne pensée qu'il aurait pu avoir, Isaac signa.

* * *

Joseph ordonna à Isaac d'attendre devant la banque pendant qu'il entrait effectuer le retrait. Une idée qui, dans un premier temps, avait contrarié Isaac. Ce n'était pas comme s'ils faisaient quelque chose d'illégal. Mais après tout, c'était bien le cadet de ses soucis, non ? Il posa la valise qu'il avait emportée de l'appartement et ôta son chapeau. Lorsque Joseph ressortit, quelques minutes plus tard, il tenait à la main une enveloppe épaisse qu'il tendit à Isaac.

Isaac jeta un œil sur le contenu, une liasse de billets neufs.

— Tout y est, confirma Joseph. Et écris-moi quand tu auras une adresse où je pourrai t'envoyer les chèques.

Isaac glissa l'enveloppe dans la poche intérieure de sa veste et tâta l'autre enveloppe, raide contre sa cage thoracique. Il la sortit pour la donner à Joseph.

— C'est pour vous. À remettre à Fannie.

— Tu n'es pas allé la voir ?

— Si. La nuit dernière, alors que vous aviez déjà quitté l'hôpital.

— Je me posais la question.

— Je ne lui ai pas dit que je partais.

— Alors, cette lettre…

— N'est pas de moi.

Joseph eut l'air perplexe.

— Ouvrez-la si vous voulez.

Joseph glissa son doigt sous le rabat qu'Isaac n'avait pas collé, tout exprès. Il en sortit une seule feuille de papier, la déplia et se mit à lire.

— C'est de Florence ? demanda Joseph, manifestement surpris.

— C'est ce que pensera Fannie.

Joseph continua à lire.

— Fannie et Florence se sont disputées. Juste avant que Florence meure, dit Isaac. Et Fannie a ruminé ça tout l'été. Elle a écrit une lettre d'excuses à Florence qu'elle m'a demandé de lui remettre mais, évidemment, il n'y avait personne à qui la donner.

— Alors, tu as inventé une réponse ?

— En quelque sorte. Si vous ne la lui donnez pas, elle pensera que Florence est morte fâchée contre elle.

— Et c'était le cas ?

— Peut-être, dit Isaac. Qu'est-ce que ça peut faire ?

Joseph retourna la feuille et lut la lettre jusqu'au bout. En voyant la signature de Florence, qu'Isaac avait très bien imitée, il laissa échapper un gémissement.

— Si vous dites à Fannie que vous avez trouvé cette lettre dans les affaires de Florence, je ne crois pas qu'elle pourra s'imaginer que ce n'est pas Florence qui l'a écrite.

— C'est très réussi. Où as-tu appris à faire une chose pareille ?

— Il y a sans doute de bonnes raisons pour que le marché immobilier se soit effondré en Floride.

Joseph secoua la tête et replia la lettre, qu'il glissa dans la poche de sa propre veste.

— Alors, vous la lui donnerez ?

— À un moment ou à un autre, tous ces mensonges doivent cesser.

— Je vous en prie.

— Peut-être, dit Joseph.

— Ce pourrait bien être mon unique contribution positive à cette famille, déclara Isaac. Si vous ne comptez pas Gussie.

Joseph eut un petit rire étouffé.

— Heureusement pour toi, moi, je la compte.

Sans plus discuter, les deux hommes se dirigèrent vers la gare. Isaac envisagea de dire à Joseph qu'il n'avait nul besoin qu'on l'accompagne, qu'il était tout à fait capable de prendre le train tout seul. Mais ce n'était pas si mal après tout qu'il y ait quelqu'un pour le voir partir, quitter Atlantic City, pour faire semblant qu'il y aurait encore des gens qui penseraient à lui avec affection une fois qu'il ne serait plus là.

STUART

Dans l'ascenseur, ce mardi matin, Stuart se répétait tout ce qu'il allait dire à son père.

Cette conversation, il l'avait déroulée dans sa tête d'un bout à l'autre pendant toute la matinée, en fait depuis samedi quand il avait vu Anna à la compétition de natation. Durant toute la course, elle s'était appliquée à éviter de regarder dans sa direction – même quand elles étaient montées sur la jetée, Gussie et elle. Mais une fois revenue sur la plage, au moment de la remise des prix, elle n'avait eu d'autre choix que de le voir et il en avait été de même pour lui.

Stuart s'efforçait de mettre le doigt sur ce qui l'avait perturbé dans le discours d'Anna sur le mariage. Ce n'était pas parce qu'il était incapable d'imaginer qu'il puisse être son époux ou elle sa femme. En fait, il n'avait aucun mal à se représenter leur vie à deux. Qui paraissait agréable. Mieux qu'agréable. Quasi parfaite. Non, ce qui perturbait Stuart, c'était que les conclusions d'Anna l'amenaient à s'interroger sur sa sincérité. Avait-elle été aussi ignorante de la fortune et de la position sociale de sa famille qu'elle l'avait initialement laissé entendre ? Avait-elle authentiquement eu envie d'apprendre à nager ? Avait-elle été sincèrement affectée par la mort de Florence ? Jusqu'à cette soirée sur la plage, il ne lui aurait jamais traversé l'esprit de formuler toutes ces questions et même si ça avait été le cas, il aurait répondu sans hésiter oui à toutes. Désormais, il n'était plus sûr de rien.

Stuart n'osait pas s'avouer qu'une petite partie de lui au moins se fichait comme d'une guigne des motivations d'Anna. Si elle l'épousait pour sa nationalité mais que lui, il y trouvait le plaisir d'embrasser ses lèvres chaudes et la peau pâle qui se découvrait quand la bretelle de son maillot de bain glissait de son épaule, ne seraient-ils pas tous deux gagnants ?

À la fin, il décida qu'elle avait eu raison de se montrer aussi directe. Aurait-il préféré qu'elle ne dise rien et le laisse simplement tomber de plus en plus amoureux d'elle, sans jamais avouer ce dont elle avait besoin ? Dans la vision qu'il avait du monde, tout le monde avait besoin de quelque chose.

En rentrant dans sa pension après la compétition de natation, Stuart en était venu à penser qu'Anna pouvait tout à la fois avoir besoin de lui et le vouloir pour elle de façon absolument désintéressée. Le truc, c'était de comprendre comment séparer les deux.

Un truc qui n'était pas totalement étranger à Stuart. Ces dernières années, l'ACBP, la chambre minable dans le Northside et même l'acariâtre Mme Tate lui avaient permis de garder son père à distance. Tant qu'il demeurait financièrement indépendant, il avait estimé pouvoir mener sa vie à sa guise.

Lorsque Stuart avait pris conscience de ce qu'il devait faire, son premier mouvement avait été de courir dans la foulée au Covington pour exposer le fruit de ses réflexions à son père. Mais il avait décidé que mieux valait attendre. La requête était trop importante pour être faite dans la précipitation ; il avait donc passé deux longues journées à contempler les vagues en revoyant ses arguments. Et maintenant, il se retrouvait dans l'ascenseur, hésitant encore sur ce qu'il allait dire.

L'ascenseur arriva au premier et Stuart salua Cy d'un signe de tête avant de se diriger vers l'administration où la secrétaire de son père, Louise, était à son bureau, gardant la porte paternelle avec rien de plus menaçant qu'un regard.

— Mon père est-il disponible ?

— Il le sera bientôt, dit Louise en jetant un coup d'œil sur le téléphone. Il est en train de terminer un coup de fil.

Stuart s'assit sur une des chaises alignées contre le mur opposé. Il avait bien envie de prendre un bonbon à la menthe dans le bocal en verre posé sur le bureau de Louise mais il ne voulait pas courir le risque d'entrer dans le bureau de son père la bouche pleine. Après plusieurs minutes passées à regarder tressauter son genou, il vit s'éteindre la lumière sur le téléphone de Louise.

— Vous pouvez y aller maintenant, dit-elle.

Stuart se leva, lissa son pantalon et se dirigea vers le bureau paternel.

— Bonjour, dit-il en refermant doucement la porte.

— Qu'est-ce qui me vaut le plaisir ? demanda son père, relevant le nez d'une pile de papiers.

Le préambule, c'était la partie dont Stuart était le moins sûr. Fallait-il faire la conversation sur le double match des Phillies ou passer directement à l'essentiel ? Il envisagea d'aller droit au bar au fond du bureau pour verser un scotch à son père. N'importe quoi pour faciliter l'entrée en matière. Mais tout ça – tant les stats de base-ball que l'alcool – paraissait bien hypocrite. Stuart tenait à être le genre d'homme qui dit ce qu'il a à dire.

— Il y a une chose dont je voudrais te parler, déclara-t-il finalement avant d'ajouter : une chose importante.

Stuart regarda son père s'agiter sur son siège.

— J'ai pensé que je pourrais raccrocher mon sifflet à la fin de l'été. Commencer à apprendre le métier.

Le père de Stuart posa son stylo et le fixa en clignant des yeux, comme s'il cherchait à comprendre ce qu'il venait d'entendre.

— Ce métier-là ?

— Oui, le métier de gérer un hôtel. Le Covington.

Stuart n'en revenait pas de ce qu'il était en train de dire. Bien longtemps auparavant, il s'était convaincu que travailler pour son père, ce serait un peu comme mourir.

— Je me rends compte que j'ai beaucoup à apprendre.

— Tu as des ennuis ?

— Pas du tout.

Son père se carra sur son siège, pour mieux évaluer son fils.

— Alors pourquoi ?

— Eh bien, l'hôtel est dans notre famille depuis…

— Non, je veux dire : pourquoi maintenant ?

C'était une question à laquelle Stuart s'attendait. Allait-il oser avouer qu'il aimait Anna ? Que si son père l'acceptait, y avait-il des chances pour qu'il acceptât aussi Anna ? Stuart s'éclaircit la gorge, concentrant toutes ses forces pour sortir la phrase suivante.

— Il y a certaines choses que je veux, dont j'ai besoin.

Son père ne réagit pas, il tapota le bureau une ou deux fois puis se leva et se dirigea vers une des fenêtres, une baie qui allait du sol au plafond et qui donnait sur la Promenade et l'océan. La vue était assombrie par les lourdes tentures et il les repoussa pour mieux voir quelque chose dehors.

— Ce n'est pas une mauvaise vie, déclara-t-il.

— Je n'ai jamais pensé cela, dit Stuart. C'est seulement que…

Il hésita.

— Que quoi ?

— Que je n'avais pas l'impression qu'elle était pour moi.

— Crois-tu qu'elle le sera un jour ?

— Je l'espère.

Quelque chose retenait l'attention de son père. Stuart se leva et vint le rejoindre. Dehors, un cerf-volant oscillait dans l'air. La ficelle traversait la Promenade jusqu'à la plage, où un petit garçon et son père tiraient dessus pour la rembobiner.

— Il y a autre chose, dit Stuart au bout de quelques minutes, quand le cerf-volant fut tombé dans le sable.

Le père de Stuart tourna la tête vers lui.

— J'ai besoin d'argent.

— Elle a des ennuis ? demanda son père.

— Qui ?

— La fille juive. Dans la piscine.

Stuart s'émerveilla du mépris de son père pour les conventions sociales de base.

— Elle s'appelle Anna. Et nous n'avons…

Il s'interrompit. Ça ne regardait nullement son père.

— Combien ? demanda son père, en secouant lentement la tête.

— Cinq mille, répondit Stuart en essayant de toutes ses forces de ne pas tressaillir en prononçant ce chiffre à voix haute.

Son arrière-grand-père n'avait pas dépensé autant d'argent pour construire l'hôtel d'origine.

— Cinq *mille* ?

— Je sais que c'est beaucoup.

— Bon Dieu, mon fils. À quoi servira cet argent, si ce n'est pas pour Anna ?

— Je ne peux rien dire.

Cinq petits mots qui étaient un vrai poignard avec lequel il venait de bien blesser son père.

— Dans quoi t'es-tu fourré, Stu ?

— Dans rien du tout.

Son père haussa un sourcil dubitatif.

— Dans rien du tout d'illégal.

— Donc, c'est le seul moyen pour t'amener à venir t'occuper de l'hôtel ? T'accrocher au bout d'une ficelle à cinq mille dollars ?

Stuart avait envie de dire qu'il serait venu travailler avec lui de toute façon, qu'il n'était pas du genre à monnayer sa loyauté, et surtout pas avec son père. Mais il se tut. Peut-être qu'il était de ce genre-là.

Son père lâcha les tentures qui se refermèrent, et le cerf-volant disparut.

— Les horaires, c'est neuf heures dix-sept heures. Du lundi au samedi. Il y a des nuits aussi.

Stuart hocha la tête, manifestant son acccord.

— Je te ferai commencer par la réception. Puis des rotations dans le restaurant et le bar. Peut-être même te faire faire un passage par le ménage. Le jour où tu t'installeras ici, je tiens à ce que tu connaisses tous les rouages de cette entreprise.

Stuart se rendait compte que son père avait passé énormément de temps à élaborer tout cela, à imaginer à quoi pourrait ressembler une bonne entrée en fonction de son fils.

— C'est vraiment ce que tu souhaites ? lui demanda son père.

Stuart réfléchit un moment. Pouvait-il renoncer à son travail d'entraîneur ? Facilement. Depuis la mort de Florence, il se sentait moins sûr de lui, moins désireux de pousser les jeunes femmes de l'Ambassador Club à nager plus loin et plus fort que ce qu'elles avaient fait jusque-là. Si Florence s'était noyée, alors, ça pouvait arriver à tout le monde.

Sa tâche de sauveteur serait plus difficile à abandonner. Du haut de son siège, durant ces six derniers étés, Stuart avait vu se déployer le monde entier. Le vent faisait onduler le sable, les bécasseaux fonçaient de-ci de-là et les mouettes volaient en cercle, à la recherche du repas suivant. Les enfants riaient, se battaient, pleuraient et s'endormaient, brûlés par le soleil, épuisés, dans les bras de leur mère ; les jeunes gens se servaient de mauvaises répliques pour baratiner des jeunes filles qui auraient oublié jusqu'à leurs noms l'automne venu ; et des couples âgés marquaient le passage du temps au rythme des allées et venues de la marée. Stuart était au courant de tout et quand il tirait quelqu'un de l'eau et le ramenait au monde, il se sentait un dieu. Puis il pensa à Anna, flottant à côté de lui dans la piscine du Covington. Si elle disait oui, renoncer à l'ACBP ne ressemblerait pas du tout à un sacrifice, vraiment pas du tout.

— Oui, dit Stuart à son père. C'est ce que je souhaite.

— Lou, appela son père, d'une voix suffisamment forte pour atteindre sa secrétaire dans la pièce voisine.

Quelques secondes plus tard, elle passa la tête par la porte.

— Apportez-moi un chèque.

* * *

Stuart porta directement le chèque à la Boardwalk National Bank et il était à mi-chemin de l'appartement des Adler quand il tomba justement sur Anna. La rencontre lui parut providentielle jusqu'à ce qu'il s'aperçoive qu'elle ne l'avait même pas vu. Elle avait les cheveux mouillés, pas coiffés, sa robe n'était pas complètement boutonnée et elle avançait tellement vite qu'il aurait pu très facilement ne pas la voir, lui non plus.

— Eh ! l'appela-t-il en essayant d'attirer son attention.

Mais elle ne tourna pas la tête, elle continua à marcher sur Atlantic Avenue.

— Eh, Anna !

Elle s'arrêta brusquement, tourna la tête et scruta les visages autour d'elle jusqu'à ce qu'elle vît Stuart, qui se trouvait à quelques mètres d'elle.

— Que se passe-t-il ? demanda-t-il.

— C'est Gussie, répondit-elle d'une voix affolée. Je ne la trouve plus.

— Comment ça ?

— Quand je suis sortie du bain, elle n'était plus dans l'appartement.

— Où sont Joseph et Esther ?

— À l'hôpital. Le bébé arrive.

— Elle n'aurait pas pu aller à l'hôpital ?

— J'ai téléphoné pour vérifier.

Stuart se dit qu'il n'avait jamais vu une gamine disparaître aussi souvent que Gussie.

— Et Isaac alors ? Elle ne pourrait pas être avec lui ?

Anna secoua la tête avec force.

— Il est parti hier par le train de seize heures.

— Pour aller où ?

— En Floride, je crois.

— Pour de bon ?

Anna hocha la tête.

— Seigneur ! s'exclama Stuart.

Anna, le visage dans les mains, se mit à sangloter.

Stuart vint tout près d'elle. Il la saisit par les épaules mais la lâcha presque aussitôt, inquiet à l'idée d'avoir abusé de la situation. Il devait encore lui présenter ses excuses pour la façon dont il l'avait traitée sur la plage, l'autre soir. Il était fort possible qu'elle ne veuille plus rien avoir à voir ni avec lui ni avec son argent, mais le moment était mal choisi pour y réfléchir.

— Où crois-tu qu'elle a pu aller ? lui demanda-t-il.

— Je me suis dit qu'elle était peut-être allée te voir.

Stuart pensa au caillou, avec les deux hippocampes peints dessus. Il l'avait mis dans sa poche et l'avait retrouvé au moment où il vidait sa petite monnaie dans un bocal posé sur sa commode.

— Je ne suis pas allé travailler aujourd'hui. Mais commençons par vérifier là-bas.

Ils partirent au pas de course vers Kentucky Avenue. À l'angle de Tennessee et d'Atlantic, Anna descendit sur la chaussée et elle aurait pu se faire renverser par un camion qui passait à toute vitesse si Stuart ne l'avait pas attrapée par la main pour la ramener sur le trottoir. Quand la circulation s'éclaircit et qu'ils purent traverser en toute sécurité, il ne la lâcha pas. Ils foncèrent dans Ohio Avenue, ils passèrent devant l'hôpital et le collège et ne s'arrêtèrent plus avant de se retrouver devant le Covington.

La plage était exceptionnellement animée, étant donné l'heure tardive. Stuart lâcha la main d'Anna pour regarder sa montre. D'ici peu, les sauveteurs allaient ranger leurs postes et tout rentrer pour la nuit.

— Et si elle n'est pas ici ? souffla Anna.

Même de l'autre côté de la plage, Stuart voyait déjà que le poste était vide. Comme Stuart, Robert avait pris une journée de repos ; Stuart observa donc leurs deux remplaçants coucher le poste de surveillance dans le sable.

— Eh, les gars ! les appela-t-il en se dirigeant vers eux. Vous n'avez pas vu une petite fille cet après-midi ? Brune. Sept ans. Elle aurait pu venir me chercher ici.

— Elle portait une robe à carreaux blancs et jaunes, précisa Anna.

Les jeunes gens échangèrent un regard, comme s'ils cherchaient à faire un bref inventaire des milliers de petits enfants qui avaient requis leur attention.

— La plage était bondée aujourd'hui, alors je ne suis sûr de rien. Mais personne n'est venu demander après toi, dit l'un des deux.

— Mon Dieu, dit Anna en se couvrant la bouche d'une main. Et si elle était allée nager ?

— Elle déteste nager, lui rappela Stuart incidemment.

Il vit Anna se rasséréner.

— Où pourrait-elle être encore ? lui demanda-t-il.

Anna énuméra plusieurs endroits : l'exposition de couveuses, l'usine, l'appartement de Fannie et Isaac – même si elle était certaine que Gussie n'avait pas la clé.

Ils firent le tour de ces différents endroits le plus vite qu'ils purent.

— Sait-elle qu'Isaac est parti ? demanda Stuart tandis qu'ils essayaient la porte de l'appartement.

— Je crois bien. Il est venu la voir avant de partir.

— Et il lui a dit qu'il s'en allait ?

— Certainement. Elle n'a pas voulu m'en parler, en tout cas.

— Et la gare ?

— Oui, il a pris le train…

— Non, je veux dire Gussie, dit Stuart. Ne pourrait-elle pas être à la gare ?

Anna s'arrêta, le regarda et dévala l'escalier à toute vitesse.

* * *

Le temps qu'ils arrivent à la gare, le soleil était bas dans le ciel et le cœur de Stuart tambourinait dans sa poitrine. Il s'arrêta devant un kiosque à journaux pour reprendre son souffle et attendre qu'Anna le rattrape mais elle le dépassa comme une flèche et entra dans le bâtiment. Stuart se dépêcha de la suivre et la vit traverser le hall en courant jusqu'à la salle d'attente. Elle examina les bancs de bois et les porte-bagages puis s'arrêta pour demander à un employé s'il avait vu une petite fille correspondant à la description de Gussie. Stuart scruta rapidement la salle puis cria à Anna :

— Je vais vérifier sur les quais !

Il courut à l'autre bout de la gare vers les quais couverts où attendaient plusieurs énormes trains, prêts pour l'embarquement. En les voyant, le pouls de Stuart s'accéléra. Les trains lui barraient la vue, l'empêchant de visualiser les quais dans leur ensemble. Il en choisit un et courut jusqu'au bout, contournant les bagages et les groupes de voyageurs. Pas de Gussie.

Stuart essaya un autre quai ; il était sur le point de renoncer et de faire demi-tour quand il aperçut une petite silhouette assise sur un banc tout au bout. C'était une fillette, vêtue d'une robe claire, accrochée à une valise en cuir. De si loin, il ne distinguait pas son visage mais ce ne pouvait être que Gussie. Il chercha Anna des yeux mais elle n'était pas derrière lui.

— Arp-est-carp-e quarp-e j'arp-arrarp-ivarp-e arp-à arp-un marp-auvarp-ais marp-omarp-ent ? demanda-t-il quand il fut arrivé assez près d'elle.

Il évalua la distance qui les séparait – assez près pour tendre le bras et l'attraper, si les circonstances l'exigeaient. Elle leva les yeux vers lui, surprise, et se mit à pleurer.

— Je suis nulle en langage ARP, dit-elle entre deux sanglots.

Stuart tomba à genoux à côté d'elle et lui prit la main.

— Inutile de t'inquiéter, Gus, dit-il en passant à la bonne vieille langue traditionnelle. Tu es parfaite.

Elle s'essuya le nez d'un revers de main.

— J'ai appris que la journée d'hier avait été dure.

Elle hocha vigoureusement la tête et renifla à plusieurs reprises.

— Regarde, dit-elle en regardant par-dessus son épaule à lui.

Au bout d'un quai voisin, il y avait Anna. Ses cheveux avaient séché dans le soleil de fin d'après-midi et ils ondulaient en vagues qu'elle repoussait d'une main. Seigneur, elle était somptueuse. Stuart et Gussie crièrent en lui faisant des grands signes et elle leur répondit, tout excitée, avant de disparaître derrière un train.

— Je parie qu'elle va nous rejoindre en un temps record, dit Stuart. Elle est très impatiente de te retrouver.

— Ah bon ?

— Évidemment, c'était une vraie épave cet après-midi.

Gussie baissa les yeux vers ses mains, posées sur ses genoux. Elle paraissait embarrassée.

— Quel était donc ton projet, Gussie ? demanda Stuart en jetant un œil derrière lui pour vérifier où en était Anna.

Elle se trouvait déjà à mi-chemin sur le quai.

— Je pensais partir en Floride.

— Avec ton père ?

Elle hocha la tête avec gravité.

— Mais c'est compliqué de comprendre dans quel train il faut monter.

— Je suis d'accord, dit Stuart. C'est la raison pour laquelle je quitte rarement la ville.

Remarque qui n'amusa Gussie que très modérément.

— Ce n'est pas la vraie raison. Les adultes savent quels trains ils doivent prendre.

— Pas celui-là, dit Stuart qui se désigna en enfonçant son pouce dans sa propre poitrine.

Dans sa hâte de rejoindre Gussie, Anna faillit presque renverser Stuart. Quand elle fut près d'elle, elle prit le visage de la petite dans ses mains et posa son front contre le sien. Ensemble, elles se bercèrent d'avant en arrière, Anna marmonnant des remerciements destinés autant à Dieu qu'à Stuart.

— Elle envisageait un voyage en Floride, expliqua Stuart quand Anna eut lâché Gussie et se fut un peu remise.

— Oh, Gussie, dit Anna en caressant les cheveux de la petite.

— Je n'avais pas assez d'argent pour m'acheter un billet, dit Gussie en sortant une poignée de monnaie enveloppée dans le mouchoir d'Anna.

— Je sais que ce n'est pas facile mais tu ne peux pas abandonner Atlantic City, dit Stuart. Impossible, alors qu'ici tant de gens t'aiment et ont besoin de toi.

— Personne n'a besoin de moi, dit Gussie en serrant la valise contre son cœur.

— Ce n'est pas vrai, dit Stuart. Moi, j'ai besoin de toi. Et Anna aussi. Sinon, pourquoi t'aurions-nous admise dans notre société secrète ?

— Parce que vous ne vouliez pas que je raconte la vérité à ma mère à propos de Florence.

Stuart laissa échapper un rire bref.

— Perspicace, remarqua-t-il, à l'intention d'Anna. Bon, ta mère va avoir ce bébé sous peu et après, on en aura fini de tous ces secrets.

— Plus de club Florence Adler Nage Pour Toujours ?

— Je n'ai pas dit ça, dit Stuart. Anna, ne dirais-tu pas que notre club est plus fort que jamais ?

Anna acquiesça d'un air entendu, comme si, justement, ils venaient de discuter des affaires du club sur le chemin de la gare.

— Mais fini les secrets ? demanda Gussie.

— Fini, confirma Stuart en regardant Anna. Enfin, peut-être encore un.

ANNA

Il était dix-neuf heures trente quand Anna, Stuart et Gussie arrivèrent à l'hôpital. Ils trouvèrent Joseph et Esther qui attendaient dans le couloir. Avant qu'Anna ait pu dire quoi que ce soit, Esther prit sa petite-fille dans ses bras. Elle la serra contre elle puis elle se tourna vers Anna.

— Dorothy nous a dit que tu avais appelé le service, tu cherchais Gussie.

Anna regarda Gussie, qui secoua la tête, à peine, pour la dissuader.

— Il y a eu un peu de confusion, dit Anna d'un ton vague avant de changer de sujet. Comment va Fannie ?

Esther leur raconta ce qu'elle savait. Fannie était partie en salle de travail tôt le matin et les contractions avaient dû progresser de façon significative car on l'avait amenée en salle d'accouchement une heure auparavant.

— C'est son troisième bébé. Je prie pour qu'il vienne vite.

— Vous ne la verrez pas ce soir ? demanda Anna.

— Non, répondit Esther catégoriquement. Elle aura besoin de se reposer.

Anna s'interrogeait sur ce qu'ils faisaient tous là, assis dans le couloir. Ils auraient pu tout aussi bien être dans l'appartement, vu leur utilité à l'hôpital.

— Vous préférez qu'on attende avec vous ou qu'on ramène Gussie à la maison ?

— Oui, évidemment, tu devrais la ramener à la maison, dit Esther.

Puis, comme si elle se rendait compte qu'elle n'allait pas pouvoir continuer éternellement à donner des ordres à Anna, elle ajouta :

— Merci.

— Vous, vous restez ?

— Jusqu'à ce que je sache que tout s'est bien passé.

La voix d'Esther s'éteignit et Anna vit Joseph venir derrière sa femme pour lui caresser le dos. Elle fut surprise de voir Esther se nicher au creux du bras de son mari, comme si les jours qui venaient de s'écouler l'avaient laissée à nu.

— Gus, embrasse tes grands-parents, dit Anna. Tu les verras demain matin.

— Madame Adler ? appela une voix grave du fond du couloir. Monsieur Adler ?

Anna leva les yeux et vit le médecin de Fannie descendre l'escalier.

Esther et Joseph se levèrent pour le saluer ; Anna jeta un coup d'œil à Stuart qui avait l'air tout aussi curieux d'entendre ce qu'il avait à annoncer qu'elle-même.

— Vous avez une petite-fille.

Esther chancela et Anna craignit qu'elle ne tombât. Mais Joseph était là, à côté d'elle, il la calmait tandis qu'elle demandait à voix basse :

— Tout le monde va bien ?

— Mieux que bien, dit le docteur Rosenthal. Magnifique.

La lèvre inférieure d'Esther se mit à trembler et elle se rassit brutalement.

— Elle va bien ? Le bébé aussi ?

— Oui, parfaitement bien.

Les larmes montèrent aux yeux d'Anna en voyant Esther lâcher un sanglot étouffé. C'était comme si, avec ces nouvelles, elle s'autorisait enfin à sentir tout le poids de son chagrin. Joseph se pencha pour saisir la main de sa femme qu'il embrassa, laissant ses propres larmes glisser sur sa peau ridée.

— Bubala, tu as réussi, murmura-t-il.

Elle enfouit son visage dans l'épaule de son mari. Esther avait perdu une fille pendant l'été mais elle n'en perdrait pas une seconde.

Gussie se suspendit au bras d'Anna.

— C'est une fille ?

— Tu as une sœur, lui répondit Anna en la regardant droit dans les yeux.

— Elle l'a appelée Ruby, annonça doucement le médecin.

Esther réussit-elle à l'entendre par-dessus ses sanglots ? Anna y était à peine parvenue et, devant un nom aussi peu familier, son cœur eut un raté.

Dans des circonstances ordinaires, Fannie aurait donné à ce bébé le nom de Florence. C'était ce que faisaient les Juifs. Ils donnaient à leurs enfants le nom des morts, jamais des vivants.

Esther releva la tête de l'épaule de Joseph.

— Ruby, se répéta-t-elle doucement.

Appeler le bébé Ruby – et non Florence – serait une sorte de pénitence, un rappel que la vie de l'enfant avait commencé sur un mensonge.

— C'est un prénom magnifique, dit Anna en s'adressant à Esther.

* * *

Lorsque leur groupe sortit de l'hôpital, le ciel au-dessus d'Atlantic City était devenu d'un bleu velouté, les bords roussis par les lumières des manèges et le clignotement des chapiteaux sur la Promenade. La famille prit la direction de l'appartement et si quiconque se posa des questions à propos de Stuart qui faisait un sacré détour pour les raccompagner chez eux, personne n'en souffla mot. Pas même Esther.

Elle paraissait carrément pleine d'entrain. Et pourquoi ne l'aurait-elle pas été ? Son plan avait marché. Fannie était saine et sauve. Le bébé en bonne santé. Esther tenait une main de Gussie et Joseph l'autre. Ensemble, ils lançaient leur petite-fille en l'air en défilant dans Atlantic Avenue. Que l'un d'eux pensât à ce qu'allait apporter le lendemain – la conversation obligatoire – Anna en doutait vraiment. Même Gussie paraissait de bonne humeur.

Si Anna était extrêmement heureuse de savoir Ruby arrivée saine et sauve, elle n'en oubliait pas pour autant que cette naissance n'allait pas changer grand-chose pour elle. Fannie resterait probablement encore une semaine ou deux à l'hôpital pour récupérer. Quand on la laisserait sortir, quand elle aurait repris Gussie, Joseph et Esther reviendraient dans leur maison d'Atlantic Avenue ; quant à Anna, elle aurait pris une chambre dans une pension à Trenton, toujours séparée de ses parents par tout un océan et avec peu d'espoir de jamais revoir Stuart. Elle doutait d'être réinvitée à séjourner chez les Adler l'été suivant – certainement pas si Esther avait son mot à dire – et elle se demandait si elle manquerait à Gussie.

Anna jeta un coup d'œil à Stuart. À la fin de l'été, recommencerait-il à entraîner l'équipe de l'Ambassador Club ? Sans doute. Penserait-il encore à elle une fois qu'elle serait partie à l'université ? Probablement pas très longtemps. Elle avait envie d'une dernière leçon de natation, une occasion d'avoir Stuart pour elle toute seule dans l'eau claire et bleue de la piscine du Covington. Elle tenait à le remercier de l'avoir aidée à retrouver Gussie et à s'excuser de s'être montrée aussi directe sur la plage l'autre soir.

Il n'était pas chargé de régler ses problèmes à elle. Il avait déjà fait preuve d'une gentillesse exceptionnelle.

En arrivant près de chez eux, Joseph fouilla dans sa poche pour prendre ses clés.

— Anna, je peux te parler un moment ? demanda alors Stuart en regardant Joseph glisser la clé dans la serrure.

Anna se tourna vers lui, acquiesça d'un hochement de tête si imperceptible qu'elle était convaincue qu'il n'en avait rien vu.

— Monsieur et madame Adler, dit Stuart sans quitter des yeux le visage d'Anna, cela vous ennuie-t-il si j'emprunte Anna ? Je vous la ramènerai très bientôt.

Anna était trop embarrassée pour croiser le regard de Joseph ou d'Esther. Que devaient-ils penser ? Elle préféra se tourner vers Gussie, dont le visage était aussi illuminé que l'enseigne du Sherwin-Williams, le magasin de peintures et revêtements sur le Million Dollar Pier. PROTÉGEZ LA TERRE, lisait-on en lettres de feu. Une belle idée, avait toujours pensé Anna. Gussie tapa dans ses mains à plusieurs reprises avant que Stuart ne fît un geste pour l'interrompre et elle cessa brusquement.

— J'ai oublié ! chuchota-t-elle.

Le temps que Joseph et Esther acquiescent d'un hochement de tête, Stuart avait pris la main d'Anna pour l'entraîner dans Virginia Avenue, direction la Promenade. Anna avait le souffle court.

— Où allons-nous ? demanda-t-elle.

Stuart se mit à rire.

— Je n'en ai aucune idée. Quelque part où nous pourrons parler.

Ils avaient parcouru moins d'un demi-pâté de maisons quand Stuart tira Anna dans le renfoncement de la boutique d'un cordonnier, fermée pour la nuit.

— On s'en contentera, dit-il, j'ai un truc à te montrer.

Il prit un papier dans la poche de sa veste et le colla dans la main d'Anna.

— Qu'est-ce que c'est ?

— C'est un reçu.

Anna retourna le papier pour l'examiner.

— Cet après-midi, je suis allé à la banque et j'ai créé un fonds au nom de tes parents.

— Un fonds ?

— Il y a cinq mille dollars dessus. Et c'est entièrement à eux. Je ne pourrais pas y toucher même si je le voulais.

Anna ne comprenait rien à ce qu'il racontait. Rien – ni le reçu avec tous les zéros et certainement pas non plus les mots qui sortaient de sa bouche – n'avait de sens.

— Quoi ?

— Pour le visa d'immigration de tes parents, expliqua Stuart. Tu as dit qu'ils devaient prouver qu'ils seraient en mesure de subvenir à leurs besoins. Avec cet argent et les mille deux cents dollars que Joseph a déjà déposés sur l'autre compte, je dirais que côté preuve, on ne peut pas mieux faire.

— Mais tu risques de ne jamais récupérer cet argent.

— Ça ne me dérange pas. Ça ne me dérange même pas du tout. J'espère seulement que c'est suffisant.

— Je ne sais pas quoi dire.

— Je ne veux pas que tu sois obligée de te marier, même avec moi, pour un visa.

— Oh, dit Anna, brusquement gênée.

Comment avait-elle pu interpréter aussi mal sa réaction ? Sur la plage, quand elle avait si ouvertement exposé sa douloureuse situation, elle avait été convaincue qu'il pourrait bien avoir envie de l'épouser. Elle voyait maintenant à quel point elle s'était montrée naïve.

— Anna ? Ça va ?

Elle devait avoir l'air totalement abasourdie mais elle s'efforça de trouver les mots pour le rassurer. Un chariot à roulettes passa devant eux pour aller sur la Promenade et le conducteur cria « Cinq cents la balade ! » ; Stuart se retourna pour voir d'où venait tout ce bruit. Anna tenta de se reprendre mais ce fut peine perdue. Cela signifiait-il que ses parents avaient vraiment une chance de venir aux États-Unis ?

— L'argent est à eux, quelle que soit ta décision, dit-il en lui consacrant à nouveau toute son attention.

— Ma décision ?

— Me concernant.

Anna parvint à croiser son regard pour la première fois depuis qu'il avait parlé de cet argent. Un regard soutenu, assuré.

— Te concernant ?

— J'ai pensé que, si nous devions discuter mariage, mieux valait séparer ces deux conversations.

— Sommes-nous en train de discuter mariage ? demanda-t-elle, ne sachant plus si elle devait rire ou pleurer.

— Ça me plairait infiniment d'en discuter.

Un sourire se dessina lentement sur le visage d'Anna.

— Avant que tu ne dises quoi que ce soit d'autre, il y a une chose que j'ai eu envie de faire tout l'été…

D'une main, Stuart prit Anna par la taille et de l'autre, caressa la peau si douce de son cou. Elle sentit sa gorge se serrer. Du bout des doigts, doucement, il guida le visage d'Anna vers le sien. Anna savait qu'elle aurait dû fermer les yeux mais elle en était incapable. Le baiser était chaud et avait le goût des meilleurs moments de l'été – la piscine du Covington, l'air salé, la peau baignée de soleil et le caramel à l'eau de mer. Elle se laissa submerger, ses yeux papillotèrent puis se fermèrent.

— Gussie en aura le cœur brisé, chuchota Anna quand Stuart recula pour mieux la voir.

— Ce n'est pas vrai, répondit-il en riant. Je lui ai demandé sa bénédiction.

— Et elle te l'a donnée ?

— Oui, dit-il en l'attirant à nouveau contre lui. Elle a dit que si je ne suis pas disposé à l'attendre, elle pense que c'est encore toi la meilleure solution.

* * *

Ce fut l'odeur du café en train de passer dans la cuisine qui réveilla Anna. Le soleil – encore invisible dans le ciel – avait rendu la nuit bleu pervenche. Elle regarda le réveil sur sa table de chevet. Cinq heures. C'était tôt, même pour Esther.

Pendant quelques minutes, Anna resta dans son lit à écouter les bruits de la routine matinale d'Esther – les portes du placard qu'elle ouvrait et fermait, le cliquetis des assiettes retirées de l'égouttoir. Ce matin, tous les bruits étaient plus forts, comme si Esther savait précisément qu'Anna avait très peu dormi et qu'elle faisait de son mieux pour la réveiller. Finalement, Anna renonça à tout simulacre de sommeil, enfila son peignoir et s'aventura dans l'entrée, direction la cuisine.

— Bonjour, dit Esther en la voyant entrer. J'espère que je ne t'ai pas réveillée.

— Non, pas du tout, dit Anna en retenant un petit sourire.

— Café ?

— Oui, merci.

Anna s'assit à la table, resserra la ceinture de son peignoir et se prépara à l'interrogatoire qui, elle le savait, allait venir.

Esther versa une tasse de café qu'elle posa devant Anna, comme une offrande.

— Tu es rentrée tard hier soir, dit Esther.

Anna tendit la main vers le sucrier, déjà sur la table, et versa deux bonnes cuillerées dans sa tasse. Elle ajouta suffisamment de crème pour que le café devienne d'une belle couleur caramel. Pas moyen de tourner autour du pot, dans une conversation comme celle-ci. Elle allait simplement devoir dire les choses comme elles étaient.

— Stuart m'a demandée en mariage.

Esther, généralement si efficace pour ne pas avoir l'air de s'intéresser aux affaires d'Anna, tira une chaise et s'assit dessus – brutalement.

— Ah bon ?

Elle n'avait pas l'air totalement étonnée.

— J'ai dit oui.

— Et Trenton alors ?

C'était une question naturelle à poser, une question que les parents d'Anna poseraient, eux aussi.

— Aller à l'École normale du New Jersey, c'était aussi et surtout pour me mettre à l'abri.

Était-ce la vérité ? Elle-même ne le savait plus très bien. Si les nazis n'étaient pas arrivés au pouvoir, elle serait restée sans aucun doute en Allemagne et elle serait allée à l'université. Mais elle n'était plus la fille qu'elle avait été alors. Il s'était passé tant de choses depuis.

— Stuart pourrait attendre, dit Esther.

— Il pourrait. Mais je ne le souhaite pas.

— Que va dire ta mère ?

— Sur le fait qu'il n'est pas juif ?

Esther pencha la tête sur le côté, comme pour demander, *Qu'y a-t-il d'autre ?*

— Elle sera déçue, évidemment, dit Anna en enveloppant la tasse chaude à deux mains.

Elle but une gorgée de café, le sentit couler au fond de sa gorge et s'épanouir dans sa poitrine.

— Ils le seront tous les deux, ajouta Anna.

Esther la regardait comme si elle était devenue folle.

— Je ne crois pas qu'ils seront aussi fâchés que vous le pensez, reprit Anna.

— Non ?

— Il y a des avantages à épouser Stuart, dit Anna. Ils s'en apercevront.

— En termes de visas ?

Anna hocha la tête. Elle ne voulait pas induire Esther en erreur, elle ne voulait pas qu'elle s'imagine que sa décision d'épouser Stuart relevait du calcul. Mais Esther était une femme perspicace. À coup sûr, elle pouvait comprendre que cette union se révélerait également utile.

— Sa nationalité est une chose, dit Esther. Mais tu sais que son père ne lui donne pas un sou ?

Anna but une nouvelle gorgée de café. Une petite partie d'elle-même se réjouissait de l'information qu'elle s'apprêtait à révéler.

— En fait, il va aller travailler à l'hôtel.

Esther eut l'air surprise, de façon appropriée.

— Florence disait toujours…

Anna attendait qu'elle finisse mais la voix d'Esther devint inaudible.

— Je sais à quel point c'est dur, dit Anna.

— J'y pense parfois, reprit Esther. Aurais-je coupé les ponts avec elle si elle l'avait épousé ?

— Il l'aimait beaucoup. C'est ce qu'il m'a dit.

Esther appuya ses mains à plat sur la table et les examina attentivement. Allait-elle se mettre à pleurer ? Anna n'aurait su le dire.

— Je sais, déclara lentement Anna, que Stuart n'était pas ce que désirait Florence.

Esther releva alors la tête, les yeux brillants.

— Que voulait-elle donc ?

Anna se souvint de la façon dont Florence l'avait regardée dans le lit, la nuit où la lettre était arrivée, et elle ferma les yeux. Florence aurait pu les revendiquer tous autant qu'ils étaient mais il n'y avait qu'une seule et unique chose à laquelle elle tenait vraiment. Anna rouvrit les yeux.

— Nager éternellement.

Une larme glissa le long de la joue d'Esther. Elle s'accrocha au bout de son menton avant de tomber sur ses genoux. Anna aurait aimé pouvoir en dire davantage mais elle ne trouvait rien qui fût susceptible de réconforter Esther.

— Vous allez parler à Fannie aujourd'hui ? se décida-t-elle à demander lorsque le silence devint insupportable.

Esther acquiesça d'un signe de tête et souffla lentement, comme si elle avait du mal à croire ce qu'elle s'apprêtait à dire.

— Je dois lui expliquer l'absence d'Isaac, donc je pense que je vais tout dire d'un seul coup.

Elle indiqua d'un geste sa chambre où Anna supposait que Joseph dormait encore.

— Joseph m'aidera, ajouta-t-elle.

— Vous vous sentirez mieux quand vous lui aurez parlé. Quand vous lui aurez tout dit.

— Crois-tu ? répondit Esther en regardant Anna droit dans les yeux. Ou bien aurai-je seulement le sentiment que Florence est partie pour de bon ?

Anna prit les mains d'Esther de l'autre côté de la table. Bien sûr, Esther préférait imaginer sa fille sur une plage du cap Gris-Nez. C'était ainsi qu'Anna aimait penser à Florence, elle aussi. Debout, grande et fière, les bras levés au-dessus de la tête, à contempler l'eau en attendant une marée assez généreuse pour l'emporter de l'autre côté de la Manche, tout droit jusqu'à Douvres.

NOTE DE L'AUTEUR

Le personnage de Florence Adler s'inspire d'une jeune fille qui a vécu et grandi à Atlantic City. Elle s'appelait Florence Lowenthal et c'était mon arrière-grand-tante.

Florence était la cinquième de six enfants. Ses parents, Hyman et Anna Lowenthal, possédaient une bijouterie, qui faisait aussi mont-de-piété, à l'angle de Virginia Avenue et d'Atlantic Avenue et ils élevaient leurs enfants – Ruth, Myriam, Grace, Daniel, Florence et Joseph – dans une maison au 129 States Avenue.

Florence appartenait à un club de natation strictement féminin, l'Ambassador Swim Club ; elle a achevé ses études secondaires à l'Atlantic City High School en 1926 – l'année où Trudy Ederle est devenue la première femme à traverser la Manche à la nage. Dans son *yearbook*, son album de promo, voici ce qu'a écrit Florence pour son année de terminale, *M'apprendre à nager* et dans la rubrique *Destination probable*, *Nager dans l'Atlantique.* Après le lycée, elle est partie nager à l'université du Wisconsin avant d'être transférée dans celle de Pennsylvanie. Elle rêvait, comme l'avait fait Ederle, de traverser la Manche.

Le 3 juillet 1929, à Atlantic City, Florence est partie nager le long de la côte. Deux maîtres-nageurs sauveteurs, « Jing » Johnson et Neil Driscoll, l'ont vue avancer sans encombre, juste au-delà des brisants de States Avenue. Quelques instants plus tard, ils ont constaté qu'elle avait cessé de bouger. Ils ont immédiatement sorti un canot de sauvetage et, après l'avoir ramenée jusqu'au rivage, ils se sont précipités au centre de secours de Virginia Avenue où, pendant deux heures, le chirurgien de garde, deux médécins supplémentaires et quarante maîtres-nageurs sauveteurs en congé se sont relayés pour pratiquer la respiration artificielle. La mort de Florence a été le premier accident mortel sur la plage cet été-là. Elle avait dix-neuf ans.

Le lendemain, elle a fait la une de l'*Atlantic City Daily Press* qui a mentionné son nom. D'après certains rapports, la mort de Florence serait due à la basse température de l'eau mais je pense que, plutôt, elle souffrait de cardiomyopathie hypertrophique et que, simplement, son cœur a cessé de battre. Elle a été enterrée le 4 juillet dans le cimetière Beth Kehillah d'Egg Harbor.

Ma grand-mère, Frances Katz, avait six ans quand elle a vu l'Atlantic City Beach Patrol (l'ACBP) ramener le corps de sa jeune tante sur la plage. Pendant tout le reste de son existence, elle a gardé le souvenir de deux choses à propos de cette journée – le bonnet de bain rouge de Florence et les gémissements de sa grand-mère quand elle a compris que sa plus jeune fille était morte. Avec Gussie, j'espère avoir fait honneur tout à la fois à ma grand-mère et à ses souvenirs.

En juillet 1929, la mère de Frances, Ruth Lowenthal Katz, était en effet enceinte et clouée sur son lit d'hôpital, après avoir perdu un petit garçon l'année précédente. Comme Esther, Anna Lowenthal a pris la décision de garder secrète la mort de Florence. Pendant tout le confinement de Ruth, Anna lui a rendu visite à l'hôpital, sans jamais lui dire que Florence était morte. Le bébé de Ruth, une fille qu'elle a appelée Hermine, est née le dix-huit juillet et Ruth n'a su la vérité qu'à ce moment-là. Plusieurs années après, elle a accouché d'une troisième fille, qu'elle a appelée Florence, en mémoire de sa sœur. Le cran dont a fait preuve Anna Lowenthal – en fait, ce que nous sommes prêts à faire pour protéger ceux que nous aimons – voilà une histoire que ma famille n'a jamais oubliée.

Les similitudes ne vont pas plus loin. Le mari de Ruth, Harry Isadore Katz, n'avait rien à voir avec Isaac. C'était un père et un mari dévoué qui, finalement, a fait déménager sa famille. Ils ont quitté leur appartement pour s'intaller dans une maison d'Atlantic Avenue. Contrairement à Joseph, Hyman Lowenthal n'a jamais eu l'occasion de porter le deuil de sa fille ; il est mort un an avant que sa fille se noie. J'espère que Florence avait un ami comme Stuart mais j'ignore si c'était le cas. Et Anna Epstein est un mélange de plusieurs cousines lointaines que mes arrières-grands-parents, Walter et Henrietta Hanstein, ont fait venir aux États-Unis dans les années qui ont précédé la Shoah.

Puisqu'il s'agit d'une œuvre de fiction, j'ai changé les noms de presque tous les personnages. La seule exception, c'est Florence, un nom que j'ai conservé en hommage à Florence Lowenthal. Béni soit son nom.

REMERCIEMENTS

Toute ma reconnaissance aux nombreuses personnes qui m'ont soutenue au cours de ce voyage.

Carina Guiterman, merci, d'abord et surtout, d'avoir cru en ce livre. Dès ton premier coup de téléphone, il était évident que tu aimais Florence et sa famille tout autant que moi. Tes révisions, tes visions et ton enthousiasme ont amélioré ce livre de toutes les manières possibles. À Marysue Rucci pour tant d'attention et à Lashanda Anakwah pour ton travail en coulisses, merci. J'ai une dette envers Richard Rhorer, Elizabeth Breeden, Jackie Seow, Kassandra Rhoads, Margaret Southard et envers tant de gens qui, chez Simon & Schuster, ont permis à ce livre de voir le jour.

J'ai beaucoup de chance de pouvoir considérer mon agent, Chad Luibl, comme un ami. Pour tes révisions attentives et tes conseils chaleureux, pour avoir été celui qui m'a entraînée dans cette folle chevauchée, merci merci merci. À toute l'équipe de Janklow & Nesbit, merci d'avoir soutenu Florence.

À la faculté et aux étudiants du MFA program du Virginia Commonwealth University, plus particulièrement à Tom de Haven, qui a initié et dirigé l'atelier d'écriture où ce livre est né. Tom, tes encouragements m'ont fait croire que *Florence Adler nage pour toujours* deviendrait un jour un vrai livre. Merci. Des remerciements tout particuliers à Matt Cricchio et Jake Branigan qui ont continué à lire dans le garage de Tom, longtemps après la fin de l'atelier. À Hanna Pylväinen, qui m'a généreusement autorisée à poursuivre mon travail sur le manuscrit l'année suivante alors que j'aurais dû écrire des nouvelles, et à Clint McCown et Gretchen Comba, qui se sont assurés que je ne me laissais pas embarquer par ce projet au point d'oublier de travailler sur le suivant. Thom Didato occupe une place spéciale dans le cœur de beaucoup, beaucoup de gens dont je fais partie. Merci non seulement de m'avoir aidée à naviguer dans la formation, mais aussi d'avoir joué un rôle d'avocat, tant pour moi que pour mon travail.

En 2015, j'ai eu la grande chance de suivre la Bread Loaf Writer's Conference dans le Vermont, où j'ai travaillé sous l'autorité d'Ann Hood. J'y avais apporté un projet de *creative non fiction* mais, par une splendide après-midi, Ann et moi, nous nous sommes installées dans la grange pour discuter plutôt du roman que je désirais écrire. Croyait-elle possible de faire tourner le récit autour de sept personnages ? ai-je demandé. Pouvais-je tuer le personnage-titre dès le premier chapitre ? J'avais tant de questions à poser. Après avoir passé une heure à discuter avec moi de la structure de ce projet, Ann m'a conseillé de mettre de côté tout ce sur quoi je travaillais par ailleurs.

— À l'évidence, c'est cela qui vous passionne, a-t-elle déclaré. Écrivez-le donc.

Certes, on peut affirmer que je n'aurais pas dû avoir besoin de permission pour écrire ce livre mais, en fait, j'en avais besoin et donc, je la remercie, encore et encore, de me l'avoir donnée. J'ai bien l'intention de lui renvoyer l'ascenseur un jour.

Un certain nombre d'amis et de membres de ma famille ont lu différentes versions de *Florence Adler nage pour toujours*, et le livre a beaucoup profité de leurs commentaires avisés. Merci à Beverly Beanland, Ben Hanstein, Bobbie Hanstein, Blair Hurley, Tamsen Kingry, Debra Newman, Jenny Pedraza, Ruthie Peevey, Eve Shade et Nicole Velez. Le rabbin Andrew Goodman est un grand ami et un correcteur attentif qui a bien vérifié que je ne cafouillais ni dans mes prières ni dans mes traditions juives. Kristen Green mérite des remerciements tout particuliers pour m'avoir permis d'assister en direct à son propre voyage vers la publication. Elle, plus que quiconque, m'a montré qu'un manuscrit peut effectivement devenir un livre.

J'ai été honorée de partager des exemplaires du manuscrit avec les quatre frères et sœurs de ma mère, qui sont tous aussi investis dans le personnage de Gussie et son bien-être que je le suis. Merci à Woody Hanstein, Judy Welsh, Joe Hanstein et Jane Cunniffe pour vos lectures attentives et vos encouragements chaleureux. Un merci tout particulier à Tod Simons qui m'a fait confiance pour cette histoire.

À l'équipe et à la direction du Visual Arts Center de Richmond, et particulièrement à Stefanie Fedor. Pendant que j'écrivais ce livre, j'avais la chance de travailler pour un centre artistique exceptionnel, doté d'une vision inspirante : *L'Art pour tout le monde. Une vie de créativité*. J'ai travaillé aux côtés de potiers, de peintres, de graveurs et de photographes (sans parler d'écrivains) et l'énergie créatrice que j'ai sentie dans cet espace et au milieu de ces gens m'a permis de persévérer.

Merci au personnel et aux bénévoles de l'Atlantic County Historical Society et à l'Atlantic City Free Public Library. Mes remerciements les plus sincères à l'équipe du Knife and Fork Inn, qui m'a offert une visite complète de ce restaurant historique.

Au cours de mes études, j'ai eu plusieurs professeurs d'anglais dont les cours et les encouragements sont restés en moi longtemps après la fin de l'année scolaire. Judy Bandy, Deborah Conrad, Elizabeth Mace et LuAnn Smouse – merci.

Mes grands-parents, Frances et Walter Hanstein, ne sont plus là pour assister à la publication de ce livre. Avant que ma grand-mère ne meure, à l'âge de quatre-vingt-quatorze ans, je lui ai dit que j'étais en train d'écrire un « drame familial » situé à Atlantic City, mais je n'ai quand même pas eu l'audace de lui raconter que ce drame était inspiré par sa famille à elle. Je lui dois une profonde reconnaissance pour avoir accepté de partager Florence avec moi.

J'ai perdu mon père, Sam Moyle, d'un cancer du pancréas il y a bientôt dix ans. Sa disparition m'a brisé le cœur. Quand il est mort, je n'avais pas trente ans, j'étais une jeune mère qui se cherchait encore et c'est grâce à l'écriture que j'ai réussi à dépasser les premières étapes de la douleur. Quand le brouillard a commencé à se lever, l'écriture n'a plus jamais cessé. De façon évidente, c'est grâce à lui si ce livre existe.

À ma mère, Sara Moyle, qui a toujours été ma meilleure lectrice et mon plus grand soutien. Elle ne pouvait pas deviner, elle, une femme de marin élevant quatre jeunes enfants, qu'elle était en train de faire de moi une écrivaine. Mais, si je regarde en arrière, c'est comme si quelqu'un lui avait donné un mode d'emploi. Lire constamment à ses enfants, les emmener dans les bibliothèques, les musées et les théâtres, leur acheter beaucoup de carnets vierges et les faire se balader dans des mondes qui n'étaient pas les leurs. Maman, sans toi, je ne serais pas là. Et de bien des façons. Pour m'avoir raconté l'histoire de Florence mais aussi pour avoir levé un peu plus qu'un sourcil quand j'ai voulu l'écrire, merci.

À mes frère et sœurs – Danny Moyle, Ruthie Peevey et Eve Shade. Ce fut un privilège de grandir à vos côtés.

À mon mari, Kevin Beanland, dont le soutien et l'amour m'ont permis de poursuivre ce rêve. Merci.

Et enfin, à mes enfants – Gabriel, Clementine et Florence. Vous êtes ma joie, ma vie. Sans vous, le monde ne vaudrait pas la peine d'être raconté par écrit.

Cet ouvrage a été composé par PCA

Imprimé en France par
CPI FIRMIN-DIDOT (27650 Mesnil-sur-l'Estrée)
en avril 2021

pour le compte des Éditions J.-C. LATTÈS
17, rue jacob – 75006 Paris

PAPIER À BASE DE FIBRES CERTIFIÉES

JC Lattès s'engage pour l'environnement en réduisant l'empreinte carbone de ses livres. Celle de cet exemplaire est de : 1,2 g éq. CO_2
Rendez-vous sur www.jclattes-durable.fr

N° d'édition : 1 – N° d'impression : 162891
Dépôt légal : mai 2021